La dernière saison

TOME 2

Thomas

Louise Tremblay-D'Essiambre

La dernière saison

TOME 2

Thomas

Guy Saint-Jean
ÉDITEUR

Catalogage avant publication de Bibliothèque et Archives nationales du Québec et Bibliothèque et Archives Canada

Tremblay-D'Essiambre, Louise, 1953-
La dernière saison
Sommaire : t. 1. Jeanne — t. 2. Thomas.
ISBN 2-89455-224-6 (v. 1)
ISBN 978-2-89455-241-4 (v. 2)
I. Titre. II. Titre: Jeanne. III. Titre: Thomas.
PS8589.R476D47 2006   C843'.54   C2006-941568-4
PS9589.R476D47 2006

Nous reconnaissons l'aide financière du gouvernement du Canada par l'entremise du Fonds du livre du Canada (FLC) ainsi que celle de la SODEC pour nos activités d'édition. Nous remercions le Conseil des Arts du Canada de l'aide accordée à notre programme de publication.

Gouvernement du Québec — Programme de crédit d'impôt pour l'édition de livres — Gestion SODEC

© Guy Saint-Jean Éditeur Inc. 2007

Conception graphique : Christiane Séguin
Révision : Hélène Lavery
Page couverture : toile de Louise Tremblay-D'Essiambre, « Solitude provençale », inspirée des pastels d'Anne-Marie Ruggeri (Bonnieux, Provence)

Dépôt légal — Bibliothèque et Archives nationales du Québec, Bibliothèque et Archives Canada, 2007
ISBN : 978-2-89455-241-4
ISBN ePub : 978-2-89455-540-8
ISBN PDF : 978-2-89455-541-5

Distribution et diffusion
Amérique : Prologue
France : Dilisco S.A./Distribution du Nouveau Monde (pour la littérature)

Guy Saint-Jean Éditeur inc.
3440, boul. Industriel, Laval (Québec) Canada. H7L 4R9. 450 663-1777
Courriel : info@saint-jeanediteur.com • Web : www.saint-jeanediteur.com

Imprimé et relié au Canada

« Jamais personne ne nous interroge sur le langage. Ce sont des questions qu'on pose aux DeLillo, aux Updyke, aux Styron, pas aux romanciers populaires. Et pourtant, nous autres prolos, nous nous soucions de la langue que nous employons, même à notre humble échelle; nous avons la passion de l'art et la manière de raconter des histoires par le biais de l'écrit. »

Stephen King, *Écriture*

À Micheline et Jacques,
avec toute ma tendresse

« Aimer à perdre la raison
Aimer à n'en savoir que dire
À n'avoir que toi d'horizon
Et ne connaître de saisons
Que par la douleur du partir
Aimer à perdre la raison. »

AIMER À PERDRE LA RAISON,
PAROLES DE L. ARAGON,
INTERPRÉTÉ PAR JEAN FERRAT

Note de l'auteur

J'ai le cœur à la tristesse. J'ai l'âme à la tendresse, comme le disait si bien Pauline Julien, cette tendresse dont on a tous besoin quand le ciel est à l'orage. Je vois la détresse de Thomas, je la touche du bout des doigts, mais je ne peux rien pour lui. Il existe parfois, au cours d'une vie, certaines déchirures qui se rapiècent dans la solitude, en puisant dans ses souvenirs. Le départ de Jeanne fait partie de ces blessures. Pour l'instant, un pan de la vie de Thomas est tombé au moment précis où celle de Jeanne s'éteignait. Sa douleur est insondable. Personne, pas plus ses enfants que ses amis les plus proches, ne peut le consoler. Quand les gens sont auprès de lui, ils envahissent l'espace qu'il voudrait garder indéfiniment intact pour Jeanne. Thomas leur en veut. L'amour qu'il ressentait pour sa femme, l'amour qu'il éprouve toujours pour elle, celui qu'ils ont partagé pendant toute une vie ne supportera jamais l'intrusion des étrangers. En ce jour de grand deuil, même les enfants et les amis intimes sont des intrus. Il n'y a que Jeanne qui aurait pu écouter, comprendre et partager. Mais Jeanne n'est plus là et Thomas pleure le vide en lui et l'absence autour de lui.

Moi aussi je suis triste. Triste de voir Thomas dévasté par le chagrin et triste d'avoir perdu Jeanne. Je l'aimais beaucoup, elle me ressemblait tellement. J'aurais préféré qu'elle guérisse, j'aurais souhaité qu'elle vieillisse comme je désire vieillir un jour, mais la vie en avait décidé autrement. La vie décide souvent autre chose que ce que l'on avait espéré. C'est ainsi...

Par contre, j'étais d'accord avec la décision de Jeanne et malgré la douleur qui est la sienne, Thomas aussi avait endossé ce choix. Sans équivoque. Il est allé jusqu'au bout de sa promesse. Ce soir, malgré le vide et l'absence, il préfère pleurer la perte de Jeanne plutôt que de voir sa Jeanne souffrir inutilement en attendant la mort, la seule délivrance qui lui restait.

Je vais donc rester auprès de Thomas, même si je ne suis rien dans cette douleur qui déchire sa vie. Peut-être finira-t-il par sentir ma présence et puisera-t-il à même les émotions que je ressens pour lui. Peut-être finira-t-il par se tourner vers ces trois êtres qui éprouvent, à leur façon, une détresse semblable à la sienne. La perte d'une mère est un moment difficile dans une existence. Olivier, Mélanie et Sébastien sont aussi anéantis que Thomas, même s'il n'en a pas conscience.

Recroquevillé sur sa peine, Thomas est insensible à tout ce qui est étranger à ses émotions.

Depuis ce matin, il n'entend plus que les battements sourds et discordants de son cœur brisé...

PREMIÈRE PARTIE

La descente aux enfers

« Désormais
On ne nous verra plus ensemble
Désormais
Mon cœur vivra sous les décombres
De ce monde qui nous ressemble
Et que le temps a dévasté
Désormais
Ma voix ne dira plus je t'aime
Désormais
Moi qui voulais être ton ombre
Je serai l'ombre de moi-même
Ma main de ta main séparée. »

DÉSORMAIS,
INTERPRÉTÉ PAR CHARLES AZNAVOUR

Chapitre 1

Assis au pied du lit, les coudes appuyés sur les genoux et la tête enfouie dans ses mains, Thomas essaie, sans y parvenir, de débroussailler les émotions qui ont obscurci la journée.

Le soleil descend sur l'horizon, se couchant de plus en plus tôt en ce mois de septembre, nimbant d'or et d'orange les plis du couvre-lit froissé. Les enfants partis, Thomas s'est réfugié dans la chambre, cherchant un indicible réconfort dans l'odeur du parfum de Jeanne qui subsiste encore. Ce parfum de fleurs qui a toujours été le sien et qui avait ensorcelé ses dix-neuf ans.

Hier encore, la maison vibrait de sa voix, se réchauffait à sa présence.

Puis il y a eu ce jour d'aujourd'hui, un lundi... Une journée marquée au fer rouge. Une journée qui l'a marqué au fer rouge. La douleur à la poitrine est réelle, Thomas a peine à respirer.

Pourtant, ce n'était qu'une journée.

Trop courte, elle a tout balayé du revers de la main. Trop longue, elle a duré mille ans de pleurs et de souffrance.

Elle a commencé par un cœur qui sursautait au moindre bruit, ceux que Jeanne faisait à son réveil. Chaque appel qu'elle lançait, chaque mouvement qu'elle amorçait soulevaient cet espoir insensé qu'elle lui dise, un brin fataliste, un brin moqueuse, qu'elle avait changé d'idée, qu'elle avait choisi d'attendre encore un peu.

Deux heures à épier, attendre et espérer. Deux heures à

retenir les larmes qui menaçaient de déborder à tout propos.

Mais Jeanne n'avait pas changé d'idée. Bien au contraire, elle semblait si déterminée, si calme... Trop calme...

Cette apparence de détachement avait transpercé le cœur de Thomas tel un glaive bien affûté. N'avait-elle aucun regret, aucune tristesse à quitter ce qui avait été leur vie, leur amour ? Il n'avait pas osé le demander ni dire la douleur qui était la sienne. Il s'était contenté de rester à ses côtés, bougeant à peine, respirant à peine, espérant tellement qu'elle changerait d'avis. En vain.

Par contre, et de cela il est certain, Thomas n'oubliera jamais l'image de la main de Jeanne qui se tendait vers le verre. Elle était ferme, sans le moindre tremblement. Jeanne avait saisi le petit verre bleu pour avaler le poison sans hésitation, en quelques gorgées.

Puis, pour une dernière fois, il y avait eu ce corps amoureusement connu qui s'était blotti contre lui. Jeanne murmurait ses derniers mots, tous ces *mercis* qu'elle avait peur de ne pas avoir assez dits.

Après, Thomas avait connu une descente vertigineuse aux enfers.

Il y avait eu ces longues minutes arrachées à la spirale du temps, soutenues par la voix enveloppante de Maria Callas qui le portait au-delà des limites du supportable pour lui permettre de survivre.

Puis brusquement, rien, excepté un lourd silence qui cernait Thomas de toutes parts. Un silence plus cruel que les larmes, plus bruyant que ses sanglots.

Maria Callas s'était tue. Les oiseaux, pourtant nombreux dans la haie de cèdres, ne chantaient plus.

C'est à ce moment qu'il avait pensé aux enfants et à Gilles. Il devait les appeler, il n'avait pas le choix.

Il s'était essuyé le visage d'une main tremblante avant de s'arracher à la dernière étreinte de Jeanne. Il s'était relevé lentement, le corps endolori, puis avait replacé délicatement quelques mèches de cheveux sur le front de sa femme, avant de remonter la couverture jusque sur ses épaules comme elle aimait tant le faire.

Il avait enfin téléphoné. À Gilles d'abord, ensuite à Olivier parce qu'il était l'aîné.

Trois enfants, trois personnalités différentes, mais un même silence pétrifié au bout de la ligne. Thomas venait d'annoncer, la voix enrouée, que Jeanne était décédée.

Quelques instants plus tard ou quelques heures, Thomas ne saurait le dire, sans crier gare, la maison avait recommencé à vibrer. Pleurs, cris étouffés, murmures. Thomas s'était senti assiégé par tous ces bruits qui exacerbaient sa douleur.

Gilles était venu le premier et avait constaté le décès. Il était resté jusqu'à l'arrivée des enfants.

Olivier, blême mais les yeux secs, avait demandé en bégayant ce que sa mère avait prévu pour les funérailles. Mélanie, le visage inondé de larmes, échappant des geignements semblables à des plaintes de douleur, avait préparé le café comme Jeanne l'aurait sans doute fait en pareille circonstance. Sébastien, arrivé plus tard à cause de la route depuis Québec, s'était contenté de verser des larmes silencieuses, assis à même le sol près du futon. Thomas, médusé, s'était dit que, finalement, c'était Sébastien qui lui ressemblait le plus en cet instant de grand désarroi.

Les enfants étaient toujours auprès de lui quand on était venu chercher le corps. Par contre, comme si en quittant la maison Jeanne avait donné un signal de départ, ils avaient suivi de peu, tous les trois. Olivier vers quelques visites urgentes à ses patients ; Mélanie et Sébastien se soutenant l'un et l'autre, promettant de revenir en soirée.

Le silence qui avait succédé à leurs larmes avait soulagé Thomas.

Machinalement, il avait ramassé les tasses qui traînaient un peu partout sur les tables, les avait rincées et placées dans le lave-vaisselle. Après, probablement par habitude, il s'était dirigé vers la serre. S'attendait-il à y trouver Jeanne ? Peut-être bien, après tout. Quand Jeanne n'était nulle part dans la maison, elle était dans la serre.

Thomas s'était arrêté sur le seuil, son cœur recommençant à battre la chamade devant le futon déserté, placé de travers à cause de la civière, les quelques draps froissés, les pantoufles abandonnées et ce soleil à travers les plantes, intolérable...

Thomas avait fait demi-tour, se précipitant vers sa chambre. Il avait longuement pleuré en étreignant l'oreiller de Jeanne qui sentait si bon les fleurs.

Maintenant, il n'a plus de larmes à verser.

L'oreiller qu'il a longtemps serré contre sa poitrine a perdu son parfum et n'est plus d'aucun réconfort. Thomas l'a repoussé et il est venu s'asseoir au pied du lit.

Il est toujours là, les épaules voûtées, la tête entre les mains et toute la journée vient de se poser en filigrane sur la tempête d'émotions qui le secoue depuis le matin.

Les images, les sons, les émois du cœur enveloppés dans

un linceul de culpabilité qui vient tout exagérer, tout fausser peut-être, rendant la souffrance encore plus grande.

C'est lui qui a aidé Jeanne à mourir, c'est lui qui a préparé le mélange létal, c'est lui qui l'a versé dans le petit verre bleu, celui que Jeanne utilisait toujours pour boire son jus d'orange du matin. C'est lui qui a tenu sa promesse jusqu'au bout et ce soir, c'est encore lui qui se répète, inlassable litanie, qu'il aurait peut-être pu l'amener à reporter cette décision. Un jour de plus, une semaine encore...

Thomas se relève lentement, la tête lourde, le cœur encore plus lourd, maintenant qu'il ne reste aucune larme pour pleurer son désespoir.

De ce lundi de soleil, il ne subsiste qu'une infime lueur rosée au-dessus du toit de la maison d'en face. Quelle heure peut-il être? Thomas l'ignore. De toute façon, qu'importent l'heure et le jour? Même ces incontournables, jour et nuit, soir et matin, ce passage immuable du temps qui fait de la vie ce qu'elle est, n'ont plus la moindre importance.

La pénombre a envahi la pièce, la plongeant dans une atmosphère éthérée qui convient à son mal d'être.

Que fera-t-il désormais de tout ce temps inutile, de tout ce silence douloureux, lui habitué à entendre Jeanne parler sans arrêt?

Jeanne qui, encore ce matin, avait mille choses à dire avant de...

La mémoire lui revient précipitamment, apparue à cet instant précis on ne sait trop pourquoi, comme elle le fait souvent lorsqu'on quitte une maison. Cette lumière au sous-sol probablement encore allumée, ce papier essentiel qui traîne sur le comptoir, le lave-vaisselle qu'on s'était promis de partir, le linge qu'on a oublié de mettre à sécher...

Sans faire aucune clarté, la lune qui vient de se lever dans la cour suffit à éclairer le corridor. Thomas sort de la chambre et se dirige à l'autre bout de l'étage, là où Olivier avait la sienne.

Sur le lit, enchevêtrées aux ombres projetées par le lampadaire, tel que promis par Jeanne ce matin, la forme d'une boîte et la blancheur de quelques enveloppes. Thomas s'arrête dans l'embrasure, les jambes défaillantes et le cœur battant la chamade.

Sur le lit, emmêlée aux mots couchés sur le papier, une parcelle de l'esprit de Jeanne. Un lien, une attache, une prolongation peut-être...

Thomas prend une profonde inspiration frémissante, la première depuis des siècles, lui semble-t-il, et d'une main tremblante, il soulève la boîte, assez lourde, et les lettres pour les apporter à sa chambre. Il change néanmoins d'idée et descend l'escalier pour se diriger vers la serre.

Il n'y a que dans la serre où il pourra vraiment sentir la présence de Jeanne.

La noirceur est maintenant totale et c'est avec la complicité de la lune que Thomas descend les trois marches qui mènent au domaine de sa femme. Machinalement, sa main se tend vers la lampe chinoise posée sur la table des casse-tête. Il a toujours trouvé ridicule cette petite lampe de porcelaine rouge à dorure qui n'a de chinois qu'une vague ressemblance avec une lanterne. Mais Jeanne y tenait tant et ce soir, Thomas lui découvre un certain charme. Tout ce qui peut lui parler de Jeanne vient de prendre une tout autre importance.

La boîte déposée à ses pieds, Thomas garde les lettres pressées contre sa poitrine un long moment. L'envie de lire ce que Jeanne lui a adressé est vive et sincère, mais en même temps, elle est troublée par une hésitation douloureuse.

Que va-t-il découvrir dans ces quelques mots, que va-t-il ressentir devant ce dernier lien avec Jeanne ? Car il s'agit bien d'un dernier lien, d'une dernière présence, comme un adieu qui se prolonge.

Après avoir lu cette lettre, plus rien, jamais, ne pourra émaner de Jeanne, à part les souvenirs.

Longuement, enveloppé par le halo de lumière jaunâtre, Thomas continue d'hésiter.

Les mains tremblantes, il ose enfin détailler les lettres qu'il tenait pressées contre sa poitrine.

Il y en a cinq. D'abord pour lui, à lire avant tout, comme Jeanne l'a écrit sur la première enveloppe. Ensuite, il y en a une pour chacun des enfants et une dernière pour son père, ce vieil homme usé par les deuils, comme il l'a répété ce matin, quand Thomas l'a appelé.

— Il serait temps que je tire ma révérence, avait-il dit d'une voix fatiguée. Je n'ai plus personne.

Puis, quelques secondes après, il avait ajouté, faisant des efforts louables pour donner un semblant de vie à sa voix :

— Pardonne-moi, Thomas. C'est la douleur qui me fait divaguer. Je ne suis pas seul : il y a toi et les enfants...

Des mots comme Jeanne aurait pu en avoir. Jeanne pensait toujours aux autres avant de penser à elle-même.

Le cœur et l'esprit toujours déchirés entre cette envie de lire la lettre tout de suite et celle de reporter ce dernier rendez-vous avec Jeanne pour prolonger cette sensation de présence à ses côtés, Thomas se décide enfin.

Il décachète soigneusement l'enveloppe et retire lentement deux feuillets qu'il déplie avec minutie. Le caractère d'imprimerie relié à l'ordinateur et utilisé pour écrire cette lettre lui fait l'effet d'une douche froide. Une déception supplémentaire dont il aurait pu se passer. Les deux feuilles blanches ressemblent à ces papiers impersonnels dont la poste l'inonde régulièrement. Puis en post-scriptum, il reconnaît enfin son écriture, longue et déliée, et ces quelques mots manuscrits lui rappellent brutalement tous ces messages qui ont jalonné leur vie à deux. Jeanne s'entêtait à laisser consignes et recommandations sur de petits bouts de papier qu'elle épinglait sur le babillard, près du téléphone.

Les mots qu'il s'apprête à lire viennent bien de Jeanne.

Prenant une profonde inspiration, Thomas baisse les yeux sur cette dernière lettre rédigée par Jeanne.

« *Dimanche soir, tout est calme. Les enfants viennent de quitter la maison. Le pique-nique a eu l'air de plaire à tout le monde. Thomas s'était surpassé et la table était bien garnie. J'ai peu mangé, je m'en excuse, j'étais trop occupée à regarder nos enfants. J'aurais voulu parler, je me suis tue. J'avais tellement peur de trop en dire. J'aurais pu pleurer, je ne l'ai pas fait, même si je savais que c'était le jour des adieux. Jusqu'à la fin, il y aura ce secret entre Thomas et moi pour le protéger, lui. Il n'y a que Gilles qui le partage. Il est le bouclier derrière lequel Thomas se cachera. Demain, il n'ira pas travailler, il restera chez lui à attendre l'appel de Thomas. Il nous a offert d'être présent, j'ai refusé. Ce sera ma dernière exigence. Le geste que je vais poser demain s'inscrit dans la continuité de ma vie* avec Thomas, je ressens un besoin viscéral de le vivre dans l'intimité la plus stricte.

Moi qui disais avoir peur de la souffrance, je ne savais pas ce que le mot souffrir voulait dire. Ce que j'endure, depuis quelques jours, est atroce.

La douleur fait trembler mes mains, mais je refuse de prendre mes médicaments pour l'instant. Je veux garder mon esprit clair et lucide alors que je m'adresse à toi, mon beau Thomas. Tu pardonneras donc ce papier écrit à l'ordinateur, c'est de cette seule façon que j'arrive encore à écrire, lentement, laborieusement.

Ces derniers mots, Thomas, ils sont pour toi.

Quand tu les liras, je ne serai plus là pour me pencher sur ton épaule. Je vais les imprimer pour que tu puisses les lire avant toute autre chose. Je te les offre, mon bel amour, pour que tu comprennes vraiment ce que le mot autodélivrance veut dire. J'en suis arrivée à ce point de non-retour. Nous avons choisi une date ensemble et je m'y tiendrai. Le dernier scanner a précipité l'échéance. L'œdème présent autour des métastases de mon cerveau me fait peur et me donne des migraines. Je suis fatiguée d'avoir mal. Tout comme ma mère, je me serai battue, mais, moi, je ne m'acharnerai pas. Je veux seulement que tu me comprennes. De toute façon, je vais mourir. Les quelques semaines que je vais soustraire à ma vie n'auraient été que douleur, tant pour moi que pour toi. C'est avec une grande sérénité que j'aborde ces dernières heures. Quand je fermerai les yeux une dernière fois, je veux que tu sois convaincu que ce sera sur une vie que j'ai aimée. Je la quitte sans regret. Je ne suis pas malheureuse, juste un peu triste.

Après tout, je n'ai que cinquante-cinq ans.

J'aime encore la vie et je l'aimerai jusqu'au dernier instant. Apprendre à m'en détacher aura été mon dernier défi. Je l'ai relevé et j'ai gagné. Gilles avait raison, on peut apprendre à mourir comme on a jadis appris à vivre.

Quand Étienne Martineau, le curé, est venu me voir samedi dernier comme je le lui avais demandé, je me suis surprise à prier avec lui. Si, comme mon père le dit, Dieu existe, nul doute que la vie qui m'attend sera douce et bonne. Je ne saurais dire si je crois en un être supérieur comme on veut bien nous le présenter, mais je sais maintenant que je suis croyante, car j'ai toujours cru en la beauté et la grandeur de l'homme et de la nature. Si, par contre, il n'y a rien après la mort, je n'en souffrirai pas car je ne le saurai pas et le monde continuera d'exister comme il existait avant ma naissance.

J'ai placé le napperon en dentelle de Bruges sur la petite table de la serre; c'est toute ma vie que j'ai étalée ainsi. Aujourd'hui, ma vie est une dentelle. Je n'ai gardé que l'essentiel qui dessine les arabesques d'une existence bien remplie. Quand tu t'ennuieras, regarde-le. Il est parsemé de fleurs, il me ressemble.

Dans quelques heures, ma route va s'arrêter. Nous avons cheminé ensemble longtemps. Maintenant, tu dois continuer sur le chemin qui est le tien. Tu as été un tendre mari, un merveilleux compagnon. Je sais que tu seras toujours un bon père pour nos enfants. Mais tu dois aussi penser à toi. Je veux que l'homme que j'aime continue à être heureux. Tu dois regarder devant et ne puiser, dans le passé, que l'énergie pour avancer.

Le soir tombe, l'air est plus frais et je respire difficile-ment. Ma cheville enflée élance et je sens l'étau d'une migraine se resserrer autour de ma tête. Je crois que je vais m'arrêter ici. La douleur me rattrape. J'ai les yeux pleins d'eau. Pourtant, j'aurais voulu continuer, encore et encore. Il me semble qu'il y aurait tellement de choses à dire...

"J'aurais cent mille choses à dire qui tiennent trop à cœur pour si peu de temps..."

Je t'aime, Thomas, je t'aime.

Ta Jeanne

P.-S.: La nuit est tombée, la douleur est moins intense grâce aux médicaments que je me suis finalement décidée à prendre, mais je me sens abasourdie et j'ai la nausée. J'ai le ventre gonflé à cause de la morphine que je croque main-tenant comme des bonbons, me semble-t-il. C'est désa-gréable, inconfortable. Les rots que je n'arrête pas de faire ont un goût innommable.

Tu dors sur le futon, mais moi, je n'y arrive pas. J'aimerais passer ces dernières heures avec toi, mais qu'aurions-nous à dire que nous ne savons déjà? Je ne veux pas troubler ton sommeil, tu auras besoin de toutes tes forces pour les jours à venir. Et moi aussi, demain, je vais avoir besoin de ta force pour y puiser le courage nécessaire. Tu sais, même si je fais la seule chose à faire, même si je ne regrette rien et que je suis toujours aussi convaincue de la légitimité du geste que je vais poser dans quelques heures, j'ai quand même un peu peur. Je l'ai déjà dit et je le répète: l'inconnu est une donnée de l'exercice que j'appréhende encore et je trouve toujours aussi difficile de quitter ceux que j'aime. Je t'aime tellement Thomas! Alors demain, ne m'en veux pas trop si je semble lointaine, distante. C'est à cette seule condition que je pourrai aller jusqu'au bout. Je me redis, cruelle obligation, que de toute façon, l'échéance est là. Ma vie tire à sa fin. La mort est ma seule option, je ne fais qu'en décider la modalité. Depuis quelques jours, je m'oblige à ne fixer que le but atteint, sans m'autoriser à regarder derrière. Les souvenirs sont pour moi un luxe que je ne peux plus me permettre. Ils risqueraient trop de me meurtrir.

Voilà.

Ma vue se voile, j'ai de la difficulté à me relire. Mon ventre est dur, ballonné, douloureux et la migraine recommence. Je crois que je vais reprendre quelques pilules avant de porter cette lettre à l'étage avec la boîte qui contient une grande partie de notre vie. Je viens aussi d'écrire quelques mots pour les enfants et papa. Tu voudrais bien leur donner ces lettres pour moi ? Je n'aurais pu m'en aller sereine sans avoir pris le temps d'écrire ces quelques mots que je n'aurai pas le temps de leur répéter.

Quand tu le voudras, tu pourras lire tout ce que j'ai inscrit au fil des années. C'est ce qu'il y a dans la boîte dont je viens de parler. Tu peux tout lire. Toi ou les enfants, comme tu choisiras. Ces mots qui sont les miens sont aussi les tiens. Ils nous appartiennent. Quand je ne serai plus là, ils n'appartiendront plus qu'à toi.

Dans quelques instants, je vais m'allonger à mon tour. Tant que le sommeil continuera à me bouder, je te regarderai dormir et après, je me blottirai tout contre toi. Ma dernière nuit sera bonne. Je t'aime, mon amour. »

Thomas a dû s'y reprendre à trois fois, s'essuyant les yeux

d'une main maladroite, tenant difficilement la lettre de l'autre pour arriver au bout des mots de Jeanne. Pourtant, ce n'était que deux simples feuilles de papier, aux caractères d'imprimerie faciles à lire, mais elles tressautaient sous ses yeux tellement son corps tremblait.

Avec, en plus, ce débordement des larmes qu'il croyait taries, réapparues pour brouiller le regard et inonder les feuilles.

À ses sanglots, tout à la voix de Jeanne qu'il entendait lui lire cette lettre, Thomas n'avait pas réalisé que Mélanie et Sébastien étaient arrivés. Pétrifiés, ces derniers n'avaient pas osé dépasser le seuil de la cuisine.

Jamais ils n'ont vu leur père pleurer. Jamais. Alors, sa souffrance déchirante s'ajoute à leur désespoir, les laissant confus devant le geste à poser, les mots à dire.

Mélanie a toujours su que ses parents étaient profondément amoureux l'un de l'autre, ils n'avaient jamais caché la chose, mais pour la première fois, elle a la sensation d'être le témoin involontaire d'une facette de leur intimité qui ne lui appartient pas. Comme si elle les avait surpris en train de faire l'amour. Venue pour consoler son père, pour chercher également auprès de lui un réconfort qu'il est seul à pouvoir lui offrir, croyait-elle, elle n'a plus qu'une unique envie : fuir, retrouver Maxime, son homme à elle, le père de sa fille, même s'il est en partie étranger à sa douleur. Devant cet homme qui pleure, même s'il est son père, elle est intimidée, mal à l'aise. De leurs deux parents, c'était Jeanne qui était la plus proche de ses enfants.

Impulsivement, Mélanie prend la main de Sébastien et unit étroitement ses doigts aux siens. C'est son jumeau, son *alter ego,* normalement, il doit ressentir la même chose qu'elle.

Au moment où il sent sa main agrippée par celle de Mélanie, Sébastien ne peut s'empêcher de tressaillir. Sa sœur l'aurait à peine effleuré qu'il en aurait été de même, il avait oublié sa présence.

Le cœur oppressé depuis qu'il est entré, il entend les sanglots étouffés de son père et c'est la voix de Jeanne qu'il perçoit à travers eux. Jeanne qui n'aurait jamais toléré que Thomas soit aussi malheureux, Jeanne qui lui demande de ne pas le laisser seul. Pourtant, Sébastien n'a jamais été très proche de son père. C'est Olivier qui l'est. Olivier qui sait parler sport et auto, Olivier qui est médecin comme lui et discute métier avec lui, Olivier qui est normal, lui, marié et père de deux garçons, alors que Sébastien…

Le jeune homme ferme les yeux un instant, tente de faire taire la voix de Jeanne qu'il entend dans sa tête et dont il n'arrive pas à comprendre le message. Que peut-il faire pour ce père qu'il connaît si peu ? Que peut-il dire à cet homme qui, sans l'avoir rejeté, lui a quand même fait comprendre, par ses silences et ses soupirs, que la présence de Manuel dans leur famille avait une résonance discordante ?

Depuis l'annonce de son choix, depuis la présentation de Manuel comme compagnon, Sébastien a l'impression de ne plus avoir la même place dans sa famille.

En écoutant les pleurs de son père, il se demande même si elle va continuer d'exister, cette famille. C'était Jeanne qui en était le pilier, pas Thomas. Constater la profondeur de son désespoir ne fait que confirmer cette vérité.

Sans le savoir, les pensées de Sébastien rejoignent celles de Mélanie. Elle aussi, à travers le bruit des sanglots de

Thomas et s'emmêlant à eux, c'est l'éclatement de sa famille qu'elle entend. Elle aurait voulu que son père soit fort comme Jeanne l'aurait été, elle le retrouve effondré. Elle aurait voulu pleurer sur son épaule, mais il semble bien que c'est elle qui va devoir lui ouvrir les bras.

Un frisson convulsif secoue les épaules de Mélanie. Comment trouver des mots de réconfort alors qu'elle-même se sent si misérable ?

Incapable de se résoudre à faire les quelques pas qui la séparent de son père, elle approche la tête de celle de Sébastien et lui chuchote :

— Viens, on s'en va. Papa n'a pas besoin de nous.

Tout ce qu'elle souhaite, c'est que Sébastien acquiesce à sa proposition. Elle veut quitter la maison le plus rapidement possible. Habituellement, Sébastien pense comme elle, dit comme elle. Il devrait donc lui emboîter le pas sans discussion.

Pourtant, la réponse de Sébastien tarde à venir.

Mélanie soupire. Les pleurs de Thomas lui sont devenus insupportables. Elle veut partir là, maintenant. L'envie de tenir son bébé dans ses bras l'envahit, se fait urgence. Elle exerce alors une pression sur la main de son frère, leurs doigts toujours entremêlés.

— Qu'est-ce que tu attends ? Viens, on s'en va.

Demain, elle reviendra demain pour soutenir son père. Ce soir, elle en est incapable.

Mélanie recule d'un pas, essaie d'attirer Sébastien vers elle, mais, curieusement, son frère résiste, lui qui a l'habitude de suivre sans protester. Il retire sa main, se frotte longuement le visage, puis déclare dans un murmure :

— Va. Va rejoindre Maxime et ta fille. Moi, je reste ici.

— Mais pourquoi? Tu vois bien que papa n'a besoin de personne. Je suis certaine qu'il préfère être seul pour pleurer. Il ne l'a jamais fait devant...

— Je reste.

Même dans un murmure, la voix de Sébastien est sans réplique.

Mélanie est déçue. À défaut de son père, ce soir, elle aurait voulu avoir tous ceux qu'elle aime auprès d'elle. Son mari, sa fille, Sébastien...

— Comme tu veux, fait-elle à regret, refermant étroitement les pans de sa veste contre sa poitrine. On se reverra demain.

C'est à peine si Sébastien prend conscience qu'elle quitte la maison, sinon le souffle d'air froid qui le rejoint quand elle ouvre la porte.

Un long frisson secoue ses épaules.

Maintenant seul, il lui semble plus facile de s'approcher de la serre. Le geste découle d'une logique naturelle, d'un élan du cœur qui lui échappait quand Mélanie était à ses côtés. À quelques pas de lui, il y a un homme meurtri et cet homme est son père. Il n'aurait pu rester indifférent, malgré sa gêne. En un sens, il comprend la solitude de Thomas et il la respectera. Lui-même se sent tellement seul, parfois... Il ne veut pas s'imposer mais désire simplement être là.

Que sa présence dise à son père qu'il n'est pas obligé de rester seul à pleurer, si tel est son désir.

La lune, complice, éclaire les quelques pas qui le mènent à la serre.

— Papa ?

Thomas sursaute, il croyait la maison vide. Il s'essuie le visage précipitamment. D'un mot, Sébastien a fait mourir la voix de Jeanne et, l'espace d'un instant, Thomas lui en veut. Puis il prend conscience de la lettre qu'il a toujours en main et un fragile sourire se mélange aux quelques larmes qui barbouillent ses joues. Pour retrouver Jeanne, il n'aura qu'à la relire.

— Sébas ! Viens, viens mon grand.

Mon grand...

Cela fait une éternité que Thomas n'a pas appelé son fils ainsi et l'émotion engendrée par ces deux mots se mêle intimement à celle vécue depuis le matin. De grosses larmes débordent des paupières de Sébastien et d'un même geste, le père et le fils se retrouvent dans les bras l'un de l'autre.

C'est ainsi qu'Olivier les retrouve, venu lui aussi parce que la présence de son père lui manquait.

Thomas lui tend la main et durant un court moment, les trois hommes se regardent intensément, l'âme de Jeanne devenant presque réalité. Puis Thomas repense à la lettre qu'il tient encore dans sa main. Il aimerait la montrer pour que ses fils comprennent que s'ils pleurent l'absence, le départ, lui, était voulu. Mais il n'a pas le droit de la faire lire. Il a promis à Jeanne qu'il tairait à jamais cette dernière volonté vécue jusqu'au bout. Non parce qu'elle avait honte de son geste, mais pour le protéger contre une éventuelle poursuite judiciaire. Ils en avaient longuement parlé et la décision de Jeanne était irrévocable. En mourant ici, chez elle, au lieu d'aller en Suisse comme elle en avait parlé à ses enfants et à ses amis intimes, Jeanne espérait qu'on en conclurait que sa mort était naturelle. Thomas avait donc promis de ne rien dire. Entre eux, emmêlée aux larmes, cette promesse avait revêtu la forme d'un dernier serment d'amour.

Alors, les mains toujours aussi tremblantes, Thomas replie les deux feuillets de la lettre et les glisse dans la poche arrière de son pantalon en se retournant vers la petite table.

En évidence, un peu pêle-mêle, les autres lettres dans le halo jaunâtre.

Thomas s'en empare, en fait l'inventaire, en retire deux.

— Voilà, c'est pour vous. Un dernier message.

Après un long regard entre eux, Olivier et Sébastien tendent la main. Sans un mot, Olivier quitte la serre et Thomas l'entend se réfugier au salon, tandis que Sébastien reste immobile, hypnotisé par l'enveloppe qui porte son nom, visiblement ému, indécis comme lui-même l'avait été avant lui.

Thomas se retire discrètement et comme Jeanne l'aurait sûrement fait, il ouvre le réfrigérateur et sort trois bières. Le bruit des capsules heurtant l'acier de l'évier ramène, le temps d'un soupir, une forme de normalité qui le rassure. Ce cliquètement est un bruit familier chez eux et l'obligation qu'il s'impose de penser à ses fils lui fait un bien salutaire. Il reviendra à sa peine plus tard, quand il devra affronter la nuit en solitaire.

★ ★ ★

De ces quelques jours entre le décès et les funérailles, Thomas ne gardera qu'une sensation ouatée empreinte de larmes, surtout celles des autres. Une sensation confuse, assurément douloureuse, envahie de nostalgie à cause de certains souvenirs trop souvent évoqués, dominée par la monotonie de tous ces mots répétés à l'infini.

À l'arrière-plan, soutenant la mémoire, il y aura aussi la mine renfrognée de Mélanie, le courage précaire d'Olivier, l'émotivité à fleur de peau de Sébastien, la fragilité d'Armand Lévesque, le père de Jeanne, avec son regard qui ressemble un peu trop à celui de sa fille. Elles seront toujours présentes en lui, ces images qui ont le pouvoir de le rattacher encore à Jeanne.

Les anciens confrères, les parents, les voisins, les connaissances, les amis... Son père et sa nouvelle compagne, sa mère venue des États-Unis, son frère, quelques neveux, des cousins perdus de vue depuis des années... Tous ces gens autour de lui, bruyants, envahissants, compatissants, sincères ou obligés, que Thomas se sentait tenu de réconforter.

Gilles, venu chaque jour au salon funéraire, discret mais solidaire. Josée, blême mais courageuse et Marc, presque un frère, avare de mots, mais généreux de sa présence amicale.

Et planant au-dessus de ces jours qui ressemblent, aux yeux de Thomas, à une mise en scène trop bien orchestrée, il y aura le souvenir d'une seconde déchirure, différente de la perte de Jeanne, mais douloureuse à sa manière.

Au moment de quitter le salon funéraire, après la brève cérémonie religieuse présidée par le curé Martineau et suivant la courte réception, quand les fleurs avaient été ramassées par les quelques intimes restés auprès de lui, à l'instant où il allait passer la porte pour une dernière fois, Thomas avait eu une longue hésitation. Jeanne avait demandé que l'urne soit mise en terre, mais Thomas était incapable d'envisager la chose immédiatement. Alors, il avait pris entente avec l'entreprise de pompes funèbres : l'enterrement aurait lieu en octobre, quand les arbres seraient flamboyants. L'automne avait toujours été la saison préférée de Jeanne.

Il y avait donc eu cette longue hésitation au moment de partir, puis il s'était retourné.

Sur la table de bois, dépouillée des fleurs qui l'accompagnaient, l'urne semblait abandonnée. L'image lui avait été insupportable.

— Non !

Sursaut d'un déni qui continuait de l'agacer à fleur de peau, ce que Thomas avait voulu un murmure avait fusé bruyamment dans la salle presque vide. L'écho de sa propre voix l'avait surpris.

Il avait fait un pas en avant dans le silence embarrassé qui avait suivi son cri.

— Pas tout de suite, pas maintenant, avait-il ajouté sans tenir compte des proches qui l'entouraient.

Brusquement, il lui semblait essentiel d'emporter l'urne chez lui. Ce qu'il avait fait après avoir rencontré le directeur et malgré le regard furibond de Mélanie.

— Je ne suis pas d'accord, avait-elle dit d'une voix très claire quand Thomas avait pris l'urne dans ses mains, devinant ce qu'il voulait en faire. C'est malsain.

Thomas n'avait pas cru bon répondre. Cette décision ne regardait pas sa fille.

Quand ils étaient entrés dans la maison, Thomas n'avait pas hésité et avait porté l'urne dans la serre, sur la petite table ornée du napperon de dentelle acheté à Bruges.

C'était là, au milieu de ses plantes, que Jeanne attendrait le jour où l'urne serait mise en terre. Ainsi Thomas en avait-il décidé et personne n'avait quoi que ce soit à y redire.

Il avait reculé d'un pas, avait esquissé un sourire las avant de se retourner devant ses enfants qui l'avaient suivi. Sébastien avait répondu spontanément à son sourire, puis, après un peu d'hésitation, Olivier avait acquiescé silencieusement. Seule Mélanie était demeurée renfrognée, affichant ostensiblement son désaccord.

— Une boîte d'engrais supplémentaire, avait-elle maugréé, tout en laissant glisser son regard le long de la tablette fixée au mur derrière la table, là où Jeanne avait soigneusement aligné les produits nécessaires à ses plantes.

Sans rien ajouter, sans un regard pour son père, elle avait tourné les talons et quelques instants plus tard, Thomas avait entendu la porte claquer. Ce bruit sec qui avait ébranlé la maison l'avait fait sursauter.

Dans la cuisine, on entendait le café en train de passer. Josée, Marc et Gilles avaient eu la délicatesse de se tenir à l'écart.

C'était hier. Depuis, Mélanie ne s'est pas manifestée. Seul Sébastien, parti la rejoindre un peu plus tard, a téléphoné pour dire de ne pas trop s'en faire. La bouderie devrait finir par lui passer.

Alors Thomas essaie de ne pas trop y penser. Néanmoins, ce froid entre sa fille et lui est une épine supplémentaire, plantée dans un cœur qui n'est plus que lambeaux. D'autant plus qu'il ne comprend pas cette réaction.

Pour le moment, l'existence de Thomas est un fragile équilibre entre le désespoir le plus vif et la vie qu'il sent battre inexorablement dans ses veines. Une vie dont il ne sait que faire. Une vie teintée d'une culpabilité de plus en plus grande. Car, ajoutée au geste qu'il a posé pour aider Jeanne, il y a aussi, depuis qu'il est seul à la maison, une forme de soulagement à la pensée que ces mois d'horreur sont enfin derrière lui. Il se déteste de penser ainsi, mais c'est plus fort que lui.

Un carrousel d'idées contradictoires, d'émotions disparates, de jugements de plus en plus durs envers lui-même occupent la majeure partie de son esprit.

C'est déchirant, c'est épuisant.

Pourquoi n'a-t-il pas songé aussi à se procurer davantage de barbituriques? Il aurait pu, l'autre jour, partager le jus du matin avec Jeanne...

Chapitre 2

Les semaines, les jours, les heures ont passé au compte-gouttes.

Septembre vient de finir.

Thomas ne saurait dire si le mois a été ensoleillé ou pluvieux. Il a cru apercevoir quelques rayons lumineux à travers la grisaille où il avait la sensation d'évoluer, mais il n'en est pas certain. Cependant, à regarder les plantes du jardin, il se dit que le mois a probablement été très agréable.

Les plates-bandes de Jeanne n'ont jamais été aussi belles, les rosiers aussi luxuriants et il n'y est pour rien.

Tout le jardin resplendit de ce merveilleux embrasement de couleurs avant le dépouillement des grands froids. Les branches des rosiers ploient sous l'abondance des fleurs pêche, le fusain ailé rougit de plus belle et les orangés de l'érable rivalisent entre eux.

À quelques reprises, croisant son regard au-dessus de la haie, Thomas a senti que sa voisine Madeleine aurait aimé traverser dans leur cour. Jeanne et elle prenaient souvent un café ensemble au jardin. Lui, il s'est contenté de la saluer de loin, d'un bref, d'un très bref signe de tête, avant de fuir dans la maison.

Il n'a envie de voir personne. Heureusement, les gens, autour de lui, semblent l'avoir enfin compris.

Depuis une dizaine de jours, à son grand soulagement, Thomas n'a reçu aucune visite. Il répond au téléphone une fois sur trois, surtout si la sonnerie indique un interurbain.

Il n'y a qu'avec le père de Jeanne qu'il arrive encore à parler simplement. À un point tel que la semaine dernière, il a songé à prendre la route en direction de Québec. Pourquoi pas ? Une visite surprise, quelques jours d'escapade qui leur feraient du bien à tous les deux. Du moins, l'espérait-il.

Mardi matin, la valise était prête, les plantes arrosées, la cuisine rangée. Ce jour-là, il faisait très beau, le trajet serait donc agréable.

Au moment de passer le seuil, Thomas avait hésité.

Le risque de tomber sur Manuel lui était apparu comme fort probable et irrémédiablement désagréable. Puis, la longueur de la route lui avait semblé subitement oppressante. Cette perspective avait précipité sa décision. Brusquement et sans raison autre que des suppositions, il n'avait plus eu envie de partir.

Il avait refermé doucement la porte, déposé contre le mur la petite valise qu'il avait préparée avec tant de soin et il avait regagné la serre.

La valise n'est toujours pas défaite. Elle traîne encore dans l'entrée, appuyée maintenant contre le portemanteau, comme pour lui rappeler la possibilité d'une certaine évasion, d'une vision des choses différente, mais lui, à passer devant plusieurs fois par jour, il ne la remarque même plus.

Depuis ce voyage avorté, le peu de vaisselle utilisé par Thomas s'est mis à encombrer l'évier. Il y a surtout des tasses, pour le café qu'il boit méthodiquement et une multitude de capsules de bouteilles de bière. Une pléthore de moutons de poussière grisâtre roulent depuis quelques jours sous les fauteuils et la salle de bain aurait besoin d'un sérieux coup de torchon.

Seules les plantes de la serre et celles de la maison n'ont souffert d'aucun laisser-aller. Elles sont aussi belles que du temps de Jeanne. Du moins, Thomas tente-t-il de s'en convaincre.

S'occuper des plantes était une promesse qu'il avait faite à Jeanne et tout ce qui se rapporte à sa femme a pris un caractère sacré.

Toutefois, mis à part les soins prodigués aux plantes, Thomas ne saurait dire de quoi sont composées ses journées. Il y a bien un réveil et un coucher, il en est conscient mais, entre les deux, un épais brouillard englue le temps et les pensées.

Thomas a vécu le dernier mois en périphérie de la vie. Relire religieusement la lettre de Jeanne, chaque jour avec le premier café du matin, entretient la culpabilité, les culpabilités. Le vide de la maison est accusateur, le silence des lieux plus bavard que Jeanne ne l'a jamais été.

Ce matin, il n'a pas jugé nécessaire de s'habiller. Dehors, il tombe une pluie diluvienne, il ne sortira pas. Assis dans la serre, ordonnant ses pensées autour du crépitement des gouttes contre la vitre, Thomas sirote son troisième café. Noir et sans sucre. Quand il aura la nausée de trop en avoir bu, à l'instant où ses mains se mettront à trembler et que son cœur battra comme un fou, il laissera la tasse dans la cuisine, en passant devant l'évier, et il ira s'étendre dans le salon, même s'il sait qu'il n'arrivera jamais à dormir avec toute cette caféine ingurgitée depuis le réveil.

Depuis la mort de Jeanne, il ne s'est plus jamais allongé sur le futon de la serre. Il prévoit même le descendre au sous-sol quand il en aura le courage.

Depuis quelque temps, le moindre geste demande des efforts soutenus.

Parfois, quand il se retrouve au salon, il apporte l'urne avec lui et la dépose sur le manteau du foyer. Surtout les matins où il fait du feu, car Jeanne aimait bien regarder les flammes valser dans l'âtre. Elle pouvait passer des heures à les fixer. Souvent, elle lisait, assise devant le foyer, un verre de vin à la main, les jambes frileusement enroulées dans une couverture. Ce matin, les arbres sont secoués par un grand vent du nord et la pluie tombe drue. Un peu plus tard, quand il se retirera au salon, il jettera donc une allumette dans l'échafaudage de bûches qu'il a déjà préparé.

Aujourd'hui, l'urne passera la journée avec lui, auprès du feu.

À demi-assis sur le canapé, immobile, les yeux perdus au plafond, bercé par le son monotone de la pluie et réchauffé par la flambée, Thomas s'était finalement assoupi. Oh ! très légèrement, le cœur lui débattait trop pour qu'il puisse plonger dans un sommeil profond. N'empêche qu'il a réussi à ne pas trop penser durant quelques heures. Par contre, le simple cliquetis d'une clé dans la serrure suffit à lui faire ouvrir les yeux. Sûrement un des enfants, il n'y a qu'eux qui possèdent une clé.

Thomas se relève et soupire de lassitude, prenant conscience qu'il est toujours en pyjama. Il aurait dû les appeler, donner de ses nouvelles, cela aurait évité une visite à laquelle il ne tient pas tellement pour l'instant.

Sans se presser, il s'étire longuement en bâillant.

À la façon dont la personne secoue ses pieds, Thomas croit que c'est Olivier qui vient d'entrer. Connaissant son fils, il va se faire sermonner comme un gamin pour n'avoir donné aucun signe de vie et pour le pyjama en plein milieu de la journée.

À cette pensée, sa lassitude se métamorphose en impatience.

— Thomas ?

Thomas fronce les sourcils. De toute évidence, il ne s'agit pas d'Olivier. Curieux, il débouche dans le couloir et s'arrête net, décontenancé, en apercevant leur voisine Madeleine affublée d'un grand ciré jaune, comme ceux des enfants, et chaussée de lourdes bottes de caoutchouc.

— Madeleine ? Mais voulez-vous bien me dire ce…

— Je m'excuse, interrompt celle-ci en rougissant telle une gamine, visiblement mal à l'aise.

D'une main incertaine, elle montre une clé qui oscille devant elle au bout d'une petite chaîne.

— Je… c'est Jeanne qui me l'a donnée. Il y a des années de cela. En cas de besoin, disait-elle. Je… Ça fait quelques jours que je ne vous ai pas vu au jardin et depuis ce matin, j'ai appelé au moins trois fois sans succès. Roger m'a bien dit de me mêler de mes affaires, mais j'étais trop inquiète. D'autant plus que votre auto est dans l'entrée…

Elle n'ose ajouter que si elle n'a pas sonné, c'est parce qu'elle avait peur qu'il ne lui ouvre pas. Thomas esquisse un sourire. La sollicitude de ses enfants l'aurait agacé, celle de sa voisine le réconforte. À son tour, il se sent rougir.

— J'avais coupé la sonnerie du téléphone, explique-t-il, se retournant à demi pour jeter un coup d'œil vers la cuisine comme si l'appareil pouvait confirmer ses dires. Pour faire une sieste…

Puis, revenant devant sa voisine.

— Excusez la tenue, fait-il en ouvrant les bras.

Madeleine a un geste de la main qui signifie clairement qu'elle se moque royalement de la tenue de son voisin.

— C'est Roger qui avait raison, fait-elle contrite. Je me mêle de ce qui ne me regarde pas, mais en même temps… Mon mari a mis quelques truites à décongeler. Voulez-vous partager notre repas? Je sais que vous adorez la truite.

Par réflexe, quelques mots de refus viennent aux lèvres de Thomas. Sans Jeanne, l'invitation a nettement moins de charme. Au même instant, son estomac proteste de quelques gargouillements bien sentis. Depuis quand a-t-il mangé un repas convenable, normal?

— D'accord, j'accepte, laisse-t-il tomber finalement, presque à son corps défendant. C'est gentil d'avoir pensé à moi, ajoute-t-il pour compenser le manque d'enthousiasme de sa voix.

— Le plaisir est pour nous, Thomas. Six heures vous conviendrait-il?

— Six heures, oui, d'accord.

Aussitôt, Madeleine se détourne, pose la main sur la poignée de la porte.

— J'y pense, fait-elle, revenant vers Thomas. Tenez, c'est à vous.

Elle tend la clé qui brille un instant au bout de ses doigts. Thomas proteste.

— Non, gardez-la. On ne sait jamais, cela peut servir.

— D'accord.

Madeleine a déjà enfoui la clé au fond de sa poche.

— Dans ce cas, je vous dis à tout à l'heure.

Un dernier regard soutenu que Thomas interprète comme une mise en garde contre le moindre changement d'idée, un sourire chaleureux qui contredit cette impression, un courant d'air sournois et froid qui s'infiltre jusqu'à lui et la porte se referme sur Madeleine.

Thomas soupire, regrettant déjà d'avoir accepté.

Depuis un mois, il cultive sa solitude avec acharnement. Il ne lui reste rien d'autre. De toute façon, il n'aurait aucune conversation intéressante. Alors pourquoi a-t-il accepté cette invitation qui, bien que gentille, ne rime à rien? De quoi pourra-t-il parler, hormis cette sensation de vide qui l'engloutit? Cette culpabilité, toutes ces pensées lui faisant revivre, à répétition, les dernières heures de Jeanne où il se revoit préparant la potion, la versant dans le verre, la tendant à Jeanne... Qui, autour de lui, se doute de ce qui s'est réellement passé ce matin-là? Qui accepterait de parler de ce pacte entre Jeanne et lui sans faire de vagues, sans juger, analyser, conclure?

Cette obligation de se taire est telle une main glaciale placée sur le visage de Thomas. Elle l'empêche de respirer.

Il n'y a qu'avec Gilles qu'il pourrait en parler librement, mais celui-ci est un homme fort occupé. Depuis les funérailles, Thomas ne l'a pas revu.

Alors il se débrouille comme il peut, emmêlant chagrin et regret, tristesse et culpabilité, désespoir et certitude d'avoir fait ce qui était nécessaire.

Machinalement, Thomas revient sur ses pas, ouvre le réfrigérateur, saisit une bière par le goulot, puis monte à l'étage pour prendre une douche. L'après-midi doit tirer à sa fin, il fait déjà sombre dans la maison, et il a promis d'être chez ses voisins à six heures...

Comment Madeleine a-t-elle finalement réussi à faire de Jeanne le centre de leur conversation sans le heurter, Thomas l'ignore. Une délicatesse dans les propos, peut-être, une façon bien à elle d'en parler au présent lui a permis d'oublier le dernier mois. Même absente, Jeanne était de ce souper.

Thomas a mangé de bon appétit, a discuté plantes et légumes, reprenant des arguments appartenant à Jeanne, a parlé de la préparation des rosiers pour l'hiver, préparation qui l'embête un peu, et du garage qu'il a l'intention d'acheter pour éviter les longues séances de pelletage. Cela fait des années que Jeanne en parle de ce fichu garage temporaire.

Au moment de quitter, Madeleine lui remet un petit panier rempli des légumes de son jardin. Une corbeille à l'ancienne, en bois très mince, un peu comme du balsa ornée d'un ruban à carreaux et débordant de couleurs.

— La dernière récolte, lance-t-elle, visiblement nostalgique. J'ai pensé vous ajouter quelques recettes pour apprêter ces légumes. Surtout les betteraves. Jeanne m'a souvent dit que vous aviez un faible pour elles. Vous allez voir, c'est simple comme tout.

Thomas est ému. Une gentillesse, le nom de Jeanne prononcé avec une pointe de regret dans la voix et les larmes lui montent aux yeux. Il prend congé rapidement.

Il passe d'un terrain à l'autre en tenant le petit panier contre son cœur pour le protéger de la pluie qui tombe toujours.

Au moment d'entrer, il détourne la tête.

Éclairées à contre-jour par la lumière de leur maison, deux têtes blanches l'une contre l'autre.

— À bientôt Thomas !

Le temps de lever une main pour saluer ses voisins et Thomas se dépêche de refermer la porte derrière lui. L'image de ces derniers vieillissant ensemble, côte à côte, lui est subitement intolérable.

Une douleur au cœur lui donne envie de retrouver sa Jeanne.

Un besoin cruel et douloureux de la tenir entre ses bras le fait gémir.

Thomas baisse les paupières un instant. Que ne donnerait-il pas pour s'étourdir de ses mots, pour sourire à ses rires d'enfant, pour se saouler de son parfum de fleurs...

Thomas ouvre les yeux sur un vestibule désespérément vide et silencieux. De sa Jeanne, il ne reste plus que des souvenirs, quelques écrits et peut-être, pour quelque temps encore, l'atmosphère d'une maison qu'elle avait si bien su émailler de sa présence.

Thomas dépose le panier offert par Madeleine sur la première marche de l'escalier puis, éteignant derrière lui, il se précipite à l'étage pour retrouver le refuge illusoire de sa chambre.

Sur le bureau, la boîte que Jeanne a préparée pour lui. Il ne l'a pas encore ouverte. De la lettre, il connaît le moindre mot. Mais la boîte, elle, s'il a bien compris, c'est une partie de l'intimité de Jeanne qu'elle contient et jusqu'à maintenant, Thomas ne se sentait pas le droit d'en percer les secrets. Comme si Jeanne était toujours bien vivante, gardienne de ses mystères. Ce respect entre eux, celui qui a gardé l'amour intact malgré le passage du temps, continue de guider la pensée de Thomas. Il respecte trop Jeanne pour s'octroyer la permission de fouiller dans son passé, le droit de s'immiscer dans ses réflexions les plus intimes. Même s'il a toujours cru bien la connaître, même si, normalement, il ne devrait pas être vraiment surpris par ce qu'il va découvrir, Thomas hésite encore.

Pourtant, si Jeanne lui a confié ses écrits, si elle ne les a pas détruits, c'était qu'elle était disposée à tout lui raconter.

Assis au pied du lit, Thomas tient la boîte entre ses mains, ne sachant pas s'il va se décider à l'ouvrir dès ce soir ou attendre à plus tard. Elle a le format d'une boîte à chaussures de large taille, grise et noire. Elle est relativement lourde. À l'intérieur, la vie de la femme qu'il a aimée et, fort probablement, une partie de la sienne. Qu'en a-t-elle gardé? Les moments d'importance, les grandes joies et les souffrances sont-ils les mêmes que ceux que lui a conservés au plus profond de sa mémoire? Découvrira-t-il une femme surprenante, différente de l'image qu'elle projetait?

Même si une certaine curiosité pique Thomas, il n'en reste pas moins qu'il a peur. S'il fallait qu'il soit déçu... En même temps, en continuité de la soirée qu'il vient de passer chez ses voisins, il lui semble que le moment est venu pour oser plonger dans le passé de Jeanne.

À gestes très lents, comme si ses mains agissaient sans le moindre contrôle de la volonté, il soulève le couvercle, le dépose derrière lui.

Surpris, heureux, Thomas découvre une autre lettre écrite de la main de Jeanne. Son cœur fait un bond. Il a la sensation fragile que le lien amoureux se tend encore entre eux. Il déplie lentement le feuillet où Jeanne lui indique comment attaquer sa lecture, lui précise que les cahiers et les disquettes sont classés par année, lui répète combien elle l'aime.

Thomas dessine un sourire furtif. Chère Jeanne! Elle a toujours aimé que les gens agissent selon son propre entendement des choses. Là, maintenant, il a l'impression qu'elle lui fait un petit clin d'œil complice et une bonne chaleur s'empare de lui.

Incapable de résister, Thomas se laisse prendre au jeu comme si Jeanne pouvait le surveiller. Il vide la boîte, dispose un journal intime, quelques cahiers et des disquettes dans l'ordre, retient le journal où Jeanne a inscrit 1964-1966, puis il replace les disquettes et les autres cahiers dans la boîte.

Ce soir, il va plonger dans l'adolescence de Jeanne, à une époque où il ne la connaissait pas encore.

Le temps d'enfiler son pyjama, de s'installer sur le lit, le dos calé contre les oreillers empilés et Thomas ouvre le journal rose et mauve, semblable, probablement, à celui de nombreuses adolescentes.

Il reconnaît l'écriture qui n'a pas changé au fil des années. Seul le ton utilisé et le vocabulaire employé lui semblent différents. Après tout, Jeanne n'avait alors que treize ans!

Il s'attendait à remonter le temps, le souhaitait pour oublier l'aridité du moment présent. Il n'en est rien. Dès les toutes premières lignes, il replonge dans l'émotion qui a soutenu la dernière année. Jeanne parle de sa mère qui vient de décéder, elle écrit sa peur de souffrir comme elle et avoue sa déception devant ce qu'elle appelle la résignation de Béatrice.

« Comment a-t-elle pu accepter de nous abandonner,

papa et moi ? Maman est restée souriante jusqu'au bout. Je ne comprends pas. »

Émotion d'adolescente devant ce qu'elle perçoit comme une injustice de la vie, Jeanne essaie de calmer sa peine en faisant porter le blâme par celle qui n'est plus, avant de s'étourdir en racontant, en vrac, quelques souvenirs d'enfance comme si elle avait eu peur de les oublier.

Puis, au fil des quelques pages suivantes, le ton change. Jeanne parle de ses amies, assez nombreuses, de son école, qu'elle déteste, de l'existence avec son père qui n'est pas toujours facile. Ce n'est pas vraiment un journal intime, mais plutôt un agenda où elle note l'essentiel de ses journées en y glissant parfois des réflexions. Cependant, cela suffit pour que Thomas puisse se couler dans l'intimité de Jeanne enfant, puis adolescente. Il n'a aucune difficulté à se l'imaginer : un peu trop grande, un peu trop maigre, les cheveux frisant en désordre, souvent emmêlés, ce qui fait sa désolation.

« J'aimerais tant ressembler à Mireille Darc ou à Juliette Gréco comme mes amies, mais il semble bien que mon cas soit désespéré. Je viens de me faire couper les cheveux, espérant que les frisettes ne résisteraient pas. Catastrophe ! J'ai l'air d'un Saint-Jean Baptiste. Je ne sortirai plus jamais de la maison. »

Réflexions de gamine, horaire d'adolescente où les anniversaires sont soulignés en rouge et ornés de fleurs à la plume feutre alors que les prévisions d'examens sont accompagnées de graffitis sombres !

Puis, sans crier gare, un souvenir, une tristesse.

« Ce matin, j'ai beaucoup pensé à maman. J'ai proba-

blement rêvé d'elle, car je la sentais toute proche quand je me suis réveillée. Je m'ennuie tellement... »

La rancœur a disparu, la nostalgie l'a remplacée.

Quiconque aurait observé Thomas aurait pu lire toute la gamme des émotions de Jeanne sur son visage. Le rythme de sa lecture s'enlace aux écrits de Jeanne. Parfois il sourit, parfois il essuie une larme au coin de ses paupières. À quelques reprises, il relit une phrase qui l'a particulièrement touché. Sa Jeanne, celle qu'il a tant aimée, s'offre à lui sans aucune pudeur. De lire ses craintes, ses joies, de pénétrer toutes ses humeurs d'adolescente lui fait mieux comprendre certains silences qui, parfois, entrecoupaient sa trop grande volubilité. Même cette manie de toujours trop parler trouve tout son sens à travers l'ennui qu'elle avait de sa mère et le besoin de se confier qui n'avait jamais été vraiment comblé.

« Aujourd'hui, j'ai eu mes premières règles. Il était temps, je viens d'avoir quatorze ans. Ça commençait à m'inquiéter et je ne savais trop à qui en parler. Heureusement, madame Gendron était à la maison. Elle a vite réglé mon problème. Une chance ! J'aurais été bien trop gênée d'en parler à mon père. »

Une vie d'adolescente, banale en soi, différente à cause de l'absence de sa mère. Jeanne en parle de plus en plus souvent.

« Ce soir, j'ai embrassé Michel. Il est tellement beau ! Je crois que maman l'aurait aimé. »

Premiers émois, premiers flirts, premier copain.

« Il s'appelle Pierre-Luc. Toutes les filles de ma classe le trouvent beau. Il descend au même arrêt d'autobus que

moi. Depuis quelque temps, il me souriait toujours. Il m'a finalement demandé de sortir avec lui. Inutile d'écrire que j'ai dit "oui". J'espérais tellement qu'il le ferait! Il m'a prise par la main et il m'a reconduite jusqu'à la maison. Je vais l'aimer pour toujours. Je voudrais que maman le connaisse. Papa, lui, il avait un drôle d'air quand je le lui ai présenté. Je crois bien que papa n'aime pas beaucoup mes amis, je ne comprends pas pourquoi. Maman, elle, était très différente. Elle s'amusait parfois avec nous. »

Dans le cahier, les mois s'enchaînent les uns aux autres, sur la table de nuit, le cadran égrène des heures que Thomas ne voit pas passer. Il est avec Jeanne qui a maintenant quinze ans.

« Papa refuse que j'aille chez Marie-Claude pour la fête de Jean-Denis. Il dit que je suis trop jeune pour aller à un party. Pierre-Luc me boude à cause de ça. Je déteste mon père. Il n'a pas le droit de me faire ça. Je ne veux plus lui parler. Jamais... Quand il en aura assez de mon silence, il va peut-être changer d'idée. Si maman était là aussi... »

Jeanne la douce, la porteuse de paix, a aussi connu des moments de révolte. Comme tous les adolescents...

Thomas dépose le cahier sur ses genoux et essaie d'imaginer sa Jeanne en train de bouder. Il n'y arrive pas. Il a connu ses colères, ses indignations, ses impatiences, mais jamais il ne l'a vue rancunière. Soupe au lait, elle s'emportait vite, mais se repentait dans la minute. Elle criait fort, et parfois pour des vétilles, mais s'excusait si gentiment par la suite que personne ne pouvait lui en tenir rigueur.

Thomas esquisse un sourire attendri. Il aurait aimé connaître Jeanne à cet âge de l'entre-deux, à la fois femme et enfant.

Une grande vague de sentimentalité dépose une eau tremblante au coin de ses paupières. Pourquoi la vie avait-elle réservé une conclusion aussi abrupte à leur amour? Ils étaient jeunes. Cinquante ans, aujourd'hui, ce n'est pas vraiment vieux, et ils avaient encore tant de choses à se dire et à faire ensemble.

Les yeux de Thomas débordent de larmes silencieuses qu'il n'arrive pas à retenir. Cela faisait quelques jours qu'il n'avait pas pleuré et il en était bien aise. Les larmes n'ont jamais fait partie de ses élans sentimentaux. Aussi, avant que cette émotivité un peu trouble ne prenne le contrôle de sa pensée, Thomas s'essuie les yeux, renifle un bon coup et reprend sa lecture.

«*Demain, les vacances commencent. Pierre-Luc part pour Pointe-au-Pic avec sa famille. Ils y ont un chalet. Sa mère m'a invitée à me joindre à eux pour deux semaines, mais mon père a refusé. ENCORE! Il passe sa vie à m'embêter. Il refuse toujours tout. Je ne suis plus une enfant. J'ai quinze ans et demi!*»

L'été des quinze ans de Jeanne est teinté de frustration. Elle refuse les vacances proposées par son père parce qu'elle serait à l'extérieur du pays quand Pierre-Luc reviendrait de son chalet. Elle s'enferme dans sa bouderie, claque les portes sachant que son père a horreur de cela. Elle fugue parfois par la fenêtre de sa chambre, fume en cachette et se tient sur la terrasse Dufferin.

Pieds nus, robe longue, guitare et copains...

En marge de l'horaire de ses journées, des annotations de plus en plus nombreuses où Jeanne se languit de sa mère.

«*Si elle était avec nous, ce serait différent, j'en suis*

certaine. *C'est à cause de papa si je fais tout en cachette. Je n'aime pas ça, mais il ne me laisse pas le choix. C'est une vraie prison ici!* »

Puis une page entourée de cœurs roses. Pierre-Luc est revenu. Deux jours plus tard, la page est couverte de cœurs rouges. Jeanne a fait l'amour pour la première fois, sur les plaines d'Abraham, à l'abri d'un grand sapin.

« *Lui et moi, c'est pour la vie.* »

Jeanne n'a pas encore seize ans.

Thomas interrompt sa lecture de nouveau. Il savait qu'il n'avait pas été le premier homme dans le lit de Jeanne. Ils en avaient vaguement parlé, effleurant la question du bout des lèvres. Thomas préférait ne pas savoir. Jamais, cependant, il n'aurait pu imaginer qu'à tout juste quinze ans...

Thomas secoue la tête en bâillant, se frotte longuement les paupières. Minuit passé, il commence à être fatigué. Pourtant, il reprend le journal qu'il avait déposé sur le lit, incapable de s'arracher à sa lecture.

Jeanne saute du coq à l'âne et la page suivante est parsemée de points d'interrogation, de fleurs et de têtes de morts.

Rentrée scolaire, devoirs et leçons... Jeanne souligne qu'elle déteste toujours autant l'école mais qu'en même temps, tout cela n'a plus le même aspect rébarbatif.

« *Tout est plus facile quand on est heureux. Papa doit bien se demander ce qui se passe. Je suis de bonne humeur même avec lui! J'aime Pierre-Luc et j'aime faire l'amour avec lui. Ça suffit amplement pour trouver la vie merveilleuse. Pour l'instant, il n'y a que le jardin qui flétrit pour me désoler. Je déteste savoir que l'hiver s'en vient.* »

Thomas tourne les pages, survole le cours des journées et s'attarde sur les annotations en marge. Imperceptiblement, sa propre jeunesse se glisse à travers celle de Jeanne qu'il invente à partir des mots. La mention de l'achat d'un disque de Brel lui rappelle ce trente-trois tours des Rolling Stones qu'il écoutait à cœur de jour et de nuit. Adolescent, il préférait les groupes anglais, pas les chanteurs français qui n'étaient arrivés dans sa vie qu'avec la venue de Jeanne.

Le temps n'existe plus, les années sont gommées par les souvenirs qui se font presque réalité. Thomas retrouve l'adolescent qui sommeillait en lui. Il se complaît de cette présence primesautière, heureuse d'être sollicitée. Certaines pensées de Jeanne pourraient être siennes, certaines amertumes ont un goût familier.

Le sommeil arrive à l'improviste, voleur d'illusions. Les mains de Thomas abandonnent le journal, sa tête cherche refuge au creux de l'oreiller. Jeanne vient d'avoir seize ans et elle déplore le voyage offert par son père pour souligner son anniversaire.

« *J'aurais tellement préféré un souper de fête avec mes amis. Il ne comprendra jamais. C'est fou, mais plus le temps passe et plus je m'ennuie de maman. Il me semble pourtant que ça devrait être le contraire.* »

Le petit matin retrouve Thomas recroquevillé par-dessus les couvertures. Le vent souffle toujours, la maison est glaciale et Thomas a les pieds gelés. En grognant d'inconfort, il tente d'enrouler le couvre-lit autour de ses épaules même s'il sait que le sommeil ne reviendra pas. S'il pouvait au moins se réchauffer ! Peine perdue, il fait trop froid dans la maison. Alors il se lève, malgré la noirceur qui persiste. Six heures à peine, la journée risque d'être longue. Thomas déteste ces journées d'automne à la clarté racornie par les deux bouts. Il descend l'escalier en se frottant le visage et en soupirant, trébuche sur le panier de légumes laissé sur la première marche. Il l'avait complètement oublié. Il lâche un juron et cherche à tâtons une betterave qu'il a entendu rouler sur le plancher de l'entrée. C'était hier ce souper chez les voisins, pourtant Thomas a l'impression qu'il appartient à une autre époque. Ce matin, les seize ans de Jeanne et les siens sont aussi réels que ce panier de légumes qu'il dépose sur le comptoir. Peut-être en a-t-il même rêvé.

La tête et le cœur piégés entre jeunesse et réalité, Thomas prépare la cafetière. L'odeur amère qui envahit aussitôt la cuisine commence déjà à le réchauffer.

La lettre de Jeanne, posée sur la petite table de la serre et que Thomas lit ce matin beaucoup plus par principes que par envie, tente bien de le ramener au temps présent, mais une partie de son âme s'y refuse. Hier, l'espace d'une lecture, le journal intime lui a redonné une Jeanne bien vivante et c'est tout ce que Thomas souhaite. S'en tenir à l'illusion offerte, ne pas déborder de cet instant intemporel fait de chimères, peut-être, mais qui a le pouvoir de l'apaiser.

Le vent a chassé les nuages et l'apparition du soleil, bien que pâlot, raffermit sa décision. Aujourd'hui, il va partager la journée avec Jeanne, tout comme hier, finalement, mais d'une manière tellement différente !

Et encore une fois, les heures fuient sans qu'il les voie passer. Le soleil est maintenant haut dans le ciel, son ardeur a imprégné la serre d'une bonne tiédeur et Thomas lit toujours. Puis il doit monter à l'étage chercher le premier cahier spiral. Jeanne a fait son entrée au collège des Jésuites. Elle a dix-sept ans. Lentement, son appréciation de l'école s'affine.

« L'obligation de se présenter tous les jours au collège m'horripile autant, je déteste toujours les montagnes de devoirs à faire, mais j'aime bien apprendre. Je l'avoue, je suis définitivement curieuse de tout et, à cet égard, je veux bien me plier aux volontés de papa. Mais pour le reste... Si je peux en finir avec ce maudit cours classique, je vais enfin pouvoir étudier l'horticulture. »

Depuis quelques mois, Jeanne n'a pas reparlé de sa mère et aux quelques mots employés, le conflit avec son père semble s'être résorbé.

Elle confirme à cette même période, après de nombreuses hésitations échelonnées sur quelques mois, que Pierre-Luc n'est plus qu'un souvenir.

« Ça n'allait plus entre nous. Le fait que papa ne l'ait jamais aimé a peut-être joué dans ma décision, je ne sais pas. Chose certaine, j'en avais assez de toujours me sentir coincée entre l'arbre et l'écorce. Maintenant que c'est fait, je me sens soulagée. N'empêche qu'il va me manquer. Que ses caresses vont me manquer. Heureusement, il y a des garçons au collège. Avec un peu de chance, je devrais me faire un nouveau copain assez vite. »

Suivra une période dissolue qui blesse Thomas au passage. Jeanne avoue qu'après quelques expériences difficiles, elle préfère les aventures sans lendemain. Elle aime le sexe et le dit crûment, mais ne veut pas d'une relation stable.

« Je ne suis pas prête à m'engager. D'autant plus que papa semble toujours aussi hésitant vis-à-vis des garçons

que je lui présente. S'imagine-t-il que je vais passer ma vie à ses côtés ? C'est vrai que j'ai l'impression que maman lui manque toujours autant. Il n'en parle pas, mais il y a certaines réalités qui n'ont pas besoin d'être énoncées pour être évidentes. Sûrement que ça joue dans son attitude. Pauvre papa ! »

Puis arrivent les dix-huit ans de Jeanne. Cette fois, elle a l'aval de son père pour organiser une réception.

« Enfin ! »

Anniversaire bien fêté et bien arrosé, selon les dires de Jeanne, suivi de quelques pages sans grand intérêt. Les semaines se suivent et se ressemblent. Les examens, un voyage, des rencontres, des sorties... Michel, André, Jean-Marc...

Puis, sur une page vierge, entouré d'un liseré rouge, quelques mots.

« Il s'appelle Thomas. »

Ainsi donc, dès leur première rencontre, Jeanne avait jugé que son nom méritait une page entière. Thomas esquisse un sourire, le cœur battant à tout rompre. Il doit attendre quelques instants avant d'être capable de poursuivre sa lecture qui, pour les semaines suivantes, n'a rien de particulier, sinon que son nom est maintenant associé systématiquement aux devoirs et aux examens.

« Thomas a promis de m'aider. Avec lui, les sciences me semblent si faciles. Il devrait devenir professeur ! »

Puis, un peu plus loin sur la même page.

« Nous avons fait l'amour. Désormais, il n'y aura plus que lui. Je l'aime. »

Thomas est incapable de poursuivre. Ses yeux sont

brouillés de larmes. Ce qu'il supposait de la jeunesse de Jeanne est maintenant réalité, les images inventées se sont métamorphosées en souvenirs. Il revoit la chambre de Jeanne, entend la pluie qui frappait la vitre en cette nuit où elle s'était donnée à lui pour la première fois.

Le temps d'un soupir frémissant, l'odeur du parfum de Jeanne lui monte même aux narines.

Le bonheur d'une jeunesse qu'il se plaisait à imaginer, celle de Jeanne, l'entrelaçant de ses propres expériences, a fait place à la dureté des souvenirs d'une vie désormais révolue. La chute est vertigineuse.

Thomas n'est pas encore prêt à plonger dans le monde des souvenirs avec la femme qu'il a aimée. La réalité est encore trop sensible, le départ de Jeanne trop douloureux. Alors, la main qui tient le cahier se crispe et froisse la page où son nom a été inscrit en lettres rouges.

Thomas ferme les yeux. Ce nom, le sien, tracé par la main de Jeanne évoque amèrement ce temps d'une existence à deux qui est bel et bien terminée. Nul retour en arrière n'est possible.

Après deux ou trois inspirations profondes, Thomas arrive à se détendre. Il referme délicatement le cahier et le pose sur la table à côté de la lettre. Il y reviendra plus tard, quand le temps aura fait son œuvre et que la douleur sera devenue nostalgie.

Aujourd'hui, il veut garder la magie de sa jeunesse à une époque de la vie où tout était encore permis, où tout était encore possible.

Revenant à la cuisine, il constate, un peu surpris, qu'il est déjà dix heures. Dehors, il fait une de ces journées d'octobre qui ressemble à l'été. Une de ces journées où il lui arrivait parfois de sécher les cours lorsqu'il était étudiant. Que ne donnerait-il pas pour remonter le temps et...

Thomas secoue la tête en soupirant.

L'envie d'entendre ses vieux disques s'impose alors comme une panacée à la douleur que les dernières pages du cahier de Jeanne ont fait naître en lui. Se soûler la tête de cette musique qui jadis le faisait rêver. Obliger la mémoire à se complaire dans certains souvenirs plus neutres, moins compromettants, pour oublier le moment présent.

Sans hésiter, il se rend au salon, ouvre l'armoire où les vieux disques et les CD sont rangés.

Au premier regard, il n'y a que les titres des chanteurs préférés de Jeanne qui lui sautent aux yeux.

Brel, Aznavour, Dassin, Ferrat... Des dizaines de CD en piles bien droites comme Jeanne elle-même les a laissés.

Thomas a un pincement au cœur.

Tous ces interprètes français ont envahi leur demeure au cours de la dernière année. Jeanne les écoutait presque sans relâche. Elle les aimait tant! Thomas aussi avait appris à les apprécier. Mais pour l'instant ils offrent, sur les notes de leur musique, l'écho d'une marche funèbre qui lui résonne dans les oreilles.

Un jour peut-être y puisera-t-il une forme d'apaisement à travers les souvenirs, mais aujourd'hui, il en serait incapable.

Il a donc le réflexe de les repousser pour atteindre la rangée du fond, là où ses propres disques s'empoussièrent, même si, ce faisant, il a la sensation de faire un affront à Jeanne. En inspirant profondément, il se dit que Jeanne comprendrait qu'il puisse avoir besoin de revenir à une musique étrangère à leur histoire. Il se répète que Jeanne serait heureuse pour lui. Penser à la musique, avoir le goût d'en écouter lui apparaît comme un pas, un tout petit pas dans cette direction que Jeanne lui demandait de prendre. Il a bien l'intention de s'en gaver, il n'a rien à y perdre.

Quelques instants plus tard, guitare, batterie et saxophone s'entrechoquent. Les Rolling Stones envahissent le salon.

« *I can't get no satisfaction* »

Thomas monte le volume en esquissant un sourire moqueur. Avec pareille cadence, il y a de fortes chances pour qu'il arrive à ne pas trop penser.

Pour l'instant, il va s'occuper des rosiers en se laissant porter par une musique déchaînée. Tant pis pour les voisins... Il monte encore le volume avant de passer à la cuisine.

Une chaleur inattendue l'accueille sur la terrasse. Perplexe, Thomas regarde la cour. Ne fait-il pas trop chaud, justement, pour préparer les plantes à l'hibernation ?

Quand Jeanne voyait-elle à ses plantes ? Maintenant ou plus tard ? Brusquement, Thomas ne sait plus. Sans hésitation, il retire son blouson et le dépose sur une des chaises en osier avant de faire quelques pas et descendre sur le parterre.

Les roses sont si belles ! Il serait dommage de les couper.

Pourtant, une chose dont Thomas se souvient c'est que Jeanne, année après année, arrangeait le plus majestueux bouquet de roses qu'on puisse imaginer, et elle le faisait justement à la fin de la saison.

Alors ?

Thomas pivote sur lui-même, essaie de trouver quelques repères à travers des souvenirs qui s'entêtent à rester vagues.

Une phrase ou deux lui viennent à l'esprit, mais impossible d'y rattacher quoi que ce soit de concret. Jeanne parlait de certaines plantations à effectuer avant le gel, de certains rabattages, mais elle disait aussi qu'il fallait attendre un froid soutenu et constant pour diverses autres coupes en vue de l'hiver.

Thomas grimace en soupirant. Il n'a pas envie de se lancer dans la lecture des livres de jardinage. Pas aujourd'hui, il fait trop beau. Par contre, il n'a aucun désir de massacrer la cour. S'il fallait qu'il pose un geste dévastateur pour les rosiers de Jeanne, il s'en voudrait jusqu'à la fin de ses jours !

— Beaucoup de choses à voir quand vient l'automne, n'est-ce pas ?

Thomas sursaute et se retourne. De sa galerie, Madeleine le salue joyeusement. À son tour, il lève le bras.

— En effet. J'étais justement en train de me demander si je n'allais pas m'attaquer aux rosiers et...

— Surtout pas, l'interrompt sa voisine. C'est la dernière chose que vous aurez à faire cet automne. Les roses peuvent supporter quelques gels.

— Ah oui ?

Thomas se détourne et regarde les rosiers d'un œil incertain. Les arbustes chargés de fleurs lui semblent si fragiles qu'il doute un peu des propos de sa voisine. Il revient à Madeleine.

— Vous êtes certaine ?

— Tout à fait.

— Bon, d'accord! Si vous le dites…

— Profitez donc de ce beau soleil pour tondre la pelouse une dernière fois avant que les feuilles ne tombent, suggère alors Madeleine. C'est tellement plus simple et plus rapide. C'est ce que Roger s'apprête à faire, d'ailleurs.

La pelouse? Aussitôt, l'idée plaît à Thomas. S'activer physiquement après ce mois de léthargie devrait lui être salutaire.

— Merveilleuse idée! Je m'y mets tout de suite.

À l'arrière-plan, soutenant cette conversation, Mick Jagger continue de s'en donner à cœur joie. Thomas n'y est pas allé de main morte quand il a monté le volume. C'est pourquoi, après une courte hésitation, il ajoute:

— Ma musique ne vous dérange pas trop? C'est peut-être un peu fort.

— Pas du tout!

Madeleine le regarde en souriant. Un sourire d'une infinie tendresse qui, l'espace d'un battement de cœur, le fait redevenir gamin.

— Si je vous disais qu'elle me chante aux oreilles, votre musique de fou, est-ce que vous me croiriez?

À peine quelques mots et le sourire de Madeleine n'a plus la même portée. Thomas se sent rougir. Il saisit très bien l'allusion. S'il écoute ce vieux disque, c'est peut-être qu'il a le cœur un peu plus léger. C'est peut-être aussi que le souper d'hier a porté ses fruits. De toute façon, qu'importe la raison qui le pousse, ce matin, à vouloir écouter les Rolling Stones, le résultat demeure le même. Visiblement, Madeleine l'a compris. Jeanne répétait souvent que leur voisine était une fine psychologue. En cet instant où la vieille dame le regarde en souriant, Thomas saisit très bien ce que Jeanne insinuait. Il a l'impression que Madeleine lit à travers lui et cela lui est irrémédiablement désagréable. Subitement, il en veut à Madeleine d'oser croire qu'il a tourné la page.

D'un brusque revers des émotions, la culpabilité envahit de nouveau Thomas. Comment peut-il écouter de la musique avec plaisir alors qu'il y a à peine un peu plus d'un mois Jeanne mourait? La banalité du geste lui échappe. Ne reste que le malaise de se dire que, bien malgré lui, la vie essaie de reprendre des droits qu'elle n'a peut-être plus. Et Madeleine qui s'entête à sourire...

— Vous aimez? lance-t-il précipitamment pour camoufler son embarras, alors, tant mieux! Ce n'est pas tout le monde qui sait apprécier les Stones. Pourtant, Jeanne les aimait bien, ajoute-t-il comme s'il avait besoin de cette justification. Et maintenant, à la tondeuse! Si vous voulez bien m'excuser...

Le plaisir escompté à s'occuper le corps et l'esprit ne sera pas au rendez-vous. Après plus d'une heure à suer derrière la tondeuse, Thomas rentre en nage dans la maison, toujours aussi perturbé. Midi, le soleil tape. Si Jeanne était là, ils prendraient sûrement une limonade ensemble, avec une grosse salade en guise de repas. Au lieu de quoi, le cœur lourd, Thomas décapsule une bière, remet le disque qui s'est terminé sans lui et s'affale sur le divan. Il aurait préféré rester à l'extérieur, il fait si beau, mais il ne tient pas à être la cible des bonnes intentions de Madeleine ou Roger.

La douleur de vivre lui est revenue intacte. Il se sait injuste envers Madeleine, envers lui-même et envers Jeanne aussi, peut-être, quand elle écrit qu'il doit désormais penser à lui et tendre vers le bonheur. Elle n'avait pas le droit d'écrire cela.

À son tour, Thomas interprète les propos et les attitudes, présume des intentions.

Il se justifie en se répétant que personne n'est à sa place, que nul ne peut savoir ce qu'il ressent vraiment. Pas plus Jeanne que les autres.

L'évasion factice qu'il a voulu créer en revenant à des attachements de jeunesse s'est retournée contre lui. Madeleine l'a mal interprété et présentement, Thomas se débat contre cette sensation de culpabilité qui veille en sourdine derrière le moindre geste, la moindre pensée.

Saura-t-il s'en libérer un jour? Thomas en doute. Pour l'instant, les yeux fermés, juxtaposés aux paroles de Jagger, il n'entend plus que les reproches qu'il se fait à lui-même. Quand on a aidé quelqu'un à mourir, une personne qu'on aimait, on n'a plus le droit de prendre plaisir à la vie. Il n'est qu'un idiot, un sans-cœur d'avoir pu penser le contraire.

Impulsivement, il porte la main à son cou. Le dernier souffle de Jeanne laissera contre sa peau une brûlure ineffaçable.

Et cela, c'est peut-être la dernière certitude qui lui reste.

Chapitre 3

Ce temps idyllique, ce soleil irrésistible qui imposaient une certaine quiétude à l'âme n'avaient pas duré. Dès le lendemain, la pluie était de retour.

Pourtant au réveil, ce matin-là, et contrairement à ce qu'il aurait ressenti en temps normal, Thomas n'avait pas été déçu. Bien au contraire. Spontanément, il avait songé qu'un ciel gris et lourd conviendrait mieux à son état de veuf.

Veuf...

Le mot lui était venu involontairement, cruellement, la veille, quand il avait fui la cour et les voisins. Son état civil avait changé et il devrait s'y faire. Il savait, dans chacune des cellules de son corps, que la transition ne serait pas facile. Le mot en soi, murmuré d'une voix rauque, était chargé de fiel.

Au son de la pluie qui frappait aux carreaux de la fenêtre de sa chambre, il avait conclu que son amertume s'accommoderait de la grisaille mouillée qui gommait sûrement le paysage. Puis, il s'était levé en traînant une fatigue permanente.

C'est ainsi que Thomas avait retrouvé sa déprime. Avec soulagement. Comme on glisse ses pieds gelés dans une bonne vieille paire de pantoufles, après une longue promenade en hiver.

Abattu et triste, amer et déprimé, il se sentait un peu moins coupable. Il lui semblait infiniment plus normal d'être un homme accablé. Après tout, la mort de Jeanne datait d'à peine un mois et demi. Quelle drôle d'idée il avait eue, hier, de se sentir presque heureux !

Durant les quelques jours qui ont suivi, tous sous l'égide de la pluie, Thomas a donc éprouvé une sorte de réconfort à voir que les nuages partageaient son abattement. Il n'a rien fait, rien entrepris, rien prévu. Que le temps qui passait, lentement, d'une tristesse à l'autre, les souvenirs des derniers mois se faisant de plus en plus lourds. Voir au bois dans le foyer, préparer du café, marcher jusqu'au coin de la rue pour le lait et la bière suffisaient amplement à meubler les temps creux. Autrement, il occupait ses journées à se promener d'un fauteuil à l'autre.

Le médecin en lui, le chercheur minutieux capable de grande logique tentaient bien de lancer des signaux d'alarme. Chaque jour, Thomas avait de ces moments de lucidité froide où il s'examinait comme un microbe sous le microscope. Nul doute, tous les symptômes d'une bonne dépression y étaient : maison négligée, barbe hirsute, joues creuses, fatigue démesurée et, chapeautant le tout, une irrépressible envie de protéger jalousement sa solitude. Oui, il lui arrivait, deux ou trois fois par jour, de se dire qu'il devrait se secouer un peu. Mais comme la perspective de soutenir une simple conversation lui semblait au-dessus de ses forces et que celle d'échanger des opinions appartenait à un autre mode de vie, ses bonnes résolutions mouraient invariablement dans un soupir exténué. Si une certaine ambivalence dominait les réflexions, la mélancolie finissait toujours par dicter les attitudes. Tous les prétextes étaient bons pour reporter à plus tard ce téléphone qu'il faudrait bien faire aux enfants, cette visite qu'il avait promise à Marc, ce voyage vers Québec qui n'était toujours qu'un projet.

D'une part, l'homme rationnel concevait le danger qui le guettait, d'autre part, l'amant blessé, l'homme déçu avaient choisi de fermer les yeux.

Thomas avait fini par se convaincre que chacun avait le droit de vivre son deuil comme il l'entendait. Lui, c'était dans la solitude, dans un silence totalement différent de l'existence qu'il avait menée auprès de Jeanne qu'il arriverait à s'en sortir.

Thomas n'avait plus qu'une seule envie: être oublié comme la plupart des gens finiraient, de toute façon, par oublier Jeanne...

Aujourd'hui, pour la troisième fois, cette semaine, il a enfilé un vieux *jogging* élimé qui lui servait autrefois de pyjama. Ce vêtement défraîchi lui rappelle une certaine discussion où Jeanne avait suggéré d'en faire de la guenille ou un torchon. Cela le rend précieux à ses yeux et d'autant plus confortable.

Si la pluie a cessé, l'horizon reste chargé de lourds nuages grisâtres qui filent d'un bout à l'autre du ciel, bousculés par un vent froid et violent. Le soleil arrive tant bien que mal à glisser quelques rayons blafards entre les nuages menaçants et, l'espace d'un instant, la serre en est toute lumineuse.

La splendeur des rosiers n'est déjà plus qu'un souvenir. En quelques trop brèves journées, sans ménagement, les fleurs ont été dépouillées de leurs pétales. Thomas n'a pu s'empêcher de penser qu'un autre lien avec Jeanne venait de mourir.

Ce matin, il a assisté au lever du jour. Comme hier et avant-hier.

Le sommeil se fait de plus en plus capricieux, préférant les heures creuses de l'après-midi pour se manifester.

Alors, le temps que Thomas passe à attendre que la nuit cesse, le sommeil l'ayant déserté, ces heures où la noirceur est la maîtresse de ses pensées sont d'une infinie longueur. Quand cinq heures sonnent enfin à l'horloge de la cuisine, il se hâte vers la douche, soulagé de se soustraire à l'attente d'il ne sait trop quoi. Par moments, il est foudroyé par la certitude que le reste de son existence ne sera plus qu'une interminable et douloureuse attente. Celle de retrouver Jeanne dans ce monde éthéré qu'il se plaît à inventer.

Thomas ne voit pas ce qu'il pourrait faire d'autre de sa vie.

Le deuxième cahier des confidences de Jeanne, comme Thomas les a spontanément appelées, attend toujours sous la lampe chinoise, sur la petite table de la serre. Placé de travers sur le napperon en dentelle de Bruges, il symbolise à la fois le lien fragile qui l'unit encore à Jeanne et ce regard obligé vers un passé qu'il est incapable d'assumer.

Parfois, Thomas le prend entre ses mains, irrésistiblement attiré par les mots écrits de la plume de Jeanne. Il le feuillette distraitement, ne permettant au regard qu'un survol où il n'accroche qu'un mot ou deux au passage. Il suffit qu'il aperçoive son nom pour refermer les pages avec précipitation avant de remettre le cahier sur la table. Invariablement, s'ensuit une longue période de prostration où des centaines d'images se bousculent dans sa tête. Tant d'amour, tant de respect l'un pour l'autre pour en arriver à ce jour fatal. Un jour qui aurait pu être comme les autres, un jour parmi tant d'autres dans leur histoire, ce jour où il a aidé Jeanne à mourir.

Petit à petit, les moutons de poussière du salon ont migré vers la cuisine et la serre. Les assiettes sont maintenant plus nombreuses dans l'évier que dans l'armoire et les tasses à café commencent à manquer. Depuis quelques jours, Thomas se contente d'en prendre une au hasard dans le fouillis de la cuisine et de la rincer. Pour la bière, il boit à même la bouteille, c'est plus pratique.

Hier, dans un de ses moments de lucidité douloureuse, il s'était promis de mettre un peu d'ordre autour de lui. Ce matin, abasourdi par l'insomnie, il se contente de l'éclat fugace des quelques rayons de soleil pour se dire que ce n'est « pas si pire ».

À midi, exaspéré par un réfrigérateur vide, l'estomac tiraillé entre le besoin de manger et l'envie de boire, Thomas se décide enfin à sortir. Autant profiter de l'absence de pluie. Deux litres de lait, une caisse de bière, des œufs, un pain... Aux yeux de Thomas, cela devrait suffire pour terminer la semaine. Le temps de charger l'arrière de la Caravan avec les quelques caisses vides qui s'empilaient dans le garage et il quitte la maison avec la ferme intention d'y revenir rapidement. Un saut à l'épicerie et il sera l'heure de la première bière de la journée, en préparant l'omelette qui lui sert de repas quotidien. Plus tard, au cours de l'après-midi ou de la soirée, quand la faim se fait sentir, il se contente habituellement de bières.

S'abrutir à l'alcool permet de dormir un peu, et de ce fait, justifie le geste.

Au moment où il tourne le coin de la rue, il croise l'auto de Mélanie sans la voir. Cette dernière également n'a rien remarqué. C'est plutôt l'apparition de la vieille Toyota de Jeanne, toujours dans l'entrée devant la maison, recouverte de feuilles mortes agglutinées par la pluie, qui lui fait pousser un long soupir ému.

Il y a quelques semaines à peine, sa mère arrivait encore à la conduire.

Mélanie coupe le contact de sa propre voiture, retire la clé et appuie le front sur le volant en fermant les yeux.

Sa mère est partie trop vite, beaucoup trop vite.

Plus vite, en fait, que tout ce qu'elle avait anticipé. La dernière fois qu'elles avaient parlé ensemble, Jeanne discutait menu pour l'Action de grâces. Il n'y avait eu que des banalités entre elles, ce dimanche-là, Mélanie s'en souvient très bien. Le lendemain, Jeanne n'était plus qu'un souvenir. Depuis ce jour, Mélanie ne cesse de se répéter tous ces mots qu'elle n'aura pas eu le temps de lui dire.

Quelques instants pour reprendre sur elle, Mélanie se décide enfin à quitter sa voiture. C'est en refermant la portière qu'elle prend conscience que l'auto de son père n'est pas là.

Elle hésite un instant. C'est pour lui qu'elle est venue. Elle voulait lui parler, s'excuser, faire la paix avant de voir avec lui quand et comment on mettrait l'urne en terre. N'avait-il pas annoncé, la voix ferme et l'œil décidé, que cela se ferait en octobre ?

Et justement, octobre tire à sa fin…

Elle se dit alors qu'il ne doit sûrement pas être bien loin. Elle va l'attendre, même si la perspective de se retrouver seule dans la maison où sa mère est morte lui déplaît profondément. Fouillant dans son sac à main, elle en sort une clé.

Dès que Mélanie met un pied à l'intérieur, une odeur de renfermé, rance et tenace, la prend à la gorge, lui faisant aussitôt oublier son malaise. Grimaçant de dégoût, la démarche agressive, elle se dirige vers la cuisine pour ouvrir la porte-fenêtre. Tant pis pour le froid qui s'engouffre aussitôt, mieux vaut geler que subir cette odeur de moisi !

Puis elle fait volte-face, l'œil à l'affût. Si cela sent aussi mauvais, il doit bien y avoir une raison.

L'allure de la cuisine est déprimante, torchons sales et vaisselle collante emmêlés dans l'évier, sur le comptoir. Elle pousse un soupir de découragement. Comment son père arrive-t-il à vivre dans un tel bordel ? Cela ne lui ressemble pas.

Le regard de Mélanie se durcit ensuite.

Empilées trois par trois, les tasses de porcelaine de Jeanne défient la gravité, en équilibre instable.

— Merde ! Mais qu'est-ce qui lui prend ?

Sa mère tenait à ses tasses de porcelaine comme à la prunelle de ses yeux et en faisait un usage limité. Seule la visite d'importance, « la grande visite » comme elle disait en riant, y avait droit.

De toute évidence, son père a oublié la consigne.

Qu'a-t-il balayé d'autre du revers de la main ?

Contenant tant bien que mal son envie de pleurer, Mélanie enlève son manteau, le lance sur le dossier d'une chaise, relève ses manches et ouvre le lave-vaisselle. Si elle doit attendre, autant se rendre utile.

Troublée, le cœur coincé entre colère et chagrin, Mélanie a l'impression que c'est pour Jeanne qu'elle fait la vaisselle et non son père. Comme si, devant tant de négligence, il ne le méritait pas. Pourtant, ce n'était pas le but de cette visite. Le désir de se rapprocher de lui était sincère. Maintenant, Mélanie ne sait plus.

Le temps de ranger la cuisine, de remettre les tasses propres dans le vaisselier et Thomas n'est toujours pas de retour.

La colère de Mélanie s'est calmée, remplacée par une bouffée de compassion à l'égard de son père. Si elle-même, malgré la présence de sa fille et de Maxime, ressent l'absence de Jeanne avec une acuité toute douloureuse, combien grande doit être la souffrance de Thomas à vivre seul ici, entouré de ses souvenirs! Elle aurait dû passer par-dessus sa rancune et venir le voir bien avant aujourd'hui. Et dire qu'elle se justifiait en prétendant que son père n'était pas plus gentil qu'elle puisqu'il n'appelait pas!

La cuisine ayant retrouvé son apparence coutumière, évitant délibérément la serre porteuse de trop de souvenirs, Mélanie se dirige vers le salon pour attendre, de nouveau remplie de bonne volonté. Malheureusement, ses bonnes intentions ne résistent pas au tableau désolant qui l'attend. Dans l'embrasure de la porte, elle s'arrête en soupirant.

Les nouvelles du monde entier, à tout le moins celles des six dernières semaines, sont éparpillées sur le plancher, le tabouret, les accoudoirs du divan, en feuilles de papier journal froissées.

Mélanie promène un regard navré à travers la pièce.

Jamais elle n'a vu la maison aussi négligée.

Sur la table basse, des bouteilles de bière vides, d'autres

tasses, quelques assiettes, des serviettes de table souillées.

Devant l'âtre, sur le marbre blanc du plancher, des cendres et sur le manteau du foyer, l'urne, comme si elle avait été oubliée là par inadvertance.

Mélanie a un geste de recul, les yeux subitement embués. La colère qui commençait à céder le pas devant l'indulgence refait surface.

Soudainement, elle n'a plus envie de voir son père. Pas plus qu'elle n'a envie de se blottir dans ses bras ou de parler de Jeanne avec lui. L'homme qui habite cette maison n'a rien à voir avec le père qu'elle a connu.

Tournant les talons, elle se précipite vers la cuisine pour reprendre son manteau et refermer la porte-fenêtre.

Pourtant, alors qu'elle s'apprête à passer le seuil, bousculant les gestes car elle craint que son père revienne avant qu'elle ne soit partie, Mélanie s'arrête et se retourne lentement.

La maison est silencieuse, le soleil offre sa clarté en longues flèches de lumière sur le parquet de bois blond du couloir, l'odeur fraîche du jardin qui s'est engouffrée librement par la porte-fenêtre grande ouverte a rapidement changé l'atmosphère étouffante qui dominait à son arrivée. Elle inspire profondément.

Ici, c'était chez elle, c'est toujours un peu chez elle, même si sa vie est ailleurs. Elle y a été heureuse, très heureuse. Mélanie, tout comme ses frères, a eu droit à une enfance dorée. Jeanne y était pour beaucoup, mais Thomas aussi était présent, important dans cette vie familiale qui était la leur.

La jeune femme ferme les yeux en retenant son souffle. Il lui semble que la maison, sa maison, celle de Jeanne et de Thomas, essaie de lui parler. Imperceptiblement, à travers les souvenirs.

Puis soudain, elle entend ses rires d'enfant, les galopades dans l'escalier quand Sébastien la poursuivait, les semonces d'Olivier qui voulait étudier. Oui, elle revoit les bousculades, les tiraillements comme elle entend les confidences, les éclats de rire.

Et dominant le brouhaha, il y a la voix de Jeanne qui crie parfois, excédée, que sa maison est un asile de fous. Mais il y a également le rire de Thomas qui contredit l'impatience de sa femme, visiblement heureux de toute cette jeunesse autour de lui, chez lui.

À pas lents, Mélanie retourne à la cuisine. Elle n'a pas le droit de laisser tomber son père sous de vains prétextes. Lui, il ne l'a jamais laissée tomber.

Instinctivement, Mélanie s'est approchée de la serre. S'il y a un endroit dans la maison où le départ de Jeanne doit se faire sentir, c'est bien là. Pourtant, malgré tout ce qu'elle a pu en penser et malgré sa réticence de tout à l'heure, présentement, elle est prête à y faire face, car c'est là qu'elle a envie de se réfugier pour attendre son père. Depuis le décès de sa mère, à l'instant où elle l'a vue pour la dernière fois, endormie à jamais sur le futon, entourée de ses plantes et baignée de soleil, Mélanie a compris et accepté que la serre ne serait plus jamais la même. Autant briser la glace tout de suite.

Contre toute attente, c'est un jardin luxuriant qui l'accueille. Non seulement les plantes n'ont pas dépéri mais, en plus, les hibiscus, les géraniums et quelques chrysanthèmes du jardin ont été rempotés, comme Jeanne le faisait quand venait l'automne. Elle disait qu'elle rentrait un peu d'été dans la maison pour arriver à passer l'hiver.

La délicatesse de ce geste, posé par Thomas sans aucun doute, balaie les vestiges de rancœur de Mélanie. Son père entretient le souvenir de sa mère de la plus belle façon. C'est lui qui a raison.

Que veulent dire quelques tasses et des papiers chiffonnés ? Rien, sinon l'ennui et la tristesse.

Par contre, son père a gardé l'essentiel et, en ce sens, cela lui ressemble. Thomas a toujours été celui qui allait droit au cœur des choses. Respectueux, réservé, attentif aux détails qui disent tout, mais dédaigneux des emballages vides, comme il le dit parfois. Voilà pourquoi il n'a pas appelé. Il attend probablement que ses enfants le fassent, ne voulant rien imposer.

D'aussi loin que Mélanie se souvienne, de sa plus tendre enfance à aujourd'hui, Thomas n'a jamais été celui qui s'imposait. Jeanne oui, parfois, mais jamais Thomas.

Ce seraient donc à eux, les enfants, de se montrer forts pour le soutenir, l'accompagner sur ce bout de chemin qui doit être terriblement pénible.

Mélanie inspire profondément en regardant droit devant elle, là où le regard se perd dans l'immensité du ciel, au-delà du jardin de Jeanne.

Finalement, les Vaillancourt se ressemblent tous un peu. Chacun a vécu ce dernier mois pour lui-même, recroquevillé sur sa peine, sans vraiment se soucier des autres. Elle le sait car hier, elle a appelé Olivier et Sébastien pour savoir s'ils avaient des nouvelles de leur père. Chacun s'étant fié aux autres pour le faire, personne ne l'avait appelé.

— Avec mes visites aux patients, j'arrive parfois chez moi très tard le soir…

— Les cours que je donne sont très exigeants. Tu sais ce que c'est! La préparation, les corrections, les rencontres...

Derrière le paravent des excuses un peu trop faciles, Mélanie a perçu une forme de détresse, celle qui entraîne le repli sur soi. Ce besoin d'être seul pour s'ajuster à une réalité nouvelle, différente. Cette réaction ressemblait à ce qu'ils étaient comme famille. La pudeur devant les émotions avait toujours existé entre eux. Sauf parfois entre Sébastien et elle. Et encore...

Mélanie a donc décidé de passer outre à sa rancune pour visiter Thomas dès ce matin. Encouragée par Maxime, elle a profité de sa journée de congé pour le faire, la petite Marie-Jeanne étant avec son père.

Songeant que Jeanne serait triste de les voir agir ainsi, Mélanie descend les quelques marches qui mènent à la serre, étrangement émue.

Ici, dans le royaume, dans l'antre de sa mère, entourée de ses plantes, Mélanie a l'impression que Jeanne est toujours présente.

Rien n'a changé. La chaleur dégagée par le soleil est toujours aussi bonne, l'odeur de terre humide aussi agréable. Dans un coin, l'hydrangea offert par Josée au printemps dernier prépare une nouvelle floraison, quelques cactus en font autant.

Mélanie esquisse un sourire. Serait-il possible que son père ait le pouce vert, tout comme Jeanne?

Apaisée, presque sereine, Mélanie tourne lentement sur elle-même, un vague sourire flottant toujours sur ses lèvres.

C'est en se plaisant à détailler les tables fleuries qu'elle le remarque enfin. Il attend sous la lampe chinoise, à côté d'une photo de Jeanne prise par Thomas l'an dernier en Europe, quand ils étaient de passage en Hollande. Ce n'est presque rien, à peine un détail qui a la forme d'un vieux cahier à spirale, à la couverture gaufrée comme il en existait encore dans son enfance.

Curieuse, Mélanie s'en approche, glisse délicatement l'index sur la couverture, se doutant un peu de son contenu, car elle vient de reconnaître l'écriture de sa mère, indiquant les années. D'abord incertaine, elle se décide enfin. Elle le prend, l'ouvre et se laisse machinalement tomber sur une des chaises de rotin. Le temps cesse alors d'exister et le dernier mois s'estompe tandis que Jeanne reprend vie, là sous ses yeux, à travers les mots. Elle a dix-sept ans et vient d'entrer au collège...

Quand Thomas revient de l'épicerie, il est près de deux heures. L'estomac dans les talons, il s'est finalement laissé tenter par quelques plats cuisinés, des fruits frais, du poisson, quelques desserts. Ce qui devait être une brève escapade pour retourner des bouteilles vides, acheter des œufs et de la bière s'est transformée en une commande d'épicerie digne de ce nom. Jeanne elle-même ne l'aurait pas reniée.

Ces quelques gestes en apparence banals, sortir de chez lui, rencontrer des gens, obliger l'esprit à penser nourriture pour le corps, y prendre un certain plaisir, tous ces petits riens du quotidien l'ont réconforté. Il lui tarde maintenant de ranger le contenu des sacs et de se cuisiner un repas, un vrai. Il n'arrête pas de se répéter que ce sera agréable de fouiller dans les vieux livres de cuisine de Jeanne, lui qui a toujours prétendu avoir horreur de cuisiner.

Au moment où il tourne le coin de la rue, à l'instant

précis où il se dit qu'il va tenter de retrouver le CD de Led Zeppelin pour l'écouter en faisant la vaisselle et en préparant le repas, question d'apporter un peu d'agrément aux corvées, Thomas aperçoit l'auto de Mélanie, garée devant la maison. Il ne peut s'empêcher de grimacer même s'il est très heureux de la savoir chez lui. Sa fille va sûrement lui passer un savon. La maison est dans un état pitoyable...

Il entre les bras chargés de sacs, referme la porte d'un coup de talon.

— Mélanie ?

Aucune réponse. Thomas se rend à la cuisine, dépose son barda sur le comptoir, rougit en constatant que la pièce est bien rangée. Cette simple observation lui fait prendre subitement conscience que plus d'un mois de son existence lui a peut-être échappé.

Il pousse un long soupir.

Est-il normal de déraper à ce point ? Qui pourrait lui répondre ? Avec qui pourrait-il discuter de tout cela ? Habituellement, c'est avec Jeanne qu'il tenait ces échanges d'importance, ces discussions qu'ils qualifiaient, en riant, de philosophiques.

Thomas regarde autour de lui, repense à Mélanie. Il se sent fébrile. Sa fille est là et subitement, irrésistiblement, il ressent le besoin de parler, un besoin qu'il croyait éteint à tout jamais. Il inspire alors profondément, libéré d'un poids difficile à qualifier, en constatant, presque surpris, que le monde avait continué d'exister à l'extérieur de lui-même. Il l'avait simplement oublié.

— Mélanie ?

Cette fois-ci, un grognement venant de la serre lui répond.

Thomas sourit. Il est normal que Mélanie soit dans la serre, c'est le meilleur endroit pour penser à Jeanne. Nul doute que leur fille ne pense qu'à elle depuis son arrivée dans la maison.

Thomas a vu juste. Cependant, il ne peut savoir de quelle façon elle a pensé à Jeanne, ni à quel point elle est proche d'elle en ce moment. Il le comprend, cependant, à l'instant où il met le pied dans la porte menant à la serre.

Voir sa fille en train de lire les confidences de Jeanne est comme une gifle en plein visage, balayant la joie qu'il ressentait. L'indiscrétion de sa fille est un affront à l'intimité qui a existé entre Jeanne et lui. Mélanie n'a pas le droit de s'immiscer dans cette intimité. Ce cahier ne lui appartient pas. C'est à lui que Jeanne l'a confié, pas aux enfants. Un jour peut-être leur permettra-t-il de le lire, mais pas maintenant. Auparavant, Thomas a besoin de faire la paix avec ses souvenirs à son propre rythme. Sa colère est immédiate, irrévocable.

— Dépose ça, veux-tu.

Sa voix est dure, mordante, mais emportée dans le temps comme elle l'était, les émotions à fleur de peau, Mélanie ne le remarque pas. Elle finit la phrase commencée, puis lève la tête vers son père.

Lorsque leurs regards se croisent, elle n'est plus que tendresse. Puis compassion. Ce visage mal rasé, ces joues creuses, ce regard fiévreux…

Elle referme le cahier, gardant la page avec un index et lui tend la main. Pourquoi a-t-elle tant tardé à venir? Brusquement, les raisons qui entretenaient sa rancune sont vides de sens.

De son côté, Thomas a l'impression que le temps s'est arrêté. Il regarde la main qui se tend vers lui, hésite avant de détourner les yeux, choisissant délibérément de la dédaigner. S'il fait le pas qui le sépare de Mélanie, il va dévoiler cette blessure à vif qu'il a au cœur et il n'a pas l'habitude. L'air se raréfie autour de lui. Pudique, le soleil s'est caché derrière un régiment de nuages de plus en plus noirs. La serre plonge brusquement dans une pénombre que Thomas apprécie. Il est autant blessé par le geste de sa fille que par le risque de montrer ses émotions et cela, il est toujours incapable de s'y résoudre. On ne change pas l'attitude d'une vie en quelques jours. Alors, il fait porter le poids de son mal d'être à Mélanie. C'est à cause d'elle si la douleur à l'âme est insupportable en ce moment. Elle n'avait pas le droit de lire ce qui ne lui est pas adressé.

Autant il avait envie de parler avec elle quelques instants auparavant, autant maintenant Thomas souhaite qu'elle quitte la maison. Il veut retrouver la quiétude d'une solitude où il n'est pas bousculé. Cela lui apparaît même vital.

— Remets ce cahier où tu l'as pris.

Le ton est saccadé, furieux, et Mélanie reste sans voix. Sur le coup, dans la fièvre du regard de Thomas, elle lit la colère et le désir d'être seul. C'est inscrit dans chacune des rides du visage hermétique de son père. Il lui aurait montré la porte d'un index rageur que cela n'aurait pas été plus clair. De grosses larmes roulent sur ses joues. Pourtant, même devant son chagrin, son père ne lui ouvre pas les bras comme il l'a si souvent fait par le passé. Il reste immobile, le visage exsangue.

La gorge nouée par la tristesse, incapable de proférer le

moindre son, Mélanie, d'une main tremblante, remet le cahier à sa place et se lève. Toujours sans parler parce qu'elle éclaterait en sanglots dont elle ne saurait que faire, elle passe rapidement devant son père, évitant de le frôler.

Le tapement de ses talons s'éloignant de la serre rassure l'esprit tourmenté de Thomas, le bruit de la porte qui claque bruyamment le fait sursauter.

Mais qu'est-ce qui lui a pris?

Un bref éclat de soleil l'oblige à fermer les yeux un instant. Son cœur se débat, la tête vide de toute pensée. À son tour, il se laisse tomber sur une des chaises de rotin et prend le cahier. Il le fixe longuement.

Que dirait Jeanne de tout cela?

Thomas éclate en pleurs bruyants.

Tout l'après-midi, il a tourné en rond comme un fauve en cage. Puis il s'est lancé dans une frénésie de ménage. Bouger, agir pour éviter de trop penser. Après quelques heures, avant d'étouffer, il a claqué la porte à son tour. Partir, quitter cette maison qu'il a tant aimée et qu'en ce moment il honnit. Partir pour tenter de faire le vide autour de lui. En lui. L'idée de mettre la maison en vente lui traverse même l'esprit quand l'auto recule dans l'entrée.

Maintenant qu'il a tout gâché, pourquoi s'arrêter en si bon chemin? Il n'a qu'à continuer sur sa lancée. Question de se mettre les pieds dans les plats, il est bien parti. Ainsi, le jour où il tirera sa révérence, personne ne le regrettera.

— Ce sera tant mieux pour eux, ils ne vivront pas ce que je vis, murmure-t-il, atterré d'avoir de telles pensées.

Son besoin d'évasion le conduit naturellement au mont Royal. Ils y venaient souvent, Jeanne et lui, dans les premiers temps où ils habitaient Montréal. Le dimanche, ils y promenaient Olivier dans son carrosse, hiver comme été.

Dans le stationnement, quelques voitures, sur la terrasse, des promeneurs désœuvrés.

Ici, le ciel est infini, les étoiles incalculables. S'accoudant à la balustrade de la terrasse, Thomas lève la tête et laisse son esprit se perdre dans l'immensité de l'espace. Il se rappelle la fois où ils étaient venus contempler les étoiles filantes. C'était la nuit des perséides. Il aimerait que ce soit encore cette nuit-là. Pour faire un vœu. Le vœu que les dernières heures s'effacent. Le vœu d'avoir la chance de tout reprendre à partir du moment où il est revenu de l'épicerie. «Jeanne, comment parlais-tu aux enfants? Moi, je ne sais pas.»

Impassibles, les étoiles continuent de clignoter au loin et la ville s'agite à ses pieds. Thomas s'entête à regarder le ciel, se sentant, malgré tout, un peu plus proche de Jeanne en le faisant. À la lisière des arbres, une étoile domine par sa brillance très vive, particulière. Thomas attache son regard sur elle, intensément, jusqu'à ce que les larmes lui montent aux yeux.

— Jeanne, où es-tu? murmure-t-il d'une voix rauque. Si tu savais comme tu me manques, comme notre vie me manque.

Ne lui restent, pour l'instant, qu'une immense sensation de vide, douloureuse comme une peine d'amour et celle, plus subtile, de soulagement quand il a compris que Mélanie était à la maison.

Et si sa guérison de Jeanne devait passer par les enfants? N'est-ce pas un signe? Cette quiétude ressentie quand il a vu l'auto de Mélanie, ce battement de cœur intense, mais en même temps plus léger...

Thomas ne sait pas. Il ne sait même pas s'il a le droit d'espérer.

Il revoit le visage bouleversé de Mélanie quand il lui a ordonné de déposer le cahier. Comment a-t-il pu se montrer aussi froid, aussi mesquin ? Comment peut-il oser croire qu'avec les enfants, il pourrait arriver à reprendre goût à la vie ?

C'est alors qu'il comprend qu'il ne regrette pas ses propos. C'est la façon de le faire qui a été désastreuse. Il demeurera toujours convaincu que sa fille n'avait pas le droit de lire le cahier de Jeanne sans sa permission.

Mais en même temps, Mélanie ne pouvait le savoir et lui, il aurait dû le comprendre et l'accepter.

Thomas inspire profondément, perturbé par tant de réflexions contradictoires.

— Jeanne, ma Jeanne, répète-t-il à voix basse, un trémolo dans la voix et les larmes aux yeux.

À quelques pas, deux jeunes tournent la tête vers lui, une lueur inquiète dans le regard. Qui donc est cet homme qui parle seul, vêtu d'un vieux survêtement ?

Se sentant observé, Thomas se tourne furtivement vers eux. Les deux jeunes le dévisagent un instant, puis se détournent. Main dans la main, ils s'éloignent rapidement. Thomas a le cœur en lambeaux.

Ne trouvant plus aucune consolation à contempler la voûte étoilée, agacé par le tumulte de la ville tout en bas et la présence d'inconnus, il délaisse la terrasse et rejoint un sentier qu'ils ont souvent emprunté, Jeanne et lui, pour aller nourrir les écureuils à l'automne. Il lui semble même entendre les cris d'Olivier, à la fois ravi et effarouché, quand un petit animal, la queue dressée, s'aventurait à grimper sur la jambe de son pantalon.

S'enfonçant de plus en plus profondément dans le bois, il se dit qu'il aurait dû profiter de chacun de ces moments de grâce qui avaient traversé son existence. À l'instar de plusieurs, il ne les avait vécus qu'à la surface des émotions, au lieu de les goûter pleinement comme s'il en était à sa dernière journée.

Que de temps perdu, que d'occasions ratées!

— Comme ce matin, murmure-t-il pour lui-même, le regret s'emmêlant étroitement à ses pensées.

Thomas tressaille au son de sa voix. Depuis quelques jours, il s'est mis à réfléchir à voix haute. Pourquoi? Jamais, auparavant, il ne s'est parlé à lui-même. Cherche-t-il à meubler un silence, un isolement qu'il s'entête à vouloir protéger? Et au nom de quoi préserverait-il cette solitude, lui qui n'a jamais vécu seul?

De nouveau, ses pensées cafouillent, ne laissant qu'un incroyable sentiment de désespoir. Lui si posé, si cartésien n'est plus que contradictions et ambivalence. Jamais il n'aurait pu imaginer qu'un jour il serait mal dans sa peau, si perturbé, aussi embrouillé.

« Si ma vie doit se poursuivre ainsi, inlassablement, sans aucun répit, alors autant en finir tout de suite. »

L'idée ne s'est pas vraiment matérialisée. Elle l'a à peine effleuré, vague tentation, mais cela a suffi pour que Thomas arrête de marcher, le souffle court, comme s'il avait longuement couru.

Il scrute les alentours, animal traqué par ses propres réflexions.

Subitement, le bois n'est plus d'aucun réconfort, il est même dangereux. Dans un éclair de lucidité, il rebrousse chemin, obligeant sa pensée à se concentrer sur le bruissement des feuilles qu'il piétine à chaque pas. Vite, il doit faire vite avant que la vague intention ne s'impose et qu'il soit trop tard pour la repousser.

Quand il débouche sur l'aire de stationnement, Thomas est en nage. Le ciel s'est couvert et il commence à pleuvoir. De grosses gouttes froides qui tombent de plus en plus rapidement. Alors, il accélère le pas en fouillant dans ses poches. En vain. Les clés sont restées dans l'auto. Elles luisent dans la clarté d'un réverbère. Sur la console, entre les deux bancs, son cellulaire le nargue.

Cette bévue, bien que désagréable, aurait pu porter à rire, faisant tomber la tension malsaine où il a la sensation de patauger. Au contraire, elle suffit à faire remonter les larmes. Encore! Thomas envoie valser un bout de papier d'un coup de pied rageur. Il en a assez de ces pleurs qui semblent ne jamais vouloir tarir et sur lesquels il n'a aucun contrôle.

Incapable de la moindre décision autre que l'attente, Thomas regarde autour de lui. Un peu plus loin, sur la façade du chalet, il aperçoit une porte cochère. Il se met à courir vers ce semblant d'abri. Il attendra qu'une voiture patrouille se présente. Il pourra alors demander de l'aide.

Quand il arrive enfin devant chez lui, la nuit est largement entamée, mais il n'est pas fatigué. De toute façon, la confusion de ses émotions et de ses pensées l'empêcherait de dormir.

Il imagine sa chambre, trop froide, son lit trop grand pour un homme seul.

Un long frisson secoue ses épaules. Son manteau est trempé et il a froid. Il faudrait qu'il prenne une bonne douche bien chaude mais, devant lui, la maison se dresse, sombre et hostile.

Dire qu'il n'y a pas si longtemps, Jeanne et lui l'appelaient leur refuge, leur havre de paix.

La pluie tombe toujours. L'érable arlequin, dépouillé de ses dernières feuilles depuis peu, s'agite dans le vent qui perdure depuis le matin. Ses branches fortement secouées font entendre certains craquements que Thomas trouve aussitôt sinistres. Il comprend alors que, dans son état d'esprit, la maison serait aussi dangereuse que le bois.

Impulsivement, sans réfléchir, dans un ultime réflexe de survie, il passe en marche arrière, recule vivement dans la rue. Quand il embraye, les pneus crissent sur l'asphalte mouillé comme s'il fuyait un cataclysme ou se soustrayait à une scène intolérable.

Arrivé à l'intersection, sans la moindre hésitation, il bifurque à droite.

Il ne lui reste peut-être qu'un endroit où se réfugier. Il a eu la lucidité de se dire qu'il ne devait pas rester seul cette nuit.

Là où il va, peut-être arrivera-t-il à trouver un peu de repos. Peut-être, car présentement, Thomas n'est plus sûr de rien, à commencer par lui-même.

Les quelques minutes à rouler dans son quartier arrivent à peine à calmer l'anxiété fébrile qui fait trembler ses mains. Il est soulagé quand il voit se profiler la masse laiteuse d'une résidence somptueuse de briques blanches. Il en gravit l'escalier en deux enjambées et sonne, malgré l'heure tardive. Quelques instants de silence, puis le bruit d'un pas lourd.

— Thomas?

Le visage bouffi de sommeil, Marc a entrouvert la porte.

— Mais veux-tu bien me dire ce que tu...

Il s'interrompt brusquement, lorsque son regard croise celui de Thomas. Son cœur se serre. C'est toute la détresse du monde qui est enfermée dans ce regard. Alors il s'efface et ouvre tout grand la porte, avant même que son ami n'ait articulé le moindre son.

— Allez, viens! Entre, mon vieux! Il fait un temps de cochon!

Une pression de la main sur l'épaule, avant d'aider Thomas à enlever son manteau. Puis, alors qu'il le précède dans le couloir, Marc lance par-dessus son épaule:

— Tu parles d'un froid pour la fin d'octobre! On se gèle les couilles juste à regarder par la fenêtre... Qu'est-ce que tu dirais d'un bon café? Bien chaud et bien fort! Il me semble que ça nous ferait du bien!

★ ★ ★

Dérangée dans son sommeil par un bruit inhabituel, Josée avait ouvert les yeux. Au murmure qui lui parvenait de la cuisine, elle avait tout de suite conclu que Thomas était là. Par instinct. Un rapide coup d'œil par la fenêtre lui avait confirmé son intuition. La vieille Caravan rouge était bien devant leur demeure. Sachant les liens qui unissaient Thomas et son mari, elle avait donc regagné son lit sans chercher à les rejoindre.

Le cadran affichait un gros six, vert et lumineux. Il faisait encore une nuit d'encre.

Elle s'était dit que les dernières heures avaient dû être particulièrement difficiles pour Thomas. Ce n'est pas dans sa nature de déranger les gens sans raison, aussi tôt le matin ou aussi tard la nuit. Chose certaine, si Thomas était là, c'est qu'il avait besoin de parler. Elle n'avait donc pas bougé de sa chambre, laissant les deux hommes en tête-à-tête, même si elle se rongeait les sangs.

Au moment où le sept remplace le six au cadran de la chambre, Josée prend le téléphone pour appeler à son bureau et laisse un message sur la boîte vocale. Aujourd'hui, elle n'ira pas travailler. Au marmonnement qui lui parvient toujours de la cuisine, elle comprend que Marc a pris la même décision. Habituellement, à cette heure-ci, il est déjà parti.

Son appel terminé, Josée se lève pour rejoindre « les gars », comme Jeanne et elle les appelaient affectueusement. Josée n'est pas femme à rester passive quand un ami a besoin d'aide et, de toute évidence, Thomas a besoin d'eux. Elle juge que la discussion entre hommes a eu tout le temps voulu pour porter ses fruits, elle ne sera pas une intruse. S'enroulant frileusement dans sa vieille robe de chambre, Josée descend au rez-de-chaussée.

— Bonjour, Thomas.

Les deux hommes sont assis à la table. Josée se penche et embrasse son ami sur la tempe, avant de consulter son mari d'un regard curieux. Il lui répond d'un sourire qui lui semble encourageant.

— Je refais du café?

Sans attendre de réponse, Josée s'affaire. Elle fait couler

l'eau, sort le pot en fer-blanc, rince le filtre, manie la cuil-
lère à mesurer... Quand la cafetière commence à faire
entendre son gargouillis, elle se retourne. Reins appuyés
contre le comptoir et bras croisés, elle scrute le visage de
Thomas.

— Toi, tu n'as pas bonne mine, lance-t-elle avec son franc-
parler coutumier. T'auras pas vraiment besoin de te déguiser
lundi prochain.

Thomas lève un regard éteint, une ride d'incompréhension entre les sourcils. De quoi Josée parle-t-elle?

— Me déguiser? Lundi?

— Ben oui, pour Halloween! T'as l'air d'un fantôme.

Thomas ne se donne pas la peine de répondre. Devant sa
visible indifférence, après un bref silence, Josée se permet
d'ajouter:

— De combien t'as maigri, au juste?

C'est direct, mais sans méchanceté. Thomas hausse les
épaules, silencieux, reporte les yeux sur sa tasse qu'il tourne
et retourne entre ses doigts. Son poids est le cadet de ses
soucis. Curieusement, Josée semble se satisfaire de son
impassibilité. Elle sort une tasse de l'armoire, prend le lait
au réfrigérateur.

— Qui veut un *refill*?

Marc et Thomas acceptent, même s'ils se sentent passablement excités d'en avoir déjà trop bu. Josée les sert sans
passer de remarques, puis prend place à la table avec eux.

— Alors, Thomas? Comment ça va?

Question inutile, ils le savent tous. Malgré cela, l'interpellé essaie de jouer le jeu.

— Ça va, ment-il, sans aucune habileté.

Le ton manque de conviction, il ne dupe personne. L'espace d'un soupir, d'une gorgée de café et Thomas corrige :

— Non, ça ne va pas.

Josée esquisse un sourire empreint d'affection.

— Je l'aurais parié... Jeanne te manque, n'est-ce pas ?

— Tu ne peux pas savoir à quel point !

— Comme à nous tous...

Un lourd silence hanté par la présence de Jeanne s'abat sur la cuisine. Il flotte un instant, les enveloppe d'une pellicule d'inconfort, de tristesse. Puis, sans transition, mais surtout sans rapport évident avec ce qui a précédé, Josée décoche froidement :

— Tu devrais raser cette barbe-là. Ça te vieillit et t'as l'air négligé.

Second haussement d'épaules indifférent. Alors Josée reprend, insiste, malgré le regard anxieux de Marc.

— Je sais que tu t'en fous, mais pas moi. Je n'aime pas savoir que le mari de ma meilleure amie se laisse aller. Et Jeanne non plus n'aimerait pas voir la mine que tu as. J'en suis certaine.

Qui ne connaît pas Josée pourrait croire qu'elle n'est qu'une écervelée ou une sans-cœur. Comment peut-elle parler ainsi, alors que Thomas vient à peine de perdre sa Jeanne ? Ne voit-elle pas qu'elle le blesse avec ses mots trop directs ? Bien sûr, Josée est consciente du mal qu'elle cause à Thomas. Ce n'est pas ce qu'elle souhaite, mais c'est le seul moyen qu'elle a trouvé pour le faire réagir. S'il pouvait seulement se ressaisir, s'emporter ou se mettre en colère ! Tout plutôt que cette apathie et ce regard vide.

Il semble que Josée ait trouvé le bon moyen, même s'il lui répugnait à l'employer. À peine a-t-elle fini de parler que les doigts de Thomas se contractent sur la tasse. Quand il relève la tête vers elle, son regard est enflammé.

— De quel droit oses-tu me parler sur ce ton ?

— Du droit de l'amitié, Thomas. Celle que j'ai pour toi depuis des lustres et aussi à cause de cette foutue tendresse que j'aurai toujours pour Jeanne. Elle était ma meilleure amie, ne l'oublie pas, la seule véritable amie que j'ai eue.

— Alors tu te trompes ! L'amitié ne donne pas tous les droits.

Josée semble réfléchir un moment, puis elle approuve de la tête avant d'admettre :

— D'accord. Oui, je suis d'accord avec toi. L'amitié ne donne pas tous les droits. L'amour non plus, d'ailleurs. Mais pour moi, une promesse sera toujours une promesse.

— Une promesse ? Quelle promesse ?

— Celle que j'ai faite à Jeanne de m'occuper de toi. Que Marc et moi, on s'occuperait de toi si le besoin se faisait sentir. Si je me fie à ton apparence, il est clair que tu n'arrives pas à prendre soin de toi. Vois-tu, Jeanne te connaissait bien. Elle avait prévu que tu aurais de la difficulté. C'était même une des pires craintes qu'elle avait devant la mort. Elle savait que tu t'en sortirais, mais pas sans accrocs.

À ces mots, Thomas se sent rougir. Il savait que Jeanne avait peur de l'inconnu, de ce temps qui viendrait après elle. Cependant, il ne croyait pas qu'elle s'en faisait pour lui au point de s'en ouvrir à Josée.

— Tu sais, Thomas, poursuit celle-ci d'un ton très doux, voyant que ce dernier ne répliquerait pas, la détresse fausse parfois la perspective des choses. Tu t'es renfermé chez toi, croyant bien faire. Tu ne répondais même pas au téléphone. Je peux comprendre. Certains chagrins sont si lourds à porter qu'ils semblent difficiles à partager. Et nous avons respecté ton retrait. C'était une étape nécessaire. Maintenant, devant ta présence chez nous, je crois qu'il est temps de passer à autre chose. C'est rarement dans la solitude qu'on arrive à s'en sortir. Les amis doivent bien servir à quelque chose, non ? Dis-toi que la mort de Jeanne nous affecte tous.

Josée a fait des efforts surhumains pour que sa voix garde un ton calme, normal. Pourtant, les larmes ne sont pas loin.

— Peut-être.

La voix de Thomas n'est qu'un souffle avant qu'il ne tombe dans une profonde méditation que Marc et Josée se gardent bien d'interrompre. Thomas brise enfin le silence qui s'était posé entre Josée et lui.

— Peut-être, répète-t-il d'une voix plus forte. Je crois que tu as raison. Et même si j'ai de la difficulté à l'avouer, c'est justement pour cela que j'ai osé venir en pleine nuit. Je... je crois que j'ai touché au fond du tonneau. J'avais des idées plutôt macabres, hier soir. Ça m'a fait peur. C'est en parlant avec Marc que j'ai compris à quel point je vivais en équilibre instable depuis la... le départ de Jeanne. J'ai tellement peur ! Peur de moi, peur de l'existence devant moi, peur de ne pas trouver la force pour continuer à vivre sans ma Jeanne...

Thomas a la gorge nouée. Tout ce qu'il est en train de confier à Josée, il l'a dit à Marc au cours de la nuit. Il s'est ouvert à lui comme jamais auparavant. Comme il ne l'avait fait qu'avec Jeanne. Mais cette nuit, il lui fallait parler, tout dire sans attendre. Les mots ont jailli de ses lèvres sans la moindre retenue, plus puissants que sa réserve, plus redoutables que la mort elle-même dans leur insondable pouvoir d'évocation. Il a tout extériorisé. Ses craintes, sa révolte, son ennui, noyés de larmes amères comme jamais Marc n'avait vu sur son visage et crachés d'une voix sourde qu'il n'avait jamais entendue.

Se confesser une première fois avait blessé Thomas au passage. C'était comme jouer à froid dans ses blessures les plus sensibles. Sa pudeur aussi avait été meurtrie. Curieusement, ce matin, la redite se transforme un soulagement.

— Voilà où j'en suis. Non seulement j'ai mal à crier, mais j'emmène avec moi en enfer ceux que j'aime le plus. Mélanie n'avait pas à subir mes frustrations. Peut-être qu'inconsciemment, je m'aperçois que l'amour des miens n'est pas suffisant pour me donner le courage de continuer et que ça me révolte. Je ne sais pas. Je ne sais plus. J'ai l'impression d'être immensément fatigué et que même l'effort de vivre est au-dessus de mes capacités.

Tandis qu'il parle, Thomas fixe Josée, droit dans les yeux. Jeanne et elle étaient de grandes amies, elles se connaissaient depuis l'enfance. Avec elle, il pourrait peut-être s'entretenir de Jeanne durant des heures sans que ni l'un ni l'autre se fatigue. C'est réconfortant d'en prendre conscience. La seule chose dont il n'a pas parlé à Marc, c'est le journal de Jeanne. Il est sur le point de le faire avec Josée quand, au dernier instant, il choisit de s'abstenir. Il a besoin de sentir qu'il existe encore une zone d'intimité qui n'appartient qu'à Jeanne et lui. Il se contente de demander:

— Depuis quand connais-tu Jeanne?

— Depuis toujours ou presque. J'étais au couvent quand elle est venue s'installer à Québec avec sa famille. Je devais avoir à peu près douze ans. Pourquoi ?

Thomas esquisse un sourire.

— Comme ça, pour savoir.

Ainsi donc, le nom aperçu à quelques reprises dans le journal de Jeanne faisait bien référence à celle qu'il connaît. Quand il arrive à ses dernières confidences, Thomas dessine un second sourire à l'intention de Josée.

— Je ne sais plus si j'ai envie de me battre contre moi-même. Car c'est vraiment l'impression que j'ai. Je suis en guerre perpétuelle contre moi et les autres que je vois comme des intrus, contre des souvenirs qui me blessent parce que le temps a passé trop vite. Tout m'agace, tout me fatigue.

— Oui, c'est vrai, tu sembles exténué. Et pas seulement mentalement. Ton corps a l'air fatigué. T'es cerné comme c'est pas permis. T'es-tu au moins regardé dans un miroir ?

Thomas fait un geste évasif de la main, une lueur d'excuse dans le regard.

— Pas vraiment. Le pire c'est qu'à chaque jour, je me dis de me secouer. L'intention est là. Pendant un moment, j'ai vraiment envie de bouger, de me prendre en mains. L'instant d'après, le simple fait de m'habiller pour sortir me semble une montagne.

— Et si je te disais d'aller te coucher ? Là, tout de suite. J'ai eu la drôle d'idée d'aménager une chambre d'ami quand Christian est parti vivre en appartement. Mon petit côté snob, je présume, parce qu'en fait, elle n'a jamais servi. Fais-moi plaisir et étrenne-la pour moi !

— Dormir ici ? Je ne sais si...

Thomas essaie de protester, sans grande conviction. Josée en profite pour se faire insistante, enjôleuse.

— Allez! Dis oui! Ça me ferait plaisir. Pendant que tu vas te reposer, je vais nous fricoter un bon dîner. Qu'est-ce que t'en dis?

Thomas soupire. Il est trop fatigué pour s'opposer. D'autant plus que la perspective de se retrouver seul, chez lui, n'a rien d'attirant. Il y a ici, chez ses amis, une atmosphère qui lui procure une chaleur sécurisante.

— D'accord...

Thomas se lève, vacille, tellement il est épuisé, pose les mains à plat sur la table pour se stabiliser, puis se redresse.

— Christian, tu as dit? Je crois savoir de quelle chambre il s'agit. C'est bien à droite, en haut de l'escalier?

— Dans le mille! Si tu veux prendre une douche, les serviettes sont dans l'armoire de la salle de bain.

— Merci.

Thomas est déjà dans l'embrasure de la porte.

— Je te réveille pour manger.

D'un geste de la main derrière lui, Thomas signifie qu'il est d'accord. Marc et Josée l'entendent monter, le pas lourd. La porte de la chambre se referme, puis un long silence enveloppe la maison.

Quand elle est bien certaine que Thomas ne redescendra plus, Josée se lève pour se servir un second café et, revenant vers la table, elle interroge son mari du regard avant de demander:

— Alors? Qu'est-ce que tu en penses?

Marc, visiblement marqué par cette nuit sans sommeil,

se frotte longuement le visage et expire bruyamment avant
de répondre :

— Il n'en mène pas large, c'est évident. Par contre, il a eu
le réflexe de venir ici, c'est bon signe, fait-il en hochant la tête.

Puis, après un instant de réflexion, il ajoute :

— Je crois sincèrement qu'il va finir par sortir la tête
hors de l'eau. L'envie est là, ça se sent. J'ignore ce qui le
retient. On dirait qu'il se croit responsable de la mort de
Jeanne. Oui, c'est ça ! À travers ses propos, j'avais souvent
l'impression qu'il se sentait coupable.

Marc hausse les épaules.

— Je ne vois pas en quoi ! C'est peut-être une étape nor-
male, je ne sais pas. Je ne suis pas un spécialiste. Par contre,
je suis convaincu que c'est à nous de l'aider. Toi, moi, ses
enfants, Gilles... Il va avoir besoin de tout le monde mais,
connaissant Thomas comme je le connais, il va falloir y
aller par petites doses, discrètement si on ne veut pas qu'il
se rebiffe, qu'il se referme dans sa carapace encore plus
hermétiquement.

Josée a écouté son mari sans l'interrompre, son visage
exprimant parfois l'approbation, parfois le désaccord par
de petites grimaces. Quand Marc se tait, elle enchaîne
aussitôt.

— Tu vois, par réflexe, moi j'aurais procédé autrement.
Je me serais volontiers faite envahissante pour qu'il ne soit
plus jamais seul. Tout à l'heure, pendant qu'il parlait, j'avais
même élaboré l'idée d'organiser une grosse fête pour lui.
Après tout, son anniversaire s'en vient à grands pas.

Josée s'arrête un instant, boit de longues gorgées de café
avant de reprendre sur un ton déterminé :

— Je me trompais, c'est toi qui as raison. De toute façon, personne n'aurait vraiment le cœur à la fête. On va remettre ça à l'an prochain. Dans l'immédiat, par contre, je vais appeler Sébastien.

— Sébastien ? Pourquoi Sébastien ? Moi, j'aurais plutôt pensé à Olivier. Thomas et lui se ressemblent tellement !

— Justement ! Thomas n'a pas besoin d'un semblable à lui.

— T'es bien certaine de ça ?

— Moi, non ! Mais Jeanne, oui... Si tu savais à quel point elle avait prévu tout ce qui arrive.

Josée s'interrompt, ébauche un sourire attendri, rempli d'émotion.

— La perspective de notre propre mort, poursuit-elle en reniflant, donne peut-être des intuitions particulières, je l'ignore, mais laisse-moi te dire que Jeanne était d'une émotivité incroyable, sagace et toute fine. Surtout face aux siens. C'est elle qui m'a confié de ne pas nous gêner pour appeler Sébastien si Thomas avait de la difficulté à se remettre de sa mort. Elle a affirmé qu'il était celui de ses enfants qui lui ressemblait le plus et qu'en conséquence, elle lui faisait confiance pour trouver les mots justes pour aider Thomas. Je dois avoir son numéro de téléphone dans le petit carnet. Je m'en occupe dès ce soir. En attendant, qu'est-ce que je pourrais préparer pour dîner ? Il faut quelque chose à laquelle Thomas ne pourra résister. L'as-tu vu ? Il a dû perdre au moins six ou sept kilos...

Quand Thomas rentre chez lui, l'après-midi tire à sa fin. Le soleil n'est plus qu'une grosse boule rouge au-dessus de l'horizon, au bout de la rue. Les ombres sont longues, la nature semble figée. Le vent s'est enfin calmé et l'air est plus doux.

Il a dormi jusqu'à deux heures, d'un sommeil de plomb. Josée avait cuisiné un goulasch comme il les aime, bien relevé, avec des tomates fraîches et beaucoup de champignons. À la première bouchée, il a fermé les yeux, retrouvant un goût familier. Josée doit utiliser la même recette que Jeanne. Il s'en est gavé!

En quittant la demeure de ses amis, il a pris conscience qu'ils n'étaient pas allés travailler. Ils étaient restés pour lui. Il ne devrait jamais l'oublier: il avait des amis merveilleux.

Même plongée dans la pénombre, sa maison ne lui semble plus aussi hostile. Aujourd'hui, il est prêt à admettre que la solitude qu'il s'imposait devait y être pour beaucoup dans son mal de vivre. Ce n'est pas encore la grande forme, loin de là! Thomas doit d'abord réussir à faire la paix avec son passé avant d'explorer le monde qui s'offre à lui. Pour y parvenir, il ne voit qu'une seule avenue: poursuivre la lecture des confidences de Jeanne. C'est avec elle qu'il a envie d'inventorier ses souvenirs pour ne garder que les plus beaux, ceux qui auront le pouvoir de l'apaiser.

Après, quand il sera prêt, quand il en sera capable, il regardera devant.

Chapitre 4

Les grands vents d'hier ont chassé les nuages et, cette fois-ci, c'est pour de bon. Si le fond de l'air semble encore froid, il y a même un peu de givre sur le sol, le ciel est d'un bleu intense. Le soleil se lève à peine, mais on sait que la journée sera belle. Bien reposé, Thomas est sensible à ce changement radical de température et c'est le cœur plus léger qu'il prépare le café.

Il a très bien dormi, malgré la longue sieste qu'il avait faite chez Josée et Marc. Son âme tourmentée avait trouvé refuge auprès de ses amis et, enfin, son corps épuisé avait pu se reposer.

D'avoir osé montrer ses larmes, d'avoir avoué son désespoir, en toute humilité, lui qui s'y répugnait tant à le faire, lui avaient permis de juguler une part de la culpabilité qui l'habite. Si Josée et Marc ignoraient ce qui se cachait sous les aveux, lui, il ne le savait que trop. Cela avait permis de connaître un certain apaisement. Un jour, peut-être pourra-t-il en parler ouvertement. Il le souhaite. Après tout, c'était le choix de Jeanne. Cependant, une certaine approbation permettrait de se sentir moins coupable. Lever le voile sur ce qui s'est réellement passé l'aiderait à respirer plus librement. En attendant, si le poids devient trop lourd, il appellera Gilles. À lui, il peut tout dire. Gilles aussi est un ami, un vrai. Il l'a même accompagné jusqu'au bout des volontés de Jeanne, jusqu'au bout de son désespoir à lui. Il ne doit pas l'oublier. Il ne veut plus jamais perdre, sous la couverture du désespoir, cette sensation de réconfort, fugace mais combien réelle, qu'il a ressenti à être avec quelqu'un.

Josée a raison quand elle affirme que Jeanne serait malheureuse de le voir s'enliser dans la détresse. Elle le lui a même écrit.

En versant le café dans une tasse propre récupérée au lave-vaisselle, Thomas se fait le serment de ne plus jamais rester seul. Surtout quand les nuages de ses pensées sombres se feront menaçants.

Il ne veut plus jamais vivre ce qu'il a vécu la nuit dernière.

Il n'est pas un solitaire, il ne l'a jamais été. Tout au long de sa vie d'adulte, Jeanne était présente, elle écoutait et Thomas lui disait tout.

Alors, il s'est trompé en croyant être en mesure de garder sa peine pour lui. Comment l'aurait-il pu alors qu'il a tout partagé avec sa femme? Il doit apprendre à dire les choses et les émotions aux autres comme il le faisait avec Jeanne. C'est tout.

C'est énorme, presque inconcevable.

Il apporte sa tasse dans la serre, car c'est là qu'il veut passer la journée. Le soleil joue avec les feuillages, auréole les fleurs d'éclats brillants. D'un simple coup d'œil, Thomas constate que les plantes ont besoin d'eau. Ce réflexe le fait sourire. Sur ce point, il a bien pris la relève. Jeanne serait fière de lui.

Alors aujourd'hui, dans un premier temps, ce sera le soin aux plantes. Il l'a promis et il ne veut plus jamais déroger à sa promesse. Ensuite, ce sera un peu de cuisine. Ce matin, l'appétit lui est revenu. Le repas d'hier, préparé par Josée, lui a rappelé qu'il peut être très gourmand à l'occasion.

Après, il retrouvera les confidences de Jeanne.

Autant, jusqu'à hier, la perspective de plonger dans ses souvenirs lui faisait peur, autant ce matin, il a envie de revoir en pensée tous ces moments vécus à deux.

Parce que, après tout, la vie avec Jeanne a été tellement plus que tous ces mois de maladie, que cette mort préparée à deux.

Ce matin, il accepte de replonger dans leurs beaux moments. Il doit se rappeler leurs petites joies et faire face aux inquiétudes partagées. D'instinct, il sait que la guérison de son cœur blessé doit passer par là.

Et par les enfants.

Aujourd'hui, il n'a plus aucun doute là-dessus. Comment a-t-il pu penser autrement? Fallait-il qu'il soit désemparé! Au grand soleil, après s'être réchauffé à la chaleur d'une amitié sincère, il voit la vie autrement. Il veut s'accrocher à ses souvenirs.

Comme le disait si bien Jeanne, dans sa dernière lettre, il doit puiser à même leurs souvenirs pour trouver la force d'aller de l'avant.

S'occuper des plantes et mettre une sauce à spaghetti à mijoter ne prennent que quelques minutes dans sa journée. Le soleil est encore très haut dans le ciel quand il retourne à la serre.

Les jours suivants se vivent donc en compagnie de Jeanne, à travers ses écrits. L'urne a repris sa place sur la petite table, près de la lampe et Thomas se surprend à lui parler à voix haute, comme si Jeanne pouvait lui répondre. Le geste est quelque peu ridicule, Thomas en convient, mais il y trouve un certain charme. À ses yeux, ce geste puéril donne un tout autre sens à sa quête.

Car ce faisant, son pèlerinage dans le passé ne se fait pas dans la solitude. Il est encore et toujours en compagnie de Jeanne. Illusion d'une présence, expression des souvenirs vécus à deux.

Du salon, lui parvient la musique qui a accompagné ses jeunes années. Elle aussi, à sa façon, contribue à créer une zone de confort.

Moody Blues, Louis Armstrong, de Burgh, Clapton, CCR... Et son groupe fétiche, Pink Floyd, dont il a finalement déniché le CD, bien camouflé au fond de l'armoire, derrière deux piles de vieux disques en vinyle. En le trouvant, Thomas avait laissé filé un petit rire moqueur. Jeanne y était probablement pour quelque chose, car elle détestait Pink Floyd...

Peu importe le groupe ou le genre musical, depuis trois jours, tout ce que Thomas écoute fait référence à une époque de sa vie où il avait été heureux. Il a coupé la sonnerie du téléphone et prévenu Marc et Josée de ne pas s'inquiéter. Après, quand il aura fini de tout lire, il appellera les enfants.

Il n'a pas oublié qu'il avait parlé du mois d'octobre pour mettre l'urne en terre. Dès qu'il aura terminé sa lecture, il verra avec eux. Pour l'instant, il tient à l'avoir à ses côtés durant son incursion dans le passé.

La grosse boîte à chaussures a pris place sur la seconde chaise de rotin et Thomas la vide systématiquement, un cahier après l'autre. La lecture en est relativement rapide, Jeanne utilisant maintenant ses cahiers surtout comme agenda.

« *Je suis une femme mariée! Il faisait tellement beau, samedi dernier, les rosiers étaient magnifiques et je suis heureuse.* »

Arrivée à Montréal, recherche d'emploi, déception...

« *Une épicerie ! Je vais être caissière dans une épicerie ! Ouache ! Mais je crois que ça va être mieux que vendeuse chez Eaton. J'ai détesté cela. De toute façon, l'épicerie est plus proche de la maison. Si je le fais, c'est pour Thomas, pour qu'il puisse avoir l'esprit tranquille et qu'il se consacre à ses études. C'est sûr qu'on a besoin de sous. Mais ce que j'aimerais vraiment, c'est reprendre mes études pour en finir au plus vite.* »

Puis la surprise.

« *Je suis enceinte. Je ne sais pas si je suis heureuse ou déçue. C'est bien trop vite. Mais Thomas, lui, est euphorique ! À suivre...* »

Pour les mois suivants, c'est un retour à la banalité du quotidien. Des rendez-vous, un souper au restaurant, une visite reçue... De sa grossesse, Jeanne ne parle pas et ce détail blesse Thomas au passage.

Délaissant sa lecture, il essaie de se rappeler.

Il revoit facilement leur petit appartement, avenue Linton, près de Côte-des-neiges. Dans sa mémoire, l'image du hall qui sentait bon les plantes que le concierge faisait pousser là à cause des grandes fenêtres en façade de l'édifice. Le soleil y entrait abondamment, hiver comme été. C'est même pour cela que Jeanne avait choisi cet endroit.

Oui, il revoit clairement la rue, le bloc, l'appartement, les grandes pièces inondées de soleil. Toutefois, la vie qu'ils y ont menée est entourée de brume. Thomas échappe un long soupir. Il était si rarement à l'appartement qu'il ne peut vraiment avoir de souvenirs de ces premiers mois de vie à deux. Les études prenaient l'essentiel de son temps et s'il veut se rappeler cette époque, c'est par l'université qu'il doit passer.

Est-ce pour cela que Jeanne ne parle presque plus de leur existence? Thomas reprend le cahier. Les semaines qui suivent, Jeanne se contente de noter les rendez-vous chez le médecin, son horaire de travail, les quelques sorties à deux, fort rares, Thomas le constate. Puis il y a un trou dans le temps, un vide. Durant un mois, Jeanne n'a pas écrit. Quand elle reprend, Olivier est venu au monde.

« *Olivier est un bébé exigeant. Il pleure souvent sans que je comprenne pourquoi. Avec le travail le soir, à l'épicerie, je suis épuisée. J'aurais aimé prendre quelques mois de congé, mais on n'a pas les moyens. J'ai rendez-vous avec le pédiatre lundi prochain. Une heure trente. J'espère qu'Olivier n'est pas malade.* »

À partir de ce moment, Jeanne ne sautera plus jamais de semaines dans son écriture. Maintenant, Thomas s'en souvient très bien: c'était presque une religion pour elle. À cette époque, tous les vendredis soirs, elle écrivait.

« *J'ai été engagée comme réceptionniste chez un dentiste. Toujours le soir, je ne pourrais accepter de faire garder Olivier. Il est encore si petit, même s'il a beaucoup grandi. Il est de moins en moins grognon. Je l'aime, je l'aime! Thomas a passé ses examens avec de belles mentions. Je suis tellement fière de lui!* »

Jeanne use de formules concises. Elle est maintenant une femme très occupée. Cependant, cela suffit pour que Thomas retrouve les événements, revoie certains voyages, sourie à certaines anecdotes et devienne songeur à d'autres. Leur vie familiale prend de plus en plus d'importance dans les quelques notes que Jeanne laisse à chaque semaine. Il est vrai que lui aussi était davantage présent à la maison. Thomas Vaillancourt, étudiant en médecine, était fou de son fils Olivier et tellement fier!

Les années passent. Jeanne travaille maintenant chez une fleuriste.

«Yes, yes, yes! *Enfin des fleurs. Ça sent tellement bon, c'est tellement agréable de faire des bouquets!*»

Petit à petit, Jeanne devenait la femme qu'il avait tant aimée, épanouie, généreuse... Thomas le sent jusque dans les mots qu'elle aligne, semaine après semaine. Les années filent toujours. Jeanne vient de reprendre les études, au moment où lui terminait les siennes.

«*Dieu que c'est plate étudier! Je serre les dents et je regarde le but à atteindre. Un jour, je le jure, je vais travailler au Jardin botanique.*»

Puis, quelques mois plus tard, ce qui apparaît comme une catastrophe.

«*Des jumeaux! Mais qu'est-ce que je vais faire de ça, moi, des jumeaux? Un bébé, je ne dis pas, mais des jumeaux! Peut-être bien, après tout, que je ne travaillerai jamais au Jardin botanique. Merde et remerde!*»

Pourtant, cette fois-ci, au fil des semaines, elle parle de sa maternité avec une émotion qui touche Thomas. C'est à ce moment que le père de Jeanne décide de leur offrir une maison, leur maison.

«*Mon père nous offre une maison. Quel homme, quel papa merveilleux! Thomas parle de la Rive-Sud. Moi, je n'ai pas de préférence. En autant qu'on a une cour pour les jeux des enfants et quelques fleurs, ça me suffit.*

P.-S. : Mélanie et Sébastien sont des amours. Ils sourient tout le temps. N'empêche que j'aurais aimé terminer mes études avant leur naissance. Pourquoi est-ce toujours à moi de sacrifier mes choix et mes priorités ? »

Thomas interrompt sa lecture, ébranlé. Il ne se doutait pas à quel point Jeanne avait été frustrée de ne pouvoir poursuivre ses études. Elle avait bien caché son jeu. Il était conscient que la naissance des jumeaux avait perturbé beaucoup de choses dans leur vie, que Jeanne s'était sentie bousculée, mais à ce point...

Cette constatation l'attriste. Comment se fait-il qu'il n'avait rien vu, rien perçu ? Jeanne a-t-elle eu souvent de ces secrets envers lui ? D'abord Olivier, puis maintenant les jumeaux...

Avant de laisser l'amertume prendre possession de ses pensées, Thomas retire le dernier cahier de la boîte. En quelques jours, il est passé à travers presque dix ans de vie commune avec Jeanne. Un quotidien un peu banal, des émotions de tous les jours, une vie de famille, leur vie de famille... Il ouvre alors le dernier cahier.

À la première page, Jeanne reprend une habitude d'adolescente. Toute la page est couverte de fleurs au stylo-feutre, entrelacées de cœurs rouges.

« Elle s'appelle Marie Lafleur. Nom prédestiné, s'il en est un ! C'est ma Mary Poppins à moi. »

Thomas lève les yeux. Il avait complètement oublié cette période.

Mary Poppins...

Le nom lui arrache un sourire.

Toute une période que celle de Marie Lafleur ! Si Jeanne

y avait rapidement trouvé son compte, reprenant ses études comme elle en rêvait, lui, il avait eu nettement plus de difficulté à s'adapter. Une présence étrangère sous son toit l'agaçait prodigieusement, mais Jeanne semblait tellement heureuse...

À bien y penser, c'est quand Marie était venue habiter chez eux qu'il avait commencé à étirer les heures au laboratoire. Pourtant, Marie était une femme merveilleuse qui adorait les enfants. Malheureusement, à cette époque, il n'en avait pas conscience. Tout ce qu'il voyait en entrant chez lui, c'était une étrangère devant les fourneaux, alors que sa femme était à l'université. À cette époque, cette situation lui apparaissait comme une distorsion de la réalité.

Brusquement, Thomas n'a plus envie de sourire, comprenant que son point de vue n'a toujours pas changé au fil du temps.

Il en avait voulu à Jeanne de quitter la maison aussitôt après la naissance des jumeaux. Ils avaient à peine six mois ! Oui, il lui en avait voulu, mais n'en avait jamais parlé. Comme Jeanne n'avait jamais parlé de sa frustration à avoir deux enfants alors qu'elle venait tout juste de reprendre ses études.

Thomas pousse un profond soupir. Lui aussi, il avait eu ses secrets.

Marie Lafleur avait vécu avec eux pendant cinq ans. Cinq longues années où Thomas avait travaillé tel un forcené pour se soustraire à sa présence. L'excuse était facile à trouver : il fallait bien payer cette aide familiale !

Que d'heures supplémentaires, que de samedis matins arrachés à la famille, penché sur son microscope...

L'enfance des jumeaux avait passé sans qu'il la voie alors qu'il avait été tellement présent à celle d'Olivier.

Est-ce pour cette raison qu'aujourd'hui il se sent plus proche de son aîné ? Il avait toujours cru que c'était une question de personnalité, mais dans le fond...

Thomas reste un long moment songeur, le regard perdu au-dessus des fleurs de la serre.

Jeanne avait-elle deviné jusqu'où irait sa réflexion quand elle lui avait laissé ses cahiers en lui demandant de les lire ?

Thomas esquisse un sourire. La connaissant, elle en était bien capable ! Machinalement, il détourne la tête.

— Je m'avoue battu, fait-il à mi-voix en s'adressant à l'urne. Quand venait le temps de trouver un stratagème, tu as toujours été la plus forte. Et maintenant, que veux-tu que je découvre d'autre ?

À travers ses propres réflexions, Thomas entend les raisonnements et parfois les reproches de Jeanne. Il revoit clairement ses mimiques et ses attitudes. Des deux, c'était elle la pédagogue. Il lui avait fallu un fameux bout de temps pour l'admettre, mais il n'avait pas eu le choix. L'attitude des enfants était beaucoup plus ouverte et simple envers leur mère qu'envers lui.

Il reprend sa lecture, arrive rapidement à la dernière page. Une forme de réconciliation l'y attend. Encore une fois, des fleurs en marge de la feuille et un gros cœur rouge.

« *Sébastien et Mélanie viennent d'avoir trois ans. Comment ai-je pu leur en vouloir de venir bousculer ma vie ? Je ne pourrais vivre sans eux. Je ne pourrais vivre sans ma famille. J'aime mon travail, bien sûr, mais ce n'est rien à côté de ce que je ressens pour mon Thomas et nos trois* enfants. *J'aimerais être croyante pour pouvoir dire merci à Dieu. Quand je suis heureuse, j'ai toujours envie de dire merci.*»

Puis un post-scriptum.

«*Thomas a la tête dure. Vendredi prochain, je m'installe donc dans son bureau pour faire le bilan de la semaine. Je fais un essai. Mais, je ne suis pas du tout convaincue. À suivre...*»

Même si rien n'est clairement dit, Thomas devine aussitôt à quoi Jeanne faisait allusion. Un sourire moqueur se dessine à travers la barbe hirsute.

Jeanne s'était finalement décidée à apprivoiser l'ordinateur. Si sa mémoire est fidèle, plus jamais elle n'avait écrit à la main.

Thomas referme lentement ce dernier cahier. Il est un peu triste. Se rappeler leur vie de famille grâce aux mots de Jeanne, reconnaître son écriture avaient été un baume sur sa tristesse, même s'il y avait lu une certaine amertume qu'il n'avait jamais vraiment soupçonnée. Toutefois, s'il avait su, vingt ans plus tôt, que leur histoire se terminerait ainsi, s'il avait su qu'un jour il lirait le journal intime de sa femme, jamais il ne lui aurait parlé d'ordinateur. Il craint maintenant que de poursuivre sa lecture sur un écran, dans son bureau, éloigne la présence de Jeanne et rende son voyage dans le passé plus impersonnel. Il envisage les plantes d'un œil déterminé, fait la moue devant l'hydrangea. Et s'il les emportait avec lui, en haut, dans son bureau?

— Absurde, grommelle-t-il en s'étirant longuement, ankylosé par ces dernières heures d'immobilité. Puis il module sa pensée.

— On verra à ça plus tard. Pour l'instant, j'ai faim.

Le repas occupe un long moment de sa journée. Il n'a pas encore l'habitude. C'est en faisant la vaisselle que l'idée lui vient.

— Le portable de Jeanne!

Sans attendre, il file vers l'escalier qui monte à l'étage. Habituellement, Jeanne le rangeait dans l'étagère de son bureau.

Habituellement...

Thomas s'arrête en plein élan, au beau milieu de l'escalier.

Les derniers mois de sa vie, Jeanne avait écrit souvent, parfois à tous les jours. Toutefois, les dernières semaines, elle montait rarement l'escalier. L'ordinateur ne se trouve sûrement pas dans son bureau.

Thomas finit par le dénicher dans un tiroir du meuble de la télévision. Avec une petite note collée dessus.

« Je t'aime, Thomas. Je n'aurai pas le temps de te le répéter aussi souvent que je le voudrais, alors je le mets partout où tu poseras les yeux un jour. »

À la lecture de ces quelques mots, inscrits d'une main tremblante sur un post-it rose, recto verso, les yeux de Thomas s'emplissent de larmes à cause de tous les souvenirs que ce simple bout de papier rose ranime en lui. Sa vie avec Jeanne a été parsemée de ces petits papiers de recommandations, de déclarations d'amour, de pense-bêtes, d'avertissements, d'encouragements. Pour lui, il y en avait souvent, pour les enfants, c'était presque quotidiennement...

Thomas retire soigneusement le papier et le place dans la poche de sa chemise. Un jour, il le montrera aux enfants.

Sans tarder, il saisit l'ordinateur, le porte à la serre et le dépose sur l'unique table de la pièce, la table basse où trônent la lampe chinoise et l'urne, là où ils faisaient leurs casse-tête. Le temps de terminer la vaisselle et il pourra poursuivre sa lecture.

En s'installant sur une des chaises de rotin, à peine quelques minutes plus tard, Thomas comprend qu'il ne pourra jamais lire, assis de cette façon. Pour les casse-tête, à la rigueur, cela pouvait toujours aller: plié en deux, les coudes appuyés sur les cuisses, il avait une vue d'ensemble et pouvait placer des morceaux mais, pour lire sur l'écran, l'opération s'avère impossible.

Thomas n'aura pas le choix: il va devoir s'installer à même le plancher, en tailleur, comme Jeanne le faisait souvent.

À cette pensée, Thomas ébauche un sourire attendri.

Jeanne adorait s'asseoir ainsi. En indien, comme elle le disait en riant. Elle faisait un peu de tout, installée de la sorte: du pliage des vêtements, qu'elle portait au salon pour travailler en regardant une émission à la télévision, aux jeux qu'elle partageait avec les enfants quand ils étaient petits, en passant par le rempotage des plantes, au beau milieu de la cour.

Penser à Jeanne, c'est se l'imaginer, assise en tailleur à même le sol.

Sauf ces deux dernières années.

La culpabilité revient frapper Thomas d'une gifle en plein visage.

Comment se fait-il qu'il n'ait pas compris plus tôt que quelque chose n'allait pas chez Jeanne? Il aurait dû remarquer qu'elle ne s'installait plus sur le gazon pour rempoter ses plantes, qu'elle pliait maintenant les vêtements dans la salle de lavage au lieu du salon et qu'elle s'asseyait sur une chaise, tout comme lui, pour faire les casse-tête.

Pourquoi? Pourquoi n'a-t-il rien vu?

S'il avait réalisé ce changement dans ses habitudes, il aurait questionné, argumenté s'il le fallait et Jeanne aurait pu consulter Gilles bien avant. Et si ce maudit cancer avait été traité à ses débuts, peut-être que...

Debout, fixant les dalles de céramique à ses pieds, Thomas respire rapidement, bruyamment, furieux contre lui-même, si malheureux.

Puis il ferme les yeux en inspirant profondément. Subitement, l'éclat du soleil l'aveugle. S'il pouvait remonter le temps et corriger toutes ces erreurs, ces négligences, ces mauvaises interprétations...

Si les miracles existaient et étaient à la hauteur des intentions, Jeanne serait encore là, à ses côtés.

Malheureusement, c'est impossible et Thomas devra vivre avec ses regrets et des interrogations qui resteront à tout jamais sans réponse.

Le cœur un peu lourd, il se décide enfin à poursuivre sa lecture et, se casant tant bien que mal entre une chaise et la table, il démarre l'ordinateur, fouille dans la boîte à chaussures et prend la première des disquettes que Jeanne a soigneusement numérotée.

Aussitôt que quelques mots apparaissent à l'écran, de grosses larmes se mettent à rouler au bord de ses paupières, débordent et finissent leur course dans la barbe mal rasée qui envahit ses joues.

Dès les premières lignes, Jeanne s'adresse à lui.

« *Bonjour Thomas. Ça me fait tout drôle d'écrire ces mots. C'est comme si j'avais la possibilité de revenir en arrière ou de me projeter dans l'avenir, selon le point de vue où je me situe. Dans mes cahiers, il n'y avait pas de place pour rajouter du texte, alors qu'avec l'ordinateur... J'aimerais que tu puisses me voir. Tu rirais sûrement de moi. Je ne te l'ai jamais dit, mon bel amour, j'ai mon orgueil et j'ai toujours tempêté contre les machines, tu le sais bien, mais j'avoue, en toute humilité, qu'en ce moment j'apprécie l'ordinateur. Tu avais raison, c'est un engin merveilleux. Il me permet d'inscrire ici ce que jamais je n'aurais pu écrire, il y a... combien en fait ? il y a plus de vingt ans, je viens de calculer. Tu te rends compte, Thomas, plus de vingt ans... C'est fou comme le temps a passé vite.*

Si tu lis ces quelques lignes, c'est donc que tu m'as écoutée et que tu as commencé la lecture de mes cahiers.

Moi aussi, je viens de les relire. C'est quelque chose que je voulais faire depuis longtemps, et présentement, ça fait partie des petits plaisirs que je m'offre avant de mourir. C'est tout nouveau pour moi, mais j'arrive enfin à écrire ce mot. »

Thomas fait une pause, le cœur battant la chamade. Jeanne écrit sur le ton qu'elle aurait employé pour lui parler. Subjugué, il en a cessé de pleurer. Il entend sa voix, il y a même son rire, caché entre les mots. Les fleurs qui l'entourent ont un parfum complice, enivrant. Le soleil brille de mille feux, mais son éclat ne l'aveugle plus. L'automne a des reflets de printemps. Thomas reporte son regard sur l'écran.

« *Voilà, j'ai relu les cahiers et je n'aime pas l'impression qu'ils me laissent. On dirait que c'est une femme amère, déçue, qui a écrit tout cela et ce n'est pas du tout le souvenir que je garde de cette époque. Quand je repense à ces années de nos débuts ensemble, toi et moi, il y a plein de lumière dans ma tête et dans mon cœur. Bien sûr, je ne suis pas idiote et je sais fort bien que ce n'était pas parfait tout le temps. Mais l'essentiel est que je ne regrette rien de ce que nous avons vécu et que si les choses étaient à refaire, je les referais de la même manière, sans rien y changer. Voilà, je trouvais important de te le dire. Maintenant, tu peux continuer à lire. Pour l'instant, je ne te dérangerai plus. À moins qu'il y ait d'autres aberrations... avec moi, la chose est tout à fait possible. Alors, cher Thomas, mon bel amour, à bientôt peut-être...*

P.-S.: Je t'aime... »

Sans hésiter, Thomas retire la disquette et se rue à l'étage, montant les marches deux par deux. Il lui faut imprimer ce message, car il sait qu'il voudra le lire et le relire jusqu'à le savoir par cœur. Dorénavant, sa quête de souvenirs sera soutenue par l'espoir de découvrir de ces petits messages, cachés au fil des lignes, comme Jeanne en glissait parfois dans ses poches ou sa boîte à lunch.

Inexorablement, à l'insu de Thomas et grâce à Jeanne, le passé se soude au présent et prépare tout doucement cet avenir encore incertain que Thomas espère voir se profiler un jour devant lui.

« La journée sera belle », se dit-il en revenant vers la serre.

C'est la première fois qu'il ose penser ainsi depuis si longtemps...

Le soleil a tourné le coin de la maison et Thomas ne s'en

est pas rendu compte. Il a oublié de mettre le poulet au four comme il se l'était promis et le CD des Beatles est fini depuis un bon moment déjà.

Thomas lit.

Il continue de lire même si ses yeux commencent à se fatiguer. À deux reprises, Jeanne lui a adressé quelques mots et c'est comme si la vie recommençait à avoir un sens. Ce temps de l'*après-Jeanne*, comme elle le disait parfois, n'a plus la même saveur âcre. Jeanne y avait pensé, elle l'avait préparé, en quelque sorte, et le vide intérieur que Thomas ressentait depuis sa mort se remplit de sa présence. Une présence nouvelle, différente, mais combien réconfortante !

Ces petits messages sont comme une oasis dans le désert.

Le tintement bruyant de la sonnette le tire finalement de sa lecture. Machinalement, Thomas porte les yeux à sa montre. Quatre heures et demie ! Curieuse heure pour sonner chez les gens... Néanmoins, il se relève en grimaçant et se dirige vers l'entrée.

— Halloween ! Des bonbons, s'il vous plaît !

À peu de choses près, Thomas se retrouve devant Olivier redevenu enfant. Un petit pirate lui tend un sac d'épicerie recyclé en sac à friandises.

Un large sourire éclaire le visage de Thomas.

Olivier s'était déguisé en pirate au moins trois années de suite. Il n'avait accepté de changer de déguisement que le jour où, dépité, il avait été incapable d'enfiler le pantalon effrangé, orné d'une effigie à tête de mort sur le genou.

Thomas se penche vers le gamin. Sur le trottoir, une jeune femme lui fait un signe de la main.

— Je sais qu'il est un peu tôt, s'excuse-t-elle, voyant que

Thomas ne met aucun bonbon dans le sac de son fils, mais Jacob n'en pouvait plus d'attendre.

— Ce n'est pas l'heure qui cause problème, explique Thomas en se redressant, c'est juste que je n'ai rien à lui donner. J'avais complètement oublié que c'est Halloween aujourd'hui.

Thomas s'accroupit pour être à la hauteur du petit garçon.

— Et si je te disais de revenir un peu plus tard, penses-tu que ça serait possible?

Le gamin l'envisage sérieusement d'un œil indécis. Puis, du bout de l'index, il soulève le bandeau qui couvre l'autre œil.

— Tantôt, tu vas avoir des bonbons?

— Promis.

— Alors il faut que je demande à maman.

— Laisse, je vais lui parler... Madame, lance Thomas en dépliant les genoux, pour l'instant, je n'ai pas de friandises, mais si vous revenez dans une demi-heure, j'aurai paré à la situation.

— Je suis confuse, répond la jeune femme, visiblement gênée. Il n'y a que Jacob pour...

— Non, c'est moi qui aurais dû prévoir. Ça me ferait plaisir s'il revenait un peu plus tard. Je vous l'assure.

— Si vous êtes certain... Veux-tu revenir, Jacob?

— C'est sûr, ça!

— Alors marché conclu, jeune homme, déclare Thomas d'une voix solennelle.

Pendant que les adultes parlaient entre eux, le petit garçon avait remis son bandeau, un peu de travers, laissant un coin de l'œil à découvert. Pirate dans l'âme, pour conclure l'accord, il gratifie Thomas d'un regard qui se veut menaçant.

— Je reviens tantôt!

— Parfait, je t'attends.

Le temps d'un regard complice entre une petite frimousse maquillée en pirate et un cœur pantelant, en espérance d'amour, et Thomas est joyeux.

— Et maintenant, à l'épicerie, clame-t-il à voix haute. Ce soir, c'est Halloween!

Et cette fois, l'écho de sa voix ne résonne pas comme le glas sinistre d'une solitude intolérable. Il y a un petit garçon qui compte sur lui et cela suffit à réjouir Thomas.

C'est Jeanne qui affirmait que le bonheur est fait de mille et une petites choses, d'un regard à un éclat de rire, d'une fleur à un rayon de soleil.

En refermant la porte, Thomas se dit qu'elle avait raison et qu'il ne devrait jamais l'oublier.

DEUXIÈME PARTIE

La remontée

« J't'aime plus fort que l'absence
Aussi loin que tu sois
J't'aime plus fort que le silence
Qui me reste de toi
Plus fort que ces murailles
Qui se dressent entre nous
J't'aimerai vaille que vaille
Tant que je tiendrai debout. »

PLUS FORT QUE LE TEMPS,
INTERPRÉTÉ PAR SALVATORE ADAMO

Chapitre 5

— Sébas! Mais qu'est-ce que tu fais là?

Mélanie est surprise de voir Sébastien à sa porte, un mardi matin. Le ton de sa voix le montre clairement, ses sourcils en accent circonflexe également. Sébastien éclate de rire.

— J'avais envie de voir ma sœur!

Mélanie se doute bien que son frère n'est pas venu de Québec expressément pour elle. Surtout pas un mardi, alors qu'il est censé travailler. Néanmoins, elle est ravie de le voir. Depuis la visite ratée qu'elle a faite à son père, sans en parler à qui que ce soit, elle traîne un cœur lourd comme une pierre. Seule la petite Marie-Jeanne arrive à la dérider. Alors, d'avoir Sébastien avec elle la remplit d'aise. Le simple fait qu'il arrive à l'improviste lui procure un réconfort immédiat, entièrement bienvenu. Avec lui, elle réussira peut-être à comprendre ce qui arrive à leur famille. Sans Jeanne pour rassembler tout le monde autour d'elle et avec un père apparemment indifférent, elle a la hantise de voir son univers bouleversé à jamais. Du moins, celui qu'elle connaissait, celui qu'elle aimait. Depuis les funérailles, à part l'appel lancé à ses frères, il y a maintenant plus de dix jours, Mélanie n'a parlé à personne. Elle s'attendait à ce que leur père, une fois remis de ses émotions, leur fasse signe.

Malheureusement, rien n'est venu. Ni avant ni après sa visite.

Entre les jumeaux, s'ébauche aussitôt un long regard de complicité, ce regard particulier, pétillant, qu'ils ont inventé l'un pour l'autre. L'instant d'après, Mélanie s'efface pour laisser entrer son frère dans l'appartement.

— Blague à part, qu'est-ce qui t'amène à Montréal ?

— Un appel de Josée.

Mélanie, qui précède Sébastien dans le couloir menant à la cuisine, se retourne vivement.

— Josée ? Josée t'a téléphoné ?

— Ouais ! Pour papa.

Elle retient l'interrogation qui lui monte spontanément aux lèvres. Une certaine frustration l'empêche de se montrer trop curieuse. Comment se fait-il que Josée ait appelé Sébastien et non elle ? Une pointe de jalousie vient assombrir son humeur. À ses yeux, il aurait été plus normal que Josée lui téléphone. À des lieux de toutes ces considérations, Sébastien poursuit.

— Si tu m'offrais un café, je pourrais te raconter.

— D'accord. On a une bonne demi-heure avant que Marie-Jeanne se réveille de sa sieste. Viens, suis-moi à la cuisine.

Sébastien a tout exposé. Entre Mélanie et lui, les secrets sont rares. Peut-être un peu de pudeur, parfois, mais pas vraiment de secrets. Ils ont partagé leur enfance et leur adolescence. À cette époque, ils se disaient tout. L'âge adulte a modifié les habitudes, par la force des choses. L'éloignement n'a cependant pas changé l'essentiel entre eux. Mélanie a la chance de partager son quotidien avec un homme qui accepte la situation. Maxime n'a jamais été jaloux de la relation privilégiée qui unissait sa conjointe à son jumeau. Pour Manuel, le compagnon de Sébastien, il en va autrement. Manu est un homme particulier, exigeant, qui veut que sa relation soit exclusive. Il semble bien que

Sébastien l'ait accepté, puisqu'il y a de plus en plus souvent de ces longs moments de silence entre lui et sa sœur.

— C'est pour ça que Josée m'a téléphoné, conclut Sébastien. Papa a débarqué chez eux en pleine nuit. Selon Marc et Josée, il n'en menait pas large, le moral était à zéro. D'après eux, la solitude lui pèse terriblement.

— La solitude ?

Mélanie semble sceptique.

— Je le crois.

— Pourtant, ce n'est pas l'image qu'il projette, contredit-elle avec humeur, ce qui n'échappe pas à Sébastien.

Il retient cependant les questions qui lui viennent à l'esprit. Quand Mélanie distille une certaine rancœur dans le son de voix, il vaut mieux y aller sur la pointe des pieds. Alors, il demande tout bonnement :

— L'image ? D'après ce que je constate, tu as vu papa récemment. C'est donc après qu'on se soit parlé ? Comment va-t-il ?

Le regard de Mélanie est empreint d'une grande tristesse, curieusement teintée de colère. Sébastien comprend de moins en moins.

— Oui, je l'ai vu le lendemain, répond Mélanie, escamotant volontairement la seconde question de son frère. Et quand tu dis *vu* le mot est on ne peut plus juste. Je n'ai pas eu l'occasion de dire quoi que ce soit. Pas un mot ! Papa m'a pratiquement mise à la porte.

Sébastien est abasourdi. À la porte ? C'est impossible. Jamais leur père ne mettrait un de ses enfants à la porte. Alors, cette fois-ci, Sébastien ne peut s'empêcher de lancer, visiblement surpris :

— Papa ? Papa t'a jetée dehors ? Ça ne lui ressemble pas du tout.

— Puisque je te le dis, précise Mélanie, de plus en plus renfrognée.

— Je ne mets pas ta parole en doute, je suis simplement étonné. Et si tu me racontais tout ?

À son tour, Mélanie raconte, sans faux-fuyants, sans fioritures. Entre Sébastien et elle, la vérité peut être directe et crue. Alors, elle avoue à son frère son désir de faire la paix avec Thomas. Elle était de plus en plus consciente que sa réaction avait peut-être été démesurée quand il avait décrété que l'urne resterait avec lui. Elle avoue, du même souffle, qu'elle avait sincèrement regretté sa longue bouderie. Elle s'ennuyait de la maison, habituée qu'elle était d'y aller souvent. Elle parle aussi de son indignation devant le désordre inqualifiable qu'elle y avait trouvé, indignation suivie d'une grande bouffée de tendresse devant les plantes que son père soigne avec, visiblement, beaucoup d'attention.

Elle avait donc décidé d'attendre son père dans la serre, puisque après plus d'une heure, il brillait toujours par son absence. C'est à ce moment qu'elle avait aperçu le cahier. Un cahier banal, comme ceux utilisés lorsqu'ils étaient étudiants.

Tout avait basculé à l'instant où elle avait compris que c'était sa mère qui, au fil des semaines, y racontait sa vie, leur vie.

Puis son père était arrivé...

Mélanie reconnaît qu'elle n'aurait pas dû lire le cahier de Jeanne, c'était indiscret de sa part, elle en convient, mais de là à provoquer une colère aussi froide, elle ne comprend pas. Si son père ne voulait pas qu'on le lise, ce fichu cahier, il n'avait qu'à le cacher.

N'empêche qu'elle a, depuis ce jour, le cœur en miettes.

— J'aurais voulu que tu sois là, Sébas ! Je n'avais jamais vu notre père dans un tel état. Il n'a pas eu besoin d'être plus explicite. Son regard parlait pour lui. La preuve que j'ai raison, ajoute-t-elle précipitamment, voyant que son frère va l'interrompre, c'est qu'il ne m'a pas contactée depuis.

La voix de Mélanie est maintenant beaucoup plus douce, comme si d'avoir parlé lui avait permis de calmer le bouillonnement intérieur qui l'habitait.

— Je ne comprends pas, ajoute-t-elle tristement, je ne comprends pas ce qui nous arrive depuis que maman est… est partie.

Sébastien se contente de soupirer. Maintenant, il saisit mieux ce que Josée avait tenté de lui expliquer quand elle disait que son père donnait l'impression d'être un homme abandonné. Il tend la main au-dessus de la table, emprisonne celle de Mélanie entre ses longs doigts et la serre très fort.

— Ce n'est pas facile, tout ça. Maman nous manque à tous. Mais dis-toi bien qu'elle doit surtout manquer à papa.

— Peut-être bien, mais ce n'est pas une raison pour nous repousser.

— Tu crois vraiment que c'est ce qu'il cherche à faire ? Nous repousser ?

— Quoi d'autre ? J'étais là pour lui, j'avais rangé sa cuisine, je l'attendais dans la serre, j'avais hâte de le voir. Quand il est enfin arrivé, il n'a prononcé que quelques mots, mais avec une telle fureur. Je n'ai rien pu dire, je t'assure. Rien. Il me fixait avec un regard de braise, presque méchant.

C'était insoutenable. Alors je suis partie. Si je m'étais trompée, si j'avais mal interprété son attitude, il m'aurait rappelée, il ne m'aurait pas laissée quitter la maison comme ça. Mais non, il n'a rien dit. Ni ce jour-là, ni depuis.

Sébastien demeure silencieux une seconde fois, la gorge nouée par l'émotion. Il aimerait pouvoir affirmer à Mélanie qu'il la comprend et approuve sa conduite, mais il en est incapable. Du plus profond des sentiments éprouvés pour sa sœur et son père, il sait qu'elle n'a rien compris. Si ce dernier la regardait avec autant de feu dans les yeux, c'était qu'il était blessé. C'était un appel à l'aide que Thomas lançait maladroitement. Sébastien en est persuadé. Surtout après avoir parlé à Josée. S'il s'était écouté, quand Josée avait téléphoné, il aurait pris la route en direction de Montréal dès la fin de cet appel. Mais la vie a ses contraintes. Il a des responsabilités, des engagements à respecter. Le temps de voir à son remplacement, de remettre les corrections d'examens du trimestre et il est venu. Entre-temps, il a laissé deux messages sur le répondeur de son père, espérant qu'il les prendrait.

Devant le silence persistant de Sébastien, Mélanie retire sa main, déçue. Elle espérait entendre des mots de réconfort, de soutien et son frère n'a pour elle qu'un regard triste et navré. Mélanie détourne alors la tête et ce geste atteint Sébastien d'un direct au cœur, douloureux comme un coup de poing. Jamais sa mère ne lui a autant manqué qu'en cet instant. Elle aurait su ramener la paix. Jeanne ne connaissait pas la rancune et ne la tolérait pas auprès d'elle.

— Je comprends ce que tu essaies de me dire, fait-il enfin d'une voix très douce comme s'il tentait de s'excuser de ne pas se montrer plus solidaire. Je comprends ton point de vue, mais il me semble que tu aurais pu t'excuser auprès de papa. Tu l'as affirmé toi-même: c'était indiscret de ta part de lire ce...

— M'excuser? Tu n'étais pas là, tu ne peux pas savoir. Je te jure, Sébas, que papa n'aurait eu que faire de mes excuses. C'était clair comme de l'eau de roche: il voulait que je parte. Il voulait être seul.

— N'empêche...

— Arrête, veux-tu! On aurait beau en discuter jusqu'à demain, tu ne peux pas savoir ce qui s'est vraiment passé.

Le ton a monté. Mélanie le regarde à présent, une bonne dose de colère dans le regard.

— Mélanie! Pourquoi être aussi agressive envers moi? Je n'ai rien fait, moi.

— Justement! Personne ne fait rien depuis que maman est morte. On dirait que l'âme de la famille est enfermée dans l'urne, avec elle.

— Toi non plus tu n'as rien fait, si je ne m'abuse. La fille qui se vantait d'aller les visiter régulièrement!

— Ça, c'était avant... Depuis la naissance de Marie-Jeanne, ce n'est pas aussi facile... Je... Qu'importe? Au moins, je suis allée voir notre père. C'est déjà mieux que ce que vous avez fait ensemble, Olivier et toi. Par contre, avoir su ce qui m'attendait, je crois que je serais restée chez moi. Papa ne veut rien savoir de nous. Point à la ligne. Quand tu l'auras vu, tu m'en reparleras.

— Allons donc! Tu te trompes. Papa nous aime. Aie au moins la décence de l'admettre!

— Jusqu'à preuve du contraire, j'en doute sérieusement. Il aimait la famille que nous formions, ça oui, j'en suis convaincue! Mais c'est probablement parce qu'elle était le reflet de maman. Maintenant qu'elle n'est plus là, je ne suis plus du tout certaine qu'elle a la même importance.

Mélanie est de mauvaise foi et Sébastien le sent à travers chacun de ses propos. Elle a manifestement été blessée par l'attitude de leur père, mais ce geste, quel qu'il puisse être, ne l'autorise pas à déformer les intentions. Sébastien reste sur sa position : leur père est un homme meurtri qui réagit avec détresse. Alors, il se permet de renchérir. Tant pis s'il heurte les convictions de sa sœur, elle finira bien par s'en remettre le jour où elle comprendra son erreur.

— C'est toi qui oses dire ça? Tu as toujours été la préférée de papa. Il n'a jamais été capable de te refuser quoi que ce soit. Je ne te comprends plus Mélanie.

— Moi non plus, je ne comprends plus grand-chose!

Les éclats de voix ont réveillé la petite Marie-Jeanne. Des babillements venant de la chambre se font entendre, puis un pleurnichement. Sébastien qui s'était relevé pour s'approcher de Mélanie, incapable de supporter qu'ils en soient venus à se parler sur ce ton, se voit repousser brusquement. Elle est déjà debout.

— Excuse-moi, ma fille est réveillée. C'est l'heure de son boire.

Puis dans un souffle, avant de quitter la cuisine, elle ajoute :

— Il serait préférable que tu t'en ailles.

— Mélanie! Ça n'a aucun sens! Écoute-nous parler!

Plus doucement, il ajoute :

— Est-ce que je peux voir ma filleule, au moins, avant de partir?

Ces quelques mots détendent un peu l'atmosphère. Malgré des pleurs de plus en plus vigoureux, Mélanie s'arrête et se retourne vers Sébastien. Cependant, au lieu de l'enthousiasme qu'il espérait, c'est un peu d'hésitation que ce dernier entend dans la voix de sa sœur.

— D'accord. Le temps que je prépare sa bouteille, tu pourras la prendre. Après, j'aimerais être seule. Tu iras voir papa. Peut-être vas-tu mieux me comprendre quand tu l'auras vu. Je... Appelle-moi dans l'après-midi. Nous pourrions souper ensemble, je verrai, je vais en parler à Maxime.

Quelques minutes plus tard, Sébastien quitte l'appartement, le cœur gros, avec la conviction qu'il lui appartient de ressouder les liens entre eux. Olivier est trop pris par son travail et sa famille et Mélanie ne lèvera pas le petit doigt. Quand elle est butée comme en ce moment, il n'y a rien à faire, sinon attendre qu'elle fasse la part des choses. Par contre, pas question d'attendre que la situation se place d'elle-même. Personne ne le fera changer d'avis : Thomas a besoin de ses enfants tout comme eux ont besoin de lui. Jeanne n'aurait jamais voulu que sa famille éclate à la suite de son décès et il se jure de tout mettre en œuvre pour que cela ne se produise pas.

Quant à Mélanie, elle referme doucement la porte sur son frère, avec la conviction profonde que sa vie ne sera plus jamais pareille. Même Sébastien semble s'éloigner d'elle. Habituellement, son frère finissait toujours par accepter sa vision des choses mais, aujourd'hui, elle a eu l'impression de se heurter à un mur. Désormais, elle vivra donc en fonction de sa fille et de son conjoint. Les autres devront faire leurs preuves avant qu'elle ne les accepte à nouveau dans son univers, car présentement, elle a la certitude que si elle souffre autant, c'est en grande partie à cause d'eux.

Pourtant, quand elle entend la porte se fermer bruyamment, trois étages plus bas, elle éclate en sanglots en serrant sa fille tout contre elle. Sans vouloir se l'avouer, Mélanie aurait tant voulu que Sébastien revienne sur ses pas et la prenne dans ses bras.

Ce dernier est bouleversé par cette conversation qui a mal tourné. Devant son auto, il rejette l'idée de se diriger immédiatement vers la maison familiale. Il doit se calmer d'abord. Il poursuit donc sa route à pied.

Cela fait maintenant presque une heure qu'il tourne en rond. Il a besoin de marcher, de respirer l'air pur.

À la lumière de ce que sa sœur vient de lui confier, il préférerait rencontrer Josée et Marc avant de se présenter chez son père, mais ils sont au travail et Sébastien ne sait comment les joindre.

Alors il continue de marcher, faisant, pour la troisième fois, le tour du quartier de son enfance.

Et si Mélanie avait raison?

Habituellement, sa sœur est de bon jugement, même si elle est soupe au lait et rancunière. Elle avance dans la vie en portant ses émotions à fleur de peau, comme une oriflamme témoignant d'une grande fragilité qu'elle tente de cacher sous ses airs autoritaires. Mélanie a toujours été une fille excessive en tout. Le décès de leur mère l'a probablement rendue davantage vulnérable. De là son jugement exagéré et, de toute évidence, bien arrêté, vis-à-vis de leur père.

Malencontreusement, et même si Sébastien cherche à s'en défendre, les mots employés par sa sœur et sa perception de la situation ont semé le doute dans son esprit.

Et si elle avait raison ?

Cette interrogation n'arrête pas de tournoyer dans sa tête, l'empêchant de réfléchir froidement. Pourtant, il voudrait tant arriver à le faire. Être capable d'écarter les émotions, les mettre en retrait quelques instants, afin de regarder l'avenir calmement. Parce que c'est de cela dont ils parlent tous, ce temps devant eux, cet avenir où Jeanne ne sera plus jamais à leurs côtés.

À quoi ressemblera-t-il ?

Sébastien aimerait tant le savoir.

D'autre part, instinctivement, il sait que Thomas les aime.

Pendant toutes ces années, ce n'était pas simplement la famille de Jeanne que Thomas affectionnait, comme Mélanie l'a insinué, c'était chacun de ses enfants qu'il aimait à part entière.

Depuis qu'il se promène dans son ancien quartier, Sébastien essaie de s'en convaincre, alors que l'interrogation suscitée par Mélanie continue de le harceler.

Où trouver une réponse qui pourrait satisfaire ses intuitions ?

C'est alors qu'un foisonnement d'images, tirées à même ses souvenirs d'enfance, lui reviennent en tête et lentement, un sourire éclaire son visage.

Aussi clairement que si ces événements s'étaient passés la veille, Sébastien revoit soudainement toutes ces heures, passées sur le bord d'une patinoire, où son père, transi et les pieds gelés, encourageait le jeune Olivier, gardien de but. Dans l'album familial, il y a des dizaines de photos pour en témoigner. Puis il y a cette exposition de peintures où Thomas, encore lui, fier comme un paon, expliquait aux visiteurs que le jeune qui avait gagné le premier prix était son fils Sébastien. Là aussi, il y a quelques photos qui rappellent l'événement. Et que dire de ces larmes au coin des yeux quand il avait accompagné Mélanie à son premier bal, alors que le prétendant de l'époque s'était désisté à la dernière minute...

Sébastien s'est arrêté de marcher, le cœur allégé.

C'est lui qui a raison et il ne comprend pas que Mélanie ait pu suggérer que leur père ne les aimait pas comme ils le méritaient. C'est plutôt eux qui ne méritent pas le père qu'ils ont ! Un événement, une maladresse ne sont pas l'expression de toute une vie.

En colère contre lui-même d'avoir douté, Sébastien fait demi-tour et regagne l'auto à grandes enjambées. Il est plus que temps d'aller voir son père. Il sait maintenant que Jeanne a laissé une famille aux liens forts qui devrait s'en sortir parce que cette famille a un père admirable. Ne reste plus qu'à trouver une façon de le faire comprendre aux autres.

Si jamais le moindre doute avait subsisté dans l'esprit de Sébastien, le sourire de Thomas, venu à sa rencontre dans le couloir, l'aurait dissipé.

— Sébas ! Quelle belle surprise... Viens, mon grand. J'étais en train de me préparer à dîner. Tu m'accompagnes ?

Nulle allusion au fait qu'on soit en pleine semaine et que Sébastien ne devrait pas être là. Il y a, dans la voix de Thomas, une espèce de soulagement amplement suffisant.

Sans hésiter, heureux d'être avec lui, Sébastien emboîte le pas à son père.

Ils ont mangé de bon appétit, parlant de la température, franchement désagréable cette année, et du travail de Sébastien, tout nouveau pour lui.

Puis, Thomas a proposé de prendre le café dans la serre et le cœur de Sébastien s'est serré, douloureux. Jeanne proposait toujours de prendre le café dans la serre quand le repas était terminé.

À peine ont-ils passé le seuil de l'ancien domaine de Jeanne qu'un malaise tangible s'abat sur les deux hommes. Thomas le perçoit aussitôt, admettant sans effort que cela doit être éprouvant pour Sébastien de se retrouver dans cette pièce, sans la présence de sa mère. Lui-même, il s'y est si lentement, si difficilement habitué.

Alors, il lance, sans trop y penser :

— Au fait, merci ! J'ai pris tes deux messages sur le répondeur. C'est gentil d'avoir pensé à moi.

Tout ce que Thomas cherche à faire, c'est détendre l'atmosphère. Pour y arriver, il doit fournir un effort surhumain pour que sa voix reste ferme.

Malheureusement, Sébastien ne perçoit que le ton froid, impersonnel qui le déstabilise.

Mal à l'aise, il détourne les yeux. Il aperçoit alors la boîte à chaussures, sur la chaise, puis l'ordinateur de sa mère, sur la table basse. Cette boîte, il ne l'avait jamais vue auparavant, mais il sait très bien ce qu'elle contient.

Comme Mélanie l'avait dit, il y a plusieurs cahiers de notes, de vieux cahiers un peu jaunis, et quelques disquettes.

Durant un moment, Sébastien reste immobile, subjugué, fixant la boîte.

Devant le silence de son fils, Thomas s'est retourné. Il est maintenant en face de Sébastien et il a suivi son regard pour venir buter à son tour sur la boîte. Thomas retient un soupir. Il ne peut pas faire comme si de rien n'était. Sébastien a le droit de savoir, même s'il n'est pas encore prêt à partager ses découvertes. Alors, tout simplement, il déclare :

— Ce que tu as devant toi, Sébas, c'est l'héritage que ta mère m'a laissé. C'est toute notre histoire qui est là, contenue dans quelques petits cahiers et quelques disquettes. Je... J'ai besoin d'en faire l'inventaire à mon rythme avant de tout partager avec vous. Je... je demande seulement qu'on me comprenne et qu'on respecte cette exigence.

La voix de Thomas est sourde, chargée de larmes. Sébastien retient son souffle. Il sait que l'instant est unique et que jamais il ne repassera. Son père, cet homme de peu de mots quand vient le temps de parler sentiments, cet homme un peu secret, est en train de lui ouvrir son cœur comme jamais il ne l'a fait auparavant. Ému, Sébastien répond :

— Oui, papa, je peux comprendre. Dis comme ça, sur ce ton, Mélanie aussi aurait compris et accepté, tu sais.

Un court silence, fragile comme un regret, se pose entre eux.

— Je sais.

— Tu l'as blessée. Beaucoup.

— Je sais, répète Thomas, et je le regrette.

Sébastien lève la tête vers son père et attache son regard au sien.

— Alors, pourquoi n'as-tu rien fait ?

Thomas hausse les épaules.

— Comme ça. J'ai reporté… C'est ta mère qui gérait les conflits. Moi, je ne sais pas. J'avais peur d'envenimer les choses, je présume.

Thomas inspire longuement. Puis il ajoute, dans un souffle :

— Si tu savais…

Debout au milieu de la serre, Thomas ouvre les bras dans un geste d'impuissance. Il regarde autour de lui avec, au fond des yeux, une lueur indéfinissable, comme s'il voyait les lieux pour une première fois. Il reprend d'une voix étranglée :

— Si tu savais comme les journées sont longues, comme je m'ennuie.

À ce moment, Sébastien mesure l'ampleur du changement survenu dans la vie de son père. Eux, les enfants, ils ont une existence bien différente, loin de la maison, et malgré leur chagrin, la routine a repris comme avant.

Mais pour Thomas…

Alors, comme il avait vu sa mère le faire si souvent, Sébastien ose un pas vers son père et lui ouvre tout grand les bras, les yeux brillants de larmes.

— On est là, papa. Si tu t'ennuies, si tu as peur de ne pas y arriver, n'oublie jamais qu'on est là et qu'on t'aime.

À cet instant, le regard de Thomas croise celui de Sébastien. Il a les mêmes yeux que sa mère. Thomas l'a toujours su. Pourtant, c'est la première fois qu'il y retrouve le même reflet. Cette ouverture à l'autre, cette capacité de voir l'âme. Sans hésiter, il fait les quelques pas qui les séparent.

★ ★ ★

Quand Sébastien quitte la maison familiale, le soleil qui s'était fait désirer tout au long de la journée, glisse enfin quelques rayons à travers une échancrure des nuages. Il le voit comme un heureux présage.

Son père a longtemps monologué, usant de mots durs qui disaient sa détresse, telle une longue confession à la fois douloureuse devant ce vide qui semble vouloir l'engloutir et porteuse d'un espoir qui refuse de mourir.

Durant plus d'une heure, il a répété ce qu'il avait confié à Marc et Josée et cette fois-ci encore, Thomas en est ressorti apaisé.

Il n'a pas parlé comme on parle à un fils, mais d'homme à homme et Sébastien a reçu ses confidences avec une allégresse toute nouvelle. Maintenant, il lui tarde de rejoindre Mélanie.

Sans l'appeler, puisque de toute façon il a la ferme intention de se faire inviter à souper, il se présente à sa porte. Les yeux rougis de Mélanie en disent long sur l'après-midi qu'elle a passé.

C'est ainsi que, sans un mot, pour la seconde fois en quelques heures, Sébastien ouvre les bras. Mélanie, tout aussi silencieuse, s'y précipite.

Ils ont fait le point en préparant le souper côte à côte. Sans rien omettre, Sébastien lui a confié ce que son père lui avait dit.

— Il est profondément malheureux. Maman lui manque, leur vie à deux lui manque. C'est plus de trente ans d'habitudes qu'il a vu disparaître tout d'un coup. Il est désorienté, désabusé. Il faut le comprendre.

— C'est exactement ce que je voulais lui dire. Mais il ne m'a pas laissé le temps.

— Si je te disais qu'il regrette son attitude de l'autre jour…

— Il n'avait qu'à m'appeler, s'entête Mélanie, boudeuse. Je ne suis pas bornée, j'aurais compris.

— Il le sait.

— Alors, pourquoi ce silence?

— Comme papa le reconnaît, il n'a jamais eu à gérer nos petits conflits familiaux. C'est maman qui le faisait. Si on ajoute à ça l'état d'esprit dans lequel il s'embourbe depuis quelques semaines, on peut peut-être comprendre pourquoi il a réagi ainsi.

— Peut-être…

Mélanie semble à demi convaincue. Sébastien insiste.

— Je te le répète: ces cahiers et ces disquettes sont ce qu'il a appelé l'héritage de maman. À ses yeux, c'est sacré et personne n'a le droit d'y toucher.

— Je ne pouvais toujours pas deviner que ça…

— Je sais, Mélanie, interrompt Sébastien. Je sais tout ça, tu me l'as répété plusieurs fois. Mais n'oublie pas que tu as également admis que tu n'aurais pas dû, que tu te sentais indiscrète. Être mal à l'aise aurait dû suffire pour que tu refermes le cahier et que tu attendes l'autorisation de papa. Quand il t'a surpris en train de lire, il a eu la désagréable impression que tu violais une partie de son intimité avec maman. À ses yeux, ce que tu découvrais ne t'appartenait pas.

— C'est là que tu te trompes, Sébas. Ces mots-là nous appartiennent autant qu'à lui. Maman parle de toi, de moi, d'Olivier. Elle écrit ce qu'elle ressentait face à nous. Si papa y trouve un certain réconfort, nous aussi nous pourrions…

— Papa le sait, coupe Sébastien qui ne voit pas l'intérêt d'en débattre plus longtemps. Tout ce qu'il a dit, c'est qu'il veut lire les cahiers de maman avant nous et au rythme qui lui convient. C'est tout. Moi, je trouve que c'est légitime. Quand il sera prêt à le faire, il nous les donnera.

— Si on veut... N'empêche que j'espère que papa va faire les premiers pas. Je me suis trompée, je regrette ce qui s'est passé, mais je n'ai mis personne à la porte, c'est lui.

— Tu ne penses pas que tu exagères un peu? Allons, Mélane, fais un petit effort de compréhension!

Cela fait une éternité que Sébastien n'a pas appelé sa sœur ainsi. Le mot lui est venu spontanément, comme durant leur jeunesse quand il y avait de ces moments à deux qui les isolaient du reste du monde. Moments de confidences, moments de discussion, moments d'intimité...

Mélanie ferme les yeux, un vague sourire flottant sur ses lèvres, oubliant sur-le-champ tout différend.

Mélane... Elle se revoit avec Sébastien. Ils avaient quatorze, quinze, seize ans. L'été, ils s'installaient au fond du jardin, à l'abri des oreilles indiscrètes et l'hiver, ils se cachaient au fond du sous-sol. Et ils parlaient, parlaient... Ils pouvaient chuchoter pendant des heures, discutant de ce monde qu'ils découvraient, de cet avenir qu'ils espéraient.

Comme avant, à l'époque où ils partageaient tout ou presque, Mélanie est persuadée que Sébastien voit les mêmes images qu'elle. Le jardin avec sa roseraie qui les soustrayait aux regards et le sous-sol où ils s'installaient derrière la grosse malle. Que de mots il y avait eus entre eux! Ces mots qu'ils avaient l'un pour l'autre, uniques, qu'ils défendaient farouchement.

Mélanie comprend aussitôt le message. Jamais elle n'avait toléré que qui que ce soit, autre que Sébastien, l'appelle Mélane. Encore aujourd'hui, ce surnom leur appartient, il fait partie de ce lien privilégié qui l'unit à son jumeau.

Comme Jeanne et Thomas avaient eu une vie secrète, bien à eux.

Mélanie ouvre les yeux et tourne son visage vers son frère.

— D'accord, j'ai compris. Donne-moi quelques jours pour finir de digérer tout ça et je vais appeler papa… ou aller chez lui, je ne sais trop, je verrai.

Sur ces mots, Mélanie revient devant le comptoir et recommence à peler les pommes de terre. Ce soir, au menu, il y aura du jambon froid et de la purée. Un des repas préférés de Jeanne.

Mais alors que Sébastien croyait la discussion close, Mélanie ajoute à mi-voix:

— Je jure que jamais je ne parlerai à Marie-Jeanne comme papa l'a fait avec moi. Jamais. Ça fait trop mal. À peine une phrase, comme un murmure.

Sébastien retient son souffle, espérant autre chose, mais Mélanie n'ajoute rien. Elle ne s'est adressée à personne, sinon à elle-même. Alors, Sébastien se taira. N'ont-ils pas souvent proclamé, en riant, que les jumeaux, à certains égards, ne faisaient qu'un?

S'emparant d'un couteau à son tour, Sébastien se met à couper en quartiers les pommes de terre que Mélanie continue de peler.

Dans quelques minutes, Maxime devrait être de retour.

Chapitre 6

Depuis ses tout premiers jours, novembre avait en froidure ce qu'octobre avait eu en pluie. Durant la dernière semaine, le soleil avait été généreux, éblouissant, mais il n'avait rien réchauffé. Aujourd'hui encore, malgré un ciel parfait et une boule de feu contre l'azur, la pelouse craque sous les pas et les feuilles mortes abandonnées sur le parterre restent figées dans le carcan de glace laissé par les dernières pluies.

Depuis très tôt ce matin, Thomas s'échine sur les rosiers de Jeanne, persuadé qu'il travaille pour rien. Avec un froid pareil, il est sûrement trop tard pour espérer les sauvegarder. Au printemps prochain, la roseraie sera à refaire, il en est convaincu.

Jeanne serait catastrophée !

Il s'en veut d'avoir écouté Madeleine au lieu de s'en tenir à son propre jugement, appuyé sur la longue observation de Jeanne au fil des ans. Quand venait l'automne et l'obligation de protéger les rosiers, invariablement, année après année, il restait toujours plusieurs fleurs sur les plants et Jeanne en faisait un bouquet immense tout en les taillant.

Ce matin, bien au contraire, les arbustes n'offrent plus qu'un spectacle lamentable de branches raides ou tordues, avec quelques feuilles jaunies qui s'entêtent à rester accrochées aux rameaux à travers des milliers d'épines.

Depuis dix jours au moins, Thomas espère que le temps sera plus doux pour qu'il puisse s'attaquer à ce travail. Ce matin, au réveil, il a décidé qu'il avait assez tardé, il n'avait plus le choix. En dépit du froid qui sévit, le déjeuner terminé, il a fouillé dans la grosse malle et l'armoire du sous-sol, en a extirpé ses vêtements les plus chauds, a attrapé au passage corde, jute et sécateur, puis il est sorti sur la terrasse. Un vent sournois l'a accueilli sans ménagement.

Malgré des gants épais, Thomas n'en est pas à son premier juron de la journée. Les épines des rosiers, longues et bien acérées, se moquent de l'épaisseur des gants. Pieds gelés, doigts meurtris et goutte au nez, il précipite ses gestes pour en finir avec ce qui aurait pu être un plaisir et qui n'est plus qu'une corvée.

Est-ce pour cela qu'il échappe un soupir et un geste d'impatience à la vue de deux gamins turbulents, emmitouflés comme en plein hiver, qui se précipitent vers lui en courant ?

— Grand-papa !

Laissant tomber le sécateur à ses pieds, Thomas s'élance à son tour pour les empêcher de s'accrocher dans les branches qui jonchent le parterre. Ils pourraient se blesser. Olivier, imperturbable comme toujours, vient de tourner le coin du garage, suivant de peu Julien et Alexis.

Chez lui, probablement une déformation professionnelle, le regard du médecin précède celui du fils. Olivier constate promptement que son père a maigri, que sa barbe est plus grise. Malgré le lourd manteau, la tuque et le foulard, il constate qu'il a maigri et il lui trouve un air vieilli, fatigué. Il s'en veut aussitôt de ne pas être venu le voir plus tôt. Mais où trouver le temps ? Il doit négocier jusqu'à la moindre minute avec Karine. S'il est ici ce matin, c'est que cette dernière avait un rendez-vous chez la coiffeuse et qu'il avait promis de garder les enfants. Il en a donc profité. Après un regard autour de lui, il revient à son père.

— On peut t'aider?

C'est au tour de Thomas de regarder autour de lui. La cour a l'air d'un champ de bataille. Olivier aurait pu certainement l'aider, mais avec les enfants...

— Pas vraiment, réplique alors Thomas. Les branches piquent en diable, le sécateur est coupant comme un bistouri, c'est vraiment dangereux...

En disant ces mots, alors qu'il jette un regard las sur la cour, Thomas aperçoit le plus jeune des garçons s'apprêtant à couper une branche.

— Attention Alexis, tu vas te faire mal!

Thomas et Olivier se sont élancés en même temps vers le petit garçon qui, du haut de ses cinq ans et rempli de bonne volonté, avait saisi le sécateur et s'attaquait au premier rosier à la portée de ses mains. Son père venait de dire qu'on allait aider grand-papa!

— Non, mon garçon, interdit Thomas en lui enlevant aussitôt le sécateur, ce n'est pas un jeu, ni même un travail pour les enfants.

La voix de Thomas est ferme et sévère. Penaud, le petit Alexis baisse la tête, le cœur gros, jetant un regard à la dérobée vers la terrasse. Il sait bien que grand-maman Jeanne n'est plus là, papa l'a répété dans l'auto, leur recommandant de ne pas en parler, mais lui, à l'instant, il aurait bien envie de la voir apparaître. C'était définitivement plus agréable quand grand-maman était à la maison. Elle, elle ne levait jamais le ton pour s'adresser à eux. Pinçant les lèvres, il jette un regard à son frère qui n'ose plus bouger, lui aussi.

— Et si j'installais les enfants devant la télévision ? suggère Olivier. Je pourrais venir te donner un...

— L'idéal, interrompt Thomas, catégorique, ce serait que vous reveniez demain. Pour souper, tiens ! On aurait le temps de se voir un peu, de jaser.

— Demain, c'est impossible. Je suis de garde à la clinique et après on soupe chez les parents de Karine.

— La semaine prochaine alors, propose Thomas avec un léger haussement d'épaules qui cache mal sa déception.

Puis avec un soupir :

— Malheureusement, pour l'instant, je suis débordé. Il vaudrait mieux que je sois seul.

C'est ainsi qu'en moins de cinq minutes, Olivier est venu et reparti. Quelques mots échangés avec son père et ce dernier lui a indiqué la sortie. Olivier, par contre, et contrairement à Mélanie, n'est pas offusqué de l'attitude de Thomas. Il comprend. En reprenant la route vers sa demeure, il se dit qu'il aurait dû appeler. Ce n'est pas parce que son père est maintenant un homme seul qu'il a cessé de vivre pour autant.

Habitué, en raison de sa profession, à accepter les gens comme ils sont, Olivier arrive généralement à faire la part des choses sans toujours emmêler ses émotions aux événements. Il n'a pas le choix s'il veut survivre. D'aucuns le disent froid, d'autres apprécient sa façon d'être. Ses patients réguliers par exemple, surtout des personnes âgées, qui savent qu'il est un bon médecin et que derrière la façade un peu froide se cache un cœur sensible, capable d'écoute. Si sa générosité est parfois bourrue, teintée d'impatience, elle est sans faille et ils sont conscients d'avoir la belle part dans les priorités du docteur. C'est là l'important. Pour ces gens en perte d'autonomie, une certaine stabilité est l'assurance d'une vie heureuse. Le docteur Olivier, comme plusieurs l'appellent affectueusement, est leur gage de sécurité.

Sans plus s'en faire, étant malgré tout rassuré d'avoir constaté que son père était toujours aussi actif, Olivier entre chez lui avec ses deux fils. C'est à l'instant où il range les manteaux que l'idée surgit.

— Que diriez-vous d'organiser une fête pour grand-papa ? La semaine prochaine, c'est son anniversaire.

— Tu crois qu'il voudra venir ? demande alors Julien. Il n'avait pas l'air de très bonne humeur.

— Il n'était pas de mauvaise humeur, rectifie Olivier, il était occupé. Ce n'est pas du tout la même chose. La preuve qu'il était content de notre visite c'est qu'il nous a invités à souper demain.

— On y va ?

— Malheureusement, on ne peut pas. On soupe chez grand-maman Denise. C'est pour ça que je vous suggère d'organiser une fête pour grand-papa. Alors, qu'est-ce que vous en pensez ?

Alexis regarde son père avec une moue sceptique.

— Pas sûr, moi, qu'il va être content...

À ces mots, Olivier plie les genoux pour être à la hauteur du petit Alexis qui n'a vraiment pas l'air convaincu.

— Je sais qu'il va être heureux, crois-moi. Depuis que grand-maman n'est plus avec lui, il doit trouver les journées bien longues. S'il voit qu'on a pensé à sa fête, ça va lui faire plaisir. J'en suis certain.

— Si tu le dis... D'accord.

Après un court moment de réflexion, Alexis ajoute :

— Si on lui faisait un bricolage ? Penses-tu qu'il serait content ?

— C'est sûr, ça, qu'il serait content. C'est une très bonne idée. Je vais même vous aider ! Qu'est-ce que vous en dites ?

— Super !

Les deux garçons filent déjà en direction de la cuisine.

— Julien, lance Alexis, excité à l'idée que leur père va bricoler avec eux, ce qui est vraiment très rare, sors le papier et la colle, moi je m'occupe des crayons et des ciseaux.

Mais alors qu'il allait passer le seuil de la porte de la cuisine, il s'arrête brusquement et se retourne.

— Alors, tu viens, papa ? fait-il impatient. Faudrait avoir fini avant que maman arrive. Elle déteste ça quand il y a des petits bouts de papier partout.

— J'arrive ! Et ne t'inquiète pas pour les bouts de papier, je vais m'en occuper. Maman ne sera pas fâchée.

Le lendemain, au moment où Olivier frappe chez Mélanie, à ses yeux, la fête est déjà une chose réglée. Il en a parlé à Karine qui a trouvé l'idée excellente et elle accepte de s'occuper de tout. La seule chose qu'elle a demandée, c'est qu'Olivier contacte les siens. Ce qu'il fait, justement, vérifiant l'heure à chaque seconde, en attendant que Mélanie veuille bien lui ouvrir.

— Enfin !

Mélanie étire un sourire narquois.

— Bonjour tout de même, Olivier !

— Oui, oui, bonjour ! Excuse-moi, je suis un peu pressé.

— Je m'en serais doutée… Qu'est-ce que tu fais là, de si bon matin ? Un dimanche, par-dessus le marché. Tu veux un café? Entre, ne reste pas sur le palier.

— Pas le temps. Je dois être à la clinique dans quinze minutes. J'avais un patient à voir dans ton *bloc*, c'est pour ça que je suis ici. Bref, ce que je suis venu te dire, c'est qu'on a pensé à organiser un souper pour papa. Samedi soir prochain. Avec sa fête qui s'en vient, ça serait peut-être une bonne idée.

— Je sais. J'y avais pensé...

— À organiser un souper?

— Non, à sa fête.

C'est à cet instant, au timbre de voix un peu terne de sa sœur, qu'Olivier comprend que quelque chose ne tourne pas rond.

— On dirait que ça ne t'enthousiasme pas.

— C'est pas ça...

Mélanie a un geste évasif de la main. Puis, avec une pointe de curiosité, elle demande:

— As-tu vu papa récemment?

— Oui, hier.

— Et?

— Et quoi?

— Comment était-il?

— Bien, il avait l'air bien.

À ces mots, Olivier laisse filer un petit rire.

— Non, ce n'est pas vrai. En fait, il était de mauvais poil! Il s'occupait des rosiers et je crois que je l'ai dérangé.

— Et il te l'a fait savoir, n'est-ce pas?

— Et comment! Il m'a clairement fait comprendre qu'il serait préférable que je m'en aille. Rien de moins! Mais c'était normal, il était débordé.

— Tu trouves ?

— Oui. Moi aussi, quand on me dérange, je ne me gêne pas pour le dire. Où veux-tu en venir ? J'ai du mal à te suivre.

— Rien. Une longue histoire que je te raconterai quand tu auras le temps.

— D'accord...

Pressé, Olivier se contente de cette réponse.

— Alors, ce souper ? insiste-t-il. Tu peux appeler Sébastien pour moi ? Et papa ? Et peut-être aussi voir si Karine n'a pas besoin d'aide pour le menu ?

Mélanie hésite un peu, mais a-t-elle le choix ?

— D'accord, accepte-t-elle enfin. Nous serons au souper et je peux effectivement appeler Sébastien et Karine. Par contre, j'aimerais que tu t'occupes de papa.

Olivier, qui avait déjà tourné les talons, fait volte-face.

— Pourquoi ?

— Toujours la même histoire. Je t'en reparlerai... Allez, file, tu piaffes comme un jeune cheval à la ligne de départ.

— Tu as raison, je suis en retard. Donc, tu veux que je m'occupe de prévenir papa, c'est bien ça ?

— C'est ça.

— Alors à samedi !

La dernière salutation parvient à Mélanie depuis le palier de l'étage au-dessous. Elle ne peut s'empêcher de sourire.

Olivier restera toujours Olivier, quoi qu'il arrive !

Toutefois, elle efface vite cette marque de taquinerie et referme la porte avec un sentiment de confusion.

Les quelques révélations d'Olivier la laissent interdite, songeuse.

Il a eu droit à la même médecine qu'elle : un père impatient, laissant clairement entendre qu'il veut être seul. Les événements sont peut-être différents, n'empêche que le résultat reste le même. Pourtant, contrairement à elle, Olivier ne semble pas perturbé outre mesure par le fait que leur père l'ait mis à la porte.

Appuyée contre le battant, Mélanie a croisé les bras sur sa poitrine, essayant de comprendre. Pourquoi a-t-elle été blessée à ce point alors qu'Olivier...

— Mélanie ? Tout va bien ? Qui était là ?

Mélanie sursaute. Depuis la cuisine, Maxime s'inquiète. Alors elle secoue la tête, soupire, puis se dirige vers l'arrière de l'appartement. Elle reviendra à ses élucubrations plus tard, quand elle sera seule et tranquille.

— Tout va bien, annonce-t-elle en entrant dans la pièce. C'était Olivier, en coup de vent, comme d'habitude. Il nous invite à souper samedi prochain. On va souligner l'anniversaire de papa. En disant ces mots, Mélanie affiche un air soulagé. Le fait d'aller chez Olivier aura au moins cela de bon : quand elle reverra son père, ils ne seront pas seuls. Sans trop savoir pourquoi, Mélanie juge que c'est préférable ainsi.

★   ★   ★

Olivier, Karine et Mélanie ont opté, d'un commun accord, pour une fête sobre. Le champagne serait déplacé, les cadeaux aussi.

Quand la famille se retrouve au salon, il y a un instant d'embarras, de tristesse. La dernière fois où ils étaient réunis, c'était à l'occasion des funérailles et chacun y pense à sa façon. Heureusement, Julien et Alexis font alors irruption dans la pièce, portant fièrement leurs dessins, dissipant aussitôt le malaise.

— Bonne fête, grand-papa!

Thomas est ému. Quand il prend les deux dessins, il s'aperçoit que ses mains tremblent légèrement.

— Papa nous a aidés, tu sais!

Thomas lève les yeux, à la recherche d'Olivier. Stigmate d'un sourire, bref éclat dans le regard. Thomas est conscient que Jeanne aurait posé le même geste. Olivier répond à son sourire. L'espace d'un instant, une bonne complicité unit le père et le fils. Puis, Thomas se penche de nouveau sur les dessins en s'extasiant.

Discrets, Karine et Maxime en profitent pour s'éclipser vers la cuisine.

— Allez, les garçons, venez m'aider. Il faut faire une jolie table pour grand-papa. C'est son anniversaire!

— Et moi, je m'occupe de Marie-Jeanne, lance Maxime avant d'emboîter le pas à Karine. Reste ici, Mélanie, je peux y arriver tout seul.

Le gendre et la belle-fille s'étaient entendus pour laisser Thomas et ses enfants seuls pendant un moment, pour qu'ils puissent explorer en toute intimité cet environnement différent qui serait le leur, désormais. Quant à Manuel, il brille par son absence, au grand soulagement de Thomas.

Il n'arrive pas à s'y faire: cet homme lui déplaît toujours autant.

Sachant que cela serait accepté de tous, Olivier avait fait provision de bières importées comme son père sait les apprécier.

Le repas est simple, mais abondant et Olivier note que

Thomas mange avec appétit, même s'il ne parle pas beaucoup. Sébastien fait la même constatation. Assis à un bout de la table, Thomas se contente de regarder les siens depuis le début du repas. « On dirait qu'il observe nos conversations », pense Sébastien, un peu surpris par cette formulation qui lui est venue spontanément à l'esprit. Mais c'est un fait : silencieux, Thomas concentre son énergie à manger et à fixer la tablée, avec, au fond des yeux, un éclat que Sébastien ne lui avait jamais vu auparavant. Un reflet de tendresse qui, par un curieux déplacement de la mémoire, lui rappelle sa mère.

Dans le regard de son père, durant une fraction de seconde, Sébastien voit luire l'amour que Jeanne avait pour eux.

Il se reprend aussitôt, sentant les larmes lui monter aux yeux. Jeanne n'est plus là et l'amour qu'elle avait pour eux s'est envolé avec elle. Présentement, ce qu'il voit luire dans les yeux de son père, c'est l'amour que lui ressent. Cet amour qu'il a toujours eu pour ses enfants, mais qui se faisait discret quand Jeanne était avec eux.

À cette pensée, Sébastien revoit les repas pris en famille. Il entend les éclats de voix, les rires. Et sur tout cela, il y a la voix de sa mère.

Jeanne qui discutait, s'immisçait dans les conversations, donnait des conseils. Jeanne qui prenait beaucoup de place, faisant presque oublier, par moments, que leur père était là, aimant, lui aussi, à sa façon.

Sébastien n'a plus tellement faim. Repoussant son assiette, il se cale contre le dossier de sa chaise. À sa droite, Mélanie et Karine discutent joyeusement de leurs enfants.

Les prouesses des uns rivalisent avec celles des autres. À les entendre, nul enfant sur terre ne leur arrive à la cheville! À sa gauche, Maxime et Olivier comparent les nouveaux modèles de voitures qui viennent tout juste d'arriver sur le marché. La chose n'est pas nouvelle. Chaque automne, à l'anniversaire de Thomas, c'est la même rengaine. Habituellement, c'est à ce moment que son père se glisse dans la conversation. Il adore les autos, même s'il s'est toujours contenté de ses vieux modèles. Pourtant ce soir, sa voix tarde à se faire entendre. Toujours silencieux, il se contente de sourire vaguement aux propos de son fils et de son gendre. Il a, lui aussi, repoussé son assiette et son regard va de l'un à l'autre.

C'est alors que Karine se lève de table pour se rendre à la cuisine. Elle en revient, quelques instants plus tard, portant un gros gâteau devant elle. Elle a utilisé la recette de Jeanne, celle qui fait dire à Thomas, invariablement, que c'est le meilleur gâteau au chocolat du monde. Elle y a mis quelques bougies sans se soucier du nombre. L'important c'est de souligner l'anniversaire et, comme il y a des enfants, les chandelles étaient essentielles.

Même s'il n'a jamais été friand des effusions publiques, Thomas apprécie néanmoins les fêtes en famille. Avec Jeanne, il n'a pas eu le choix de s'habituer, tous les prétextes étaient bons pour célébrer autour de sa table.

L'expression était même un sujet de taquinerie entre eux.

La table de Jeanne.

Quand parents et amis étaient conviés à la table de Jeanne, ils savaient qu'il y aurait une fête, un événement à célébrer. En ce moment, entouré des siens, sans aller jusqu'à prétendre qu'il est heureux, Thomas admet, en son for intérieur, qu'il est bien. Bien de cette chaleur familiale, bien de ces présences qu'il affectionne.

La vue du gâteau, garni de glaçage à la guimauve comme Jeanne le faisait toujours, touche Thomas. Il adresse un bon sourire à Karine, au moment où elle le dépose devant lui. Personne ne parle quand soudain, étranger au fait que ses parents avaient décidé de ne pas chanter, le petit Alexis entonne le *Bonne fête* traditionnel. Par habitude, tout le monde lui emboîte le pas. Le cœur de Thomas bat à tout rompre, deux grosses larmes s'échappent et glissent le long de ses joues sans qu'il cherche à les essuyer. Il n'en est plus à une larme près.

Quand les voix se taisent, il y a du flottement dans l'air avant que Sébastien ne lance d'une voix forte qui cache mal son émotion :

— Bonne fête papa !

Puis, après une brève hésitation, il ajoute :

— Longue vie à toi !

C'est la phrase consacrée, celle qu'il a toujours entendue lors des anniversaires. Il lui semblait important de la dire même si présentement, elle fait référence à un tout autre événement.

Le silence perdure autour de la table. Même les enfants se sont tus.

Thomas ne répond pas tout de suite. Pourtant, manifestement, c'est ce que l'on attend de lui.

À la place, il prend le temps de souffler les bougies, lentement, l'une après l'autre, avant de poser un regard profond sur chacun de ses enfants et de faire un clin d'œil complice à ses deux petits-fils. Puis, il sourit chaleureusement à Karine et Maxime.

— Merci pour ces bons vœux, dit-il enfin simplement. Vous ne pouvez pas savoir à quel point ça me fait du bien de vous avoir auprès de moi.

À ces mots, le silence revient dans la pièce. Un silence différent, identifiable, fait de la présence de Jeanne, du souvenir que chacun en a, de l'ennui que chacun ressent intimement. Thomas plus que les autres et il a la subite envie de l'exprimer. C'est pourquoi il ajoute d'une voix chargée d'émotion, en levant sa bouteille de bière d'une main tremblante :

— À Jeanne. À notre merveilleuse Jeanne. C'est grâce à elle si nous sommes réunis aujourd'hui. Je sais qu'elle serait heureuse de nous voir ensemble, car elle a toujours eu le sens de la fête. Il faut aussi que je dise que je vous aime. Je n'ai pas souvent prononcé ces mots, je laissais cela à votre mère. Les choses ont changé. Depuis quelque temps, j'ai beaucoup, beaucoup à apprendre. Ce n'est pas toujours facile, mais je vais y arriver. Pour moi, pour vous.

Thomas pose ensuite les yeux sur Mélanie. Depuis le début de la soirée, il n'a pu s'empêcher de remarquer ses regards fuyants, ses sourires un peu forcés. Sébastien lui a dit qu'il l'avait profondément blessée, il ne pensait pas que c'était à ce point. Il connaît suffisamment sa fille pour savoir qu'elle a la bouderie facile. Cette fois-ci, cependant, son attitude va au-delà d'une simple fâcherie. Mélanie est triste, c'est évident, et cela, Thomas ne peut le supporter.

Demain, dès demain, il va l'appeler. Il lui doit des excuses.

Quand il entre chez lui, la soirée est bien avancée. Après

le repas, l'atmosphère était plus légère, les conversations un peu frivoles. On a parlé des fêtes qui approchaient et Thomas s'est vu demander une voiture téléguidée, une rouge de préférence, et une panoplie de chevaliers, avec une longue épée, au grand désespoir de Karine qui était rouge de confusion.

— Les garçons! Voir si ça a de l'allure de...

— Allons! Avant, ils le demandaient à Jeanne. Ils ont donc le bon réflexe.

Devant le sourire de Thomas, Karine n'a pas insisté.

Quand Thomas sort de l'auto, garée dans l'entrée, la lune semble perchée sur la cheminée de sa maison. Une lune presque pleine, entourée d'un halo laiteux qui empêche de voir les étoiles, mais éclaire toute la nuit. Est-ce pour cela que la maison, masse sombre dans la noirceur, ne lui semble plus aussi hostile? Pourtant, Thomas sait qu'il y sera seul. Encore et toujours. Néanmoins, ce soir, cette perspective ne lui pèse pas autant.

Il y a encore tant de gens à aimer autour de lui. Il en a eu la preuve tout à l'heure.

C'est en ouvrant la porte qu'il prend conscience que pendant deux heures, il n'a pas pensé à Jeanne. Curieusement, il ne se sent pas coupable. Ou si peu.

La première chose qu'il fait en entrant, après avoir déposé son manteau, c'est de se diriger vers la cuisine pour monter le volume de la sonnerie du téléphone. Il ne veut plus jamais rater un appel. Ce soir, il ne comprend plus pourquoi il a entretenu une solitude qui lui pesait tant.

Puis il passe à la serre.

L'ordinateur et les disquettes l'attendent.

Depuis quelques jours, il a pris l'habitude de lire un peu avant la nuit. Un peu le matin, un peu le soir. Thomas se crée ainsi l'illusion d'une présence à ses côtés. Il commente toujours ses lectures à voix haute, se tournant parfois vers l'urne qu'il garde maintenant en permanence sur la petite table près de la lampe chinoise. Il a prévenu les enfants que la mise en terre n'aurait lieu qu'au printemps suivant.

Machinalement, il s'installe sur le sol, pousse les boutons, entre le mot de passe, glisse la disquette dans le lecteur. Docile, l'ordinateur fait entendre son ronronnement, quelques déclics. Une page paraît ensuite sur l'écran. Thomas fait défiler le texte jusqu'à ce qu'il retrouve le passage du matin.

Et il se met à lire.

Une ligne, deux lignes, quelques mots de plus...

Puis un long soupir.

D'un clic de souris, Thomas fait tout disparaître. Ce soir, le cœur n'y est pas.

Alors il se retourne et, du bout du doigt, il suit le contour des fleurs gravées dans le bois de l'urne.

— Tu m'excuseras, Jeanne, murmure-t-il après être resté un long moment silencieux, mais je n'ai pas envie de me plonger dans nos souvenirs. Ce soir, j'ai simplement le goût de me laisser porter par le moment présent. Nous avons de merveilleux enfants, tu sais. Merci, c'est beaucoup à toi que je le dois.

Puis, il se relève, ferme la lumière derrière lui, passe à la cuisine, prépare la cafetière pour le lendemain, continue vers le salon, vérifie que le foyer est bien éteint, comme il le fait méticuleusement tous les soirs du début d'octobre à la fin d'avril et monte enfin lentement à sa chambre.

Thomas sait bien que le lit sera encore trop grand et trop froid. Il ne s'attend pas à un miracle mais, en fermant les yeux et en se concentrant sur les images de la soirée, pour une fois, il devrait arriver à se réchauffer assez facilement.

★   ★   ★

D'un commun accord, tous les membres de la famille ont accepté de se déplacer pour fêter Noël chez leur grand-père, à Québec. Pour la première fois depuis longtemps, Olivier ne sera pas de garde entre Noël et le jour de l'An. C'est ce que Karine a confié à Thomas, sur un ton un peu aigre. Ils pourront donc être de la partie. Quant à Mélanie, elle a insisté pour que son père voyage avec eux. Depuis qu'ils ont fait la paix, elle a repris son ancienne habitude de passer régulièrement à la maison. Étonnée, elle s'est aperçue que même sans sa mère, elle prenait plaisir à être dans la maison de son enfance, avec son père. Il n'a eu qu'à lui ouvrir les bras pour qu'elle oublie jusqu'à la raison de sa rancœur.

Rien ne fait plus plaisir à Thomas que de voir la petite Marie-Jeanne. C'est écrit sur son visage. Dès qu'il entrevoit le petit minois par le judas de la porte, il s'empresse d'ouvrir, tout sourire.

— Elle ressemble tellement à ta mère. C'est inouï !

Il l'appelle son « rayon de soleil ». Hier soir, donc, après un appel d'Armand Lévesque, Thomas a communiqué avec les siens et il n'a pas eu à insister pour qu'ils consentent à changer les plans initiaux qui les auraient réunis chez Mélanie pour le réveillon. Tous, sans exception, ils ont accepté avec enthousiasme d'effectuer le petit voyage. Ils partiront à deux autos, en caravane, le 24 au matin, et resteront coucher chez « grand-père Armand », comme ils l'ont toujours surnommé. Ils ne reviendront que le 26.

— Tant pis pour ma famille, a même dit Karine qui, habituellement, insiste pour que les fêtes d'importance soient équitablement partagées. On verra les miens au jour de l'An, c'est tout !

Thomas s'est donc couché le cœur léger.

En fin de compte, il va le faire ce voyage qu'il remet depuis trop longtemps déjà ! Il lui tarde de revoir son beau-père. Selon Sébastien, le vieil homme est demeuré amer depuis les funérailles.

Thomas se promet d'y voir.

En plus, les enfants seront tous là.

Au réveil, comme pour confirmer que Noël n'est plus qu'à quelques jours, une lourde neige emmitoufle le paysage. En levant le store, Thomas ne peut retenir le sourire qui lui monte aux lèvres. Il a toujours aimé la neige. Après la grisaille lugubre de novembre, c'est avec plaisir qu'il accueille toute cette blancheur. Bien sûr, il préfère l'été, mais pas au point de détester l'hiver comme Jeanne le faisait de façon viscérale.

C'est en se penchant, le nez écrasé contre la vitre pour vérifier l'escalier et voir s'il doit pelleter, que Thomas remarque le bout de tuyau noir qu'il a solidement enfoncé dans la plate-bande bordant l'érable. Ce tuyau sert, année après année, à soutenir le sapin qui décore la maison. À travers la neige éblouissante qui couvre le sol, il est très visible.

Son enthousiasme tombe d'un seul coup.

L'an dernier, pour faire plaisir à Jeanne, il avait arpenté les différents marchés de la ville afin de trouver le plus gros, le plus majestueux sapin qui soit, comme celui qu'elle avait admiré dans le film visionné la veille. Il avait finalement déniché la merveille au marché Atwater, à prix d'or, et avait dû le faire livrer à la maison, tellement il était haut. Jamais il n'oubliera le sourire de Jeanne quand, le soir venu, elle l'avait accompagné jusqu'à la rue pour l'admirer, illuminé. Elle s'était enfin remise de ses traitements de chimiothérapie, mais elle craignait tant que la douleur ne revienne à cause d'un faux pas que Thomas l'avait soutenue pour qu'elle puisse avancer dans la neige, nettement plus abondante l'an dernier.

Bras dessus, bras dessous, ils étaient restés longtemps immobiles, blottis frileusement l'un contre l'autre, au beau milieu de la rue, à admirer leur arbre.

À cette pensée, Thomas a l'impression qu'une main brutale essaie de lui arracher une partie du cœur.

Comment sera ce premier Noël sans elle?

Songeur, il reste figé devant la fenêtre, fixant la neige qui tombe à gros flocons lourds sans véritablement la voir. Ce qu'il voit, par contre, dans sa tête, c'est un couple amoureusement enlacé qui admire silencieusement un énorme sapin lumineux.

Un couple qui n'existe plus…

— Comment, murmure-t-il la gorgée nouée, comment est-ce que je vais arriver à m'en sortir sans toi, Jeanne? Le sais-tu, toi? Qu'aurais-tu fait si l'inverse s'était produit et que c'était moi qui étais parti le premier?

Durant un moment, il essaie d'imaginer Jeanne abattue,

dévastée par le chagrin. Il n'y arrive pas. Jeanne était une battante. Elle avait même fait face à la mort et avait décidé du jour et du lieu de leur rencontre. Il revoit la main qui se tend vers le verre et cette main-là était ferme.

Malgré le désespoir qui l'étreignait, jamais il ne l'avait autant admirée qu'en cet instant où le reste de sa vie était en train de se jouer. L'espace d'un battement de cœur incroyablement douloureux, il s'était dit qu'il avait eu la chance de partager une grande partie de cette même vie avec une femme merveilleuse.

Aujourd'hui, il ne sait plus où il en est. Certains jours, il oserait prétendre que ça va, d'autres, que ça ne va pas du tout.

Néanmoins, depuis son anniversaire, depuis ce bain de chaleur familiale, il a réussi à prendre les journées l'une après l'autre sans penser au lendemain. Chaque matin, il s'est obligé à trouver une activité. Tout, n'importe quoi pour s'occuper le corps et l'esprit. Jusqu'à maintenant, il a réussi à tenir le coup, même s'il lui arrive encore de se mettre à pleurer pour un détail qui lui rappelle trop l'existence avec Jeanne. Les jours où il se sent plus vulnérable, quand l'humeur est sombre et l'envie de bouger inexistante, il évite de poursuivre sa lecture des confidences et parfois, il va jusqu'à quitter la maison pour ne pas s'apitoyer sur son sort. À quelques reprises, il s'est invité à souper chez Josée et Marc, frappant à leur porte sans prévenir, et il s'est finalement décidé à téléphoner à Gilles. Lui, par contre, il n'est pas encore prêt à le revoir. Il anticipe cette première rencontre avec appréhension. Elle risque de raviver des souvenirs douloureux. En désespoir de cause, quand il se retrouve seul, laissé à lui-même, quand tout le monde est occupé et que la maison devient subitement trop grande ou que la mélancolie menace, il fuit vers le centre commercial. Heureusement, depuis le début du mois de décembre, les magasins sont ouverts tous les soirs. Il commence à connaître de fond en comble l'ensemble de la marchandise offerte et comme il se retrouve souvent à l'épicerie, ses progrès en cuisine sont encourageants.

Jusqu'à maintenant, il s'en félicitait; ce matin, il trouve ses prétentions de grand chef dérisoires.

— Pas de quoi fouetter un chat, murmure Thomas, cruellement conscient qu'il a suffi d'une neige tombée pour faire renaître quelques souvenirs et la tristesse.

Noël arrive, un Noël sans Jeanne, et il est bouleversé.

La vie sera-t-elle indéfiniment à risque? Un souvenir de famille qui surgit sans préavis, un geste posé mille fois à deux, un événement déjà vécu ensemble et la tristesse réapparaîtra inexorablement?

Comme présentement, où la blancheur du paysage lui rappelle un sapin démesuré décoré avec tant d'amour et fait renaître, bien involontairement, le souvenir que c'était souvent à la tombée de la première neige que Jeanne et lui faisaient leurs réservations pour le voyage dans le sud.

Cette année, Thomas n'ira pas au soleil. Il y a pensé, il a rejeté l'idée.

Ces pays à l'éternel été sont des pays de joie pour ceux qui ont la chance de s'y rendre en hiver et Thomas n'a pas envie d'être joyeux.

Il doit d'abord apprendre à être en paix avec lui-même. Après, peut-être retrouvera-t-il la joie de vivre. Peut-être...

Thomas laisse retomber le rideau. Finalement, il n'aura pas à pelleter. Un coup de balai devrait suffire. Ce qu'il va s'empresser de faire dès le déjeuner avalé. Cette année, Thomas va tenter de s'étourdir d'activités pour ne pas se répéter qu'il est malheureux sans Jeanne et que malgré cela, il doit préparer Noël.

C'est en versant son jus d'orange qu'il se rappelle qu'il voulait se procurer un garage temporaire. Il a oublié. Tant pis ! Il se reprendra l'an prochain. « Et puis non, ce n'est pas tant pis. C'est tant mieux. Rien de tel qu'une bonne séance de pelletage pour remettre les idées en place. »

★   ★   ★

Les jours passent.

Tous ces cadeaux qu'il tient absolument à offrir aux siens parce que Jeanne l'aurait fait, cette montagne de beignes que Mélanie a exigé qu'ils cuisinent ensemble parce qu'un Noël sans beignes ne serait pas complet dans leur famille, cette neige qui ne cesse de tomber, l'obligeant à sortir pelleter deux fois par jour lui ont permis de traverser la semaine sans trop de dommage.

Dans quelques instants, Mélanie, Maxime et la petite Marie-Jeanne seront à sa porte. Le temps de rejoindre Olivier et sa famille, puis ils partiront pour Québec.

Deux gros sacs remplis de présents bien emballés attendent près de la porte. La petite valise enfin récupérée et regarnie soutient l'un des sacs qui menace de déborder. La maison est propre, le foyer éteint et Thomas attend, impatient de partir.

Ce matin, au réveil, l'ennui était au rendez-vous. Des

milliers d'images datant à peine d'un an l'attendaient, embusquées dans tous les recoins de la maison.

L'an dernier, à pareille heure, Jeanne mettait la dinde au four.

L'an dernier, en cet instant, Jeanne commençait à préparer la bûche au chocolat.

L'an dernier, maintenant, Jeanne repassait sa plus belle nappe.

Depuis le lever du jour, la ronde des souvenirs n'arrête pas de tournoyer dans la tête de Thomas. C'est infernal, insoutenable.

Il ne veut surtout pas passer la journée à revivre chaque instant du Noël 2004. Il lui faut partir et vite.

Un coup de klaxon, bien à propos, le tire de ses réflexions.

Enfin !

Quand Mélanie le voit sortir de la maison, chargé comme un mulet, elle éclate d'un grand rire moqueur.

— Dis donc, aurais-tu l'intention de rivaliser avec le père Noël ?

Puis, faisant mine de chercher dans le sac qu'elle vient d'enlever à son père pour le soulager, elle ajoute :

— Où est ton costume ?

— Tiens, c'est une idée, ça ! Jouer au père Noël ! Je vais sérieusement y penser, l'an prochain.

Malgré cette pointe d'humour, Mélanie sent très bien que le cœur n'y est pas. Alors, elle n'insiste pas et accepte sans protester que son père s'installe à l'arrière, auprès de Marie-Jeanne.

Habituellement, les babillages et les sourires de la petite

arrivent à le dérider et il semble bien qu'aujourd'hui, il en aura particulièrement besoin.

Quand Armand Lévesque ouvre la porte, Thomas reste un instant sans voix. Il est surpris et peiné tout à la fois de voir à quel point son beau-père semble avoir vieilli en quelques semaines. La perception de Sébastien n'était pas surfaite. Une canne assure désormais la stabilité de ses pas et il a le dos voûté.

— Thomas!

Toutefois, la voix est la même, admirablement timbrée, sans le moindre chevrotement et devant l'hésitation de son gendre, Armand lance vivement:

— Allez, entre! On gèle. Si c'est elle qui t'arrête, fait-il en brandissant sa canne, n'aie aucune crainte, elle ne mord pas. Allez, viens, viens, mon garçon, j'avais tellement hâte de te revoir! Et vous aussi, mes enfants, entrez!

Intimidés, Julien et Alexis se glissent subrepticement à l'intérieur, à demi cachés derrière leurs parents. Ce vieillard à la voix de stentor a de quoi intimider, même les plus fanfarons et la maison, immense, est impressionnante.

Le temps d'enlever bottes et manteau et le vieil homme leur fait signe de le suivre.

Le regard d'Armand est toujours aussi fier et à le voir se déplacer devant lui, précis et vif, Thomas se demande jusqu'à quel point la canne est nécessaire. Cependant, au bas du monumental escalier qui monte à l'étage, Armand s'arrête, essoufflé, s'appuyant fermement sur ladite canne.

— On y est, souffle-t-il, haletant. Sébastien va faire l'attribution des chambres, précise-t-il après une longue inspiration. Moi, je ne monte plus que le soir pour me mettre au lit. Et encore me faut-il de l'aide pour y parvenir. J'ai les articulations raides et le souffle de plus en plus court. Tiens, en parlant du loup, le voilà, justement. Au bout du couloir, venant de la cuisine, Sébastien vient de paraître.

— Allô, tout le monde! J'avais hâte de vous voir.

À voir l'aisance affichée par son fils, Thomas comprend aussitôt que cette immense demeure est devenue son foyer, son port d'attache et quand Armand l'interpelle, cette sensation se confirme, lui causant au passage un pincement au cœur.

— À ton tour de jouer, fiston, continue le vieil homme tout en serrant affectueusement le bras de Sébastien. Tu leur montres les chambres qu'on a préparées ensemble hier soir. Pendant ce temps, je nous sers un petit apéritif au salon en vous attendant.

Fiston… Cette appellation est nouvelle pour Thomas. Le temps de se demander depuis quand elle date et Armand est déjà près de lui.

— Ça ne t'embête pas que j'appelle ton fils *fiston*, n'est-ce pas? Le mot m'est venu spontanément après les funérailles.

Puis, après un court moment d'intériorité, il ajoute:

— Cette petite appellation affectueuse nous fait du bien, tous les deux.

Son beau-père n'a pas changé. Rien ne lui échappe et tout comme l'était Jeanne, il a un sens de l'autre hors du commun. À peine un retrait, l'espace d'une interrogation et Armand avait remarqué son malaise.

— Ce qui se vit ici ne m'appartient pas, déclare alors Thomas.

Il est sincère en disant cela. Son beau-père est un homme admirable et il serait incapable de lui en vouloir pour si peu.

— Ça ne me dérange pas du tout, précise-t-il.

À ces mots, Armand tapote le bras de Thomas.

— Je savais que tu comprendrais. J'ai toujours su que tu étais un bon garçon.

« Un bon garçon », comme si Thomas était encore un gamin ! Le qualificatif le fait sourire. Il est vrai, cependant, qu'auprès d'Armand, il est toujours un homme relativement jeune. Cette idée le fait tressaillir, lui qui se sent immensément usé depuis le départ de Jeanne. À l'étage, quelques exclamations de surprise interrompent sa réflexion. Thomas empoigne sa valise et monte rejoindre le reste de sa famille.

Il a un sourire ému, nostalgique quand il constate à son tour qu'Armand a aménagé une chambre de bébé dans l'ancienne chambre de Jeanne. Plus rien ne rappelle cette nuit d'amour où ils s'étaient donnés l'un à l'autre pour la première fois.

Curieusement, au lieu d'en être déçu, Thomas est soulagé. Un souvenir qui ne sera pas ravivé douloureusement. C'est probablement pour cette même raison que son beau-père l'a choisie. Le temps d'une longue inspiration et d'un sourire à Mélanie qui n'en revient pas que son grand-père ait pu penser à préparer une telle chambre pour sa fille et Sébastien l'appelle, à l'autre bout du couloir.

— Viens, papa. Toi, c'est ici que tu couches. Juste en face de mon antre. Ne t'avise pas de ronfler, sinon tu vas avoir affaire à moi.

Les tensions que Thomas ressentaient à son arrivée sont

tombées. Sans vouloir se l'avouer, il craignait ce retour dans la maison où Jeanne avait grandi. Maintenant que la glace est brisée, il se sent libéré. D'un coup d'épaule, il pousse gentiment Sébastien.

— Si je me rappelle bien, tu ne laissais pas ta place, toi non plus.

Sébastien lui répond d'un clin d'œil tandis qu'un peu plus loin, on entend les cris de joie de deux petits garçons qui viennent de découvrir les quelques jouets qu'Armand a tenu à choisir pour eux.

Soutenu par Thomas et Sébastien, Armand a pu se rendre à l'église pour assister à la messe de minuit. Visiblement, rien n'aurait pu lui faire davantage plaisir. Sa piété est sincère, sa foi authentique et spontanée. À le voir prier, les paupières closes, les rides du visage détendues, Thomas s'est surpris à l'envier. À son tour, il a baissé les yeux.

« Si jamais vous existez, Seigneur, faites qu'un jour Jeanne et moi soyons à nouveau réunis. »

Thomas ressort de l'église curieusement apaisé.

Malgré la présence des traiteurs retenus pour voir au service, le réveillon est chaleureux à défaut d'être franchement joyeux.

Armand Lévesque sait bien faire les choses.

La nourriture est fine et le champagne bien frais.

Dans le grand salon au plafond élevé, un immense sapin trône entre les deux fenêtres garnies de vitraux. Les yeux encore bouffis de sommeil, Marie-Jeanne ne le quitte pas des yeux, hypnotisée par le chatoiement des boules de verre. Même Julien et Alexis, qui n'en sont pas à leur premier Noël, sont fascinés par tant d'opulence.

Manuel est réservé, ce qui permet à Thomas de l'oublier. Il aurait nettement préféré qu'il s'abstienne de venir, mais il n'a pas osé en parler. Après tout, c'est la nuit de Noël.

Puis vient le temps des cadeaux et l'atmosphère se réchauffe. Les enfants poussent des cris de joie, les adultes ont des sourires.

— Vous auriez dû nous voir, Sébastien et moi, explique Armand, goguenard. Moi, dans une chaise roulante de location et lui me poussant à travers la foule. Nous devions être, à tout le moins, pittoresques !

Depuis un bon moment déjà, Thomas observe son beau-père et hormis le choc ressenti lors de son arrivée, il ne voit pas en quoi cet homme est devenu amer, comme l'avait laissé entendre Sébastien. Même le champagne coulait à flots tout à l'heure. Lui, il se serait abstenu. Le champagne est l'alcool des réjouissances et bien que ce soit Noël, cette année, le cœur est encore trop sensible pour vraiment se réjouir. Thomas a du mal à comprendre. Quelle est donc cette amertume dont parlait Sébastien ? Était-elle à ce point friable qu'une simple préparation de réception en est venue à bout ? Pourtant, Thomas a toujours cru bien connaître son beau-père, et cet homme qu'il croyait connaître intimement aimait profondément sa fille. Alors ?

Thomas n'a aucune réponse satisfaisante. Fatigué par ce trop-plein d'émotions contradictoires qui ont traversé sa journée, il se lève pesamment et, demandant à être excusé, il monte à sa chambre.

— On se verra demain, au déjeuner.

Il y a certaines solitudes qui sont parfois nécessaires pour la paix de l'âme.

Malgré ses craintes, Thomas s'endort sitôt la tête sur l'oreiller.

Le lendemain, il s'éveille au moment où le soleil glisse ses premiers rayons dans la chambre. Il avait oublié de tirer les tentures. Sachant qu'il ne se rendormira pas, Thomas se lève sur la pointe des pieds. Un bon café ferait son bonheur.

L'immense demeure est silencieuse, à l'exception du tic-tac de l'horloge du salon qu'il perçoit dès qu'il arrive au rez-de-chaussée. Il a toujours aimé le son de cette horloge qui souligne inlassablement le passage des heures d'un gong mélodieux. Il passe la tête dans l'embrasure de la porte.

Le salon est un fouillis indescriptible de papiers, de rubans, de tasses vides, abandonnés sur les tables. Thomas lève les yeux. Sept heures dix. Le temps de prendre un café et il viendra faire un brin de ménage. Il devrait pouvoir tout ranger avant le réveil de la maisonnée.

À l'inverse du salon, la cuisine est impeccable. Les traiteurs ont bien accompli leur travail. Une bonne odeur de café frais l'accueille dès le seuil de la pièce. Assis au bout de la longue table, Armand tient une tasse à deux mains comme s'il voulait se réchauffer. Thomas est surpris de le voir là. Habituellement, quand il ne dort pas chez lui, le moindre bruit l'éveille.

— Matinal, Armand! Et silencieux! Je ne vous ai même pas entendu.

Brusquement, il repense à la canne, au long escalier.

— Vous êtes descendu seul? Ç'aurait pu être dangereux.

— Je n'ai pas eu à descendre puisque je ne suis pas monté.

Devant le regard interrogatif de Thomas, le vieil homme précise:

— J'ai dormi sur un divan du salon.

Thomas ébauche une moue réprobatrice en se dirigeant vers la cafetière posée sur le comptoir.

— Ce n'est pas une très bonne idée. Après la journée d'hier, votre lit aurait été préférable pour vous reposer.

— Je n'avais pas sommeil.

Thomas n'insiste pas. L'entêtement de son beau-père est proverbial. Il prend une tasse dans l'armoire, se sert un café, va jusqu'à la porte vitrée donnant sur la cour pour admirer les arbustes coiffés de neige qui scintille dans le petit matin. Quelques moineaux piaillent dans la haie de cèdres et les mésanges ont envahi la mangeoire. C'est un beau matin de Noël, un matin comme Jeanne l'aurait aimé malgré son aversion pour l'hiver. Elle était trop romantique pour résister à tant de charme.

Quelques gorgées sirotées lentement, un long soupir nostalgique, puis Thomas se retourne devant la cuisine.

Armand n'a pas bougé. Il fixe le vide devant lui, contrastant avec cette image d'homme enjoué qu'il affichait hier. Ce matin, Thomas comprend mieux ce que Sébastien avait tenté de lui expliquer en parlant de son grand-père.

Thomas réchauffe son café, puis il se tire une chaise.

— Fatigué ?

Armand hausse les épaules, offre un pâle sourire.

— Pas vraiment. À mon âge, on a besoin de moins de sommeil. Souvent, quelques heures me suffisent. J'en profite pour lire. La lecture, c'est encore le meilleur moyen d'oublier sa propre vie. C'est une bonne façon de laisser le temps agir.

Thomas a l'impression d'entendre les battements de son

cœur. Il sait très bien à quoi son beau-père veut faire allusion.

— Vous croyez qu'on arrive à oublier, un jour ? demande-t-il alors d'une voix sourde, mal assurée.

Ce qu'il vit présentement, Armand l'a déjà vécu, il y a de cela des dizaines d'années. Il avait sensiblement son âge. Il est peut-être la seule personne capable de lui répondre.

— Oublier, répète Armand, le regard toujours aussi vague.

Puis il tourne les yeux vers Thomas.

— On n'oublie jamais, Thomas, jamais. Perdre ma Béatrice fait partie de moi comme notre vie à deux en a fait partie. Par contre, la plaie s'est refermée, petit à petit. D'un plaisir anodin à un autre, d'une joie imprévue à une autre, on réapprend à vivre. Il y a le temps, également, ce temps qui passe et qui fait son œuvre, parfois bien malgré nous. Vient alors ce matin où l'on constate, étonné, peut-être aussi un peu troublé, que la plaie s'est refermée. Elle est encore sensible, bien sûr, mais pas tout le temps, ni de la même manière. Puis le temps continue de passer. Plus tard, beaucoup plus tard, on comprend enfin que la plaie s'est transformée en cicatrice. Une cicatrice suffisamment visible pour ne jamais l'oublier. Elle ne fait plus mal, mais elle reste là, visible, tiraillant de moins en moins souvent. C'est alors qu'on est guéri. Un deuil d'amour, une peine d'amour, crois-moi, Thomas, ça finit par guérir.

— J'aimerais tant pouvoir vous croire. J'hésite, je ne sais pas, ça fait tellement mal, tout est si vide autour de moi.

— Ta peine est trop jeune encore. Elle doit vieillir pour s'atténuer. Je te l'ai dit : le temps est ton meilleur allié. Le temps et tes enfants.

Malgré toutes ces paroles d'espoir, Thomas reste prostré sur sa chaise.

— Oh, les enfants! Ils ont leur vie, leurs préoccupations. Ils n'ont pas besoin d'un père neurasthénique qui a la larme à l'œil pour un oui, pour un non. Ce ne serait pas leur rendre service que de m'imposer.

— Allons donc! C'est vraiment ce que tu crois? Ils ont besoin d'un père, point à la ligne. Ils ont besoin de leur père, d'autant plus que leur mère n'est plus. Tu ne pourras jamais remplacer Jeanne auprès d'eux. Mais tu peux et tu dois prendre la place qui est la tienne. C'est essentiel. Pour eux comme pour toi.

Assourdi, le son des huit coups sonnés à l'horloge du salon les rejoint. « Le temps qui passe », a dit Armand. « Un temps qui passe si lentement », pense Thomas. C'est alors qu'Armand reprend.

— Oui, les enfants, fait-il songeur, nos enfants. Ma fille, ma Jeanne... C'est par elle et pour elle que je m'en suis sorti. Elle m'a obligé à dépasser le seuil de cette douleur absurde qui fait si mal. Elle m'a forcé à me dépasser.

En disant ces mots, le vieil homme a levé la tête et, fixant Thomas droit dans les yeux, il déclare:

— C'est une bénédiction que Sébastien habite ici. Sans lui, j'ignore ce que je serais devenu. Parce que, vois-tu, perdre un enfant est, je crois, encore plus douloureux que perdre un amour. Je ne peux pas l'expliquer, c'est comme ça. Depuis septembre, j'ai la sensation qu'une partie de moi est disparue avec elle. Perdre ma Jeanne est ce que j'ai vécu de plus difficile. On ne donne pas la vie à un enfant pour le voir partir avant soi. La normalité des choses exigerait le contraire. C'est moi qui suis vieux et fatigué. Elle, elle était encore jeune et pleine d'énergie.

— Pourtant, à vous voir, il me semble...

Thomas est confus, hésite à dire les mots d'incompréhension qui lui sont venus hier durant le réveillon. Chacun vit son deuil comme il l'entend.

— Je sais, interrompt Armand. À me voir, on ne dirait pas que je souffre terriblement. J'ai vu ton visage hier soir, et ce visage disait l'incompréhension. Dis-toi que c'est pour Sébastien si je demeure celui qu'il a connu dans le passé. Parce que lui, c'est sa mère qu'il vient de perdre et cela, également, est terrible. Sébastien a sur moi la même influence que Jeanne a déjà eue. Oh! Je ne dis pas que je suis parfait et il m'arrive d'avoir des instants de désarroi. Ton fils a été témoin de certains moments particulièrement pénibles. Moi aussi, vois-tu, il m'arrive d'en vouloir à la vie. Mais Sébastien est là et il ressemble tellement à Jeanne dans sa façon d'être, d'écouter. La douleur que je vois parfois dans son regard m'oblige à dépasser le seuil de ma propre douleur. Et c'est très bien ainsi. Ce que je fais pour lui, c'est finalement pour moi que je le fais. Le temps qui passe s'occupera du reste. Si jamais il me reste suffisamment de temps devant moi pour espérer guérir un jour.

Se relevant péniblement, s'aidant du dossier des chaises pour se déplacer, le vieil homme contourne la table et s'assoit près de Thomas.

— Jeanne aimait trop la vie pour que je passe la mienne à larmoyer. Un jour, elle m'a confié son fils Sébastien pour que je m'en occupe à sa place. C'est ce que j'ai toujours fait et je vais continuer à le faire. Chaque matin, quand je m'éveille, je me dis que cette journée de plus, je vais la vivre comme Jeanne aimerait que je la vive. C'est pour cela que j'ai organisé la petite réception d'hier. Sébastien avait des étoiles dans les yeux quand je lui ai proposé de célébrer le réveillon ici. Pour moi, c'est l'essentiel.

Tout en parlant, Armand a posé la main sur celle de Thomas. Une main usée par les années, aux veines saillantes et aux jointures marquées par l'arthrite. Pourtant, Thomas la trouve belle de toute cette vie qu'elle a connue, de cette sagesse qu'elle essaie de lui transmettre affectueusement du bout des doigts.

— Merci, dit-il alors bien simplement.

Armand retire sa main et la pose sur l'épaule de Thomas.

— Non, c'est moi qui te dis merci pour Jeanne. Elle est partie sans regret, heureuse de ce temps vécu avec moi, des enfants que vous avez eus ensemble et de votre bonheur. C'est ce qu'elle m'a écrit dans cette lettre que tu m'as remise en son nom. Jeanne était sereine au moment de son départ et de le savoir aide parfois à éloigner les larmes.

— Pourtant, elle avait peur de l'inconnu.

— On a tous peur de l'inconnu. Même pour un croyant comme moi, il y a toujours cette parcelle de doute qui fait craindre l'impondérable. L'important, c'est de n'avoir aucun regret et Jeanne ne regrettait rien. N'oublie jamais cela: Jeanne ne regrettait rien, pas même le fait d'être arrivée au bout de sa route. Elle a fait le choix qui s'imposait en toute conscience.

Thomas comprend alors que Jeanne avait confié à son père la décision qu'elle avait prise au sujet de sa vie et de sa mort. Jeanne qui voulait partir avant d'être abrutie par les médicaments, avant que la douleur ne lui enlève jusqu'au plaisir d'être avec ceux qu'elle aimait tant.

Ainsi donc Armand, le père de Jeanne, savait ce qui s'était réellement passé en ce beau matin de septembre.

Celui entre tous qui aurait pu le blâmer était assis à ses côtés et, de la main, il frottait son épaule comme Jeanne l'avait si souvent fait.

Quelques larmes roulent au bord des paupières de Thomas, viennent s'écraser sur sa veste de pyjama. Mais cette fois-ci, ce ne sont pas des larmes de douleur, de culpabilité. Le père de Jeanne est en train de lui témoigner sa compréhension et son approbation, alors les larmes de Thomas sont l'expression d'un invraisemblable soulagement, même s'il ne comprend pas que Jeanne ait dérogé à la promesse qu'ils avaient échangée.

Chapitre 7

Autant Thomas avait hâte aux fêtes avec un sentiment d'impatience et d'appréhension confondues, autant, en cette matinée du trois janvier, il est soulagé que tout cela soit derrière lui.

Il est agréablement étonné de ressentir un peu d'entrain à reprendre une certaine routine qui lui appartient.

Sa rencontre avec Armand a permis de tourner une première page. Celle de la culpabilité. Ce qu'il ressentait depuis le décès de Jeanne se dilue, l'envie de respirer à fond lui revient tranquillement.

Il fait, ce matin, une journée de carte postale. Les rayons du soleil jouent à travers les branches saupoudrées de neige, les oiseaux sautillent d'un arbuste à l'autre. Quand Thomas entrouvre la porte qui donne sur la terrasse pour respirer un peu d'air frais, c'est une cacophonie de piaillements qui l'accueille.

Ces matins-là, quand la cour semblait envahie d'oiseaux, Jeanne disait que la chicane était prise dans les nids !

Thomas sourit à ce souvenir. Il y a, depuis peu, certains souvenirs qui lui sont doux.

Il y a surtout une phrase d'Armand qui l'a particulièrement touché et depuis la dernière conversation, Thomas essaie d'en percevoir le sens profond.

« Perdre ma Béatrice fait partie de moi comme notre vie à deux en a fait partie. »

La vie de Thomas ne s'est pas arrêtée en septembre

dernier. C'est ce qu'il avait cru. Plus rien ne semblait avoir de sens, d'importance. Pourtant, il est là, debout à la fenêtre, quatre mois plus tard, prenant plaisir à sentir à travers la vitre la chaleur d'un soleil brillant et à entendre les cris colériques d'une bande de moineaux.

Il a survécu.

Il est écorché, certaines blessures sont encore sensibles, voire douloureuses, mais il est vivant.

La mort de Jeanne prend tout doucement sa place dans son existence. Il comprend ce que son beau-père a tenté de lui dire. C'est un peu comme si le grand vide laissé par le départ de Jeanne commençait à se remplir à son corps défendant.

La lecture des confidences de Jeanne devrait, elle aussi, emprunter une direction jusqu'à ce jour inexplorée. Mais il n'est pas encore prêt à reprendre cette routine de la lecture. Depuis Noël, les réveils sont calmes, le sommeil vient plus facilement. Thomas ne veut pas perturber ce semblant de paix intérieure qu'il ressent.

C'est pourquoi, depuis le voyage à Québec, il n'a rien lu. Il se laisse porter par les propos de son beau-père comme les mots de Jeanne l'ont porté durant l'automne.

Voir dorénavant sa vie comme un tout indissociable, avec ses périodes d'ombre et de lumière, c'est tout ce qu'il cherche à atteindre pour l'instant.

Aujourd'hui, Thomas a droit à cette sensation de lumière dans le cœur. Sensation fragile, précaire, vulnérable, mais bien réelle.

Il referme la porte tout doucement, comme s'il avait peur de briser le charme.

— D'abord les plantes et après on verra, décide-t-il à voix haute en revenant vers la cuisine.

Pour une première fois depuis longtemps, il est heureux de ce temps libre devant lui, sans obligation aucune.

C'est en taillant sa barbe que l'idée lui vient. Subite et irrésistible.

Cette barbe qu'il laisse pousser depuis plus d'un an maintenant, « n'en déplaise à Josée », pense-t-il en souriant, il disait que c'était son *look* de retraité.

— Un *look* d'artiste! proclamait-il joyeusement devant la mine étonnée des parents et amis. Dans ma seconde vie, je veux être photographe.

Il ne pensait si bien dire quand il parlait de seconde vie, mais pour ce qui est de la photo, le projet est resté un vœu pieux. L'appareil attend sagement dans son étui, perché sur la plus haute tablette du garde-robe. Depuis le baptême de la petite Marie-Jeanne, il n'a pris aucun cliché.

— Aujourd'hui, annonce-t-il à son image réfléchie par la glace, je fais de la photo. Avec un soleil pareil et la neige, je devrais réussir des petits chefs-d'œuvre.

Une heure plus tard, chaudement vêtu et appareil en bandoulière, il quitte la maison, déterminé à y revenir avec une provision suffisante de clichés pour occuper la semaine entière.

À partir du parc, au coin de la rue, jusqu'au stationnement de l'église entouré d'arbres centenaires, depuis la rue commerciale, bordée de jolies maisons colorées, jusqu'à la cour de l'école où une bande de gamins jouent au hockey, ses pas l'ont mené devant l'immeuble où habite Mélanie.

En mémoire, dans son appareil, il doit bien y avoir une

centaine de photos. Thomas a les pieds gelés et les doigts gourds à force de retirer ses mitaines, chaque fois qu'il prenait une photographie.

En ce début de janvier, le soleil est déjà bas sur l'horizon. Le temps de faire demi-tour pour revenir sur ses pas, il fera presque sombre quand il sera chez lui.

Subitement, Thomas n'a pas envie de se retrouver seul à la maison. L'enthousiasme du matin n'est plus qu'un gros ballon dégonflé.

Soufflant sur ses mains pour les réchauffer, il lève la tête, essayant de repérer les fenêtres de l'appartement de sa fille.

La petite Marie-Jeanne est-elle éveillée ?

Le désir de monter est grand. Pourtant, Thomas hésite. Et s'il dérangeait ?

C'est à cet instant qu'une phrase prononcée par Armand lui revient en mémoire.

« Les enfants nous obligent à dépasser le seuil de cette douleur absurde. »

Oui, en ce moment, il a mal à l'idée de retrouver une maison vide et il sait que la présence de sa fille et sa petite-fille comblerait ce vide en lui qu'il craint plus que tout. Thomas a pressenti, à un certain moment, que la guérison du départ de Jeanne passerait par les enfants, mais il ignore toujours comment. Il ne s'est jamais imposé, déteste les gens qui le font. Il n'y avait que Jeanne qui savait le faire avec un naturel si désarmant qu'on ne pouvait que l'accepter.

Thomas fait passer la bandoulière de l'appareil d'une épaule à l'autre, indécis.

— Et si je commençais par monter ? murmure-t-il pour lui-même, tenté. On verra bien ce que ça va donner.

Thomas a l'impression que dans sa vie, maintenant, il va d'une tentative à l'autre. Comme s'il manquait d'assurance pour tout! Comme si l'attitude de toute une existence avait été conditionnée par la présence de Jeanne et que, une fois celle-ci disparue, plus rien ne fonctionnait comme avant. Combien de fois dit-il *on verra* dans une journée, depuis le décès de Jeanne?

Il se décide promptement.

«Si je dérange, pense-t-il en ouvrant la porte extérieure, je ferai demi-tour.»

L'accueil de Mélanie efface ses premières hésitations, le sourire de Marie-Jeanne s'occupe du reste.

Assise au milieu du salon, la petite a reconnu son grand-père. Sans la moindre difficulté, elle roule sur le ventre et se met à ramper dans sa direction.

— Ma parole, mais elle marche à quatre pattes! C'est nouveau?

— Depuis hier soir! C'est arrivé comme ça! On l'a assise par terre dans la cuisine pendant qu'on finissait de manger, et en moins de deux, elle filait vers le corridor! Ce matin, j'ai même appelé à la maison pour te le dire. Il faisait tellement beau que j'avais l'intention d'aller jusque chez toi en promenade. Mais tu n'as pas répondu!

Devant ces mots, mi-reproche, mi-constatation, Thomas soulève son appareil photo pour le montrer à Mélanie.

— Cette fois-ci, il y avait une bonne excuse à mon silence, j'étais absent. J'ai profité de la belle journée, justement, pour faire de la photo.

Puis, d'une voix gourmande, il ajoute, tout en enlevant son manteau:

— Et je n'ai pas fini! On va immortaliser les prouesses de mademoiselle.

Ladite demoiselle est arrivée à la hauteur de son grand-père et agrippant la jambe de son pantalon, elle essaie de se relever.

— As-tu vu?

Thomas est ému.

— On dirait qu'elle veut se lever. Comme toi, Mélanie! Exactement comme toi! C'est comme ça que tu t'es mise debout la première fois: en t'agrippant fermement à mon pantalon.

Ce visage d'enfant levé vers lui, tout souriant malgré l'effort, et ce souvenir vibrant où il entend la voix de Jeanne qui s'exclamait, émue de voir son bébé déjà debout. Ce cadeau de l'existence, là maintenant, permettant de joindre le passé au présent.

Incapable de résister, Thomas se penche pour saisir la petite Marie-Jeanne et la lève ensuite à bout de bras, comme il l'avait fait jadis pour Mélanie. Le bébé se met à rire en se tortillant.

— Allez, jeune fille, on va jouer à la vedette. Grand-papa veut faire des photos. Des tas de photos!

Puis détournant la tête, il demande:

— Tu viens m'aider Mélanie? À moins que ça te dérange?

— Pas le moins du monde! On va aller dans sa chambre. Avec ses toutous et ses jouets, tu devrais réussir quelques merveilles.

Ce soir-là, quand Thomas entre finalement chez lui, très tard après le souper, il a en réserve plus de cent cinquante photos à travailler à l'ordinateur. Comme si la petite

Marie-Jeanne avait deviné combien c'était important pour son grand-père, elle s'était prêtée de bonne grâce à toutes ses fantaisies et Maxime, au retour du travail, avait insisté pour qu'il reste manger avec eux.

La journée a passé très vite, sans la moindre pensée sombre.

En se couchant, Thomas n'a pas le temps de se redire à quel point le lit est grand et froid sans Jeanne. Le sommeil l'emporte trop rapidement.

À partir de ce jour, janvier devient le mois de Marie-Jeanne et de la photo. Le matin, maintenant, Thomas quitte la maison relativement tôt pour profiter du soleil levant qui allume des couleurs merveilleuses sur la neige. De son quartier, il est passé au mont Royal, puis aux berges du fleuve, avant de revenir à la montagne.

Il se souvient maintenant qu'il y a déjà eu une époque où il aimait l'hiver. C'était l'époque avant Jeanne, celle où il faisait du ski avec Isabelle et leurs amis.

Parce qu'il y a eu un *avant-Jeanne*, bien réel, comme il est en train de bâtir lentement l'*après-Jeanne* qu'il voudrait tout aussi réel.

Cette pensée lui était apparue un matin, sur le mont Royal, au moment où il croisait des skieurs, venus comme lui, admirer le petit matin. Thomas les avait suivis du regard jusqu'à ce qu'ils disparaissent derrière le sapinage du boisé. Il les avait enviés, le temps d'un soupir tout léger qui avait dessiné un petit nuage de brume devant son visage.

Il avait alors songé à Isabelle. Qu'était-elle devenue? Il l'avait revue en pensée, toute menue, blonde et sportive, si différente de Jeanne.

Son premier amour...

Une corneille avait alors coassé et il était revenu à ses photos, essayant de repérer le gros oiseau noir. Il l'avait trouvé assez facilement, perché au faîte d'un immense pin. Thomas avait réussi à prendre deux ou trois photographies avant qu'il ne s'envole.

Dans quelques jours, il irait les faire imprimer.

Matins de flocons, matins de soleil, le temps reste doux.

L'après-midi, Thomas attend Mélanie qui a pris l'habitude de faire la promenade jusque chez lui avec sa fille. Depuis quelques jours, un gros bonhomme de neige lui tient compagnie, à partir de la terrasse. Quand elle vient visiter son grand-père, Marie-Jeanne, les mains appuyées sur la porte-fenêtre, tient de longues jasettes à ce bonhomme souriant.

Puis, un après-midi, la température chute brusquement. Le temps d'entrouvrir la porte et Mélanie, enveloppée d'un nuage de condensation, se retourne vers son père et Marie-Jeanne qui attend de partir, bien emmitouflée dans les bras de son grand-père.

— Pas question de retourner à pied, on gèle, déclare-t-elle en refermant vivement la porte. Ma puce va attraper la grippe.

— Je vous reconduis, alors.

— Mais non! Tu ne peux pas! Tu n'as pas de siège d'auto pour Marie-Jeanne.

— C'est vrai, concède Thomas. Appelle Maxime, il viendra te chercher après le travail. En attendant, on peut continuer le casse-tête et si Marie-Jeanne a faim, il me reste un peu de soupe aux légumes.

Parce que, depuis quelques jours, à la demande de Mélanie, ils avaient commencé un nouveau casse-tête.

— Chez nous, c'est impossible, avait-elle expliqué en extirpant une grosse boîte de son sac à dos. Marie-Jeanne tire sur tout et grimpe partout. Quoi qu'il en soit, je n'ai pas de table disponible pour ça.

Thomas avait eu un instant de recul. Les casse-tête, c'étaient des heures et des heures en tête-à-tête avec Jeanne. Heureusement, pour une fois, le malaise n'avait pas duré. Il y avait de plus en plus de ces gestes posés à deux qu'il posait maintenant en solitaire sans que la douleur se ravive. De toute façon, pour le casse-tête, il ne démêlerait pas les morceaux seul, ce qu'il détestait faire. Mélanie serait là.

C'est ainsi qu'ils avaient commencé à classer, par couleur, les pièces d'une reproduction de Renoir, ce casse-tête auquel il venait tout juste de faire allusion.

— D'accord pour le casse-tête, approuve Mélanie en reprenant sa fille des bras de son père. J'appelle Maxime. De toute façon, je n'ai pas le choix. Il fait vraiment froid. Je vais installer Marie-Jeanne dans le parc pour qu'elle fasse sa sieste et je te rejoins dans la serre.

Depuis deux semaines, le parc de Marie-Jeanne reste ouvert en permanence dans l'ancienne chambre de Mélanie.

★ ★ ★

Le lendemain, dès l'ouverture des magasins, Thomas s'y pointe le bout du nez. Il prend la matinée pour comparer, marchander et finalement acheter ce qui se fait de mieux en matière de siège d'enfant.

— C'est pour ma petite-fille, explique-t-il avec une pointe de fierté dans la voix, devant les regards curieux qui se posent sur lui.

Il est vrai qu'avec sa barbe grise et ses cheveux maintenant presque blancs, on est en droit d'être curieux, Thomas le reconnaît sans peine.

Dès son arrivée, il installe le siège sur la banquette arrière de la vieille Caravan. Depuis, de l'apercevoir par le rétroviseur, le fait parfois se sentir jeune.

Et février arrive, enveloppé de froidure.

« Un mois de plus, pense Thomas en s'éveillant. Cela fait aujourd'hui cinq mois que Jeanne nous a quittés. »

La douleur pure et dure n'était pas très loin puisque quelques larmes paraissent aussitôt. Ce n'est plus le désespoir des premiers temps, irraisonné, profond, incontrôlable, mais cette tristesse est douloureuse à sa façon, dans sa dimension d'irrévocable.

Puis, en ouvrant le store, il constate que le givre grignote le bas des carreaux. Alors il murmure, en essuyant son visage du revers de la main :

— Tu n'aimerais pas le temps qu'il fait, Jeanne ! Pas du tout ! On gèle ! À pierre fendre, comme tu disais, et ça dure depuis plus d'une semaine. Tu as bien fait de t'en aller quand il faisait encore beau et chaud.

Thomas a le cœur dans l'eau. Alors, ce matin, il prendra son café dans la serre auprès de l'urne comme s'il s'agissait d'un anniversaire.

Aujourd'hui, il n'a pas le goût de sortir pour la séance de photos.

Pourtant, lui, il ne se plaint pas du froid. Il s'est acheté une nouvelle paire de bottes vraiment chaudes et des gants adaptés à la photographie qu'il n'a plus besoin de retirer pour manipuler son appareil. Ainsi vêtu, il redécouvre les joies de l'hiver en faisant de la photo régulièrement et en se rendant parfois chez Mélanie, depuis que celle-ci ne peut plus promener la petite dehors. Le reste du temps, il travaille à l'ordinateur pour améliorer les clichés pris le matin.

Depuis deux semaines, il a repris la lecture des confidences de Jeanne. Une demi-heure le matin, une demi-heure le soir.

Il s'y est cependant remis avec réticence. S'il s'est néanmoins obligé à le faire, c'était surtout à cause des enfants. Il se motivait en disant qu'il avait toujours voulu tout lire avant de porter l'urne en terre et que les enfants en reparleraient sûrement, le printemps arrivé.

Il s'était donc réinstallé à même le plancher de la serre, deux fois par jour. Il avait peur des émotions suscitées, des conséquences possibles. Au contraire, il en ressort apaisé. Jeanne, au fil du temps, est devenue une femme très occupée et pour de nombreuses années, elle se contente de quelques pages par semaine pour raconter l'essentiel des événements. Plus de confidences, plus de réflexions, que les faits et gestes de cette famille qui était la leur.

Tout concourt à rendre Jeanne moins présente.

Les confidences de Jeanne n'en sont plus vraiment, elles se sont transformées en souvenirs qui appartiennent également à Thomas.

La saison ne ressemble pas à Jeanne qui devenait ermite dès décembre arrivé alors que Thomas recommence à apprécier l'hiver.

Thomas a enfin la sensation, bien que précaire, d'avoir le droit de prendre la place qui sera désormais la sienne.

Lentement, un jour à la fois, il réapprend à être lui-même. Un être à part entière qui redécouvre, parfois un peu surpris, parfois un peu triste, ses possibilités, ses capacités, ses petits plaisirs tout à fait personnels.

Il en est là, ce matin, à siroter son café en se disant qu'après sa lecture, il fera un saut chez Mélanie pour voir sa fille et sa petite-fille.

— Elles doivent commencer à me trouver encombrant !

Le ton est moqueur, même si ce matin il n'a pas vraiment le cœur à la joie. Et cette manie de parler à voix haute ! Cela l'agace, mais c'est plus fort que lui.

Comme Jeanne détestait lancer des *yes* à tout propos.

En revenant dans la serre, après s'être servi un second café, Thomas remarque que l'érable est malmené par le vent et qu'une fine neige s'est mise à tomber. Le grand froid qui sévit depuis quelque temps a lâché prise subitement, à l'apparition d'un front nuageux venu du sud.

En quelques minutes à peine, c'est la tempête. Une vraie, avec poudrerie et bourrasques. Une heure de plus et Thomas ne distingue plus la toiture de la maison, chez Madeleine et Roger. Il ne pourra pas sortir. Pourtant, aujourd'hui, il en aurait eu besoin.

Quand la tristesse se fait aussi prenante qu'en ce moment, quand l'ennui supprime l'appétit, il n'y a que Marie-Jeanne pour lui faire oublier que la vie ne sera plus jamais la même.

Thomas a le cœur lourd, l'esprit lugubre, orageux comme ce vent qu'il entend siffler à la corniche.

Il y a cinq mois, comme aujourd'hui, il faisait très beau.

Pourtant, le souvenir que Thomas en garde en est un de grisaille sur fond d'opéra.

Avant de sombrer dans le désespoir, avant que la voix de Maria Callas ne s'impose à sa mémoire et que les larmes deviennent intarissables, Thomas se précipite vers le téléphone. Il sera seul aujourd'hui, par la force des choses, il fait trop mauvais pour sortir, mais il ne veut pas se sentir abandonné et c'est ce qui risque d'arriver. Quand les larmes sont proches, quand l'esprit refuse de prendre le dessus sur le cœur meurtri, habituellement, il quitte la maison. Présentement, c'est impossible. Alors, il va parler aux siens. Mélanie, pour la prévenir qu'il ne viendra pas. Julien et Alexis qu'il ne voit pas assez souvent et qui doivent sûrement être chez eux avec un temps pareil. Sébastien également, si la tempête fait rage à Québec. Ou alors Armand, qui doit trouver le temps bien long, lui qui sort désormais avec difficulté.

Quant à Olivier, il doit travailler malgré tout. Il n'y a rien pour l'arrêter.

Et si après tous ces appels la tristesse est toujours aussi forte, il téléphonera à Marc et Josée.

C'est vers quatre heures, alors que le jour grisonne malgré la poudrerie qui blanchit le paysage, que Thomas se rappelle qu'au fond de la cave, il doit y avoir ces vieilles paires de raquettes achetées à une époque où il espérait encore convaincre Jeanne d'aimer l'hiver. Pourquoi pas ?

L'idée est farfelue, mais combien attirante !

En tout et partout, les appels n'ont pris qu'une petite heure dans une journée qui a paru interminable. Le temps est toujours aussi exécrable, mais il fait nettement moins froid. Thomas veut sortir. Se battre contre le vent et la neige lui ferait du bien.

Pourquoi pas ?

Bien habillé, raquettes aux pieds…

Il se dirige aussitôt vers la cave.

Après quelques jurons, autant d'éternuements à cause de la poussière, il arrive enfin à mettre la main sur une vieille paire de raquettes démodées qui devraient, néanmoins, arriver à le supporter.

Si tout va bien, dans une heure il devrait être chez Mélanie.

Thomas s'est habillé pour affronter des froids sibériens et il s'est élancé contre vent et neige.

Il marche difficilement, face au vent, plié en deux pour arriver à voir quelque chose, du moins à ses pieds. Quand il a le visage trop gelé, il se retourne et marche à reculons pour un moment.

Les rues sont désertes. De nombreuses voitures ont été abandonnées dans les stationnements, en bordure de la rue. Les affiches tournoient comme des toupies, les feux de circulation se balancent dangereusement. Mais Thomas avance toujours. Il prend un plaisir presque animal à se battre contre les intempéries. La fatigue du corps calme la tempête de l'esprit, apaise les tourments du cœur.

Encore deux coins de rue et il sera rendu. Plus qu'un seul, quelques pas…

Exténué, Thomas referme difficilement la porte extérieure de l'immeuble où habite Mélanie. Là encore, il doit se battre contre le vent. Puis la lumière vacille, revient, vacille de nouveau. Le temps de reprendre son souffle, Thomas attaque l'escalier.

Quand il sonne à la porte de l'appartement, il est couvert de neige et quelques glaçons pendent à sa barbe. Il entend la voix de Mélanie. Puis, la porte s'ouvre. Mélanie éclate de rire.

— L'abominable homme des neiges! Mais qu'est-ce que tu...

Son regard croise celui de son père et elle se tait aussitôt, le rire mourant dans sa gorge. Il y a tellement de tristesse dans les yeux de ce dernier! Thomas fait un pas en avant.

— Ça fait cinq mois aujourd'hui.

Il n'a pas besoin d'en dire plus. Mélanie lui tend la main.

— Viens, viens papa. J'ai fait du bouillon, ça devrait te réchauffer.

Quand il y avait une tempête, Jeanne aussi préparait toujours un bon bouillon de poulet bien chaud.

★ ★ ★

Après la tempête, le thermomètre a chuté de nouveau de façon drastique. Moins trente, sans compter le vent qui continue de souffler sans relâche. Même Thomas ne sort plus pour la séance de photos quotidienne et quand il veut aller chez Mélanie, il utilise son auto.

Malgré cela, le moral est meilleur. Sa soirée et sa nuit chez Mélanie lui ont fait du bien. Au retour, le lendemain, les deux heures occupées à pelleter ont complété la guérison. Par contre, depuis trois jours, il est d'accord avec Jeanne: l'hiver peut être une saison tout à fait détestable!

Heureusement, il a une provision appréciable de clichés qu'il s'amuse à travailler à l'ordinateur et le casse-tête occupe également quelques heures de ses journées. Deux fois, cette semaine, il s'est rendu chez Costco pour faire finir des photos. Il les place ensuite dans trois albums différents.

À Noël, l'an prochain, il compte les offrir à ses enfants.

Quant au journal de Jeanne, il continue d'en faire la lecture, matin et soir. Le ton intimiste a disparu. Par moments, Thomas le regrette. À d'autres, il l'apprécie, se sentant moins interpellé.

Les années passent au fil de ses lectures. Les souvenirs soulevés par les notes de Jeanne sont plus précis dans sa mémoire.

Olivier est à l'université, les jumeaux au secondaire.

Puis, un peu plus loin, Jeanne souligne que Karine vient d'arriver dans la famille. L'année suivante, c'est au tour de Maxime. Mélanie a tout juste quinze ans.

Dans la boîte, il ne reste plus qu'une disquette à lire après celle-ci. Thomas fait durer le plaisir car présentement, c'est un plaisir de retrouver tous ces souvenirs. Il revoit aisément les jumeaux, adolescents. Il se souvient des courses folles du samedi matin pour conduire Sébastien et Mélanie aux diverses activités et Olivier au dispensaire où il travaillait comme aide, malgré la lourdeur de ses études.

Thomas ébauche un sourire. Olivier a toujours été un bourreau de travail. Ce n'est pas d'aujourd'hui qu'il essaie de tout faire en même temps.

Puis, après des heures de lecture, après des années de consignation minutieuse de leurs allées et venues, une réflexion de Jeanne.

« *Olivier vient d'acheter sa première auto. Ça me fait tout drôle de penser que maintenant, il est complètement* autonome. *Notre grand n'a plus besoin de nous, ou si peu. Je suis fière de lui, c'est certain, qui ne le serait pas ? Mais, en même temps, j'aimerais qu'il soit encore tout petit. J'ai la nostalgie de toutes ces années envolées trop vite. La vie passe trop vite.* »

À partir de cette date, Jeanne recommence à confier ses émotions sur l'écran de l'ordinateur.

Sentiments, pensées, réflexions, analyses...

Chaque semaine, maintenant, il y a plusieurs pages à lire. Tout doucement, Thomas retrouve Jeanne à travers ses écrits. La femme qu'elle a été, la femme qu'elle aurait voulu être, par moments.

« *J'aimerais tellement être capable de détachement vis-à-vis des enfants. Un peu comme Josée, tiens ! À part leurs petits bobos qu'elle monte en épingle, elle ne s'en fait pas comme moi pour un oui, pour un non. Sapristi ! Comment suis-je donc faite ? On dirait que je ne leur fais pas confiance, pourtant ce n'est pas le cas. Je n'arrive pas à expliquer pourquoi je voudrais tout accomplir à leur place. Certains jours, ça doit être affreux d'avoir à m'endurer. On dirait que je suis comme un insecte. J'ai des antennes qui n'arrêtent pas de bouger dans tous les sens pour détecter un éventuel danger. Comme si mes enfants étaient en danger ! À suivre...* »

Thomas esquisse un second sourire. Jeanne et ses antennes ! Elle avait toujours eu un petit côté alarmiste relativement à leurs enfants. Un petit côté qui l'agaçait régulièrement, il ne l'a jamais caché. C'était même un des rares sujets de dispute entre eux. Pourtant, quand il était question de sentiments, elle se trompait rarement.

« Sébastien a décidé de poursuivre ses études à Québec. Il a à peine dix-sept ans ! J'ai l'impression qu'il fuit quelque chose, mais je n'arrive pas à saisir quoi. J'ai essayé de lui parler, mais il se referme comme une huître. Thomas dit que je fabule mais, moi, je suis persuadée du contraire. Sébastien nous cache quelque chose, j'en suis certaine. L'amour que je ressens pour lui ne peut pas se tromper. Heureusement qu'il va habiter chez papa, ça m'enlève un peu d'inquiétude. »

Thomas se rappelle très bien cette période. Jeanne était, effectivement, morte d'inquiétude devant Sébastien qui s'entêtait à vouloir entrer au cégep Garneau, à Québec. Lui, il ne comprenait pas pourquoi Jeanne en faisait tout un plat. Au contraire, il trouvait normal qu'un jeune de son âge ait envie de voler de ses propres ailes et, dans le cas particulier de Sébastien, c'était sain qu'il s'éloigne d'une sœur qui l'avait toujours mené par le bout du nez. Thomas soupire. Une fois encore, l'intuition de Jeanne ne l'avait probablement pas trompée. Dix-sept ans, c'était peut-être l'âge où il venait de s'apercevoir qu'il n'était pas attiré par les filles.

Peut-être...

Le temps d'un regret, celui de ne pas avoir été davantage vigilant, même si cela n'aurait rien changé à la situation, puis Thomas reprend sa lecture. Quelques mois plus tard, les inquiétudes de Jeanne ne semblent plus avoir autant d'importance. Il est vrai que lorsqu'il était question de plantes, Jeanne oubliait tout le reste ou presque.

« Aujourd'hui, au Jardin botanique, on a commencé à faire les semis pour la saison prochaine. C'est merveilleux de pouvoir penser à l'été en plein hiver. Ça aide à survivre.

J'aimerais tellement avoir une serre à moi pour pouvoir garnir notre cour, notre parterre. Je sais bien que Thomas n'a jamais rouspété quand vient le temps d'acheter les plantes au printemps, mais ce serait différent, plus personnel. Un jour, peut-être... Ma parole, je divague ! Jamais je n'aurai les moyens de m'offrir une serre. Dommage ! »

Pourtant, Jeanne avait fini par l'avoir, sa serre.

Thomas pousse un soupir de regret.

Ce n'était pas grâce à lui si Jeanne avait pu réaliser son rêve. Son salaire de chercheur n'avait jamais été faramineux. Par contre, ils n'avaient jamais manqué de rien. Tout compte fait, ils avaient été plutôt gâtés par la vie.

Thomas interrompt sa lecture.

À bien y penser, la vie elle-même s'était chargée de gâter Jeanne. Malheureusement, elle n'en avait pas longtemps profité.

Thomas bâille longuement en s'étirant. En levant les yeux, il constate que le soleil est déjà au-dessus des arbres du voisin. Probablement midi. Pourtant, Thomas n'a pas très faim. Une certaine déception s'est greffée à sa lecture, lui coupant l'appétit.

S'il avait su que le temps leur serait un jour compté, il aurait choyé sa Jeanne tellement plus qu'il ne l'a fait. Combien de fois avait-il argumenté qu'ils devaient prévoir leur retraite et économiser davantage ?

— C'est toi qui avais raison, Jeanne, reconnaît-il à voix haute. Si toi, tu avais ton petit côté alarmiste, moi, j'avais mon petit côté radin. On aurait dû en profiter pendant qu'on était jeunes et en santé, comme tu le disais souvent. Je regrette tant de ne pas t'avoir écoutée ! Aujourd'hui, j'ai suffisamment d'argent pour profiter de la vie, mais toi, tu n'es plus là. C'est injuste. La vie est injuste.

Thomas s'oblige alors à reprendre sa lecture pour ne pas rester sur cette sensation de vague à l'âme qui menace de s'installer à demeure. Deux fois dans la même semaine, ce serait trop.

C'est au moment où il reporte son attention sur l'écran qu'un mot, un seul petit mot lui saute aux yeux.

Semis...

Il vérifie la date en faisant remonter le texte à l'écran. Jeanne parlait de semis le 11 janvier 2001.

On est le 7 février.

Il a complètement oublié de faire les semis. Pourtant, en août dernier, Jeanne lui avait expliqué comment faire et il avait promis de s'en occuper.

Est-il trop tard pour y voir?

Thomas s'empresse d'éteindre l'ordinateur. Prenant au passage quelques livres, il se dirige vers la cuisine. À bien y penser, il va se faire une soupe. Ensuite, il consultera les livres tout en mangeant.

Les semis...

Thomas ne se rappelle plus ce que Jeanne lui avait dit à ce sujet.

À l'été, il n'avait pas vraiment le cœur au jardinage et encore moins à la perspective de préparer des semis en mémoire de sa femme.

Une heure plus tard, la moitié de sa soupe est en train de figer dans le bol faute d'avoir été mangée et Thomas est découragé.

À la lumière de ses recherches, il a vite constaté que ce

ne sera pas une sinécure même si, à première vue, il n'est pas trop tard pour s'y mettre.

Selon le type de plantes choisies, février serait même le mois idéal. Par contre, il se voit mal tamiser la terre, surveiller les arrosages, les heures d'ensoleillement, le taux d'humidité, la température…

— C'est bien compliqué, tout ça, lance-t-il en refermant le dernier livre.

Il vient de comprendre que le fait de jardiner ne se résume pas à arroser quelques plantes et donner des engrais au besoin.

Levant les yeux, il regarde autour de lui. Dans la maison, jamais on ne pourrait imaginer que Jeanne n'est plus là. Il est vrai que les plantes sont restées belles, saines et brillantes et jusqu'à maintenant, Thomas s'en félicitait. Sa perception vient de changer. À part l'arrosage et quelques tailles, opération qu'il avait déjà effectuée sous la supervision de Jeanne, il n'y est pour rien dans la santé des plantes de la maison. C'est Jeanne qui a tout fait.

«Voir aux semis», Thomas vient d'en prendre connaissance, c'est tout autre chose qu'un entretien hebdomadaire et justement, cet autre chose ne l'emballe pas particulièrement.

— Et dire que les serres foisonnent de plantes prêtes à être transplantées quand vient le printemps, ronchonne-t-il conscient qu'il n'en tient qu'à lui de s'en remettre aux horticulteurs au moment opportun.

Par contre, il avait promis à Jeanne qu'il s'en occuperait et cela joue grandement dans son indécision.

Il se revoit. Ils étaient dans la cour. Jeanne prenait un

peu de soleil et lui, il finissait de tailler l'herbe le long de la roseraie. Elle l'avait appelé et s'installant sur la pelouse à ses côtés, il l'avait écoutée lui vanter les mérites d'un jardin préparé soi-même.

— Si tu savais la satisfaction ressentie quand le foisonnement des couleurs est le fruit de notre travail. C'est gratifiant, je t'assure.

Puis, elle s'était lancée dans la description de la préparation des semis avec beaucoup d'enthousiasme.

— Tu vas voir : c'est simple comme tout et c'est excitant ! Surveiller les petites pousses qui pointent les unes après les autres permet d'oublier l'hiver, lui avait-elle affirmé.

S'en était suivi une myriade de détails que Thomas avait écoutés d'une oreille distraite, mi-sourire, mi-tristesse, lui promettant, finalement, de bien s'acquitter de la tâche.

C'est à l'instant où il se lève pour reporter les livres dans la serre, se donnant quelques jours pour y penser, que la sonnette à l'entrée se fait entendre. Machinalement, Thomas se tourne vers l'horloge. Pas tout à fait deux heures. Qui donc a besoin d'une clé pour entrer à cette heure où habituellement personne ne vient ?

Curieux, abandonnant les livres sur la table, il se dirige vers le vestibule.

En ouvrant, il a un premier geste de recul. Sur le perron, la tête engoncée dans une tuque ridicule, bariolée de couleurs avec un pompon énorme, grotesque, Gilles attend qu'on veuille bien lui ouvrir. Il semble transi.

— Salut Thomas ! Je peux entrer ?

Thomas ne répond pas et recule d'un second pas. Il a la gorge nouée. Dans sa tête, une image : la main de Jeanne qui se tend vers le petit verre bleu. Après, un tourbillon l'avait entraîné dans un monde intemporel fait de larmes et de douleur. Un peu plus tard, ce matin-là, il y avait eu Gilles, devant sa porte comme maintenant. Cette même scène s'est jouée il y a de cela quelques mois à peine. C'était l'été, Jeanne venait de mourir. Gilles avait sonné et Thomas avait ouvert sur les mêmes mots.

— Alors ? Je peux entrer ? Il fait froid, tu sais.

Silencieux, Thomas s'efface pour laisser passer son ami.

— Pas très loquace, constate Gilles en enlevant son manteau avant même d'être invité à le faire.

Thomas secoue la tête, reprenant pied dans la réalité après ce court moment de recueillement. D'une poussée, il referme la porte sur l'hiver qui s'engouffre jusqu'à lui, le faisant frissonner.

— Je... Tu m'excuseras. Je ne m'attendais pas à te voir comme ça, sans avertissement.

— Je sais...

Gilles ne semble pas s'en faire. Le manteau suspendu et sa tuque ridicule enlevée, il se tourne vers Thomas.

— Je sais que tu ne m'espérais pas. Si j'avais attendu que tu m'invites, je ne serais pas là. Je me demande même quand on se serait revus. Tu me fuis, Thomas, et ce n'est pas correct.

Gilles est direct, c'est dans sa nature. À force d'annoncer à ses patients des nouvelles qui ne sont pas toujours réjouissantes, il s'est donné comme règle de ne jamais tourner autour du pot. Cela vaut aussi pour Thomas.

— Que me vaut l'honneur ? En plein après-midi, au milieu de la semaine ?

C'est tout ce que Thomas a trouvé à dire. Il est surpris par cette visite, troublé de voir Gilles dont la présence ravive brusquement des tas d'images qu'il s'efforce d'oublier.

— Le simple plaisir de te voir, voilà ce qui m'amène. Je devais opérer cet après-midi mais, à la dernière minute, il y a eu un empêchement. Une histoire de salle à nettoyer, je ne sais trop. Bref, c'est remis à demain. Comme je n'avais pas de rendez-vous prévu, je me suis dit que c'était un signe du destin pour que je visite mon vieil ami Thomas. Alors, me voici !

Gilles parle d'un ton à la fois désinvolte et chaleureux, ce qui aide Thomas à se ressaisir. Même les mots employés ont un effet apaisant. Gilles dit vrai : ils sont amis depuis si longtemps déjà. Depuis la faculté, en fait. Ils ont une vie en commun ou presque.

Et depuis la fin de l'été, ils partagent le secret le plus lourd que Thomas ait eu à porter au cours de son existence. Il n'y a qu'Armand qui soit au courant, mais Thomas sait qu'il n'en parlera jamais avec lui.

— Je suis content que tu sois venu. Tu as bien fait. Moi, j'ignore si j'aurais été en mesure de…

Il ne complète pas sa pensée. C'est inutile, Gilles a tout compris. Le fait d'être ici, à une heure aussi indue pour cet homme débordé de travail, le prouve.

Par habitude, Gilles se dirige déjà vers la cuisine, cette pièce qui a si souvent servi de lieu de rassemblement, de discussion quand Jeanne était affairée, occupée à cuisiner pour ses amis. C'est là, sur la table, qu'il aperçoit les livres d'horticulture.

— Tu t'es mis au jardinage ?

— Si on veut.

Gilles perçoit la réticence dans la voix de Thomas.

— Et tu aimes ça?

Thomas hausse une épaule incertaine.

— Je ne sais pas encore. Mais j'avais promis à Jeanne de...

— Tu sais, interrompt Gilles, tu n'es pas obligé.

Un silence lourd se pose entre les deux hommes.

— Puisque je viens de te dire que j'avais promis, réplique sourdement Thomas qui ne voit pas où son ami veut en venir.

Malgré le ton employé par Thomas ou peut-être à cause de lui, Gilles insiste.

— Tu n'as pas à te sentir coupable de ne pas aimer les mêmes choses que Jeanne. C'était comme ça avant et ça peut être encore comme ça maintenant.

Thomas ne veut pas répondre. Son ami vient de mettre le doigt sur quelque chose de très sensible, quelque chose qu'il ne veut pas s'avouer à lui-même. Devant l'embarras de Thomas, Gilles demande:

— Et toi? À part le jardinage, que devient ta vie?

Gilles s'est retourné et regarde son ami avec une générosité infinie, cette humanité que Jeanne avait découverte à le côtoyer.

— Le *play-boy* incorrigible que tu affiches ouvertement cache bien son jeu, lui avait-elle dit en riant.

Mais Thomas, lui, est aussitôt choqué par cette question directe qu'il juge, pour sa part, indiscrète. Il répond alors du tac au tac.

— Ma vie? Quelle vie?

Les mots se sont précipités hors de ses lèvres sans qu'il puisse les retenir. Il a pourtant la sensation de recommencer à vivre, depuis quelque temps. Malheureusement, la venue de Gilles lui donne l'impression de revenir à la case de départ. Comme si tout était à refaire... Un simple regard, quelques propos de Gilles sur le jardinage et il a renoué avec cette maudite culpabilité qui n'était pas si loin, après tout.

Gilles, c'est aussi ce pacte entre Jeanne et lui. Thomas a toutefois la lucidité de se dire que c'est dommage.

— Pardon, reprend-il aussitôt. Je dis n'importe quoi. Ça va. Ce n'est pas tous les jours facile, mais ça va. Je peux t'offrir quelque chose ? Une bière, un jus, un chocolat chaud ?

Gilles n'hésite pas.

— Un chocolat chaud, oui. C'est une très bonne idée. Ça fait des siècles que je n'en ai pas bu ! Ça va me réchauffer. J'ai l'impression d'être gelé jusqu'à la moelle.

— Allons-y donc pour la tasse de chocolat ! Moi aussi, j'ai froid, même si je ne suis pas sorti aujourd'hui. Va au salon, j'ai fait du feu. Je te rejoins dans un instant.

Pendant plus d'une heure, ils ont parlé de banalités comme Gilles sait si bien le faire quand il le veut. Rester à la surface des choses et des émotions pour désamorcer cette tension, cette réticence qu'il a sentie dans la voix de Thomas lorsqu'ils se sont brièvement parlé au téléphone l'automne dernier et tout à l'heure devant les livres d'horticulture. Après, quand il sentira que Thomas est plus détendu avec lui, il ira plus loin. Il ira aussi loin qu'il le faut pour permettre à son ami de refaire surface. Thomas a beau parler photos et petits-enfants, un certain enthousiasme dans le propos, Gilles sent que le cœur n'y est pas vraiment.

Il manque à Thomas cette spontanéité qui rend le cœur léger, l'esprit libre et Gilles sait très bien d'où émanent cette retenue, cet embarras devant le désir de vivre qu'il sent derrière les paroles de son ami.

Thomas est arrivé à ce point où l'envie d'être heureux revient petit à petit, mais où la sensation de culpabilité l'empêche de se manifester pour de bon.

Pourquoi serait-il heureux alors que Jeanne n'est plus ? Pourquoi serait-il heureux alors qu'il a aidé Jeanne à mourir ? Encore aujourd'hui, Gilles pressent que c'est un non-sens pour Thomas.

Son acharnement à jardiner en est la preuve la plus éloquente, alors qu'il n'a jamais aidé Jeanne à le faire.

Aussi, quand ils semblent avoir épuisé les sujets de conversation anodins, à l'instant où Thomas se relève pour porter les tasses vides à la cuisine, Gilles interrompt son geste d'une main sur son bras :

— Et maintenant, si tu me disais vraiment comment ça va. J'aimerais savoir comment va ta vie, Thomas.

Ce dernier se laisse tomber sur le divan en soupirant. Il ne se sent plus agressé par la question de Gilles. Ils viennent de jaser de tout et de rien, comme ils l'ont fait si souvent au fil des années, et cela lui a été agréable. Non, cette curiosité amicale ne l'agresse plus mais, il ressent soudainement une grande, une très grande fatigue.

— Ma vie, fait-il songeur. À quoi ressemble ma vie ?

Il s'arrête un moment, le visage tourmenté.

— Est-ce que j'ai une vie ? demande-t-il tant pour Gilles que pour lui-même. Oui, confirme-t-il, une certaine vigueur dans la voix. Je crois que je recommence à vivre. Je viens de t'en parler : la photo, Marie-Jeanne, mes petits-fils... Mes enfants également sont présents, à leur façon, comme ils doivent l'être.

À ces mots, Thomas dessine un pâle sourire en levant les yeux vers Gilles.

— Je ne m'en étais pas vraiment soucié jusqu'à maintenant, mais je crois sincèrement que mes enfants me connaissent bien. Jeanne a dû y voir. Pour le reste...

Thomas a un geste évasif de la main qui manifeste une certaine indifférence.

— Je ne sais pas encore si un jour, je vais pouvoir affirmer que je suis heureux à nouveau. Vraiment heureux. Présentement, je m'accroche à des détails que je magnifie pour m'en donner l'illusion. J'en suis conscient. Par contre, j'avoue que ces petits moments de grâce me font un bien immense. C'est peut-être ça, après tout, un retour à la vie. Se contenter de toutes ces petites choses du quotidien pour créer son bonheur. C'est ce qu'Armand, le père de Jeanne, m'a confié. Lui, quand sa femme est morte, il s'en est sorti d'un petit bonheur à un autre, imperceptiblement.

Puis, après un bref silence, Thomas ajoute dans un souffle :

— Il sait pour Jeanne.

Thomas n'aura pas besoin d'en dire davantage, Gilles a très bien compris à quoi il faisait allusion.

Tout en parlant, la voix légèrement enrouée, Thomas a reporté les yeux devant lui. Dans l'âtre, les flammes ont baissé, mais les bûches sont incandescentes. Jeanne aimait s'imaginer mille et une fables en regardant le feu à son déclin. De s'en souvenir, à ce moment précis, c'est un peu comme si Jeanne était à ses côtés. Elle est peut-être cachée, justement, dans cette ville de lumière qu'elle prenait plaisir à se représenter devant un feu mourant.

— C'est à ça que ressemble ma vie, Gilles, reprend-il après un court silence. Une suite de petites joies sans lien entre elles pour le moment, entrecoupées de grands vagues à l'âme. J'essaie, autant que faire se peut, j'essaie de m'en tenir au jour présent sans penser au lendemain, encore moins au passé.

Gilles comprend aussitôt à quoi font référence ces derniers mots, pour une seconde fois en quelques instants. Pourtant, il ne les relèvera pas. Thomas n'a pas besoin de reparler de ce dernier matin avec Jeanne, comme il se l'était imaginé. Il sent en lui une certaine force. Cette force dont Jeanne lui avait parlé. Il dit alors, bien simplement, bien honnêtement :

— Je suis heureux de voir que tu vas bien. Tu sais, Jeanne me parlait souvent de ce temps qui viendrait après elle. La seule chose qui ne lui faisait pas peur parce qu'il n'y avait là, disait-elle, aucun inconnu, c'était toi. Elle savait que tu aurais mal, votre amour était grand et ça fait mal de perdre un être aimé, mais elle savait aussi que ce même amour ne te laisserait jamais tomber. Il te soufflerait les solutions en cas de besoin et tu y puiserais ton courage. C'étaient ses mots. Jeanne aurait enduré ses douleurs jusqu'au bout si elle avait le moindrement douté de cette force entre vous. Je le sais, car elle me l'a dit. Jamais je n'oserais inventer de telles suppositions, tu le sais. Elle m'a fait promettre que je te répéterais ceci : tu lui as permis de partir comme elle le voulait et, à ses yeux, c'était la plus belle preuve d'amour que tu pouvais lui donner.

Thomas a le regard trouble.

— Jeanne t'avait confié tout cela ?

— Oui, Jeanne m'avait dit tout cela et si je te le répète aujourd'hui, c'est qu'elle avait raison. Je te sens fort, malgré tes hésitations. Je te sens assez fort pour entendre ces quelques mots venus de Jeanne.

— Les mots de Jeanne, murmure Thomas en se tournant vers son ami et en essuyant ses larmes.

Il y a dans son regard une lueur indéfinissable, faite de nostalgie et d'espoir.

— Viens, Gilles, viens avec moi, j'ai quelque chose à te montrer.

Se relevant, Thomas se dirige vers la serre. En y arrivant, Gilles a un instant de recul. Un geste que Thomas a vu si souvent, ces derniers mois.

Les enfants, à tour de rôle, les premières fois où ils sont venus le voir.

Marc et Josée, entre Noël et le jour de l'An, quand ils sont venus souper à sa demande, un jour où il avait le cafard. Madeleine et Roger, quelques jours avant les fêtes, quand ils ont traversé chez lui pour offrir leurs vœux traditionnels et un de leurs gâteaux aux fruits exceptionnels.

— C'est bien la seule chose que je cuisine, avait dit Roger en blaguant. Et c'est bien parce que Madeleine y tient beaucoup.

Puis, levant le nez et humant devant lui, il avait ajouté :

— Par contre, vous, on dirait que vous vous y connaissez en cuisine ou en gastronomie. Ça sent bon !

Cette remarque avait fait plaisir à Thomas.

Les seuls à ne pas avoir eu ce moment d'hésitation en

mettant les pieds dans la serre avaient été ses petits-fils. Alexis avait même lancé, en regardant autour de lui :

— Je suis fier de toi, grand-papa. Les fleurs sont encore très belles. Grand-maman Jeanne aussi serait fière de toi.

Ces quelques mots d'enfant lui avaient fait chaud au cœur.

Pour l'instant, c'est Gilles qui est encore dans l'embrasure de la porte, n'osant descendre les trois marches.

La dernière fois où il s'est retrouvé ici, Jeanne était là, au centre de la pièce, sur un futon qu'il cherche involontairement du regard.

— Il n'est plus là, dit alors Thomas qui a tout compris. Je l'ai descendu au sous-sol. C'est mieux comme ça, pour tout le monde.

Fermant les yeux, Gilles prend une profonde inspiration avant de revenir à Thomas.

— C'est beau, ça va aller. Excuse-moi si je...

— Viens, coupe alors Thomas. C'est normal d'avoir une pensée pour Jeanne quand on entre dans la serre. C'était son domaine. C'est un peu pour ça que je m'y suis installé pour lire.

— Pour lire ?

— Oui, je lis ici. Regarde cette boîte. C'est notre vie que Jeanne a consignée, semaine après semaine. Depuis qu'elle a treize ans, Jeanne a tout écrit ou presque. C'est inouï. Je n'en reviens pas, de sa persévérance. D'abord dans des cahiers, puis sur des disquettes. Elle m'a laissé tout ça pour que je le lise. Elle me l'a écrit. Alors, c'est ce que je suis en train de faire.

Gilles fixe l'écran noir, puis il lève les yeux vers Thomas avant de revenir à l'écran, sourcils froncés.

— Tu crois que c'est une bonne idée?

Question inutile puisqu'il admet que Thomas a l'air bien. Malgré tout, ce dernier lui répond:

— Oui, affirme-t-il catégoriquement. Au début, ça n'a pas été facile, mais finalement, je peux dire que cette lecture m'a donné du courage. Jeanne me connaissait mieux que quiconque et quand elle m'a laissé son agenda, elle savait très bien ce qu'elle faisait. De lire ses pensées, de me souvenir de petites anecdotes qui nous appartiennent, c'est un peu comme si Jeanne, elle-même, m'aidait à faire la transition. Elle t'a dit que je puiserais à même la force de notre amour, c'est vrai. Il est là, cet amour dont elle parlait. C'est à notre vie qu'elle faisait allusion. Toute notre vie à deux et en famille. L'amour qui nous a soutenus, elle l'a transcrit en mots qu'elle m'a laissés. Pourtant, comme je viens de te le confier, au début de ma lecture, j'ai douté, j'ai eu peur de m'écorcher vif. Certains passages me renvoyaient à moi-même et parfois sans complaisance. Il y a eu des silences entre nous, tout n'a pas été parfait. Mais justement, d'avoir la chance de connaître ces silences, ces moments où Jeanne était moins heureuse, cela me permet de la connaître davantage. J'ai cette chance de redécouvrir la femme que j'ai aimée.

Thomas arrête brusquement de parler. Puis il offre un sourire à Gilles.

— C'est la première fois que j'en parle et je suis heureux de le faire. Les enfants sont au courant, bien sûr, mais vaguement. Ils savent que leur mère m'a laissé un agenda, un journal intime. Ça ne va pas plus loin, sinon que cela a créé un froid entre Mélanie et moi, mais c'est du passé maintenant. Un jour, je leur permettrai peut-être d'en lire certains passages. Pour l'instant, c'est mon héritage et je n'ai pas l'intention de le partager. C'est très égoïste, j'en conviens, mais je m'en fiche. Par contre, à toi, j'avais envie d'en parler parce que, toi aussi, tu as reçu des confidences de Jeanne et tu partages avec moi certains secrets. Voilà ! Tu voulais savoir à quoi ressemble ma vie ? Maintenant, tu sais tout. Il y a encore un peu de Jeanne bien vivante à chaque jour et également beaucoup de tristesse quand je songe que tout cela est déjà derrière moi. Mais il y a aussi des rires quand je vois la petite Marie-Jeanne et une bonne chaleur avec mes enfants. Ne crains pas pour moi, je vais m'en sortir. Meurtri, c'est sûr, mais vivant.

Puis, après un court silence, Thomas ajoute, en fixant Gilles droit dans les yeux :

— Merci d'être venu. J'espérais cette rencontre, tu ne peux savoir à quel point. J'attendais, je ne sais quoi... J'attendais peut-être que tu fasses ce que tu viens de faire : te présenter à ma porte sans préavis. Tu étais peut-être le seul avec qui je pouvais faire le point. Parce que tu sais tout et que tu me connais depuis toujours. Merci d'être là, Gilles. Merci d'avoir été là, c'est Jeanne qui m'a demandé de te le répéter. Elle craignait de ne pas l'avoir assez dit.

Chapitre 8

L' hiver a fini par lâcher prise. Chaque jour, le soleil semble un peu plus chaud que la veille et les montagnes de neige fondent à vue d'œil.

Ce matin, en prenant un premier café devant la porte de la cuisine, Thomas a souri devant le bonhomme de neige qui s'est affaissé sur lui-même. La carotte qui lui a servi de nez est tombée et elle a commencé à noircir, à quelques pas sur sa droite. Le vieux chapeau troué, déniché au fond d'une armoire du sous-sol, lui cache maintenant les yeux. Thomas s'est dit qu'il devrait le détruire avant que la petite Marie-Jeanne vienne à la maison. Ce qui reste du joyeux personnage a une allure sinistre, un peu inquiétante.

Puis, un peu plus loin, près de l'érable et du fusain ailé, il a aperçu quelques branches des rosiers qui pointaient hors de la neige. Le jute qui les entoure dessine quelques taches brunes sur la blancheur de la cour. Il a aussitôt pensé à cette journée d'automne, venteuse et glaciale, où il avait taillé les arbustes et les avait recouverts de ce tissu rugueux, espérant sincèrement qu'il n'était pas trop tard pour le faire.

Il se revoit, ce matin-là, impatient, colérique même, envers ses petits-fils qui ne méritaient sûrement pas le ton qu'il avait pris pour leur parler.

Aujourd'hui, il admet que cette colère n'était pas seulement causée par les conditions désagréables dans lesquelles il travaillait.

Il y avait tellement plus qu'un vent sournois et le fait

d'être en retard qui motivaient son attitude. En réalité, Thomas se sentait coupable d'avoir négligé les rosiers durant tout l'automne et cette sensation le rendait malade.

C'est qu'il avait la culpabilité facile, à l'automne! Devant tout et rien. C'était inconfortable, dérangeant. Alors, il se débarrassait de cette impression accablante en faisant porter le poids de ses erreurs sur les autres.

C'était surtout beaucoup plus facile de se convaincre que Madeleine était responsable de cet état de fait, plutôt que d'admettre qu'il n'avait pas envie de tailler les rosiers et les préparer pour l'hiver. Maintenant, il est en mesure de le reconnaître. Les rosiers seront toujours une corvée pour lui. Il va s'en acquitter, il serait bête de laisser mourir de si beaux arbustes, mais le jardinage, c'était le plaisir de Jeanne, pas le sien. Gilles ne s'est pas gêné pour remettre les pendules à l'heure. Il a bien fait d'énoncer les choses froidement.

« Tu n'as pas à te sentir coupable de ne pas aimer les mêmes choses que Jeanne. »

Cette phrase, Thomas se l'est répétée jusqu'à la nausée. Il a eu l'humilité d'en reconnaître la véracité.

C'est ainsi que les semis ne sont pas faits et ne le seront jamais. Thomas va se contenter de transplanter des fleurs que d'autres auront semées, arrosées et bichonnées avec plaisir. Car pour lui, le jardinage n'est qu'une obligation. Entretenir ce que Jeanne a planté est une chose, se lancer avec enthousiasme dans l'horticulture en est une autre. N'empêche qu'il espère voir refleurir la roseraie. Dans quelques semaines, il va savoir.

Les journées s'allongent, le soleil se couchant de plus en plus tard, pourtant Thomas ne se plaint plus vraiment de la longueur des journées. L'ennui est devenu un état d'être qui l'accompagne quotidiennement, mais cette sensation n'a rien à voir avec le vide intérieur qu'il a déjà ressenti. La présence de Jeanne lui fait cruellement défaut, tout comme l'énergie qu'elle dégageait manque à la maison. Jeanne parlait tout le temps, bougeait beaucoup! Jeanne a toujours pris beaucoup de place. Certains la trouvaient même dérangeante. Thomas, lui, appréciait cette façon d'être. Souvent, en blaguant, ils disaient, l'un et l'autre, que les contraires s'attirent. Dans leur cas, c'était vrai. Thomas compense donc son absence en écoutant de la musique. Ses vieux rocks, bien sûr, mais aussi ces ballades de la chanson française qu'il arrive maintenant à écouter sans pleurer. Les larmes sont redevenues ce qu'elles ont toujours été pour lui : un luxe dont il peut se passer. Il n'est pas moins triste qu'il a été, il arrive tout simplement à mieux contrôler cette tristesse.

Armand avait raison. On ne meurt pas d'une peine d'amour.

Désormais, c'est ainsi qu'il veut voir la mort de Jeanne. Une violente peine d'amour qui laissera des stigmates jusqu'à la fin de ses jours mais qui, bien malgré lui, est en train de cicatriser.

La semaine dernière, à tout juste dix mois, Marie-Jeanne a fait ses premiers pas. « C'est bien suffisant pour avoir le goût de vivre », avait songé Thomas en lui tendant les bras, ému de voir ce petit bout de femme avancer vers lui, chancelante, concentrée mais combien souriante.

Marie-Jeanne ressemble toujours autant à sa grand-mère.

À deux reprises, il est allé manger avec Gilles. Ce dernier est un habitué des bons restaurants, de la vie nocturne de

Montréal. La seconde fois, Gilles a même réussi à entraîner Thomas dans un petit bar enfumé de la rue Peel pour entendre un *band* de jazz. Ce soir-là avait été le soir de Gilles. Enveloppé des volutes d'un gros cigare, un cognac à portée de la main, il avait longuement parlé. De sa vie, de son travail qu'il aime plus que tout. Thomas était rentré en se disant qu'il pourrait peut-être, lui aussi, retourner sur le marché du travail. Après tout, Gilles et lui sont du même âge et la passion entendue dans la voix de son ami lui avait fait regretter celle qu'il a toujours entretenue pour ses recherches.

Ce soir-là, il s'était couché avec la ferme intention de retourner au laboratoire, ne serait-ce que quelques heures, pour revoir les anciens collègues.

Le lendemain, à la clarté du jour, l'évidence de la démarche n'était plus aussi manifeste. Il a hésité et depuis, il n'a rien fait, mais l'idée continue de l'agacer.

Pourquoi pas? Cela aurait l'avantage incontestable d'occuper ses journées. Car c'est peut-être là ce qu'il considère le plus difficile: trouver suffisamment d'activités pour remplir ses journées. Il ne peut décemment se rendre chez Mélanie tous les jours, ni lui demander de passer le voir au même rythme qu'à l'hiver. Il est conscient que les nombreuses visites de sa fille, que les appels quotidiens de Sébastien n'avaient qu'un but: le sortir de son marasme. Aujourd'hui, la vie, leur vie, a repris un rythme plus normal. Quant à ses deux petits-fils, ils sont à l'école et Karine n'a pas à supporter un beau-père désœuvré! De toute façon, la période où la solitude lui pesait est révolue. Ne lui reste plus qu'à se trouver un but, quelque chose à faire qui donnerait un sens à toutes ces heures dont il dispose désormais.

Souvent, il se demande à quoi ressembleraient ses journées si Jeanne était encore là. Il n'a toujours pas trouvé de réponse, sinon une hypothèse : il trouverait vraisemblablement les journées aussi longues. Jeanne voyait à tout et détestait travailler, quelqu'un à ses côtés. Combien de fois l'avait-elle chassé de la cuisine ? Oui, fort probablement, aurait-il eu à se dénicher quelques occupations intéressantes, même avec la présence de Jeanne. Toutefois, il y aurait quelqu'un pour partager le temps et, à ses yeux, cela serait suffisant. Présentement, il n'y a personne avec qui parler, avec qui partager ces mille et une petites choses du quotidien. Décider de ce que l'on va manger, quand on est deux, peut procurer un plaisir bien plus grand que celui d'ouvrir la porte d'un réfrigérateur en se demandant si l'on a faim.

Bien sûr, la photographie continue de lui procurer de belles satisfactions.

Mais encore là, il n'y a personne avec qui partager sa fierté. Les enfants l'encouragent mais, pour Thomas, ce n'est pas suffisant. Il ne peut raisonnablement les importuner chaque fois qu'il aurait envie d'en discuter !

Finalement, un peu surpris de le constater, il s'aperçoit qu'il est devenu, lui aussi, au fil des années vécues avec Jeanne, nettement plus bavard qu'il ne l'était dans sa jeunesse. Il est peut-être un homme réservé, cela n'a pas changé, mais il n'est pas un solitaire. Maintenant, il en est convaincu.

Partager... C'est le mot qui lui revient tout le temps, à tout propos. Partager son temps, ses idées, ses envies...

La solitude lui pèse dans cette dimension de silence auquel il n'est pas habitué. Il se surprend parfois à répondre aux animateurs de la radio! Le son de sa propre voix remplit l'espace pour un instant et l'illusion d'une présence lui fait du bien. Il se dit, mi-figue, mi-raisin, qu'avec le temps, il va devenir un vieux radoteur. L'image le fait sourire, tout en lui faisant peur. Il n'est pas prêt à devenir vieux tout de suite. Quand il en a parlé avec Armand, qu'il appelle maintenant régulièrement, ce dernier lui a répliqué que c'était presque un passage obligé.

— Ne t'inquiète pas, ça ne durera pas.

En attendant, Thomas parle de plus en plus souvent tout seul en se répétant, avec une pointe de sarcasme, qu'au moins il n'y a pas de témoin!

La lecture des confidences de Jeanne tire à sa fin. Les heures consacrées à cette lecture occupent souvent un bon moment de la journée. Thomas est surpris de voir tout ce que Jeanne a consigné, surtout dans les dernières années de sa vie. L'agenda prend maintenant la forme d'un journal intime, entrecoupé de plus en plus souvent de commentaires qu'elle a ajoutés à son intention.

À l'hiver 2004, Jeanne commence à parler de cette douleur au genou qu'elle ressent depuis quelque temps déjà. Derrière les mots employés, Thomas devine aisément la peur qu'elle éprouvait sans qu'il s'en soit douté.

« *Cette maudite bosse! J'ai moins mal, c'est toujours ça de pris! Le voyage à Cancún a définitivement amélioré mon sort. Mais la bosse, elle, même si elle est petite, est toujours là. Est-ce que l'arthrite peut rester visible sans douleur? Je l'ignore et je crois que, pour l'instant, je préfère ne pas le savoir. J'ai tellement peur qu'on me dise que... Stop! Pas de pensée négative. Nous sommes revenus de voyage, il a fait beau, j'ai passé deux merveilleuses semaines et je n'ai presque plus mal. C'est tout ce qui compte.*

P.-S.: Dans quinze semaines, Thomas prendra sa retraite. Youppi! Le compte à rebours est commencé. »

Puis arrive le printemps sans que Jeanne ait vraiment reparlé de ses douleurs quand soudain, elle écrit:

« Pourquoi faut-il que la vie nous réserve de ces moments où toutes les mauvaises nouvelles tombent en même temps? J'ai beau me dire et me répéter que l'important est que Sébastien soit heureux dans les choix qu'il a faits pour sa vie, j'ai encore le cœur en lambeaux. Ma déception est toute personnelle et n'a rien à voir avec l'amour que je ressens pour mon fils, mais elle est néanmoins bien réelle. Ma déception et mon inquiétude. Sébastien ne choisit pas une voie facile. J'essaie de donner le change devant Thomas car lui, je sens qu'il a énormément de difficulté à accepter le fait que son fils soit homosexuel... J'écris ce mot et il me déplaît. Combien de temps encore pour m'habituer à l'écrire et à le dire?

L'autre mauvaise nouvelle, c'est mon genou. J'ai peut-être réussi à cacher mes douleurs à tout le monde, mais pas à Sébastien. Il me ressemble trop. Comme moi, il a des antennes qui captent tout. Il a finalement réussi à m'arracher la promesse de consulter un médecin. La semaine prochaine, je rencontre donc un quelconque docteur de la clinique du quartier. Tout ce que je souhaite, c'est que Thomas, lui, ne s'apercevra de rien. D'autant plus que la bosse a grossi et est maintenant visible... Je lui parlerai de tout ça après cette visite, pas avant. Je ne voudrais pas qu'une petite bosse assombrisse son plaisir d'arriver enfin à la retraite. Il en parle depuis si longtemps déjà. Et dans quelques semaines, nous partons pour la Mongolie. Au moins, il y a cela de positif. Je rêve de voyager depuis si longtemps et nous partons en voyage. J'ai tellement hâte de voir Paris! Ça doit faire au moins dix fois que je l'écris, mais tant pis! je l'écris encore! Voilà le côté positif de ma vie: un beau voyage à l'horizon et la retraite de Thomas. J'ai tellement hâte qu'il reste à la maison avec moi.»

Pourtant, quelques semaines plus tard, elle admet que la retraite de Thomas ne ressemble pas à ce qu'elle espérait. Jeanne ne se gêne pas pour écrire qu'elle le trouve encombrant.

«Sapristi! Il se mêle de tout! Il critique à peu près tout! C'est fatigant, à la longue. Ça fait trente-cinq ans que je fais ce que je veux dans la cuisine, dans la maison et jamais il n'a trouvé à redire. Il faut croire que ce n'était quand même pas si mal! Pourquoi, tout à coup, plus rien ne va?»

De cela également, elle n'a pas parlé ouvertement. Jeanne, la bavarde, avait son jardin secret, car elle ne voulait jamais blesser les gens autour d'elle. De là, probablement, ce besoin d'écrire ce qu'elle ne disait pas. Les mots écrits étaient son exutoire, même dans la maladie. Surtout dans la maladie...

«Le voyage est annulé ou plutôt, comme le dit diplomatiquement Thomas, reporté à plus tard. Quel euphémisme! Il aurait dû dire remis à la semaine des quatre jeudis, oui!

...Ça fait un an que je vis la moitié du temps avec la peur au ventre et l'autre moitié avec une insouciance qui *me permet d'oublier. Ce soir, j'ai l'impression, non, j'ai la certitude, qu'il n'y en aura plus de ces moments d'oubli. La peur est en train de devenir une compagne de tous les instants.*

Saurai-je la vaincre si Gilles m'annonce qu'il ne peut rien pour moi?

Je n'ai pas osé demander ce qu'il voulait dire exactement en affirmant qu'il n'aimait pas l'apparence de ma jambe. Je n'ai surtout pas demandé qu'il me fasse la liste exhaustive des possibilités et j'ai apprécié que Thomas ne se mêle pas de la conversation. Je crois que je n'avais pas envie d'entendre le mot cancer. Peut-être parce que je pressens qu'il finira bien par apparaître, ce maudit mot, un jour ou l'autre, dans une quelconque conversation et que j'ai inconsciemment décidé que le plus tard serait le mieux. Mais est-ce aussi inconscient que je me plais à le dire?

J'écris ces mots et j'imagine sans difficulté la tête que Thomas ferait s'il venait à les lire. Il ne serait pas d'accord. Il dirait que je mets encore une fois la charrue devant les bœufs. Aurait-il raison? Dans un sens, oui. Tant qu'on n'aura pas les résultats des examens, tout reste permis. Même l'espoir le plus extravagant. Parce que c'est vraiment ce que je pense. L'espoir est devenu pour moi une extravagance de dernière instance. C'est moche d'en être là. Et c'est curieux de constater à quel point je me sens la tête froide. Une fois le premier choc passé quand Gilles me parlait, j'ai ressenti un véritable bloc de glace s'infiltrer dans ma poitrine. Peut-être est-ce là un réflexe de survie. En tout cas, ça m'a permis d'être stoïque devant Thomas qui, lui, a viré au blanc d'un seul coup. Pauvre Thomas ! Il revenait de loin et c'est en partie ma faute. J'aurais dû lui en parler avant. Il devait être autant déçu par mon silence qu'inquiété par les propos de Gilles. Je ne le sais pas. Il ne m'en a pas parlé. Mais quand il conduit les mains rivées au volant, le regard fixe, c'est qu'il est profondément meurtri ou triste. Et jamais je ne l'ai vu aussi taciturne, aussi hermétique que tout à l'heure quand nous sommes revenus chez nous. Dès notre arrivée à la maison, il s'est installé devant la télévision avec une bière froide. C'est évident que je l'ai blessé. Ce n'est vraiment pas ce que je recherchais, mais c'est ce que j'ai semé en me taisant aussi longtemps. Je m'en veux. Jamais je n'ai voulu faire de mal à Thomas. Mais encore là, je crois que l'instinct de survie a eu le dessus sur le bon sens le plus élémentaire et le respect que j'aurais dû avoir envers lui.

Et voilà où j'en suis. Froide, le cœur sec, comme si les émotions n'avaient plus leur place dans mon existence. Il ne reste que la peur qui me tord l'estomac. Mais je dois le reconnaître, ce n'est pas l'anxiété dévorante qui m'a accompagnée au cours des derniers mois. Présentement, la peur, je la ressens vraiment comme un phénomène physique, bien tangible. Rien à voir avec les sentiments. Ça doit être ce qu'on appelle le trac. Mais le reste, mes habituels larmes et tremblements intérieurs, est absent. Ça ne me ressemble pas. Comme si j'étais en train de me faire des réserves au cas où le pronostic serait mauvais. Des réserves de larmes et de tremblements de l'âme.

P.-S. : Thomas... Tout ce que tu viens de lire, je l'ai écrit voilà un an déjà. J'avais tellement peur de cet inconnu qui *se profilait devant moi que mes émotions en étaient faussées. Aujourd'hui, nous sommes le 5 juillet 2005. Il fait beau, je suis sur la terrasse et je profite des rayons du soleil tout en relisant ce que j'ai écrit au fil des années. J'ai presque fini. Tant mieux, j'aurai eu le temps de tout relire. Maintenant, je sais que le compte à rebours est commencé. Dans quelques semaines, je ne serai plus là. Il y a un an, je n'aurais jamais pu écrire ces mots sans trembler, ce matin, vois-tu, j'arrive à le faire.*

Que de chemin parcouru en quelques mois à peine !

La douleur, de plus en plus vive, les malaises devenus journaliers, y sont sûrement pour quelque chose. Mais il y a plus… Et c'est de ce plus dont je veux te parler. De cet état d'être qui est devenu le mien, par la force des choses.

Il y a quelques mois, Gilles m'a dit que la mort s'apprivoisait. Il a dit que l'on apprend à mourir, comme on a jadis appris à vivre. Voilà exactement ses paroles. Je t'avoue que j'en ai douté. Il me semblait impossible d'en arriver à un tournant où il est facile de poursuivre sa route sans regarder derrière. Surtout quand ce passé est si beau, rempli d'amour et de souvenirs merveilleux, comme dans mon cas. Comment accepter de quitter tout cela ? Pourtant, ce matin, alors que le soleil me réchauffe agréablement, moi qui suis de plus en plus frileuse, j'arrive à ne plus regarder derrière et ce n'est pas aussi difficile qu'il semble à première vue. Il me reste si peu de temps devant moi que je ne veux pas en gaspiller la moindre parcelle en vains regrets.

De là ces quelques mots que je t'écris présentement.

Je veux m'excuser pour ce silence qui a entouré les premiers mois de ma maladie. Je sais que je t'ai blessé. Je ne le voulais pas. C'est la peur qui m'a fait agir ainsi et non un manque de confiance en toi, en nous. J'aurais pu t'en reparler, je préfère te l'écrire. Cela évitera probablement des larmes qui auraient été douloureuses. Voilà ! C'est fait ! Je veux que tu saches que je partirai sans regrets. Je veux que tu saches que l'amour entre nous est resté intact, malgré certaines apparences.

Chaque journée qui passe devient la plus belle de ma vie, par le simple fait d'exister. N'oublie jamais ceci: je suis heureuse et tu y es pour beaucoup. Nous avons eu cette chance de nous créer un bonheur qui est le nôtre. Un bonheur qui nous appartient. Je suis heureuse, aujourd'hui encore, même si je suis consciente que tout cela tire à sa fin, car tu es toujours là et nous nous aimons.

Maintenant, je poursuis ma lecture... à bientôt, peut-être... »

Incapable de continuer, Thomas lève les yeux, ému. Pourtant, ce ne sont pas les larmes qui l'empêchent de lire, mais une flambée d'amour à l'égard de Jeanne. Un élan irrésistible de cet amour qui ne mourra jamais. Jeanne le connaissait si intimement qu'elle a choisi de lui écrire de ces petits messages qui rendent la lecture de son journal aussi vivante que si elle était encore à ses côtés.

Pour un autre, cette façon de faire aurait été douloureuse. Pas pour Thomas.

Pour un autre, cette attitude aurait engendré le regret d'une vie disparue à tout jamais. Pas pour Thomas.

Pourquoi regretterait-il quoi que ce soit alors que Jeanne, elle, avait dépassé ce seuil ? Après tout, c'est elle qui allait mourir et elle disait le faire sans amertume. En accord avec cette existence qui avait été la leur, en harmonie avec les sentiments qui les avaient unis, Thomas n'a pas le droit de regretter. Il peut éprouver de la tristesse, cela lui appartient, mais non du regret. Et Jeanne le savait fort bien quand elle s'est permis de glisser ses petits messages, ses commentaires, à travers la trame d'une lecture émouvante qui retrace le cours de leur vie à deux. Thomas ne se sent plus coupable de ne pas avoir senti les choses. Jeanne avait choisi de ne pas parler, de ne pas partager ses peurs. C'était son droit.

Thomas ne peut s'empêcher de sourire. Même dans l'au-delà, Jeanne arrive encore à imposer sa vision des choses.

Le temps de pousser un profond soupir fait d'amusement, de serrement de cœur, d'ennui aussi, il faut l'avouer, et Thomas retourne à sa lecture... pour éteindre l'ordinateur quelques instants plus tard. Il n'a pas envie de poursuivre alors qu'il a le cœur rempli de Jeanne. Il replongera demain dans les hésitations et les réflexions sombres qui ont dû marquer certaines des dernières pages de ces confidences. Jeanne a toujours été un peu virevent. Un rien modifiait son humeur, pourquoi en aurait-il été autrement à la fin de son parcours? Pour l'instant, Thomas veut se saturer de cette paix intérieure que Jeanne disait ressentir, avant de plonger dans l'univers intime de ses derniers mois auprès des siens.

Il passe donc l'après-midi au bord du fleuve à photographier les glaces qui, tout en fondant, dessinent une géographie digne de Picasso. Cubes et flaques d'eau se succèdent sur la berge dans une brillance aveuglante et un miroitement féerique, sous les rayons d'un soleil de plus en plus chaud.

Le lendemain, à l'aube, incapable de dormir, réveillé probablement par l'urgence de poursuivre sa lecture, Thomas se retrouve dans la serre au petit jour. La pénombre étend encore son emprise sur la ville, alors que les branches de l'érable dessinent une dentelle complexe et délicate contre l'horizon rougeâtre qui s'élève au-dessus du toit des maisons.

La nature est immobile, comme si elle retenait son souffle, en attente, invitante.

Thomas hésite un moment. Et s'il prenait quelques photos, là, dans la cour ? La tentation est forte.

Il y renonce l'instant d'après. Le temps de s'habiller et la magie aura disparu. Il se détourne de la cour.

D'un geste devenu naturel, il se laisse tomber sur le sol et du bout de l'index, il démarre l'ordinateur. Dans la pénombre de la serre, le reflet bleuté de l'écran l'enveloppe aussitôt d'une pellicule d'intimité. Le temps de faire défiler quelques pages, de retrouver l'endroit où il était rendu et Thomas s'installe comme à son habitude : le dos appuyé contre le rebord du fauteuil de rotin, un coude appuyé sur la table basse et le menton dans une main. Quelques lignes sur l'écran du portable et il a oublié combien le ciel est beau, ce matin. Le café est en train de refroidir dans la tasse qu'il a déposée devant lui.

Une longue inspiration et Thomas reprend sa lecture, les mains et le cœur tremblants. Il sait qu'aujourd'hui, ce sera le dernier rendez-vous avec Jeanne. Il ne reste plus que quelques pages à lire.

Quelques pages pour conclure une vie à deux, ultimes confidences venues d'une autre vie...

Comme chaque fois devant l'ordinateur, il suffit de

quelques mots pour que Thomas oublie tout ce qui est étranger aux souvenirs évoqués par Jeanne. Pour l'instant, elle parle de l'été qu'elle trouve merveilleux...

« Il pleut, mais cela n'a pas grande importance. Les rosiers n'ont jamais été aussi fleuris. Comme un cadeau que m'offrirait la nature avant mon départ. C'est un peu curieux, mais je ne ressens plus la nécessité de m'en occuper. Les fleurs sont devenues pour moi un bel ornement, un plaisir pour les yeux, sans plus. Tant mieux ! C'était là un deuil que je craignais, il s'est vécu sans heurt. Il y a tant d'autres choses qui me tiennent à cœur et qui sont plus importantes. De cette importance que l'on accorde à l'essentiel. Thomas, nos enfants, nos amis...

Il me restera peut-être un seul regret, celui de ne pouvoir parler ouvertement de ce choix qui est le mien concernant la mort. Bien sûr, j'en ai déjà parlé d'une façon générale. Mes enfants, mes amis connaissent fort bien ma position sur le sujet. Ce n'est pas ce dont je parle ici. Au-delà de la rhétorique et des valeurs propres à chacun, il y a l'impulsion profonde, cet ultimatum que me lance la mort. J'aimerais expliquer à ceux que j'aime pourquoi j'ai choisi de partir ainsi, là, maintenant, un peu avant la date qui pourrait sembler m'avoir été attribuée. Je voudrais qu'ils comprennent que ce n'est pas un geste d'abandon ni de la lâcheté devant la souffrance, seul un profond respect pour la vie motive ma décision. Ma vie a été trop belle pour que je puisse arriver à me contenter d'une demi-mesure. Personne, à moins de subir la même chose, personne ne peut savoir ce qui se vit à l'intérieur quand on est confronté à faire des deuils à répétition. Car c'est là ce que je vis quotidiennement depuis quelques semaines.

Il y a en moi tous ces adieux qui resteront silencieux et c'est peut-être le deuil le plus difficile à faire. »

Le soleil bondit au-dessus des toits à l'instant où Thomas finit de lire ces mots. Il lève alors la tête. La serre est brusquement inondée d'une pluie de lumière qui éclabousse les plantes, les murs, le plancher.

Quand Jeanne a écrit ces phrases, cette pièce était devenue son refuge, l'endroit de la maison où elle passait l'essentiel de ses journées et de ses nuits. La douleur avait commencé à être suffisamment vive pour gouverner le cours de sa vie et Jeanne évitait l'escalier qui monte à l'étage, sinon pour prendre un bain.

Thomas regarde longuement autour de lui. C'est ici que Jeanne a probablement écrit ces quelques lignes puisqu'elle a souligné, quelques paragraphes plus haut, qu'il pleuvait, ce jour-là.

Ce que Jeanne dit ressentir devant cette obligation de silence qu'elle s'est imposée rejoint intimement le silence que Thomas entretient depuis son décès. Lui aussi, dans un certain sens, il aimerait dire ce qui s'est réellement passé ce matin-là. Il aimerait entendre, de la bouche de ses enfants, qu'il a bien fait de soutenir leur mère jusqu'au bout, dans ses choix les plus intimes. Pourtant, ces mots qui seraient pour lui une forme de réconfort, il ne les entendra jamais. Même si Jeanne n'est plus, jamais il ne brisera le serment qu'il lui a fait. Jamais. Jeanne a souffert de ne pouvoir parler et c'est pour lui qu'elle l'a fait. En d'autres pays, d'autres lieux, cela aurait été différent. Ici, c'est comme ça. Certaines choses se vivent dans la discrétion la plus absolue. La mort de Jeanne en est une. Ils en ont parlé, ils ont choisi de le vivre ainsi. Le silence de Jeanne rejoint celui de Thomas et aujourd'hui, il comprend qu'il n'a pas à se sentir coupable.

Au contraire, il se sent soulagé à la pensée que tout ce qu'il vit présentement, c'est en harmonie avec Jeanne qu'il le fait. En harmonie avec ce qui a été leur vie à deux. Il inspire profondément, se sentant tout léger, puis grimace en prenant machinalement une gorgée de café. Il est froid. Pourtant, il ne se relèvera pas pour s'en servir un autre. Il a l'impression d'être soudé au plancher. Il ne quittera la serre qu'après avoir lu la dernière ligne des confidences de Jeanne. Après un dernier regard autour de lui, pour immortaliser ce lieu où elle écrivait, Thomas reporte les yeux sur l'écran.

«*Déjà le 19 août. Thomas et moi venons de fêter nos trente-six ans de mariage. J'en avais fait un but à atteindre, voilà! Le temps file. J'aimerais être capable de me passer de sommeil pour qu'aucune seconde ne m'échappe. Le soleil nous fait la grâce de sa présence et le jardin embaume...*

... Depuis quelques semaines, j'ai fait le deuil de tout ce qui a eu de l'importance pour moi. Ce que les gens vivront après mon départ, moi, je l'ai déjà vécu.

Cette obligation de se dépouiller des attachements, des amitiés, des habitudes...

Ce n'est pas facile, vraiment pas facile et pourtant, je le sais maintenant, c'est réalisable. Comme je l'ai si souvent dit et pensé au cours de la dernière année: avais-je le choix?

Pourtant, je m'ennuie de ce temps qui n'existera jamais. Je souffre, par anticipation, de l'absence des miens. Ne plus les voir, ne plus leur parler, ne plus pouvoir les aimer...

Savoir que je vais bientôt mourir m'apprend, à travers les détachements, à vivre pour moi. C'est curieux de voir combien parfois les contraires s'attirent. C'est la mort qui m'appelle, elle est là, devant moi et j'apprends encore certaines choses essentielles à la vie.

J'apprends, entre autres choses, à devenir égoïste. Faire les choses pour moi, en fonction de moi. Je constate que je ne l'ai pas assez fait, au cours de mon existence. L'imminence de la mort me pousse à certaines réflexions que je n'aurais jamais faites en temps normal. Et comme je ne changerai pas complètement avant de mourir, j'ai envie de partager tout cela avec quelqu'un. J'ai toujours voulu tout partager. Ce que je vivais, bien sûr, mais aussi ce que les autres vivaient. Finalement, je dois l'avouer: je ne me suis pas toujours mêlée de mes affaires! Tant pis! Il est trop tard pour faire marche arrière, il est trop tard pour regretter. Je peux, par contre, tenter de ne pas m'en faire pour ceux que j'aime. Je vais essayer de leur faire confiance. De cette confiance qui permet d'abattre les murailles, de cette confiance qui peut m'aider à trouver la sérénité ultime qui me soutiendra le jour où il sera temps de tirer ma révérence.

C'est pourquoi je m'adresse encore à toi, Thomas. Et cette envie de m'adresser directement à toi, à travers les mots que je t'écris, découle à la fois de cette manie de tout vouloir contrôler, mais aussi de cette expérience que la vie me pousse à faire, sachant que le temps m'est compté.

Après, Thomas, quand je ne serai plus là, il faut que tu continues sur ce chemin qui est le tien. Il y a quelque temps, j'aurais dit qu'il faut que tu continues pour nos enfants. Un peu comme j'ai vécu, finalement. Aujourd'hui, je révise cette position sans toutefois la renier. Il est vrai que nos enfants ont de l'importance dans une vie. Mais ils ne sont pas toute la vie. Je te le dis, Thomas, que c'est pour toi et pour toi seul que tu dois aller de l'avant. Pour que ta vie prenne tout son sens. Tu es unique Thomas, comme je le suis, et ce que tu vis présentement n'appartient qu'à toi, tout comme ce que je vis présentement n'appartient qu'à moi. Pourtant, Dieu sait que nous nous aimons! Malgré cela, il reste au fond de soi, cette parcelle d'individualité unique et essentielle qui fait de nous l'être vivant que nous sommes. Nous n'avons pas le droit de le négliger. Sois toi-même, Thomas et fais-le pour toi. Je tenais à te dire ces quelques mots, car papa va probablement te confier que c'est par moi qu'il a réussi à s'en sortir au décès de maman. Ce n'est pas vrai. C'est ce qu'il a cru, c'est ce qu'il croit encore et, moi aussi, j'y croyais. Maintenant, je sais que ce n'était qu'une illusion. Au bout du compte, c'est l'amour de la vie qui nous fait avancer et rien d'autre.

J'écris ces mots et c'est plus fort que moi, je sens un grand sourire qui se forme. C'est fou ce que je deviens philosophe depuis quelque temps! Tu vas voir, un jour ça va t'arriver... L'âge ou les circonstances nous forcent parfois à aller au-delà des frontières que nous avons toujours crues immuables. Je t'aime, Thomas, et tout ce que je souhaite, c'est que tu sois heureux. On ne vit pas de souvenirs, c'est malsain. Je le sais pour avoir perdu ma mère à un âge où la chose était très difficile à accepter. C'est devant qu'il faut regarder, pas derrière. Alors, si pour être vraiment heureux tu as besoin d'une autre compagne, vas-y! Ton existence continue et tu as le droit de la vivre selon tes choix et tes priorités. Je n'aurais jamais pu te dire ces mots les yeux dans les yeux, ils auraient été faux. Maintenant que tu les lis, maintenant que je ne suis plus là, ils sont vrais. Fais comme moi: suis le cerf-volant qui est le tien. Sois heureux, Thomas...»

Des larmes que Thomas croyait taries se sont mises à couler le long de ses joues, se perdent dans sa barbe. Pourtant, il n'est pas triste. La présence de Jeanne est trop tangible, trop vraie pour que la tristesse s'y emmêle. C'est plutôt une flambée d'émotions et d'images qui fait pleurer Thomas. Ce passé qui a été le sien, le leur, et cet avenir qui sera inexorablement le sien, différent.

Le soleil est maintenant assez haut dans le ciel pour réchauffer l'air de la serre. Thomas se sent bien de ces larmes qui coulent sans être douloureuses. Il est bien de cette chaleur qui frôle ses bras, son visage. Il est bien de ces mots de Jeanne qui lui dit de prendre son envol, comme le cerf-volant qu'elle a voulu suivre.

Il ne reste plus que quelques pages à lire. Dans les mots employés comme dans le temps, Jeanne est arrivée au bout de sa route. Thomas continue de lire jusqu'au moment où il retrouve les mots qu'il connaît par cœur. C'est la dernière lettre de Jeanne. Il prend tout son temps pour la relire, même s'il en connaît la moindre virgule. Puis, calmement, il éteint l'ordinateur et se relève. Le temps de prendre un café chaud comme Jeanne l'aurait fait elle-même et il rangera les cahiers et les disquettes dans la boîte à chaussures. Il n'y reviendra jamais. Ce matin, à travers les mots qu'il vient de lire, à travers ceux manuscrits qu'il y a en haut sur la table de nuit, Jeanne lui a fait ses adieux et lui a redonné sa liberté, toute sa liberté.

« ... *Quand tu le voudras, tu pourras lire tout ce que j'ai inscrit au fil des années... Toi ou les enfants, comme tu choisiras. Ces mots qui sont les miens sont aussi les tiens. Ils nous appartiennent. Quand je ne serai plus là, ils n'appartiendront plus qu'à toi...* »

Aujourd'hui, Thomas comprend le sens profond de ces dernières lignes. Faire lire le journal de Jeanne, c'est accepter de lever le voile sur sa mort. Jeanne en avait conscience. En lui laissant le choix de le faire lire ou non, elle le relève de sa promesse. Tout comme elle a choisi de parler à son père, dans cette dernière lettre qu'elle avait écrite. Elle savait qu'il l'aimait et la respectait suffisamment pour accepter son choix.

Pourtant, alors qu'il a tant souhaité le faire, ce matin, Thomas n'a plus envie d'en parler. Ce qui lui semblait si lourd à porter est devenu plus léger.

Ce dernier secret entre Jeanne et lui, c'est en toute liberté, le cœur libéré, qu'il choisit de le garder.

Ce dernier secret entre Jeanne et lui, c'est la conclusion évidente, la seule conclusion possible à leur histoire d'amour.

Comment avait-il pu le voir autrement ?

Quand il aura bu son café, il prendra la boîte et ira la porter dans sa chambre. Il la posera sur la plus haute tablette du garde-robe, près de l'autre boîte, celle où Jeanne rangeait les photos de famille.

Le jour où les enfants liront le journal de leur mère, Thomas non plus ne sera plus là.

Il souhaite seulement qu'à ce moment, ils comprendront ce qui, un jour, l'avait poussé à agir ainsi.

Chapitre 9

Le printemps est arrivé brusquement, sans signe avant-coureur. Du jour au lendemain, une canicule digne du mois de juillet s'est abattue sur la ville. En quelques heures à peine, les tables avaient envahi les terrasses, les gens souriaient et s'interpellaient. De son balcon, tout en mettant ses draps à sécher, Madeleine avait salué Thomas.

— Quelle belle température! Enfin! Quand vous aurez une petite minute, Thomas, venez nous voir! J'ai fait une tarte aux pommes!

— Alors là! Si vous me prenez par les sentiments!

Thomas se sentait taquin, heureux de la douceur de l'air, de cette vie qui éclatait autour de lui.

Malheureusement, cet avant-goût de l'été n'avait duré que quelques jours, arrogant, aguichant, faisant naître les tulipes précipitamment et gonfler prématurément les bourgeons du lilas, puis en l'espace d'une nuit, il était reparti d'où il était venu, on ne sait trop où.

Depuis, c'est une vraie catastrophe: pluie, vent et temps froid. Deux longues semaines de grisaille pour lui rappeler que son pays est capricieux.

Depuis, Thomas ronge son frein, lui qui espérait photographier le jardin au printemps et quelques pommiers en fleurs pour ajouter des photos dans les albums en préparation et qui sont de plus en plus épais.

L'escapade qu'il avait prévu faire vers les Cantons-de-l'Est pour donner libre cours à son imagination est, d'un matin à l'autre, partie remise. Chaque jour, Thomas ouvre les tentures, rempli d'espoir, pour les laisser retomber en soupirant.

La pluie est devenue endémique.

Pour le jardinage qu'il s'était promis d'attaquer, c'est donc la même chose : partie remise. Cinéma, lecture et cuisine ne suffisent plus à remplir les journées. D'autant plus que si Thomas continue à perfectionner ses talents de chef cuisinier, faute d'autre occupation, le congélateur risque de déborder. Quant aux casse-tête, ils ne l'attirent plus vraiment. Depuis janvier dernier, il en a déjà trois à son actif. Cela lui suffit amplement. Il y reviendra l'automne prochain, quand le froid se réinstallera.

En mai, habituellement, c'est la vie extérieure qui reprend tous ses droits. Même les repas se prennent sur la terrasse et Thomas avait hâte d'en arriver là. Malheureusement, avec le vent qui souffle du nord, on est loin de l'été et de ces menus plaisirs.

Par contre, Thomas a profité des quelques jours de temps doux pour libérer les rosiers de leur enveloppe de jute, anxieux. Malheureusement, les bourgeons n'étaient encore qu'un espoir. Depuis ce jour, tous les matins, il jette un coup d'œil dans la cour. À travers l'écran de pluie, les plants noirs et racornis semblent tous morts. Thomas ne se fait pas tellement d'illusions à leur sujet.

D'un matin à l'autre, quand il ouvre les tentures, tout ce que Thomas souhaite, c'est un peu de soleil pour colorer le paysage qui décline encore et toujours les tons de gris.

Aujourd'hui ne fait pas exception à la règle établie depuis le début du mois : la température n'offre aucun changement, si ce n'est que la pluie s'est transformée en déluge. De grosses rigoles brunâtres courent le long de l'avenue.

— Sapristi! J'en ai ras-le-bol!

Une autre journée à choisir entre une nouvelle recette à essayer ou un film qui ne l'attire pas vraiment... Il descend l'escalier bruyamment, prépare le café à gestes brusques. Une bonne odeur envahit aussitôt la cuisine mais, quelques instants plus tard, une tasse à la main, Thomas fait la grimace. Curieusement, ce matin, le café a un goût amer. Il soupire d'impatience. Il le boira tout de même, mais uniquement parce qu'il sent le besoin d'un stimulant.

Par habitude, il se rend devant la porte-fenêtre. Purement par habitude, car il sait à l'avance qu'il n'y aura pas grand-chose à voir, sinon la terre détrempée.

Et les rosiers n'auront probablement pas changé.

La chaise longue qu'il a sortie lors des quelques belles journées a l'air ridicule, à demi enfoncée dans une des nombreuses flaques d'eau qui inondent la pelouse. Un temps pour le cafard et Thomas pressent que la déprime n'est pas très loin.

— Rien de pire que l'oisiveté pour entretenir des idées sombres, murmure-t-il en se détournant de la porte.

Pourtant, en avril, il était persuadé que le pire était derrière lui. Il avait pris beaucoup de photos, avec un plaisir réel, par envie et non par désœuvrement. Puis, il s'était offert un petit voyage à Québec pour voir Armand. Ensemble, tous les deux, par un très beau dimanche, ils avaient fait le tour de l'île d'Orléans en auto, lentement, avant de s'arrêter dans une cabane à sucre. Le plaisir du vieil homme était touchant à voir.

De retour chez lui, la semaine suivante, devant le congélateur rempli, Thomas avait convié ses voisins pour partager un petit repas « à la bonne franquette », comme il l'avait souligné en riant. La soirée avait été agréable.

Puis, il avait repris une vieille habitude familiale et avait appelé les enfants pour une réunion autour de sa table, deux dimanches d'affilée. Là aussi, l'atmosphère avait été détendue.

Il avait même osé inviter Marc, Josée et Gilles à souper, fier de leur faire goûter à ses spécialités, comme il avait pompeusement qualifié son bœuf braisé aux légumes et son gâteau au chocolat. Ce petit festin avait occupé, à lui seul, trois longues journées de planification, d'achats et de préparatifs. La soirée passée avec eux avait ressemblé à celles d'avant. Après un moment de flottement où chacun avait senti que Jeanne n'était pas très loin dans leurs pensées, il y avait eu une bonne détente et ils s'étaient amusés.

Et puis, il faisait beau, le mois dernier ! La neige était enfin partie et les oiseaux s'en donnaient à cœur joie. Thomas avait l'impression de renaître.

Deux semaines de pluie et plus rien de cette sensation salutaire ne subsiste. Présentement, Thomas a le sentiment que tout est à refaire. La maison est redevenue trop grande et trop froide, impersonnelle. Le silence est lourd, malgré le crépitement des gouttes contre les vitres. Il s'ennuie de Jeanne, de sa gaieté, de sa présence.

Heureusement, depuis le début du mois, Olivier est venu partager plusieurs de ses dîners. À un point tel que Thomas l'appelle *l'enfant prodigue*.

Olivier s'est présenté à sa porte aussi souvent, en deux semaines, qu'habituellement en toute une année !

Thomas se raccroche à ces visites tel un naufragé à sa bouée, pour ne pas couler à pic, sans se poser de questions.

— Encore toi ? Qu'est-ce qui se passe ?

— Bof ! J'étais dans le coin.

— Tant mieux ! C'est terriblement ennuyant de manger seul. Viens, assis-toi, je te sers une soupe. Avec ce temps de canard, j'en suis encore à la soupe, comme en hiver !

Thomas n'a pas à feindre l'entrain et la bonne humeur tellement il est heureux de voir arriver son fils, heureux de cet imprévu qui brise la monotonie déprimante de son quotidien.

Quand Olivier apparaît, Thomas sort les assiettes, les bols, se donne la peine de mettre une nappe et des serviettes de table.

Curieusement, ces midis-là, Olivier n'est jamais pressé. Les deux hommes prennent le temps de parler. Autos, métier, température. Ils restent à la surface des choses et cela convient à Thomas. Puis, Olivier repart vers ses patients, alors que Thomas se surprend à espérer qu'il reviendra le lendemain midi.

— Tu viens demain, n'est-ce pas ? Je peux préparer autre chose que de la soupe, tu sais.

Puis, après un court silence, il ajoute :

— C'est agréable de cuisiner pour quelqu'un.

Olivier ne cache pas sa surprise.

— Tu aimes cuisiner ? Il me semblait que tu détestais cela ?

Thomas hausse les épaules dans un geste de fausse indifférence.

— Il faut bien manger. Alors autant que ça soit bon !

— C'est vrai... À demain, alors ! Vers une heure, j'ai des rendez-vous jusqu'à midi et demi.

Le lendemain, Thomas ne s'attarde pas à la pluie qui tombe toujours. Elle le laisse indifférent. Ce matin, le café est définitivement meilleur qu'hier. Thomas le boit, tout en consultant un livre de recettes. Dès qu'il a trouvé quelque chose qui lui semble intéressant, il laisse tout en plan dans la cuisine et se dirige vers l'épicerie. Il est vrai qu'il a déjà dit qu'il détestait cuisiner, mais depuis, il a changé d'avis. La nécessité l'a obligé à réviser ses positions, la gourman-dise a fait le reste. Et puis les gestes qu'il pose le ramènent à un métier qu'il a sincèrement aimé. Le chercheur minu-tieux y trouve son compte avec en prime, un résultat rapide.

Ce midi, en plus, il y aura quelqu'un pour partager son repas.

Quand Olivier arrive, la maison sent bon la quiche aux poireaux mise à tiédir sur la table et Thomas coupe des tomates pour la salade.

— J'ai presque fini, lance-t-il par-dessus son épaule, entendant les pas de son fils qui vient d'entrer dans la cui-sine. Installe-toi, je suis là dans un instant. As-tu vu la quiche ? C'est la première fois que je fais de la pâte et je crois que je l'ai réussie. C'est pas si difficile que ça en a l'air ! Suffit de suivre la recette et de ne pas trop la travailler. Ils disent, dans mon livre, que c'est quand on la manipule trop qu'elle peut durcir...

Thomas parle sans prendre conscience qu'Olivier ne lui répond pas. C'est tellement agréable d'avoir un interlocuteur !

— Je crois que j'aurais fait un excellent chef, tu sais.

Thomas a presque terminé. Le temps de brasser la vinaigrette, de la verser, de remuer délicatement la salade, de...

— Papa, Karine et moi, c'est fini.

Le plat de tomates dans une main, Thomas suspend son geste, décontenancé. Voilà donc pourquoi Olivier était aussi assidu. Il aurait dû se douter, aussi, que quelque chose n'allait pas. Sans trop savoir pourquoi, il retient un soupir naissant.

— Tu es bien certain qu'il n'y a rien à faire?

C'est une question banale, il est vrai, mais c'est la seule qui lui est venue à l'esprit.

— Oui, je suis certain.

Devant l'énormité de la nouvelle, Thomas se permet d'insister.

— Pourtant à Noël, vous aviez l'air de bien vous...

— Nous tentions le tout pour le tout, papa, interrompt Olivier d'une voix grave. Ça n'a pas marché.

— Je vois.

— Ce n'est pas une décision prise à la légère. On en a longuement parlé, Karine et moi... Je pensais que tu aurais deviné, à me voir ici aussi souvent.

Derrière ces mots, Thomas entend que Jeanne, elle, aurait compris. C'est alors qu'il a le réflexe de se demander ce que Jeanne dirait en pareilles circonstances. Jeanne avait toujours un mot de réconfort, un conseil à donner. Elle s'impliquait sans hésiter, faisait sien le problème de ceux qui se confiaient à elle, trouvait les mots de consolation.

Que dirait Jeanne, aujourd'hui, à ce fils qui voit sa vie bouleversée?

Thomas a un geste de recul. La main qui tient l'assiette de tomates lui semble un peu moins sûre.

La vérité lui éclate en plein visage, lui laboure le cœur et l'esprit, à l'instant où Thomas se dit que malheureusement Jeanne n'est plus là pour conseiller, consoler.

Jeanne ne sera plus jamais là. Jamais.

Désormais, ce n'est plus à elle de répondre, c'est à lui. Lui, avec ses émotions et ses réflexions, avec sa façon bien à lui d'envisager la vie et d'aimer ses enfants. Le temps de verser les cubes de tomates sur la salade et Thomas se retourne vers la table.

— On mange ?

Thomas a besoin de temps, celui de tout soupeser, avant de s'entretenir avec son fils. Olivier le connaît bien, alors il hausse les épaules sans relancer le sujet.

— Bien sûr. On mange…

Ce midi, le repas est silencieux. À peine une remarque ou deux sur le fait que le vent est enfin tombé et quelques mots qui disent l'espoir de voir la pluie cesser.

— On dirait qu'il fait un peu plus chaud.

— On dirait, oui… Tu veux un café ?

— S'il te plaît…

Puis, quelques instants plus tard, alors que l'odeur envahit la pièce.

— On peut le prendre dans la serre ?

Ils prennent donc le café dans la serre, assis côte à côte sur les deux fauteuils en osier. Dans la clarté blafarde de ce jour gris, Olivier remarque que le feuillage des plantes est légèrement poussiéreux. Il y a un an, cela ne serait jamais arrivé.

Olivier a une bouffée d'ennui. Sa mère lui manque. Surtout présentement alors qu'il a l'impression que tout s'écroule autour de lui.

Il regarde fixement devant lui, entend son père qui sirote son café. Thomas ne sera jamais Jeanne. C'est en pensant ces quelques mots qu'Olivier en mesure toute leur portée équivoque. Non, son père n'est pas Jeanne, il ne le sera jamais, et c'est bien qu'il en soit ainsi. Pendant un moment, l'automne dernier, Thomas cherchait trop à ressembler à celle qu'il venait de perdre. Olivier n'était pas à l'aise devant lui, il ne savait plus qui était vraiment son père. Puis, tout doucement, il avait vu Thomas reprendre sa place. À sa fête, quand il leur avait parlé, puis à Noël...

Le deuil a été dur à vivre et l'est encore sûrement par moments, mais Thomas a survécu et semble s'être retrouvé. C'est là l'essentiel. Sa mère n'est plus, mais il a un père formidable.

Du coin de l'œil, Olivier surveille ce dernier. Il a toujours admiré cet homme intègre et consciencieux, un peu silencieux, si différent de sa mère. Il admirait aussi, et enviait surtout, le couple uni qu'ils formaient, Jeanne et lui. Un couple à qui il aurait aimé ressembler...

Olivier se tourne franchement vers Thomas qui lui, fixe le fond de sa tasse, songeur. C'est un peu à cause de son père s'il est devenu médecin à son tour. Un métier qui s'est rapidement transformé en passion. Un métier qui va lui coûter sa famille.

À cette pensée, Olivier ne peut réprimer le long soupir qui gonfle sa poitrine.

— Ce n'est pas facile, n'est-ce pas? murmure alors Thomas, sans pour autant lever les yeux de sa tasse.

— Non.

— Tous les deuils sont difficiles. Tous, sans exception.

Un léger silence se glisse dans la serre avant que Thomas ne reprenne, en regardant droit devant lui.

— Ta mère aurait probablement trouvé, mieux que moi, les mots qui réconfortent. De nous deux, c'était elle qui voyait à ces choses et je lui faisais une entière confiance. Moi, je ne sais pas vraiment. Je n'ai pas ce don qu'elle avait de se mettre à la place de l'autre. Je suis un chercheur, un analyste. Je ne peux que constater. Ce qui se vit entre Karine et toi ne m'appartient pas. Je me doute que ton travail est la cause de ce bouleversement, allez savoir! Dans le fond, ça ne me regarde pas. Par contre, ce que je sais pour l'avoir souvent constaté, c'est que vos deux garçons n'ont pas à être utilisés comme monnaie d'échange.

— Papa!

— Laisse-moi terminer. Vous les aimez tous les deux, là n'est pas la question. Mais parfois, dans les ruptures, les gestes dépassent les intentions et souvent ce sont les enfants qui écopent. Les résultats, à court comme à long terme, peuvent être catastrophiques. Je ne parle pas par expérience, je parle à partir de l'observation d'amis qui ont vécu ce que tu t'apprêtes à vivre. N'oubliez jamais que les garçons vont avoir besoin de vous deux.

À ces mots, Thomas se tourne franchement vers Olivier.

— Julien et Alexis auront besoin de toi et pas uniquement de leur mère. Ce sont des garçons et un garçon a besoin de son père. Un père signifiant, capable de lui servir de modèle.

— Comme toi, papa. Tout ce que j'espère, c'est d'être un père comme toi tu l'as été pour nous.

Thomas hausse les épaules, visiblement mal à l'aise. Il n'est pas habitué qu'on discute de ses qualités de père.

— Oh! Je n'étais pas parfait. Moi non plus, à une certaine époque, je n'étais pas très présent.

— Je sais, je m'en souviens. Pourtant maman, elle, acceptait tes absences, tes retraits. Jamais je n'ai senti de tension entre vous à ce sujet.

— Nos tensions, nous les gardions pour nous. Mais c'est vrai que ta mère ne voyait peut-être pas les choses comme Karine. Par contre, elle ne se gênait pas pour me faire comprendre quand j'exagérais et j'en tenais compte. Tout est une question d'équilibre, Olivier. D'équilibre et de respect mutuel. Tu trouves bien du temps pour venir me voir le midi, n'est-ce pas?

La critique est à peine camouflée. Olivier se sent rougir malgré lui, détourne les yeux un instant.

— Je sais, mais ce n'est pas pareil. Ce que je vis n'est pas facile, j'ai l'impression de manquer d'air, d'espace. Ici, avec toi, je refais le plein d'énergie, ça me fait du bien. De toute façon, ça ne pourra pas être ainsi tout le temps. Je prends du retard dans mes visites.

— Du retard dans tes visites… Bien sûr… Tes visites sont importantes, je sais. Mais jusqu'où?

Olivier revient brusquement devant son père.

— Comment jusqu'où? Je suis surpris que ce soit toi qui me dises ça. Mes patients comptent sur moi, papa.

— Oui, j'en suis conscient. Mais tes fils aussi comptent sur toi. Des médecins, il y en a d'autres. Un père, on n'en a qu'un seul. N'oublie jamais cela. Ce sont des paroles que ta mère m'a déjà dites.

— Maman a dit ça?

— Hé oui! Il ne faut pas s'imaginer que ta mère et moi

nous vivions sur une autre planète. Nous avons eu nos difficultés et nos disputes comme tout le monde.

— Ah oui? Des disputes?

— Si on veut...

Thomas a un sourire attendri.

— Disons qu'on levait le ton parfois, précise-t-il, conciliant. C'est normal de ne pas avoir toujours le même avis. Mais ta mère avait une façon bien à elle de me faire entendre raison.

De la confidence d'Olivier, ils en sont venus à parler de Jeanne. De façon indirecte, bien sûr, mais l'un comme l'autre, ils la sentent bien présente au cœur de leur discussion et c'est comme s'il y avait soudainement une échancrure dans les nuages.

— Je ne prendrai pas de décision à ta place, Olivier, reprend Thomas d'une voix calme et décidée, ramenant son regard devant lui. De toute façon, il semble que la décision soit déjà prise. Je veux seulement te dire qu'avec un divorce, tu devras apporter les changements que Karine te demande depuis longtemps. Tu vas devoir trouver du temps pour tes garçons, tu n'auras pas le choix si tu veux les voir. Je trouve ça un peu absurde, c'est tout. Essaie d'y penser avant qu'il ne soit trop tard.

Olivier n'ose répliquer qu'il est déjà trop tard. Karine ne veut plus de ses promesses qu'il tient si difficilement. Il se contente de soupirer avant de dire:

— D'accord, je vais y penser. Je comprends ce que tu essaies de m'expliquer, mais ce n'est pas si facile que ça. Tout concilier, c'est de la haute voltige avec Karine. Dès que je donne un peu, elle exige davantage...

Tout en parlant, Olivier s'est relevé.

— Il va falloir que j'y aille.

Olivier est déjà dans la cuisine. Thomas l'entend rincer sa tasse, ouvrir le lave-vaisselle pour la mettre à laver. Il a l'impression de ne pas avoir été à la hauteur des attentes de son fils et l'espace d'un regret, il se répète que Jeanne aurait fait bien mieux que lui.

Il se lève à son tour et rejoint son fils qui est rendu dans le vestibule, une main sur la poignée.

— Peut-être espérais-tu autre chose de ma part, fait-il hésitant. Votre mère était bien différente et c'est à elle que vous aviez l'habitude de vous confier. Je ne sais trop si je peux la remplacer et si je...

— Non, papa, tu n'as pas à la remplacer.

Olivier a fait les quelques pas qui le séparaient de Thomas et a mis la main sur son épaule.

— C'est toi que j'étais venu voir, pas maman, et je ne m'attendais pas à ce que tu parles à sa place. Tu as toujours été un bon père, malgré ce que tu sembles en penser, et tu as dit exactement ce que j'avais besoin d'entendre. Je vais en tenir compte. Promis. Quoi qu'il arrive, je vais en tenir compte... Maintenant, je file. Je suis en retard.

L'instant d'après, le moteur de sa voiture sport, rouge et rutilante, impeccable, gronde dans l'entrée et Olivier recule vivement. Debout dans l'embrasure de la porte, Thomas le regarde s'éloigner. Juste au cas où son fils tournerait la tête dans sa direction, il lève le bras pour le saluer avant qu'il ne vire à l'intersection. C'est à ce moment qu'il prend conscience qu'il ne pleut plus. Thomas ébauche un sourire. Peut-être bien que demain il fera enfin de la photo.

* * *

Juin s'est installé avec des températures nettement sous les normales mais, au moins, le soleil est plus présent, malgré un petit vent frisquet. Bien à l'abri dans un chaud chandail de laine, Thomas a décidé de faire le tour des plates-bandes. En façade d'abord, où la pluie et le vent ont décimé les tulipes et les jacinthes, c'est visible de la fenêtre de sa chambre. Puis, il ira voir les rosiers, sans toutefois s'illusionner. De loin, les arbustes sont toujours aussi noirs et racornis. Il devra probablement les arracher. Après, il s'est promis de voir aux plantes de la maison. Même s'il n'en tire aucun plaisir, ce n'est pas une raison de les négliger. Hier, il s'est rendu compte que la plante suspendue au-dessus du bain était morte. Faute d'arrosage, il en est persuadé. Les feuilles étaient encore vertes, mais sèches. Il oublie régulièrement d'arroser les plantes à l'étage des chambres. C'est pourquoi, ce matin, avant même de prendre son déjeuner, il a descendu toutes les autres plantes vertes au rez-de-chaussée avant qu'elles ne subissent le sort de celle de la salle de bain. Il y en avait partout! Dans sa chambre, dans son bureau, dans l'ancienne chambre de Mélanie, celle de Sébastien... La serre est maintenant encombrée, mais au moins, il n'aura plus à arpenter toute la maison. Quant aux bonsaïs, qui depuis quelque temps ont une allure inquiétante, il va les offrir à sa voisine ou à Mélanie qui, toutes deux, aiment bien jardiner.

Puis, quand il en aura fini avec cette corvée, il s'est promis de monter vers les Laurentides. C'est un coin de pays qu'il connaît très peu. Peut-être y a-t-il par-là quelque paysage digne de ses talents de photographe!

C'était sans compter sur la surprise qui l'attendait dans la cour. De loin, Thomas ne pouvait rien voir, mais de près, il ne peut que constater la multitude de bourgeons gonflés de sève qui garnissent les rameaux des rosiers.

— Finalement, Madeleine avait raison, murmure-t-il vraiment heureux, promenant les yeux d'un arbuste à l'autre.

C'est indéniable, les rosiers de Jeanne ont survécu. Ils semblent même en excellente condition. Par contre, s'il se rappelle bien, il y a quelques soins particuliers à leur donner en ce début d'été.

Le temps d'examiner chaque arbuste, de constater qu'ils sont effectivement tous vigoureux et Thomas revient vers la maison à grandes enjambées, pressé de consulter les livres, comme si la survie des rosiers dépendait des gestes qu'il allait poser dans l'heure à venir !

Les plantes de la maison l'ont toujours laissé indifférent. Pour lui, elles ne sont que des parures, au même titre qu'un tableau ou un bibelot. Pour les rosiers, c'est différent. Ces fleurs sont l'âme de la cour depuis si longtemps déjà. Elles étaient surtout la fierté de Jeanne !

Ce qu'il avait vu comme une corvée, l'automne dernier, se transforme en dernier hommage à Jeanne. C'est pour elle, pour entretenir son souvenir, qu'il va désormais s'occuper des rosiers.

Surpris, il s'aperçoit que tout un livre leur est consacré. Il le retire de l'étagère et l'emporte à la cuisine, inondée de lumière. Ce matin, le soleil brille intensément pour faire oublier la grisaille de mai. Il suffit de si peu parfois pour ramener les esprits et combler les cœurs.

— À l'abri du vent, sur la terrasse, ça devrait être très acceptable comme température, déclare Thomas à voix haute, prenant à témoin la chaise qu'il a déjà tirée.

Sans attendre, il ressort de la maison. Il avait raison. Sur la terrasse, c'est agréable. Le temps de récupérer une chaise et une petite table dans le garage et Thomas s'y installe sans hésiter. Même le chandail de laine est de trop. Sans interrompre sa lecture, il le retire pour le laisser tomber à ses pieds.

S'occuper d'une roseraie comme celle qui embellit le parterre est un art et Thomas se laisse prendre au jeu, fasciné par les subtilités que nécessitent les roses. Le temps d'un rapide sandwich sur l'heure du midi et il retourne à sa lecture.

En bon chercheur qu'il a été, quand Thomas est concentré, il n'y a à peu près rien pour le distraire.

Sauf peut-être le babil d'une toute jeune fille et le bruit de ses bottines sur la céramique du plancher de la cuisine. Aussitôt, le livre sur les roses rejoint le chandail, sur le sol, à ses pieds.

— Marie-Jeanne !

Le visage écrasé dans la moustiquaire, la bambine regarde son grand-père avec un large sourire. L'instant d'après, elle éclate de rire quand Thomas la soulève à bout de bras, la faisant tourner au-dessus de sa tête. Ce n'est qu'un long moment plus tard, Marie-Jeanne bien blottie contre lui, que Thomas se tourne vers Mélanie restée dans l'ombre de la cuisine, visiblement maussade.

— Dis donc toi, tu n'as pas l'air en forme. Malade ?

Mélanie se décide enfin à le rejoindre sur la terrasse.

— Non. Exaspérée serait un terme plus approprié pour dire comment je me sens.

— Oh là! Exaspérée? J'espère que ce n'est pas à cause de Marie-Jeanne parce qu'alors, tu vas avoir des comptes à me rendre.

Thomas ne semble pas prendre sa fille très au sérieux, ce qui la rend encore plus agressive.

— Ce n'est pas drôle et je n'aime pas ton sourire narquois.

À ces mots, Thomas ravale son sourire, bien qu'il ne saisisse pas vraiment en quoi il était narquois. Quand Marie-Jeanne est avec lui, il trouve toujours prétexte à sourire. Par contre, quand Mélanie est de mauvaise humeur, vaut mieux ne pas trop s'y frotter!

— Excuse-moi, je ne voulais pas te blesser. Alors? Tu m'expliques ce qui s'est passé pour que je comprenne? Parce que là, je ne vois vraiment pas ce qui...

— C'est à cause de la directrice.

— La directrice?

— De la garderie, voyons! Tu le fais exprès ou quoi? Tu sais bien que j'ai repris le travail depuis un mois.

— C'est vrai. Excuse-moi.

— Arrête de t'excuser aux deux mots, c'est fatigant. Donc, tout ça à cause de Francine qui m'a vertement remise à ma place.

Thomas comprend de moins en moins. Depuis toujours, Mélanie est l'éducatrice de confiance de la garderie où elle travaille.

— Mais pourquoi? Peux-tu être un peu plus claire, s'il te plaît, car je ne te suis pas du tout.

— Si tu cesses de m'interrompre tout le temps, je vais arriver à tout te raconter.

Devant le silence de son père et son regard curieux, Mélanie prend une profonde inspiration avant de poursuivre.

— Voilà. Marie-Jeanne est dans le groupe des bébés et moi, je travaille avec les grands. Les deux groupes ne sont pas sur le même étage ce qui fait que je ne vois pas ma fille, sauf à l'heure du repas où je vais la rejoindre. Josiane, une bonne amie, m'a offert de changer de groupe durant le repas et Francine a accepté. Josiane prend donc ma place avec les grands et moi la sienne avec les petits. Mais ça n'a rien à voir. Donc, vers trois heures cet après-midi, je suis en haut avec mon groupe, en train de dessiner sagement, quand j'entends ma fille se mettre à hurler de douleur. Mon sang ne fait qu'un tour, je demande à Gabrielle, l'éducatrice avec qui je travaille, d'avoir l'œil sur mon groupe pour un instant et je descends voir ce qui se passe. Marie-Jeanne s'était coincée les doigts dans un tiroir qu'une éducatrice avait oublié de refermer correctement avec le dispositif de sécurité. Rien de sérieux, heureusement, mais c'est mon bébé, n'est-ce pas ? De toute façon, ce n'était peut-être qu'un tiroir, mais ç'aurait pu être une barrière et là, cela aurait pu être nettement plus grave. Alors je me suis mis à invectiver les filles d'en bas comme n'importe quel autre parent l'aurait fait. C'est vrai que je n'étais pas très douce, mais ça arrive souvent que les parents nous reprennent pour des niaiseries. Je ne suis pas différente d'eux. C'est là que Francine, la directrice, est arrivée. Elle m'a ordonné de me taire et de remonter en disant que je n'avais pas mieux agi en laissant mes jeunes seuls. Quand j'ai voulu lui expliquer que je n'avais pas laissé mon groupe sans surveillance, elle n'a rien voulu entendre. Elle m'a enlevé Marie-Jeanne des bras pour la confier à Josiane. Habituellement, Marie-Jeanne aime bien Josi, mais là, elle s'est mise à pleurer comme une fontaine. Je n'ai pas eu le choix de remonter. Voilà ce qui s'est passé. Je n'en reviens pas! Une chance que ma journée tirait à sa fin. À quatre heures pile, je suis partie. Si j'étais restée, certaines paroles auraient probablement dépassé ma pensée.

Mélanie a parlé d'une traite, sans reprendre son souffle, mordant dans chacun des mots et jetant parfois des coups d'œil à son père, espérant trouver une certaine indulgence dans son regard. Malheureusement, ce dernier est resté de marbre.

— C'est tout?

Mélanie fulmine.

— Comment, c'est tout? C'est bien assez, non? Si ce n'était du revenu qui nous est essentiel, j'aurais claqué la porte.

À part trouver la situation décevante, voire choquante, Thomas ne peut y faire grand-chose et il pense que Mélanie exagère un peu, chose qu'il n'oserait jamais lui dire dans l'état où elle se trouve. Autant jeter de l'huile sur le feu. Alors...

— Que dirais-tu d'une bonne limonade pour te remettre de tes émotions? J'en ai acheté, congelée. C'est vite fait.

Mélanie se tourne vivement vers lui.

— De la limonade? C'est tout ce que tu trouves à dire? Je viens te raconter une des pires choses qui me soit arrivée et tout ce que tu me proposes, c'est de la limonade?

— Mais que veux-tu que je te dise, à part le fait que je

comprenne que tu te sentes lésée ? Pour le reste, je n'y peux rien !

— Maman, elle, se serait insurgée ! Elle m'aurait même proposé de venir rencontrer la directrice pour faire valoir son point de vue et le mien, par la même occasion.

Cette supposition blesse Thomas et le choque tout à la fois, même si Mélanie n'a pas tort en affirmant que Jeanne s'en serait probablement mêlée. Quand il était question de ses enfants, Jeanne était de toutes les croisades. Mais après, quand elle l'aurait mis au courant de sa démarche, il y aurait eu matière à une de ces discussions qui s'envenimaient entre eux.

— Ta mère serait probablement intervenue, concède-t-il enfin. Je suis d'accord avec toi sur ce point. Mais je ne suis pas d'accord sur le fait d'intervenir. Moi, vois-tu, je ne suis pas ta mère et je ne m'en mêlerai pas. Ce qui est arrivé est fort déplorable. Tu devais bouillir de rage, je te connais, et tu n'as pas nécessairement tort dans tout ça, mais ce n'est pas à moi de régler le problème. C'est ton problème, pas le mien. Je regrette infiniment, mais...

— Encore ! Tu t'excuses, tu regrettes... Comme réconfort, comme soutien, c'est pas trop fort. Je n'aurais pas dû venir.

— Mais voyons Mélanie ! Pourquoi t'en prendre à moi ?

— Tu ne comprends rien à rien, ma parole ! Je ne m'en prends pas à toi, j'espérais seulement que tu me comprendrais.

Tout en parlant, Mélanie a repris sa fille.

— Mais il semble que c'est trop difficile pour toi de te mettre à ma place.

— Oui, c'est difficile de me mettre à ta place. Je ne peux pas me mettre à ta place, je ne suis pas une mère.

Thomas est sincèrement désolé.

— Bien, c'est dommage!

Mélanie regarde un moment autour d'elle comme si elle cherchait quelqu'un. Puis, elle referme étroitement les bras autour de la taille de Marie-Jeanne dans un geste très possessif avant de revenir à son père.

— Merci quand même pour la limonade, ce sera pour une autre fois. Je n'ai pas très soif en ce moment.

Et sans un *au revoir*, elle descend les quelques marches de la terrasse, contourne la serre et disparaît au coin du garage.

Durant un instant, Thomas est tenté de la rejoindre pour lui faire entendre raison. Il hésite, fait un pas, puis renonce. Mélanie est une femme qui réagit sur l'impulsion du moment. Cela ne vaut pas la peine d'essayer de la raisonner maintenant. Il lui faut un certain temps pour reprendre ses esprits, elle a toujours été ainsi, même enfant. Jeanne ne la disputait jamais. Elle l'envoyait plutôt réfléchir dans sa chambre. Elle en ressortait calmée. Boudeuse pour quelque temps, elle avait toujours été orgueilleuse, elle finissait par retrouver le sourire et admettre ses torts quand c'était nécessaire.

— Qu'elle retourne chez elle, déclare alors Thomas à mi-voix, en faisant demi-tour pour rentrer dans la maison. Demain, quand elle aura bien réfléchi et qu'elle aura parlé avec Maxime, j'irai la voir... Et maintenant, la limonade! Si Mélanie n'avait pas soif, moi je meurs de soif. Il commence à faire vraiment chaud! Je terminerai ma lecture après.

Ce n'est qu'au moment de se mettre au lit que Thomas repense à sa fille. La connaissant, elle doit avoir de la difficulté à trouver le sommeil. Tout comme lui. Se rappelant une phrase lue dans les confidences de Jeanne, il est à même d'en constater la véracité pour une première fois avec une telle intensité.

« *Mon bonheur est fait du bonheur des miens.* »

Sans être les mots exacts, c'était l'essence de ses paroles. Jeanne ne pouvait être pleinement heureuse que lorsqu'elle savait les siens heureux.

— Tu aurais de la difficulté à trouver le sommeil ce soir, ma pauvre Jeanne, murmure Thomas en éteignant la veilleuse.

Les yeux grand ouverts dans le noir, il contemple le reflet du réverbère qui dessine des stries bleutées sur le plafond.

— Mélanie est malheureuse d'être séparée de sa fille, c'est clair comme de l'eau de roche, poursuit-il à voix basse, analysant la situation comme s'il parlait à Jeanne. Malheureusement, je n'y peux rien. Quant à Olivier, il me tombe dessus samedi prochain. Il va habiter avec moi le temps que le divorce se règle et que Karine se trouve une autre maison. Olivier n'arrive pas à comprendre quelle mouche la pique quand elle refuse de garder la maison actuelle. Ce serait tellement plus simple pour les enfants, là-dessus je suis entièrement d'accord avec lui. La médiation est difficile, laisse-moi te le dire. Alors, en attendant que ça se tasse, Olivier reprend sa chambre. Je ne sais pas du tout si ça me réjouit.

C'est la première fois que Thomas doit faire face aux émotions de ses enfants et il n'est pas à l'aise. Habituellement, c'était Jeanne qui voyait à ces derniers. Lui, il se contentait de vivre les situations en périphérie, s'en remettant totalement et aveuglément à celle-ci. Elle était la mère, celle qui savait ce qu'il fallait dire et faire. Présentement, on l'implique bien malgré lui et cela l'agresse, heurte ce qu'il est foncièrement.

— Sapristi! murmure-t-il encore en se retournant, essayant de trouver une position confortable, qu'est-ce qu'ils attendent de moi? Ce sont des adultes, après tout, je n'ai pas à les prendre par la main pour leur dire quoi faire. Tu me manques, Jeanne. Tu manques à ta famille.

Cette nuit-là, Thomas reste longtemps les yeux ouverts dans le noir, tentant d'imaginer ce que Jeanne aurait fait. Puis, quelques mots de son agenda lui reviennent à l'esprit.

« *Pense à toi.* »

« *Tu as toujours été un bon père.* »

Il s'endort alors d'un seul coup.

TROISIÈME PARTIE

Le goût du bonheur

« ... Ça va mieux, ça va mieux
Je ne pense presque plus
À nous deux à nous deux
Ça m'a pris du temps c'est vrai
Ce n'est pas encore ça mais
Ça va mieux ça va mieux
Je n'ai plus besoin de toi
Ou si peu ou si peu
C'est moins fragile que l'on pense
Un cœur en convalescence. »

ÇA VA MIEUX, PAROLES DE M. JOURDAN,
MUSIQUE DE G. COSTA, INTERPRÉTÉ PAR GINETTE RENO

Chapitre 10

Thomas avait pris sa décision avant que les enfants n'en parlent. Il y aurait une cérémonie toute simple, un moment de recueillement.

C'est ainsi que l'urne avait été mise en terre par un samedi gris, alors que la pluie menaçait. Thomas aurait préféré une journée lumineuse, Jeanne aimait tant le soleil, mais il n'avait pas été autrement déçu. Il y a parfois, dans la vie, de ces événements qui ne dépendent pas de notre volonté. Cette journée grise en faisait partie.

Seuls les enfants étaient présents avec la petite Marie-Jeanne qui n'avait pas compris grand-chose à cet instant un peu triste. Karine était absente et elle avait refusé que Julien et Alexis accompagnent leur père. Cette fois-ci, Thomas lui avait donné raison. Il était inutile que les deux gamins revivent des moments tristes. Ils aimaient beaucoup leur grand-mère.

C'était le choix de Jeanne d'être enterrée.

« J'aime trop avoir les mains dans la terre, son odeur. Pas question de passer l'éternité dans une crypte ou je ne sais trop quoi », avait-elle confié à Thomas.

Même si elle n'avait rien précisé à ce sujet dans son testament, Thomas avait tenu compte de cette volonté, évoquée à quelques reprises. C'était d'une évidence tellement criante que personne n'avait soulevé d'objection.

Il y avait eu une courte prière, récitée par le représentant du salon funéraire, puis Thomas avait déposé une des premières roses du jardin sur l'urne, geste symbolique qui avait presque fait jaillir les larmes. Une première pelletée de terre avait tari celles-ci avant qu'elles ne paraissent.

Ce bruit sourd de la terre heurtant le métal de l'urne, comme dans un mauvais film. Thomas avait sursauté, le cœur oppressé.

Le ciel était de plus en plus chargé de nuages virant au noir, même les oiseaux étaient silencieux. Mélanie reniflait à petits coups, Olivier se raclait la gorge et Sébastien avait le regard fixe.

Thomas avait été le premier à se détourner pour suivre le sentier menant au stationnement. Il savait qu'il ne reviendrait pas au cimetière, sinon une fois l'an pour voir à son entretien. Il ne faisait pas partie de ces veufs éplorés qui tiennent de longues conversations à une pierre tombale.

Lui, il avait sa Jeanne dans le cœur, elle le suivait partout.

Si par mégarde, il lui arrivait de succomber à une crise de cafard plus violente que les autres, il y aurait toujours les disquettes pour se rapprocher de Jeanne. Même s'il s'était promis de ne jamais y revenir, la possibilité de le faire le rassurait.

La brève cérémonie avait été suivie d'un petit goûter à la maison.

Quelques sandwichs, des crudités, de la bière...

Tout au long du repas, Mélanie était restée boudeuse et Thomas n'avait osé lui demander si c'était à cause de lui ou de la situation.

Depuis l'autre jour, malgré sa visite chez elle, Mélanie était distante. Thomas, ne voyant ce qu'il pouvait faire de plus, s'était dit, philosophe, que le temps arrangerait les

choses. « Le temps finit toujours par arranger les choses »,
lui avait affirmé Armand, et il avait raison.

Sébastien avait été le premier à signifier qu'il partait. Son
grand-père n'aimait plus rester longtemps seul.

— Avec ses jambes qui le portent de plus en plus difficilement, je comprends très bien qu'il soit inquiet. Tu m'excuseras, papa, mais je dois partir.

Mélanie lui avait emboîté le pas.

— Marie-Jeanne doit faire sa sieste. Moi aussi, je dois partir.

Thomas n'avait pas cherché à la retenir. Pourtant, il aurait
pu lui rappeler qu'au cours de l'hiver, Marie-Jeanne avait
souvent fait la sieste chez lui. Le parc était toujours monté
dans son ancienne chambre, d'ailleurs.

Quant à Olivier, le temps de l'aider à ranger et il avait
filé, à son tour.

— Pour une fois que je n'ai pas les enfants un samedi, je
vais en profiter pour rejoindre des amis au golf. Karine m'a
proposé de garder les garçons jusqu'à demain matin et je
n'ai pas refusé.

À croire qu'il n'avait rien compris de ce que Thomas lui
avait dit. Pourtant, ce dernier n'avait rien répliqué et il avait
profité d'un samedi après-midi et même de toute une soirée
en solitaire.

Depuis le début de juin, toutes les fins de semaine, il y
avait deux gamins turbulents qui envahissaient sa demeure
car Karine n'avait toujours pas trouvé la maison qui lui con-
venait et Thomas trouvait cela éreintant.

Même s'il aime sincèrement ses petits-fils, Thomas a
vite conclu qu'il n'avait plus l'âge ni la patience pour s'occuper de jeunes enfants. Quand Olivier est de garde, la fin

de semaine, c'est lui qui voit aux garçons et il trouve l'obligation éprouvante.

Au milieu du mois d'août, la situation perdure. Karine cherche encore la maison d'exception qui alliera beauté et prix raisonnable, Mélanie se fait toujours aussi rare, Sébastien ne peut plus vraiment s'absenter et Olivier est toujours son pensionnaire, avec en prime, du vendredi soir au dimanche après-midi, deux enfants turbulents qui, à première vue, n'ont d'autre préoccupation dans la vie que de transformer son salon en château fort.

C'est à tout cela que Thomas réfléchit, dans l'ordre, dans le désordre, par cette belle matinée de dimanche. Olivier vient de quitter avec ses fils pour une balade au zoo de Granby et Thomas s'est bien gardé d'accepter l'invitation de les accompagner.

— Une autre fois peut-être mais aujourd'hui, je suis fatigué. Je n'ai plus vingt ans !

L'âge est devenu son laisser-passer pour un peu de tranquillité. Thomas, qui croyait et disait avoir peur de la solitude, s'aperçoit qu'il n'est pas prêt à la partager avec n'importe qui. Olivier est peut-être son fils, mais, depuis maintenant plus de dix ans qu'il a quitté la maison, c'est un peu un inconnu qui est revenu partager son quotidien. Olivier, c'est un mouvement perpétuel qui n'est jamais à l'heure pour les repas, qui prend parfois sa douche à six heures le matin ou à minuit le soir, qui regarde la télévision à des heures indues, qui fouille dans le réfrigérateur, qui encombre la salle de lavage... La liste pourrait facilement devenir interminable. Olivier, c'est comme un adolescent tombé par inadvertance sur son chemin. En un mot, la présence d'Olivier le dérange, bouscule cette petite routine qu'il avait réussi à établir de peine et de misère. Si Olivier n'a eu aucune difficulté à reprendre le rythme de ses jeunes années alors qu'il habitait la maison familiale, il en va tout autrement pour Thomas. C'est pourquoi, aujourd'hui, il a décliné l'invitation de l'accompagner au zoo. Un peu de silence et de calme autour de lui, c'est tout ce qu'il souhaite pour l'instant.

Même s'il n'est pas encore midi, il s'est permis de prendre une bière bien froide et s'est béatement installé sur la chaise longue de Jeanne, près des rosiers qui sont magnifiques.

— Une fois n'est pas coutume, murmure-t-il après avoir ingurgité une longue gorgée de bière fraîche qu'il trouve incroyablement revigorante.

Après quoi, il pousse un profond soupir de contentement, tout en fermant résolument les yeux.

Le soleil chauffe vraiment. Presque une première dans ce drôle d'été où vent, nuages et temps frais sont l'ordinaire des journées. Thomas en profite pour se laisser porter par cette sensation de renouveau qu'il ressent toujours au soleil. C'est Jeanne qui lui a appris à apprécier ce picotement sur la peau quand l'astre du jour tape. Il sirote sa bière, à petites gorgées sensuelles.

La solution, à tout le moins une solution à son problème, l'attendait au fond de la bouteille.

Et s'il partait en voyage ? Le temps de son absence serait peut-être suffisant pour que la situation d'Olivier se place d'elle-même et pour que Mélanie cesse de le bouder, comprenant enfin le bon sens ?

L'idée est à peine ébauchée que Thomas s'y accroche fermement.

Partir, tout laisser derrière lui, ne plus penser...

« Changer de décor », comme le disait Jeanne l'hiver arrivé et qu'elle se languissait d'un peu de chaleur.

Surtout ne pas penser que dans moins d'un mois, cela fera un an que Jeanne est morte.

Un an...

Sans ouvrir les yeux, Thomas pousse un long soupir tremblant.

Et dire qu'il a survécu... Jamais il n'aurait cru la chose possible.

L'an dernier, à pareille date, il comptait les jours. Il espérait que Jeanne changerait d'avis, tentait désespérément d'étirer le temps. Il voyait leur anniversaire de mariage approcher à grands pas et il savait que Jeanne en avait fait un but à atteindre. Le dernier but qu'elle s'était fixé. Après, ils choisiraient une date. La date qui...

— Papa ?

Thomas ouvre précipitamment les yeux. Près de la serre, Sébastien avance vers lui tout souriant. Il a l'air détendu et il est bronzé comme s'il arrivait de vacances. Thomas se redresse, heureux de cet imprévu qui l'a arraché à une réflexion qui risquait de devenir morbide.

— En quel honneur ?

Sébastien hausse les épaules.

— Comme ça. Un petit voyage de quelques jours à Montréal.

Puis avec un grand sourire.

— J'avais envie de te voir.

Thomas est visiblement content de cette visite et l'affiche sans retenue.

— Et Armand ?

Sébastien laisse couler un regard malicieux.

— Sous bonne garde.

À ces mots, il pouffe de rire.

— Imagine-toi donc que grand-père s'est trouvé, je te le donne en mille, une dame de compagnie!

Thomas sourit. Cette expression venue d'une autre époque ressemble tellement à son beau-père!

— Une dame de compagnie? Vous m'en direz tant.

— En fait, c'est une infirmière qu'il a engagée. Mais il ne veut pas entendre prononcer ce mot dans la maison. Madame Gertrude est donc une dame de compagnie.

— Je vois.

À son tour, Thomas laisse filer un éclat de rire.

— C'est quelqu'un de bien, n'est-ce pas, ton grand-père?

Sébastien approuve d'un vigoureux hochement de tête.

— Mieux que ça, c'est un homme merveilleux. Comme il y en a peu... Je sais maintenant de qui maman retenait. C'est de lui sans aucun doute.

Thomas regarde son fils, ému.

— Et toi, jeune homme, tu ressembles à ta mère.

Les mots se sont imposés. Plus il apprend à connaître son fils, plus Thomas s'aperçoit à quel point il tient de Jeanne. Mêmes propos sensés, même empathie naturelle, même générosité...

Malgré le bronzage, Sébastien se met à rougir.

— C'est gentil de me dire ça.

— Je ne veux pas te flatter, c'est vrai. Allez! Tire-toi une chaise et viens t'asseoir près de moi.

Puis, prenant conscience de la bouteille qu'il a toujours dans la main, Thomas propose:

— Et si tu passais par la cuisine pour nous en sortir deux autres? demande-t-il en levant la bouteille vide devant lui.

Sébastien hésite à peine avant d'accepter.

— D'accord. Je reviens.

Quelques instants plus tard, dédaignant les chaises qui attendent sur la terrasse, Sébastien est assis à même la pelouse, un bras appuyé sur le pied de la chaise longue.

Il n'a pas envie de parler. Pas tout de suite. Il avale une longue gorgée de bière, d'un trait, puis il lève spontanément la tête pour offrir son visage aux chauds rayons du soleil.

Thomas est bouleversé. Ce geste, cette quête de chaleur sur la peau, il a vu Jeanne le faire des milliers de fois. Vraiment, Sébastien ressemble à sa mère jusque dans les attitudes les plus banales. C'est à ce moment que Sébastien se met à parler, les yeux fermés, le visage toujours tourné vers le ciel, comme Jeanne avait l'habitude de le faire.

— En fait, papa, si je suis ici, c'est que j'avais à te parler.

Brusquement, Thomas oublie la ressemblance si troublante et se tient sur la défensive. Encore une mauvaise nouvelle? Depuis quelque temps, il a l'impression qu'il n'y a que des mauvaises nouvelles concernant ses enfants.

— Ah oui?

Le ton est prudent.

Sébastien tourne la tête vers lui.

— Ne t'inquiète pas, je crois que, finalement, c'est une bonne nouvelle... Voilà, c'est fini avec Manu.

Thomas est incapable de retenir le sourire qui lui monte spontanément aux lèvres.

— Fini?

— Oh oui! Ça ne pouvait plus marcher. Il n'aimait ni grand-père ni Mélanie et ça, vois-tu, jamais je ne pourrai l'accepter.

— Je vois.

Un court silence se pose entre eux, dérangé uniquement par le cri de quelques moineaux colériques. Sébastien a refermé les yeux.

— Ainsi donc, reprend Thomas, tu t'étais trompé, c'est bien ça?

Sans avoir besoin de détails, Sébastien comprend aussitôt ce que la question de son père sous-entend. Alors, sans quitter la pose ni ouvrir les yeux et quitte à le décevoir, il précise:

— Je me suis trompé de compagnon, oui. Par contre, si c'est ce que tu veux savoir, je ne me suis pas trompé d'orientation.

C'est la première fois que le sujet est abordé directement entre eux. Auparavant, Jeanne servait d'intermédiaire et filtrait les émotions de part et d'autre. Thomas se recueille un instant pour être en mesure de répondre, conscient d'être soulagé que Sébastien ne le regarde pas, qu'il ne voit pas cette espèce de déception qui doit inévitablement marquer son visage.

— D'accord... C'est ta vie, pas la mienne. Tout ce que je veux, c'est que tu sois heureux selon tes choix.

D'où sort cette réponse qu'il n'avait pas prévue, qui lui est venue spontanément à l'esprit, presque impulsivement, devinant que c'est exactement ce que Sébastien souhaitait entendre? Thomas l'ignore. Pourtant, il se sent libéré d'avoir dit ces quelques mots, car ils sont vrais. Tout ce qu'il désire, c'est de voir ses enfants heureux, tous, sans exception, chacun à sa manière.

— Merci, papa.

Sébastien a la voix enrouée. Il s'est tourné vers Thomas et durant un long moment, leur regard reste attaché l'un à l'autre.

— Oui, merci, répète alors Sébastien.

— C'est ce que je pense, fiston.

L'appellation les fait sourire, ramenant un vieux monsieur très sage entre eux. Sébastien sait qu'entre eux, le sujet est clos. Thomas a dit ce qu'il avait à dire, la discussion n'ira pas plus loin. Alors, Sébastien s'étire longuement avant de conclure :

— Ouf ! Je me sens mieux.

Puis il fait jouer ses muscles, regarde longuement autour de lui avant de revenir à son père.

— Et toi ? Quoi de neuf ?

— Je pars en voyage, annonce spontanément Thomas avec un naturel qui le surprend lui-même.

Comme si cela faisait des semaines qu'il y pensait...

— Je vais en France, précise-t-il, toujours aussi étonné de s'entendre parler.

Par contre, il est vrai que tant pour Jeanne que pour lui, la langue avait toujours semblé une barrière. Et présentement, ce qu'il veut, c'est un voyage de détente. La France s'est donc imposée comme destination.

— Est-ce que tu pars seul ?

— Oui, seul.

Thomas est catégorique. Sébastien semble autant surpris que déçu.

— Pourquoi tu ne l'as pas dit avant? J'aurais peut-être pu y aller avec toi. En m'organisant, je...

— Non, interrompt promptement Thomas. Je préfère être seul.

Après un bref silence, il ajoute, tant pour lui que pour Sébastien:

— C'est un peu la dernière étape d'un long pèlerinage à l'intérieur de moi-même que je veux entreprendre. J'espère que tu ne m'en veux pas.

Sébastien demeure songeur, puis il éclate de rire.

— Je comprends. N'empêche que j'aurais voulu être là pour te surveiller!

Une réponse à la Jeanne. Thomas sourit. Armand avait grandement raison quand il lui a dit que Sébastien ressemblait à sa mère. Le temps de savourer cette évidence, puis Thomas propose une escapade vers le centre-ville.

— Oublions le voyage pour l'instant. Il fait beau et chaud! Ce doit être agréable de s'installer à une terrasse, aujourd'hui et ça me ferait plaisir d'y être avec mon fils. Qu'en penses-tu?

★　★　★

Avant même d'avoir quitté Montréal, Thomas savait qu'il ne voudrait pas s'attarder à Paris. Trop de souvenirs étaient rattachés à cette ville qu'ils avaient adorée, Jeanne et lui. Au retour peut-être, selon le voyage qu'il aurait fait, mais pas à l'aller.

Les bagages récupérés, il prend donc possession de l'auto sous-compacte qu'il a réservée à Montréal et, s'armant de témérité et de patience, il s'apprête à affronter le trafic parisien, sur le périphérique.

À sa grande surprise, en moins d'une heure, la capitale française s'estompe déjà dans la brume, derrière lui. Direction Clermont-Ferrand, qui lui semble à mi-chemin entre Paris et Avignon. Parce que c'est là sa destination : la Provence. Olivier lui a tellement vanté les charmes de ce coin de France que Thomas s'est facilement laissé convaincre.

Épuisé par la nuit sans sommeil véritable et le décalage horaire, après quelques heures de route, Thomas s'arrête dans une halte routière. Il a besoin d'un café pour se tenir éveillé à défaut d'avoir un interlocuteur qui lui donnerait la réplique.

L'endroit est joli, propre. « Jeanne aurait apprécié », songe Thomas en mettant pied à terre et en s'étirant. Un peu plus loin sur sa gauche, une affiche annonce Grand Meaulnes. Devant lui, au loin, ce qui ressemble à un petit château avec sa tour et ses nombreux toits. Thomas prend quelques photographies et des notes dans un calepin d'écolier acheté avant son départ, question de s'y retrouver au retour pour la finition des photos.

Le temps de marcher un peu pour se déraidir les jambes, ragaillardi par la caféine, il reprend la route, ou plutôt l'autoroute, qui file droit vers le sud.

Deux heures plus tard, épuisé, il arrive à Clermont-Ferrand.

— Le premier hôtel fera l'affaire, dit-il à voix haute. Un lit, c'est tout ce que je veux. Un lit et un oreiller, confortables ou pas.

À huit heures, il dort à poings fermés, d'un sommeil de plomb, sans rêve, et ne s'éveille que le lendemain, surpris d'avoir fait le tour de l'horloge et de se sentir dans une forme superbe.

Un petit-déjeuner, deux grands cafés et il est prêt à reprendre la route.

Cette fois-ci, cependant, il choisit de délaisser les autoroutes pour privilégier ce qu'ils appellent, sur la carte routière, une route départementale. S'il doit traverser la France, autant voir un peu de pays !

Prochaine halte : Le Puy. Quelques brochures glanées à l'hôtel en vantent les attraits touristiques.

L'église, juchée sur un pic rocheux, est effectivement surprenante. Comment a-t-elle fait pour se retrouver là ? Étrange... Thomas hésite. Rien ne le presse, personne ne l'attend. Il pourrait visiter l'église, apprendre son histoire, tout comme ces touristes que son appareil photo lui a permis d'observer là-haut. Puis il renonce. La ville autour de lui est plutôt quelconque. S'il s'attarde au moindre point d'intérêt rencontré, il n'arrivera jamais à Avignon. La France, ce n'est pas l'Amérique et d'un tournant à l'autre, le paysage peut emprunter mille et un visages différents, attirants.

— Je dois m'en tenir à mon but, annonce-t-il à son volant en reprenant place dans l'auto. J'ai dit que j'allais en Provence, je vais donc en Provence.

Depuis le départ, il parle sans arrêt comme si quelqu'un pouvait l'écouter.

C'est un peu plus loin, après avoir mangé dans un petit restaurant au bord de la route, sur une terrasse, car il fait très chaud même en hauteur dans les Ardennes, que l'idée lui vient. En sirotant un digestif, alors qu'il note les numéros de ses photos et l'endroit où elles ont été prises, Thomas s'arrête brusquement. Au rythme où il est parti, de retour à Montréal, ce sera plus de mille, de deux mille photos qu'il aura à faire finir, inventorier, classer.

Et que signifieront-elles, ces photos, pour ses enfants, ses petits-enfants, ses amis ? Pas grand-chose, finalement. Les photos, à moins d'être des œuvres d'art, n'ont vraiment de signification que pour celui qui a fait le voyage ou vécu l'événement. Tandis qu'un film...

Il reprend la route, apaisé. À Avignon, il devrait trouver facilement ce qu'il recherche.

— Quand bien même ça ne servirait qu'à me permettre de parler à voix haute sans passer pour un fou, lance-t-il en riant, ce serait toujours ça de pris.

Il arrive à Avignon, la ville des papes, en fin d'après-midi. Les magasins sont encore ouverts et en moins d'une heure, il se retrouve heureux propriétaire d'un caméscope facile d'utilisation, capable d'enregistrer plus de six heures de film sans avoir besoin d'être rechargé. Parfait !

— Et maintenant, le pont !

Heureusement qu'il fait très beau et que le Rhône est un miroir translucide car le pont comme tel est un peu décevant. Le pont Saint-Bénézet, de son vrai nom, dont une bonne partie a été emportée par une crue de la rivière, à une époque fort lointaine.

Thomas se promène le long du fleuve, achète un billet pour le visiter, même si, à première vue, cet échafaudage de vieilles pierres ne paie pas de mine. Thomas filme tout, apportant ses commentaires.

— Présentement, je marche sur le pont d'Avignon. « Sur le pont d'Avignon, on y danse, on y danse. Sur le pont... »

Ces mots, cette voix qu'il entend, la sienne. Illusion d'une présence, encore et toujours. Puis il revient sur ses pas, décide de ne pas visiter le palais des papes et reprend la route.

Autant il était enthousiaste depuis le début du voyage, autant il ressent présentement une grande fatigue. Avignon l'a déçu. Puis brusquement, la route se transforme en une longue allée bordée d'arbres immenses. Olivier lui en avait parlé : ce sont des platanes. Incapable de résister, Thomas attrape la caméra sur le siège du passager et conduisant d'une main, regardant la route d'un œil, il recommence à filmer tout en commentant ce qu'il voit. Si Jeanne était à ses côtés, elle serait furieuse de le voir faire. À cette pensée, Thomas a une pensée attendrie, même s'il laisse couler un petit rire en même temps.

— Je sais bien, avoue-t-il, s'adressant à ceux qui visionneront le film, je sais bien que ce n'est pas très prudent, mais je vous assure que je ne roule pas vite. Vous admettrez avec moi que c'est réellement beau, ce tunnel de platanes ! Cela aurait été criminel de ne pas filmer !

Il ne s'arrête que beaucoup plus loin, à une intersection où il a l'impression d'être sollicité de partout. À gauche, à droite, devant... Cavaillon, Saint-Rémy-de-Provence, Les Baux-de-Provence... Nul doute, il a bien atteint sa destination !

Mais par où commencer ? Par où aller ?

Devant ces questions, devant le vide qui l'accompagne et le silence qui lui répond, Thomas a un instant de regret. Il aurait dû attendre Sébastien. Qu'est-ce qui lui a pris de voyager seul ? Il pousse un long soupir. À moins de faire demi-tour et de rentrer chez lui... Il n'a pas le choix : il doit continuer, regret ou pas! De toute façon, son billet de retour n'est valide que dans trois semaines.

Thomas a arrêté son auto dans l'entrée de ce qui semble être un garage et appuyé sur la portière entrouverte, il regarde autour de lui.

À gauche, la route est poussiéreuse, en plein soleil, filant tout droit entre des bâtisses un peu délabrées. À droite, un peu plus loin, il aperçoit une autre allée de platanes qui semble onduler dans la chaleur crevante de cette fin de journée.

Thomas se décide donc pour la droite, la route qui mène, selon les pancartes, à Saint-Rémy-de-Provence.

— Je me lance maintenant à la découverte de Saint-Rémy, confie-t-il à la caméra qu'il a fait redémarrer peu après le moteur, la tenant d'une main, le volant de l'autre. Je roule vers l'ouest. La route est splendide, ici aussi.

Puis, après un court silence, Thomas soupire bruyamment avant d'ajouter:

— Laissez-moi vous dire qu'il fait chaud! Très, très chaud!

Trouver un hôtel n'est pas une sinécure et ce n'est que deux heures plus tard qu'il se présente aux portes du château de Roussan, vieille demeure qui tient davantage d'un hôtel particulier, situé à l'extérieur de la ville.

Une meute de chiens, jappeurs mais gentils, l'accueillent sur la terrasse. À l'intérieur, une vague odeur de poil mouillé, mais la propriétaire est aimable. Thomas y loue une chambre, malgré sa réticence. De toute façon, s'il veut dormir ce soir, il n'a pas le choix, c'est tout ce qu'il a réussi à dénicher!

Dénicher... Le mot le fait sourire. Avec la quantité de chiens qui courent autour de lui, ce mot est approprié!

Saint-Rémy-de-Provence est une ville charmante. Obligé d'y retourner pour manger, le château n'offrant que les petits-déjeuners, Thomas se laisse facilement apprivoiser par la symétrie des rues marchandes, des ruelles bordées de boutiques, de cafés-terrasses. Un repas à l'italienne, suivi d'une crêpe poire et chocolat, achève de le séduire. Caméra en main, appareil photo en bandoulière, il prolonge la soirée jusqu'à la fermeture des commerces. Ici, tout parle de Nostradamus. Le nom de certains commerces, d'une rue, d'une fontaine... De retour à l'hôtel, il fait honneur à la bouteille de vin offerte gracieusement aux visiteurs et qui l'attendait sur une petite table entourée de deux fauteuils confortables. Il prend connaissance de la documentation racontant l'histoire du château. Surpris, il apprend que le corps principal du bâtiment date de plus de mille ans, le frère de Nostradamus ayant été le premier propriétaire de l'endroit. L'esprit embrumé par l'alcool et la fatigue, il pose un regard neuf sur la chambre qu'il avait qualifiée de désuète. Les hauts plafonds, les tentures défraîchies, la salle de bain ridicule, logée dans un ancien garde-robe, prennent alors un charme indéniable. Jeanne aurait été ravie!

Tard dans la nuit, Thomas s'endort encore une fois sans difficulté, mais plonge cette fois-ci dans un sommeil agité. L'air est lourd, humide et la pièce mal ventilée. Il se réveille avec un mal de tête lancinant, peu enclin à reprendre la route.

Si au moins il y avait quelqu'un pour prendre la relève derrière le volant! Malheureusement, il est seul. À moins de rester une journée de plus, il n'aura pas le choix de conduire. L'odeur d'animaux qui s'infiltre jusque dans sa chambre l'aide à prendre sa décision. À la clarté du jour, les murs défraîchis et les tentures poussiéreuses ont retrouvé leur allure première. L'endroit le déprime, même si la propriétaire est affable. Néanmoins, tout en mangeant, il prend le temps de feuilleter le guide touristique qu'il s'était procuré avant le départ et consulte la propriétaire qui lui parle alors de Marseille comme d'un arrêt incontournable, de Cassis pour la qualité de ses plages et des Baux-de-Provence pour son charme médiéval.

Après sa lecture et ces conseils, Thomas a de quoi occuper quelques journées !

Quant à savoir par où commencer, la décision est facile à prendre. Avec la nuit qu'il vient de passer, il se passerait aisément de l'attrait médiéval des Baux. Reprenant en sens inverse la route empruntée la veille, il se dirige alors vers Cavaillon. Il y aurait, paraît-il, un marché des plus pittoresques.

La ville de Cavaillon le déçoit, elle aussi. Vieillotte, avec un petit air un peu à l'abandon, cette petite ville le laisse indifférent. Quant au marché, Thomas avait oublié de vérifier les jours où il a lieu. Il s'est tenu hier et ne reviendra que lundi prochain, avec ses melons que l'on dit exceptionnels.

À peine une heure plus tard, après avoir arpenté quelques rues et acheté une jolie nappe pour Mélanie, Thomas reprend la route. Les seuls melons qu'il a vus étaient en tranches, à prix d'or, dans le restaurant où il s'est arrêté. Le temps de s'orienter, et il prend la route du sud vers Aix-en-Provence, la ville où a vécu Cézanne. Là au moins, il devrait trouver quelque musée ou autre visite intéressante à faire. Il a toujours apprécié les œuvres des peintres impressionnistes.

Tout comme Jeanne d'ailleurs.

Depuis le matin, Thomas ne pense qu'à elle, s'ennuie de sa présence, de son babillage incessant. Il se rappelle le voyage de l'année précédente et malgré le contexte particulier où ils l'avaient fait, jamais il ne s'était ennuyé comme présentement. Les paysages sont peut-être magnifiques, il n'y a personne avec qui partager ses impressions et cela lui fait terriblement défaut. Sébastien avait peut-être raison en disant qu'il aurait dû être avec lui.

« Pour te surveiller ! »

Le souvenir de ces quelques mots arrive à lui arracher un sourire. N'ayant pas envie de filmer la campagne un peu quelconque qu'il est en train de traverser, Thomas trouve un poste de radio qui l'intéresse et montant le volume, il se met à chanter à tue-tête, tout en se concentrant sur la route pour ne pas trop penser.

Malheureusement, Aix ne l'interpelle pas plus que Cavaillon. Il fait une chaleur torride, la ville semble en état de siège tant il y a de travaux d'infrastructure qui défoncent la chaussée, l'atelier de Paul Cézanne est à l'autre bout de la ville et brusquement, Thomas n'a plus envie d'y aller.

Où donc se cache le charme provençal ? La ville ressemble à n'importe quelle ville de n'importe quel pays dans le monde. C'est bruyant, sale, malodorant. Lui qui s'attendait à retrouver les décors de *Jean de Florette*, il déchante rapidement. Le temps d'un déjeuner servi par un garçon de table maussade et Thomas ressort de la ville. Il ira voir la maison de Cézanne une autre fois.

Sans hésiter, il poursuit vers le sud, la chaleur accablante l'incitant à rechercher le bord de mer.

— Cap sur la Côte d'Azur, annonce-t-il à la caméra en reprenant son rôle de cinéaste. Dans moins d'une heure, je devrais y être!

Marseille... Le mot lui chante aux oreilles.

Après avoir tourné en rond durant un bon moment, des travaux routiers l'obligeant à de nombreux virages à sens unique, «à croire qu'ils modernisent la Provence au grand complet», marmonne-t-il, ruisselant de sueur, vissé à son volant, Thomas arrive enfin près du port. La route qu'il a empruntée suit le bord de mer, à défaut d'une plage comme il l'aurait souhaité.

Par contre, il comprend maintenant ce que la propriétaire de l'hôtel avait tenté de lui expliquer en parlant de Marseille.

Ici, la lumière est magique, frémissante.

Le temps de trouver un stationnement et Thomas attrape son appareil photo et la caméra.

Devant, quelques îles flottent au large du port. Derrière, bruissante de vie, la métropole aux murs d'ocre et de nacre. Tout autour, une route, une ville, la côte devenue espace de lumière sous un soleil blanc, trop chaud.

Thomas prend une profonde inspiration. C'est beau toute cette brillance sur l'eau, sur le mur des maisons.

Et cette sensation en lui, l'obligeant à se dépasser, à admettre que la vie peut encore être belle et bonne.

Malgré tout.

À l'instant où il prend une profonde bouffée d'air marin saturé d'odeur de poissons et de varech, Thomas sait pourquoi, instinctivement, il a voulu voyager seul. C'était pour vivre des instants comme celui-ci.

Des instants où la solitude n'a pas de prix.

Des instants où il n'a pas le choix d'avouer qu'il veut encore vivre intensément.

Des instants où il doit reconnaître qu'il a encore tant et tant à découvrir...

Le monde a encore tellement à lui offrir.

Thomas reste longtemps immobile, appuyé sur la rampe de métal qui surplombe la Méditerranée, le regard perdu aux confins du monde, là où ciel et mer se confondent dans une brume bleutée.

Puis il repense à la caméra et se met à tout filmer, sachant à l'avance qu'un simple film ne saura jamais rendre la magnificence de l'endroit, du moment. Quelques photos de maisons, perles à la couleur de miel, ornées de rose et de turquoise et il s'arrache à sa contemplation, apaisé, subitement pressé de poursuivre son voyage, se jurant de ne plus jamais regarder autour de lui avec le cœur et l'esprit fermés.

À la sortie de Marseille, le chemin est sinueux, étroit, avec des tournants en épingle où de jeunes matamores de la mobylette se risquent à dépasser à des vitesses folles. Thomas a la sagesse de laisser la caméra sur le siège du passager, mais il s'arrête souvent dans les belvédères aménagés le long de la route pour immortaliser ses découvertes.

Montagnes rocheuses rougeâtres et mer scintillante toute bleue, unies dans une vision du monde, unique en son genre.

Thomas se sent à la fois minuscule à cause de la montagne derrière lui et immense, avec cette mer à ses pieds.

Sur l'eau ridée, un petit bateau blanc et rouge, comme un bouchon de liège à la merci des flots.

L'ennui du matin n'est plus qu'un vague souvenir et l'envie de plonger dans les flots bleus de plus en plus pressante.

Cassis, La Ciotat, Saint-Cyr-sur-mer...

C'est à ce dernier endroit que Thomas trouvera la plage de ses rêves où il peut enfin se mettre les pieds à l'eau. La mer est chaude, la plage sablonneuse. Le jour tire à sa fin alors que le soleil courtise l'horizon en projetant ses derniers rayons sur la mer. Thomas fait demi-tour, ses chaussures dans une main, sa caméra dans l'autre. Il va se trouver une chambre et demain, il passera la journée sur la plage.

Ici aussi, les hôtels sont pleins. À croire que les citoyens de la France tout entière sont en vacances! Pourtant, on est en septembre. Au bout d'une heure de recherches, Thomas arrive à se trouver quelque chose, plus haut dans les terres, au bord de l'autoroute. Une chambre minuscule, dotée d'une salle de bain prémoulée, tout d'un bloc comme il n'en avait jamais vue auparavant. Une salle de bain tellement petite, tellement étriquée qu'elle en frôle la caricature. Quand Thomas sort de la douche, tous ses effets personnels ont été inondés. L'hôtel porte bien son nom: Etap.

— On ne saurait si bien dire, lance Thomas, filmant l'inondation de la salle de bain, puis l'affiche de l'hôtel qu'il aperçoit depuis la fenêtre de sa chambre. On ne vient ici que pour une étape!

Pour la seconde fois d'affilée, la nuit est mauvaise. La climatisation est anémique et la chambre bruyante de tous ces camions qui roulent sur l'autoroute. Sans même prendre de petit-déjeuner, Thomas file vers la plage. Le temps de se trouver un café, de louer une des chaises longues qui s'alignent sur la plage comme des sardines dans leur boîte et il s'installe en poussant un soupir d'extase.

Entre les baignades et les siestes, de la salade niçoise du midi au petit verre de vin blanc, frais à souhait, siroté à trois heures, la journée a été parfaite. Si ce n'était de la perspective de se retrouver coincé dans une chambre identique à celle de la veille, Thomas serait bien resté un jour de plus.

Il reprend néanmoins la route en se disant que des plages comme celle-ci, il doit bien y en avoir d'autres, tout au long de la côte.

Il ne fait que traverser Saint-Tropez, envahie de touristes. Les rues sont si étroites que la minuscule auto qu'il conduit lui semble être un char d'assaut de la Seconde Guerre mondiale.

C'est à Sainte-Maxime, de l'autre côté de la baie de Saint-Tropez, qu'il trouvera enfin la station balnéaire de ses rêves.

La nuit est déjà tombée. Après une brève virée dans la ville, il s'arrête devant un des rares hôtels qui n'affiche pas complet. L'Hostellerie de la Gare. Les chambres sont à un prix astronomique, plus de deux cents euros la nuit. Un rapide calcul mental et Thomas sursaute: ça fait près de trois cents dollars. Lui qui a toujours prôné l'économie, il est presque affolé. Puis il hausse les épaules. Il mérite bien une bonne nuit de sommeil dans un lit confortable et surtout dans une chambre climatisée, car la chaleur persiste. Piètre consolation, au moment où il signe la fiche d'inscription, on lui apprend que le prix de la chambre inclut un petit-déjeuner et l'accès à la piscine.

Au réveil, tôt en matinée, il est reposé et avant de rendre la clé, il décide de faire un tour en ville.

Armé de sa caméra, il part donc explorer les environs.

C'est une ville balnéaire charmante, propre, animée, mais sans exagération. La plage est de sable fin, la mer turquoise, et un peu plus loin vers l'est, les mâts d'une centaine de petits voiliers de plaisance ondulent au gré des flots.

Sans perdre de temps, Thomas retourne à l'hôtel et demande s'il peut garder la chambre pour deux autres nuits. Tant pis pour la facture, il y verra à son retour.

Et c'est parti pour une autre journée sous le signe de la paresse, l'esprit flottant quelque part entre baignade et vin frais. Thomas commence à être bronzé. Il est surtout détendu. Depuis Marseille, il a l'impression qu'un poids invisible s'est détaché de ses épaules. Il se sent léger, le cœur ouvert aux mille choses qui s'offrent à lui. Il est enfin en paix avec lui-même. Il pense toujours à Jeanne, mais d'une façon différente, plus légère aussi.

Ce qu'elle aimerait, ce qu'elle trouverait beau, les boutiques qu'elle visiterait sans aucun doute...

La nostalgie a remplacé la tristesse.

Il a bien fait de partir.

Demain, cela fera un an.

Ici, c'est plus facile d'y penser. À la maison, Thomas n'aurait fait que revivre les derniers jours de Jeanne. Il ne regrette plus d'être parti. Il ne souffre plus de la solitude. C'est un voyage différent de tous ceux qu'il a faits jusqu'à date.

C'est son voyage de réconciliation avec la vie.

La peau un peu douloureuse à cause du soleil, il retourne à l'hôtel. L'eau de la piscine est fraîche, le vin commence à lui monter à la tête. Pourquoi pas, puisqu'il n'aura pas à conduire avant après-demain ! S'ensuivent une autre sieste et une longue douche avant d'appeler chez lui. Au Québec, il est onze heures du matin. Alors il appelle Armand pour lui dire que tout va bien, lui demandant de transmettre le message aux enfants qui, eux, sont au travail à cette heure-ci.

— Dites-leur que je les appelle dès que j'arrive à garder les yeux ouverts jusqu'à minuit. Depuis que je suis ici, je dors comme une marmotte !

Un peu plus tard, il s'enfonce dans le quartier touristique de Sainte-Maxime. Il a l'impression d'être dans le Vieux-Québec avec, en prime, une vue sur l'océan à chaque intersection.

Puis, au tournant d'une petite rue, à la recherche d'un restaurant pour souper, filmant tout ce qu'il rencontre, passants et étals de poissonniers, amuseurs publics et devantures de boutiques, un rendez-vous inattendu.

Là, sur cet auvent brun liseré de beige qui ressemble curieusement à celui de la maison, quelques mots, sortis tout droit de ses souvenirs, de sa vie.

La table de Jeanne.

C'est le nom d'un restaurant. Une petite terrasse, quelques tables, des chaises droites en métal et en bois.

Ce n'est qu'un tout petit restaurant.

Ce sont mille souvenirs venus à la rencontre de Thomas.

La table de Jeanne.

Il s'arrête brusquement de marcher, son cœur battant la chamade. À sa main, la caméra continue de tourner, son œil unique fixé sur le pavé.

Puis machinalement, Thomas relève le bras pour tout

capter, pour tout garder en mémoire. Lentement, il s'approche du restaurant. Quelques plantes vertes en pot qui ressemblent à des palmiers. Elles ombragent la terrasse et même s'il est un peu tôt pour manger, quelques clients sirotent un apéritif. Thomas les filme sans trop s'en rendre compte. Impulsivement, il se joint à eux. Une jeune famille, un couple dans la trentaine et une femme, en apparence encore jeune, accompagnée d'un vieil homme.

Thomas se tire une chaise, dépose sa caméra sur une autre, allonge les jambes sous la table en essayant de se ressaisir.

Demain, cela fera un an que Jeanne est morte et ce soir, il va manger à *La table de Jeanne.*

Maintenant, Thomas n'a plus aucun doute : il devait faire ce voyage.

Il est dans un état second, proche des larmes. Pourquoi ce restaurant, pourquoi aujourd'hui ? C'est un peu comme si Jeanne lui faisait signe.

Quand le garçon s'approche pour prendre sa commande, il demande machinalement une bière en fût.

Le garçon est décontenancé.

— Pardon, monsieur ?

Thomas lève la tête sans comprendre. Puis il se souvient. Ici, c'est la France. Il se reprend.

— Désolé. Une bière pression, je vous prie.

Le serveur repart vers le fond sombre du restaurant en grommelant quelques mots que Thomas ne saisit pas. Tant pis. À sa droite, la femme qu'il a remarquée le regarde en souriant, une lueur espiègle au fond des yeux.

— Vous venez du Canada, n'est-ce pas ?

Thomas ne réagit pas tout de suite. Puis, curieux, il détourne la tête. Au sourire qu'elle lui fait, il comprend alors que la question s'adresse à lui.

— Oui, vous avez raison. De Montréal, précise-t-il, espérant de tout son cœur que la conversation en restera là.

Il n'a pas envie de parler. Encore moins à des inconnus. Après un bref sourire, il reporte le regard devant lui.

— Montréal! Comme nous! Ou presque. Papa et moi, nous habitons Laval.

Papa? Thomas sourit mentalement. Ce n'est pas du tout ce qu'il s'était imaginé en voyant ce couple. Il se contente d'un signe de tête pour montrer qu'il a bien entendu, espérant que le message sera clair.

— Vous êtes seul?

Par pure politesse, Thomas retient le soupir d'agacement qui lui gonfle la poitrine. Que peut-il dire ou faire pour que cette pie consente à le laisser tranquille? Néanmoins, il ne peut décemment rester muet.

— Oui, seul, dit-il du bout des lèvres sans vraiment tourner la tête.

Heureusement, le garçon arrive au même instant avec un grand verre givré, rempli de bière blonde et un petit bol d'olives parfumées.

— Je ne voudrais pas insister, mais pourquoi ne pas vous joindre à nous?

Cette fois-ci, Thomas soupire bruyamment. « Au diable la politesse! », se dit-il en même temps. En accord avec cette pensée, il prend une longue gorgée de bière, essuie sa moustache du revers de la main et grignote lentement une olive avant de tourner la tête vers la femme et son père pour leur signifier qu'il préfère rester seul. Son regard se durcit aussitôt. La femme au visage espiègle est déjà debout, en train de tirer bruyamment une chaise.

— J'ai toujours trouvé particulier de rencontrer des gens de chez nous à l'autre bout du monde. Pas vous ? Allez, venez !

A-t-il le choix ? Thomas se lève, en soupirant une seconde fois. Au moins qu'elle sache qu'elle le dérange ! Il saisit sa caméra, son verre, fait les deux pas qui les séparent. Le temps de déposer son verre sur la table et il prend la main tendue. Une main toute fine aux ongles soignés.

— Simone Germain. Et voici mon père, Gustave Germain.

Tout en parlant, Simone a retiré sa main pour saisir celle de son père et la guider vers celle de Thomas.

— Papa ne voit pas très bien, explique-t-elle. « Dégénérescence maculaire », en autant que cela vous dise quelque chose.

— Oui. Je sais ce que c'est, répond succinctement Thomas, sans vouloir entrer dans les précisions et avouer qu'il est médecin.

Néanmoins, il serre chaleureusement la main du vieil homme qui a levé vers lui un curieux regard vide, déstabilisant, puis Thomas s'assoit sans rien ajouter.

Intimidé, il se contente de prendre une gorgée de bière. Il espère seulement que ce monsieur Germain ne se sentira pas visé par son silence. Par contre, ce même silence ne semble pas déranger la jeune femme. Elle le regarde en souriant, porte son verre à sa bouche, prend une longue gorgée de ce qui semble être du pastis, se relève et va récupérer le bol d'olives resté sur la table de Thomas.

— Je viens de déposer un bol d'olives sur la table, papa. Juste à côté de ta main droite. Ce serait dommage de les laisser se gaspiller, elles sont si bonnes. Et maintenant, si vous nous disiez votre nom, demande-t-elle en se tournant vers Thomas.

Confus, ce dernier se rend compte qu'il ne s'est pas présenté.

— Thomas. Thomas Vaillancourt.

— Enchantée, Thomas. Ainsi, vous voyagez seul? Je l'ai longtemps fait, moi aussi. Un peu partout! Dans le sud l'hiver, en Europe l'été. En fait, j'ai vécu seule une grande partie de ma vie, ça explique bien des choses, n'est-ce pas?

En moins de vingt minutes, Thomas sait à peu près tout de Simone. Criminaliste, elle a vécu pour sa profession. Pas de compagnon, pas d'enfants, elle n'avait pas le temps. À cinquante ans, elle a brutalement pris conscience qu'une grande partie de sa vie était déjà derrière elle et que, hormis la satisfaction futile devant de nombreux procès brillamment gagnés et un compte en banque bien garni, elle n'avait rien. Elle a pris peur, donnant sa démission du jour au lendemain, et depuis elle s'occupe de son père, voyage avec lui et fait du bénévolat.

— Voilà! Vous savez tout de moi ou presque.

Sur ce, elle éclate de rire.

— Je suis incorrigible! Je parle, je parle tout le temps et je ne laisse aucune place à mes interlocuteurs. Déformation professionnelle, je présume. Maintenant, je me tais et je vous laisse la parole. Qui êtes-vous? Que faites-vous dans la vie?

— Oh! Moi...

Thomas ne sait que dire. Il n'a pas l'habitude de se lier à des inconnus, encore moins de leur déballer sa vie.

— Vous savez, Thomas, intervient alors Gustave Germain, vous permettez que je vous appelle Thomas, n'est-ce pas ? À votre timbre de voix, j'ai vite compris que vous étiez plus jeune que moi.

Thomas marmonne une vague réponse que le vieil homme interprète comme un assentiment.

— Donc, vous savez, Thomas, que ma fille est une bavarde impénitente. On ne peut le cacher. D'aucuns détestent, moi je trouve que cela fait partie de son charme. Un charme que j'apprécie grandement depuis que ma vue a commencé à baisser. Je perçois encore la lumière, certaines formes un peu floues, mais les détails m'échappent de plus en plus. Malgré cela, avec une pie comme Simone qui me décrit tout ce qu'elle voit, j'ai un peu l'impression de voir, moi aussi. Mais trêve de digression, ce n'était pas là le but de mon propos. Je sens de la réticence chez vous. C'est pourquoi je tiens à préciser que même si ma fille parle d'elle-même avec grande libéralité, cela ne vous oblige nullement à nous raconter votre vie. J'aimerais, cependant, que vous me décriviez votre visage pour que je sache un peu mieux à qui je m'adresse. Je sais bien que Simone va s'empresser de le faire quand nous serons seuls, mais si nous sommes pour partager un repas...

— Mon visage ?

Gustave Germain a habilement détourné la conversation et Thomas lui en sait gré. Certes, on lui demande toujours de parler de lui, mais il n'aura à dire que ce que les gens qui le croisent peuvent savoir. Après un court moment de réflexion, il annonce :

— Je porte la barbe depuis plus d'un an. J'ai les cheveux un peu trop longs, je le sais, mais j'aime ça. Ils sont gris, presque blancs, comme ma barbe d'ailleurs et mes yeux sont bruns. D'un brun noisette un peu clair.

— Il est grand, enchaîne joyeusement Simone, et je lui donne dans la cinquantaine. Il a les épaules larges, le nez droit et il est bel homme.

Simone n'a pu s'empêcher de compléter. Ce qu'elle a fait avec la même lueur espiègle au fond des yeux. Thomas se sent rougir comme un collégien, alors que Gustave rabroue sa fille.

— Veux-tu bien te taire, vilaine. Tu vois bien que tu mets Thomas dans l'embarras. Pas besoin de voir pour le sentir.

— Laissez monsieur, s'empresse de dire Thomas, de plus en plus mal à l'aise. Si votre fille est une bavarde, moi je suis plutôt taciturne, ce qui n'est guère mieux. Jeanne me disait souvent...

Thomas se tait brusquement, douloureusement conscient qu'il vient d'entrouvrir une porte qu'il ne pourra pas refermer aisément. Jeanne... Il ferme les yeux une fraction de seconde, les ouvre précipitamment, sentant que les larmes menacent, avale péniblement sa salive.

— Jeanne, fait-il d'une voix enrouée, les yeux baissés sur son verre, sachant pertinemment qu'il en a trop dit pour en rester là, Jeanne, c'était ma femme. Elle est décédée. Cela va faire un an demain. Voilà pourquoi je voyage seul. C'est le nom du restaurant qui m'a attiré ici. *La table de Jeanne*. Et maintenant, si nous demandions les menus ? Il serait temps de commander.

Tout au long du repas, ils se contentent de parler de leur

voyage réciproque. Gustave et Simone ont emprunté le même itinéraire que Thomas, mais en sens inverse. Ils sont partis de Cavaillon, ont longé les monts du Luberon, traversé les Alpes de Haute-Provence pour finalement descendre sur la côte. Sainte-Maxime est leur dernier arrêt avant de remonter vers Paris. Ils lui fournissent des adresses, des noms de restaurants que Thomas note sur un bout du napperon de papier. Ils parlent surtout vin et bonne chère. Gustave s'y connaît. Il aime cuisiner tout comme Thomas qui, aidé par la douceur du rosé qu'ils boivent libéralement depuis le début du repas, s'enhardit à mentionner qu'il a trois enfants et trois petits-enfants.

— Vous devriez voir la petite Marie-Jeanne... Un vrai trésor !

Puis, avant de se risquer dans certaines confidences qu'il regretterait d'avoir faites, Thomas s'excuse en se relevant.

— Je crois que je vais retourner à l'hôtel. Je suis fatigué.

Simone aussi s'est relevée et lui tend la main.

— Ce repas a été un pur plaisir. Si, si, je suis sincère. J'espère franchement que nous aurons l'occasion de nous croiser à Montréal. Sait-on jamais ? Il arrive parfois que le hasard fasse bien les choses.

Simone n'exige rien, ne demande rien de plus que cette rencontre spontanée, sur une terrasse de la Côte d'Azur. Pas de vague promesse habituellement non tenue, pas d'échange de numéros de téléphone. Cela convient à Thomas.

— J'espère, moi aussi.

Il est sincère. Puis, se tournant à demi, il vient chercher la main du vieil homme, une main qui repose sur la nappe à carreaux. Il la serre avec chaleur.

— Vous me faites penser à mon beau-père, dit-il avec affection. Je crois que vous vous entendriez bien tous les deux.

Gustave a un sourire coquin qui ressemble étrangement à ceux de sa fille.

— J'ai passé ma vie à essayer de bien m'entendre avec tout le monde, réplique-t-il du tac au tac. Je n'avais pas le choix, j'étais médecin de famille.

— Moi aussi, je suis médecin, s'entend répondre Thomas, sans trop savoir pourquoi il apporte cette précision avant de partir.

Précipitant ses gestes, il prend la caméra et le papier où il a griffonné les adresses, puis il repousse sa chaise.

— Au plaisir et bonne route !

— Bonne route, Thomas, soyez prudent.

Ce soir-là, Thomas ne trouve pas le sommeil aussi facilement. En apparence, ce n'était qu'un souper banal avec des gens rencontrés par hasard. Néanmoins, pour lui, c'est une étape de plus dans ce voyage qui l'amène à dépasser certaines limites.

Depuis la mort de Jeanne, c'est la première fois qu'il crée des liens. Des liens qui n'ont aucun rapport avec son passé.

Des liens qui n'appartiennent qu'à lui.

Il se surprend à penser qu'il aimerait les revoir. Ils étaient gentils. Tant le père que la fille.

En se retournant entre les draps, son regard tombe sur les chiffres rouges du cadran numérique. Minuit trente. À Montréal, il est six heures trente. Du coup, il en oublie sa soirée.

Dans moins de six heures, cela fera un an.

Demain, il va appeler les enfants pour leur dire qu'il les aime, qu'il s'ennuie d'eux et qu'il a hâte de les revoir.

Thomas finit par s'endormir en pleurant.

Il finit par s'endormir, malgré l'image imprimée dans sa mémoire, celle d'une main émaciée qui se tend vers un petit verre bleu.

Il finit par s'endormir, pour quelques heures seulement, alors que l'aube est déjà une réalité sur l'horizon rosé.

Au grand jour, les fantômes de la nuit ne se sont pas dissipés. Toutes ces images qu'il a tenté de fuir en venant ici s'imposent, encore sensibles, presque douloureuses. Le temps est gris, il fait plus frais.

Il y a un an, Jeanne mourait. Aujourd'hui, le ciel est gris.

Thomas en profite pour faire des achats. Il a promis des cadeaux à tous les siens et c'est ce qu'il va faire durant la journée, comme une urgence qu'on ne peut reporter au lendemain.

Il doit rester occupé, surtout aujourd'hui.

À quelques reprises, il se surprend à dévisager les passants qu'il croise, espérant reconnaître le visage de Simone ou celui de son père. Pourtant, il sait très bien qu'ils avaient prévu partir à l'aube. Ils doivent être à Paris dans deux jours pour prendre l'avion.

Puis la journée finit par passer comme elles finissent toutes, toujours, par passer.

Demain, il reprend la route. Il espère seulement qu'il va retrouver l'entrain qui l'a porté depuis Marseille jusqu'ici.

Le lendemain, Thomas se rend vite compte que la côte ne lui apporte rien de plus. Il n'y a que des plages, de plus en plus étroites. Cannes lui fait penser à Fort Lauderdale, Juan-les-Pins le déçoit.

Alors il décide de ne pas se rendre à Nice et bifurque vers le nord.

La ville de Grasse, qu'il aime au premier coup d'œil, lui redonne un peu de paix intérieure. Il prend tout son temps, visite une parfumerie, achète des tas de savons fins pour Mélanie et une trousse pour les bains de Marie-Jeanne.

Après la visite des installations de Fragonard, il continue vers le nord. Gustave lui a parlé de Trigance.

— Il y a là un château médiéval transformé en hôtel. Ça vaut le déplacement. On y mange divinement bien.

— Ah oui ? Parce que moi, ce que j'ai vu comme château…

Gustave avait insisté, alors Thomas se laisse tenter. D'autant plus que c'est sur la route qui mène aux gorges du Verdon et l'endroit lui a été fortement recommandé par Olivier qui jure n'avoir jamais rien vu d'aussi spectaculaire.

— Allons-y donc pour Trigance et son château, murmure-t-il à la caméra qui croque un bout de route plutôt désertique. J'espère qu'Olivier dit vrai parce qu'en attendant, c'est plutôt décevant comme paysage. On se croirait dans le parc des Laurentides. Pas de quoi fouetter un chat !

Néanmoins, après une longue heure de trajet, morne et ennuyeuse, il y a Trigance ! Gustave avait raison. Thomas arrive en vue d'un petit village provençal typique avec son château féodal, ancré sur un pic rocheux. Cette fois-ci, c'est un vrai château, entouré de montagnes. Les chambres sont merveilleusement bien restaurées et la table à la hauteur des dires de Gustave. Thomas en profite pour se faire photographier aux côtés d'un chevalier en armure.

— Ça va impressionner mes petits-fils !

Peu à peu, Thomas se réapproprie le voyage. L'image de Jeanne s'estompe, sa tristesse aussi. Ce premier anniversaire était le moment difficile à passer. Thomas retrouve un rythme qui lui est propre. Dorénavant, seules ses priorités auront de l'importance.

Les gorges du Verdon sont assurément spectaculaires. Olivier n'avait pas exagéré. Ces murs rocheux creusés par le temps et le Verdon, rivière turquoise qui s'étire, sinueuse et capricieuse, tout en bas.

Les mots employés dans son guide touristique arrivent à peine à décrire ce paysage de bout du monde. On y transcrit une phrase de Giono qui correspond à ce que Thomas ressent. « Ici c'est plus que loin, c'est ailleurs. »

Thomas avait besoin de cet « ailleurs ». Il reste un long moment, immobile, respirant à pleins poumons, se gavant de l'immensité de cette terre mise à nu.

Encore une fois, Thomas se met à filmer, sachant pertinemment que jamais un film ne rendra la beauté de l'endroit. Il se restaure, prend aussi quelques photos et continue son chemin.

Un pont superbe, véritable œuvre d'art, surplombe l'Artuby, petite rivière aux reflets d'azur qui mêle ses eaux à ceux du Verdon. Puis viennent quelques tunnels creusés à même la montagne, suivis d'une route en corniche dominant le vide, impressionnante, vertigineuse.

Ensuite, c'est la descente jusqu'à Aiguines, sur les bords du lac de Sainte-Croix, où Thomas déniche l'atelier d'un santonnier. Il s'y attarde, questionne, sincèrement intéressé par cet art ancestral. Quelques achats, un bout de film, deux ou trois photos et c'est la route vers Moustiers qui sera un autre arrêt coup de cœur.

De retour chez lui, Thomas dira spontanément que Moustiers-Sainte-Marie est le plus beau village de Provence qu'il ait visité.

À flanc de montagne, tout en longueur, Moustiers a des allures de crèche ancestrale, comme ces villages que l'on tente de reproduire quand vient Noël.

Et ce bruit de cascade, chantant aux oreilles, au beau milieu du village, quand le torrent Riou se jette dans le vide du haut des falaises... Ici, l'homme s'est adapté à la nature, l'a respectée.

— Chez nous, analyse Thomas pour la caméra, nous aurions détourné le ruisseau. Et cela aurait été vraiment dommage. Regardez, là-haut, il y a une étoile suspendue entre les deux parois de la falaise. Dans la brochure publicitaire, on dit que c'est l'emblème de la ville et que cette étoile existe depuis le XIIe siècle. Impressionnant, n'est-ce pas ? Je vous donnerai les détails à mon retour.

Après ce premier tour de ville à tout filmer, Thomas aborde les boutiques. Ici, la faïence est reine ! Thomas se lance donc dans une série d'achats, voit à ce que les assiettes et autres poteries soient soigneusement emballées.

— Je n'aurai qu'à acheter une autre valise pour tout ramener à la maison, murmure-t-il pour lui-même en sortant d'une boutique.

Il avait promis des souvenirs, il va apporter des souvenirs !

Puis, c'est la vallée du Luberon, ses champs de lavande, ses oliviers, ses vignes chargées de raisins.

Manosque, Céreste, Apt...

Thomas traverse les paysages en zigzaguant, s'inspire des noms de villages pour ses arrêts. Partout, des gens accueillants au parler méridional qui lui résonne agréablement aux oreilles comme le rosé lui monte parfois à la tête, et ce paysage montagneux, rocailleux, aride, si différent de ce qu'il s'était imaginé.

Goult, Lacoste, Bonnieux...

Tous ces villages à flanc de montagne, vestiges d'une autre époque, celle où l'on s'imagine que chacun prenait le temps de vivre. Tous ces villages avec leur château en surplomb, la plupart du temps à moitié détruit à cause de la Révolution.

Puis il arrive à Ménerbes. Selon son guide touristique, ce village a séduit Peter Mayle dont il a lu quelques livres.

— J'aurais dû, d'ailleurs, relire ces romans avant de partir, confie-t-il à la caméra alors qu'il se promène dans le village, captant des passants, touristes autant que gens locaux, des façades de maisons. C'est magnifique ici.

Ses pas le mènent à un restaurant dont le nom l'inspire, lui rappelant son enfance.

Chez Clémentine.

Pourquoi ce nom lui est-il familier ? Il ne sait pas. C'est juste un nom qui dit l'enfance. Puis brusquement, il se souvient. Sa petite voisine avait une poupée qui s'appelait Clémentine.

Le restaurant est à la sortie du village et offre une terrasse qui surplombe la vallée. Thomas peut enfin déguster une soupe au pistou, le seul mets régional qu'il connaissait avant de quitter Montréal. En ce moment, sous le plafond végétal de la pergola, le goût du basilic est incomparable et le rosé est d'un rose tellement franc, tellement vrai qu'il lui fait penser à Marie-Jeanne, souvent habillée de rose.

Lourmarin, Vaugines, Cucuron...

Le paysage et les villages se déclinent dans tous les tons de beige, du sable à l'ocre, endimanchés de la palette des roses et des bleus, accrochés aux volets des vieilles maisons, des mas comme on les appelle ici.

À Cucuron, Thomas retrouve enfin le village qui a servi de décor à *Jean de Florette*. Il s'y attarde, oublie l'époque où il vit, les raisons qui l'ont poussé à partir de chez lui. La vie coule au ralenti, les gens vivent au ralenti.

La pause du déjeuner, celle de quatre heures et son pastis.

L'an dernier, quand il avait voyagé avec Jeanne, les jours fuyaient trop vite, bousculés par l'urgence de vivre. Il leur fallait tout voir, tout connaître en si peu de temps.

Cette année, Thomas se laisse porter par les gens rencontrés, les villages ancestraux, les paysages magnifiques et le soleil omniprésent. Nulle urgence, nul besoin de tout connaître. S'il le veut, il pourra revenir.

Puis un matin, la pluie est au rendez-vous, lui rappelant que septembre est bien entamé. Une semaine encore et il sera de retour.

Il décide alors de remonter vers le nord. Lentement, s'arrêtant uniquement quand il en a envie, se fiant à l'inspiration du moment, empruntant la route des vins de Bourgogne.

Puis c'est Paris et ses lumières, son effervescence, son charme.

Autant à son arrivée, il a tenté de fuir la ville lumière, autant maintenant, il a le désir d'y marcher, de s'y perdre même.

Avec Jeanne, il n'avait pas pu. Tous les deux, ils s'étaient contentés des autocars de touristes et du bateau-mouche.

Connaissant fort peu la ville et se fiant aux dires de Josée et Marc, venus à quelques reprises, lui déconseillant de conduire dans la ville, il repère la porte d'Orléans sur la carte, trace l'itinéraire qui le mènera au seul hôtel qu'il connaît, boulevard de Vaugirard, heureusement à quelques intersections seulement de celle-ci. Il espère qu'ils auront une chambre pour lui. Si tout va bien, à partir de là, il saura se débrouiller.

Curieusement, et contrairement à ce qu'il craignait, aucune tristesse ne l'attendait, embusquée dans un recoin du hall de l'hôtel. Pourtant, c'est ici qu'il avait logé avec Jeanne, l'an dernier.

Thomas regarde autour de lui pendant que le préposé à l'accueil s'occupe de la fiche d'inscription. Le minuscule ascenseur, la porte en miroir qui donne sur un escalier en colimaçon pour descendre à la salle à manger, le couloir qui mène à la cour intérieure garnie de fleurs, le petit bar...

Thomas a beau détailler l'endroit, il n'y a ici aucune nostalgie, que des beaux souvenirs. Cet arrêt à Paris avec Jeanne, malgré les circonstances, restera un moment privilégié, arraché à l'ordinaire de la vie. Un moment magique où les émotions se sont vécues pour ce qu'elles étaient, à l'état pur, exacerbées par cette urgence de vivre qui avait teinté tout leur voyage.

Jeanne et Thomas étaient venus à Paris en amoureux et c'est tout ce qu'il se rappelle.

Le cœur léger, il prend le chemin de sa chambre pour y déposer ses sacs et sa valise. Demain, il ira au Monoprix

juste à côté pour trouver ce dont il aura besoin pour transporter les nombreux cadeaux qu'il rapporte.

Tôt le matin, il traverse la rue pour prendre son petit-
déjeuner au Café Convention, comme un vieil habitué.

La même table, la même ambiance, le même menu.

— Croissant et café au lait, je vous prie.

C'est jour de marché sur la rue Convention. Le repas terminé, Thomas s'y promène avec un œil nouveau. Il cuisine
maintenant, ses goûts se sont affinés. Il se laisse tenter par
deux saucissons et un fromage. Pour plus tard, quand il aura
faim.

— À déguster sur le bord de la Seine, annonce-t-il à la
caméra, parce qu'ici aussi, Thomas filme tout ce qu'il voit.

Il ajoute quelques raisins à son pique-nique et revient sur
ses pas pour prendre le métro.

La journée passe vite, à marcher le long des rues de Paris.

Parvis de Notre-Dame, Quartier latin, avenue des Champs-
Élysées…

Huit heures à marcher, à filmer, à se laisser envahir par
le plaisir d'être à Paris.

— Demain, j'irai à Montmartre, dit-il à la caméra qui
s'attarde sur l'Arc de triomphe au soleil couchant. Pour
l'instant, je ferme tout et je rentre à l'hôtel. Il y a une station de métro juste à côté. J'ai les pieds en compote et je
meurs de faim ! Laissez-moi vous dire que les saucissons et
le fromage sont rendus loin !

Épuisé, Thomas se contente du café devant l'hôtel pour
son repas. Surpris, il y retrouve le même serveur qu'au
matin.

— Ma parole, vous travaillez tout le temps !

— Et vous, vous venez régulièrement à Paris, n'est-ce pas ? Il me semble vous avoir vu l'an dernier.

Thomas lève les yeux, sincèrement étonné qu'on l'ait reconnu.

— En effet.

Le garçon redresse les épaules.

— Je n'oublie jamais un visage. Ça fait partie du métier. Puis-je vous conseiller la choucroute ? Elle est particulièrement bonne, ce soir.

— La choucroute ? Pourquoi pas ! J'aime bien la choucroute.

Le garçon a déjà tourné les talons.

— Et une choucroute, une !

Quelques instants plus tard, Thomas a déjà son assiette devant lui, fumante, avec de belles saucisses et des pommes de terre, comme il les aime. Le tout accompagné d'une carafe de vin blanc qu'il n'a pas commandée.

— Un petit alsacien pour faire descendre tout ça, explique le serveur. C'est offert par la maison. Thomas est touché, mais n'a pas le temps de remercier le serveur qui est déjà parti vers une autre table. Il lui tourne le dos, semble griffonner sur son carnet, puis il repart vers la cuisine.

— Un steak-frites. À point ! Un demi de rouge ! Une choucroute, une !

Thomas sourit. Ce garçon donne le ton au café à lui seul ! Il se met donc à manger. Il le remerciera plus tard. La choucroute est excellente. Le vin aussi.

Thomas prend tout son temps. Il n'a rien prévu pour la soirée, sinon s'attarder à table et bien manger. Repérant un journal qui traîne sur une chaise, il se lève, s'en empare en jetant un regard autour de lui pour être bien certain qu'il n'appartient à personne, puis il revient s'asseoir.

Depuis bientôt trois semaines, il n'a rien su de ce qui se passait dans le monde, lui habituellement si fidèle au bulletin télévisé de fin de soirée. Il plonge tête première dans les actualités.

Quand il relève les yeux, ayant tout lu, de la première à la dernière ligne, il ne reste presque plus personne dans le restaurant. Des lecteurs, comme lui, devant un café ou un verre de vin, un couple, plus loin près de la fenêtre, qui discute à voix basse. Dans un coin du plafond, accroché en biais, un écran diffuse en sourdine la reprise d'une partie de soccer. À deux tables sur sa droite, le serveur est en train de manger. Il a relâché le nœud de sa cravate, détaché le premier bouton de sa chemise et son tablier pend au dossier de la chaise. Quand il relève les yeux, Thomas lui montre du doigt la carafe de vin maintenant vide.

— Merci !

Le garçon lui renvoie son sourire sans parler. Thomas reprend :

— Vous faites de longues journées ! Ici au petit-déjeuner et encore là en fin de soirée.

Son repas terminé, le serveur repousse son assiette, s'essuie la bouche.

— Mieux vaut de longues journées ici, entouré de gens, que se retrouver seul à la maison.

Thomas approuve d'un geste de la tête.

— Je comprends. C'est très grand une maison silencieuse, j'en sais quelque chose, croyez-moi !

Le garçon est déjà debout. L'assiette dans une main, son

verre vide dans l'autre, il s'approche de la table de Thomas.

— Il me semblait aussi. L'an dernier, vous n'étiez pas seul, n'est-ce pas?

Pour la seconde fois, Thomas est étonné que ce garçon de table, qui doit croiser et servir des centaines de personnes à chaque semaine, se souvienne de tels détails.

— Non, en effet. Vous avez une bonne mémoire. L'an dernier, ma femme était là, avec moi.

— Moi aussi, l'an dernier, ma femme était encore avec moi, confie le serveur, plus volubile qu'il ne l'a jamais été. Puis, un beau matin, en juin dernier, elle a fait sa valise. Comme ça, sans préavis. Quand je suis rentré à l'appartement, elle n'y était plus. Ironie, ce soir-là, je lui avais acheté des fleurs. C'était l'été, il faisait beau.

Sur ces paroles, il hausse les épaules.

— Le divorce est devenu d'une banalité...

Puis, après un bref silence occupé à vérifier si personne n'a besoin de rien, il revient à Thomas et demande:

— Divorce, vous aussi?

— Non, je n'ai pas divorcé, ma femme est décédée.

C'est la première fois que Thomas arrive à prononcer ces mots sans hésiter, sans tremblement dans la voix. Le serveur a pris un visage de circonstance, compatissant.

— Désolé.

Tout en répondant, Thomas fait un geste vague de la main, comme pour dire qu'il n'a pas à être désolé.

— Vous ne pouviez pas savoir. Vous avez raison quand vous dites que le divorce est banal, ç'aurait pu être mon cas.

Pendant que Thomas parle, le garçon retire son assiette,

la met par-dessus la sienne avec les deux verres. Il tient la carafe par le goulot.

— Après tout, divorce ou décès, on se retrouve dans le même bain, analyse-t-il.

— Ça se ressemble, oui.

— Je déteste me retrouver devant une place vide à table, poursuit le serveur. Déformation professionnelle ou pas, pour moi, un repas se prend en bonne compagnie. C'est pourquoi je travaille toute la journée et je prends mes repas ici. Le temps de m'habituer, je présume.

— C'est un peu pour cela que j'ai décidé de partir en voyage.

Le garçon dessine un sourire las.

— Vous voyez! Nous sommes dans le même bain, vous et moi. Et maintenant, je vous sers un petit café? Un dessert?

— Un café, oui. Noir et sans sucre.

— Alors là, vous ne dormirez pas de la nuit! Mais ça vous regarde, n'est-ce pas?

Sans attendre de réponse, il tourne les talons et se dirige vers le bar où trône une machine à espresso monumentale.

— Et un café pour monsieur!

Thomas sourit. Le garçon a raison: il risque d'avoir de la difficulté à s'endormir! Qu'importe, il a envie d'un bon café. C'est un travers que Jeanne lui a transmis, ce besoin de caféine pour accompagner certaines émotions. Présentement, il se sent bien. Pas heureux dans le sens généralement admis, mais bien.

Quand le serveur revient, Thomas lui tend la main.

— Je m'appelle Thomas.

— Et moi Gérard. J'espère que nous aurons l'occasion de vous revoir.

— Sûrement. J'adore Paris.

Le café est devant lui, fumant, odorant. Thomas pousse un long soupir de satisfaction, de bien-être.

Il est bien de ce voyage qui l'a obligé à dépasser les frontières de sa peine. Bien de ces rencontres qui l'ont forcé à parler de lui.

Il est bien aussi de ce garçon de café qui lui a fait comprendre et accepter qu'il n'est pas le seul à vivre un deuil, comme il est bien également de cet ennui de la maison qu'il commence à ressentir. Il a hâte de se retrouver chez lui, hâte de revoir les enfants et les petits-enfants.

Il a hâte de reprendre son quotidien, celui qu'il s'est bâti par la force des choses.

Thomas déguste son café à petites gorgées gourmandes.

Au retour, il va changer sa petite machine à espresso pour une de meilleure qualité. Puis il s'inscrira à des cours de photographie. Pour les souvenirs, il s'en remettra au caméscope. Le résultat est tellement plus réel. Mais le plaisir de la photographie n'est pas disparu pour autant. Ce qu'il vise maintenant, c'est de faire de véritables œuvres d'art.

— Faire des photos qui passeront à la postérité, murmure-t-il en terminant son café.

Puis il dépose un pourboire généreux sur la table avant de regagner sa chambre.

Dans deux jours, il sera chez lui.

Cette pensée lui fait accélérer le pas en souriant, comme si ce geste avait la capacité de faire passer le temps plus vite.

Thomas ne pensait jamais qu'il aurait hâte à ce point de retourner chez lui !

Chapitre 11

Il tombe une pluie torrentielle sur Montréal, mais c'est à peine si Thomas en prend conscience, le nez collé à la portière du taxi qui le ramène chez lui. Le plaisir qu'il ressent à détailler les rues et à reconnaître les quartiers est indescriptible.

La sensation qui l'habite est identique à celle ressentie au Café Convention à Paris, un bien-être qui ressemble au bonheur, et elle le porte jusqu'à chez lui.

« Enfin, de retour chez moi », ne cesse-t-il de se répéter tout au long de la route, de plus en plus conscient que le bonheur tient parfois à bien peu de choses.

Quand il claque la portière du taxi et se tourne devant sa maison, un grand sourire éclaire ses traits.

Même sous un soleil éclatant, Montréal et sa banlieue n'auraient pu lui sembler plus accueillants.

La maison l'est tout autant. Cette odeur qu'il reconnaît à peine entré, celle de la terre humide qui provient de la serre, il a vraiment l'impression qu'elle lui souhaite la bienvenue.

Thomas laisse tomber ses valises dans le vestibule et se dirige vers l'arrière de la maison avec la drôle d'envie de faire un tour du propriétaire.

Cependant, il s'arrête au seuil de la cuisine. Sur la table, posé sur un napperon, le plat de fruits a été regarni d'oranges et de pommes. Thomas affiche aussitôt une moue sceptique. Se pourrait-il qu'Olivier se soit décidé à faire un peu d'épicerie ? Pourtant, cela ne lui ressemblerait pas.

Habituellement, il se contente de chaparder ce que son père a acheté et s'il n'y a rien à son goût, il va au casse-croûte le plus proche pour se sustenter.

C'est en tendant la main pour prendre une pomme que Thomas aperçoit le papier blanc glissé entre les fruits.

Quelques mots de bienvenu, signés par Mélanie.

« *Allô! J'ai pris soin des plantes qu'Olivier était en train de laisser mourir et j'ai acheté quelques fruits au cas où tu aurais faim en arrivant. Appelle-moi vite, j'ai quelque chose d'important à te dire. J'ai hâte de te voir. Mélanie* »

Il aurait dû se douter aussi que Mélanie était derrière cette gentille pensée! Thomas dessine un sourire nostalgique. Jeanne aurait sans doute deviné, elle qui devinait habituellement tout ce qui concernait ses enfants, mais lui, il ne fait que commencer à vraiment connaître Olivier, Mélanie et Sébastien dans leurs attitudes les plus intimes et il avoue, bien humblement, qu'il va parfois de surprise en surprise!

Il prend le temps de relire la petite note avant de porter machinalement les yeux sur l'horloge en forme de panier de fleurs qui orne le mur, juste à côté de la porte donnant sur la terrasse. À peine trois heures! Il est donc trop tôt pour appeler chez Mélanie, elle doit être encore à la garderie. Il soupire, déçu, sa curiosité tout de même piquée par les quelques mots de sa fille. Puis, il fait demi-tour.

Croquant à belles dents dans une grosse pomme rouge, il se dirige alors vers la serre en se disant que, selon toute vraisemblance, sa fille est revenue de sa bouderie. Tant mieux. Il a toujours détesté les bouderies de Mélanie. En fait, c'est probablement le seul reproche qu'il a à lui faire.

Il ne lui reste plus qu'à apprendre les derniers développements concernant l'achat de la maison par Karine pour se sentir enfin tout à fait chez lui. Quelques heures encore, et il saura...

Depuis maintenant un an qu'il voit aux plantes de la maison, cela ne prend qu'un coup d'œil pour que Thomas comprenne l'allusion faite dans la note de Mélanie. Hélas ! quelques plants affichent un air définitivement fatigué alors que d'autres ont perdu toutes leurs fleurs. De toute évidence, Olivier ne s'en est pas occupé.

— Merde ! lance-t-il à voix haute. Pourtant, il avait promis d'y voir.

Le temps d'un soupir colérique et Thomas a l'impression de comprendre un peu mieux Karine qui se dit excédée par ses promesses jamais tenues. Mais, Thomas se reprend aussitôt. Il ne s'agit que de plantes, après tout, pas d'une vie en commun. Pourtant, en quittant la serre, il se promet d'en reparler avec son fils. Il y a, dans ce simple geste, une attitude qui l'agace.

— Quand on promet quelque chose, on tient sa promesse, murmure-t-il en reprenant ses valises pour les monter à l'étage. Ce n'est pas si difficile que ça, prendre quelques instants dans une semaine pour arroser des plantes.

À ces mots, il éclate de rire. Un peu plus et il aurait l'impression d'entendre Jeanne parler. Curieusement, cela lui fait chaud au cœur. L'ennui de sa Jeanne, l'espace d'un voyage, s'est transformé. Ce n'est plus la douleur qu'il a déjà connue. Cela ressemble maintenant à une douce mélancolie.

Une mélancolie qui l'accompagnera probablement jusqu'à la fin de ses jours, mais cela ne lui fait plus peur. Il est normal de se rappeler les belles choses de sa vie avec nostalgie quand on sait qu'elles ne reviendront plus.

En sifflotant, il se met à défaire ses valises. Jamais il n'aurait pu imaginer, au moment où il est parti, qu'il serait aussi content de retrouver la maison, aussi emballé à l'idée de reprendre ses petites habitudes.

Il vide les valises promptement, empilant les cadeaux apportés de façon méthodique sur le lit.

— Pour Mélanie, pour Armand, pour Julien...

Quand il entend la voix de Mélanie l'appelant depuis la porte d'entrée, son cœur fait un petit bond. C'est à cet instant précis qu'il comprend, sans l'ombre d'un doute, que ce qui le ramènera toujours chez lui, quoi qu'il arrive, ce sera les siens. Sa famille, celle qu'il a bâtie avec Jeanne et qui restera inéluctablement, à ses yeux, un lien immuable entre elle et lui. Cela explique, en grande partie, son bonheur d'être revenu.

— Mélanie ! Je suis en haut, j'arrive dans un instant.

Saisissant une poupée à travers les monceaux de cadeaux qui s'empilent rationnellement sur le lit, Thomas se précipite vers l'escalier.

Quelques embrassades, des exclamations de plaisir et Thomas se tourne vers Marie-Jeanne, prudemment accrochée au cou de sa mère, glissant un regard méfiant vers ce barbu qu'elle n'est pas certaine de reconnaître. Mais sa retenue ne dure pas. Après une courte hésitation, la petite Marie-Jeanne reconnaît son grand-père au timbre de sa voix. Attirée aussi par la poupée qu'il lui montre, la petite fille lui tend alors les bras. Thomas en est ému.

— T'as vu Mélanie ? fait-il en prenant sa fille à témoin.

Si petite et déjà elle sait reconnaître son monde. C'est incroyable! Tu sais, j'ai même parlé d'elle avec des gens de... Mais viens dans la cuisine, ordonne-t-il en coupant sa phrase, je nous fais un café, en espérant qu'il en reste et je te raconte mon voyage!

Mais alors qu'il a déjà parcouru la moitié du couloir, Marie-Jeanne bien calée contre sa hanche, Thomas se retourne vivement devant sa fille.

— Mais dis donc, toi, tu n'avais pas quelque chose à me dire?

Mélanie éclate de rire.

— Bon point pour toi! J'ai effectivement quelque chose à t'annoncer. Mais sers-nous quelque chose avant, je meurs de soif. Peut-être une limonade? Ce serait mieux pour moi qu'un café.

Tout médecin qu'il est, Thomas ne comprend pas l'allusion de sa fille. Il est tellement heureux qu'elle ait pensé à venir le voir après son travail qu'il ne voit rien d'autre.

— Une limonade? Pas de problème. Il doit sûrement en rester dans le congélateur. Donne-moi deux minutes et c'est prêt!

Quelques minutes plus tard, ils sont tous les trois réunis autour de la table. Marie-Jeanne est toujours avec son grand-père, confortablement assise sur ses genoux, examinant avec grand sérieux la poupée posée sur la table devant elle et Mélanie leur fait face.

— Et maintenant, vas-tu enfin me dire ce qu'il y a de si important?

Mélanie prend le temps de vider presque la moitié de son verre, malicieuse, étirant volontairement l'attente, puis, le reposant sur la table, elle annonce joyeusement en regardant Thomas droit dans les yeux :

— Je suis enceinte, papa. Marie-Jeanne va avoir un petit frère ou une petite sœur pour fêter ses deux ans.

Mélanie est resplendissante. Néanmoins, contredisant l'éclat de bonheur sur son visage, elle ajoute, une certaine hésitation dans la voix :

— Enfin, j'espère. Si tout va bien.

À ces derniers mots, Thomas se rappelle que Mélanie a déjà fait trois fausses couches. Depuis la naissance de Marie-Jeanne, il n'y avait plus pensé. Alors sa voix à lui se fait rassurante.

— C'est une merveilleuse nouvelle que tu m'apprends là, déclare-t-il en hochant la tête, tout souriant. Et ne t'en fais pas trop. Tu n'as qu'à regarder ta fille pour te convaincre que tout va bien aller.

Mélanie répond à son sourire.

— C'est ce que Maxime et moi on n'arrête pas de se dire.

— Bien, c'est très bien.

À son tour, Thomas avale une longue rasade de limonade.

— Je suis heureux, Mélanie, vraiment heureux, ajoute-t-il d'une voix émue. Pas seulement pour Maxime et toi. Je le suis pour moi aussi. C'est curieux, mais je n'aurais jamais cru que ça pouvait être aussi agréable d'être grand-père. Je dois devenir un vieux sentimental en vieillissant, conclut-il presque gêné.

— Allons donc ! Tu n'es pas vieux. Tu fais un grand-père tout à fait acceptable tu sais, affirme Mélanie, taquine.

De toute évidence, la jeune femme a été touchée par les propos de son père. Elle essaie de reprendre contenance en buvant un peu de jus. Puis, elle reporte les yeux sur Thomas et Marie-Jeanne, esquisse un sourire attendri.

— Oui, vraiment, reprend-elle, tu es un merveilleux grand-papa, mais aussi un merveilleux père.

Sa voix est maintenant beaucoup plus grave.

— Je m'excuse pour l'attitude de l'autre jour et la bouderie qui a suivi, dit-elle rapidement, profitant de l'émotion du moment pour prononcer des mots qui lui restent habituellement coincés dans la gorge. Sur le coup, je t'en ai voulu beaucoup, tu sais. Tu semblais si indifférent, si froid…

— Pourtant ce n'était pas le cas, interrompt Thomas.

— J'en suis consciente, coupe vivement Mélanie. Ça m'a pris un sacré bout de temps à l'admettre, mais tu avais raison. C'était mon problème, pas le tien. Et c'était méchant de ma part de te comparer à maman. C'est juste qu'elle me manque encore beaucoup.

— À moi aussi, tu sais.

— Je n'en doute pas.

Un lourd silence s'abat sur la cuisine, heureusement interrompu assez vite par le babillage de Marie-Jeanne qui n'a d'yeux que pour sa poupée. Impulsivement, Thomas referme les bras sur la petite fille alors que Mélanie esquisse un autre sourire.

— Vois-tu, Mélanie, reprend Thomas, le voyage m'a appris que la vie est très forte et qu'elle peut être encore très belle aussi. La seule perspective d'un autre petit dans la famille suffit à me donner envie d'aller vers l'avenir. La vie continue, Mélanie, et notre famille également. C'est merveilleux d'en être conscient.

— C'est beau ce que tu viens de dire. Je vais tenter de ne jamais l'oublier.

À nouveau, un petit silence se glisse entre eux avant que Mélanie lance, d'un ton nettement plus léger :

— Quant à mon problème de garderie, il est réglé, affirme-t-elle en claquant des doigts. Dans quelques semaines, je vais avoir droit à un retrait préventif et après, ce sera mon congé de maternité. Je n'aurai plus à me sentir coupable de laisser ma fille à d'autres, chaque matin.

Thomas regarde Mélanie en fronçant les sourcils.

— Coupable ?

Un profond soupir glisse au-dessus de la table.

— Oh oui ! Si tu savais à quel point. L'idéal serait d'avoir notre maison pour que je puisse exploiter une garderie en milieu familial. Mais avec le bébé qui s'en vient, je ne vois pas comment...

Mélanie fait une pause en secouant énergiquement la tête.

— Je m'excuse. Encore une fois, ce n'est pas ton problème, c'est le mien.

— Je suis d'accord avec toi, approuve Thomas. C'est vrai que ce n'est pas mon problème. Mais il ne faudrait pas que ça t'empêche de m'en parler. C'est quand tu as voulu que je m'en mêle que ça s'est...

— On n'en parle plus, d'accord ?

Mélanie se redresse vivement sur sa chaise, visiblement mal à l'aise. Puis, elle se relève, va porter son verre dans l'évier, signifiant par là que, pour elle, le sujet est clos et qu'elle espère qu'il en ira de même pour son père.

— Et maintenant, si tu me parlais de ton voyage ?

demande-t-elle en reprenant sa place à la table. C'est beau la Provence ?

— La Provence ?

Thomas est tout sourire.

— C'est plus que beau ! C'est...

Il s'interrompt, cherchant ses mots.

— Je crois que je n'ai pas de mots pour décrire ce que j'ai vu, ce que j'ai ressenti, avoue-t-il finalement.

Puis, après un moment d'intériorité, il précise.

— Les paysages que l'on voit prennent la valeur que l'on veut bien leur donner, n'est-ce pas ? Disons que ce voyage m'a permis de me retrouver parce que c'était ce que moi j'avais besoin d'y découvrir. Comme je l'ai dit à Sébastien, c'était le dernier épisode d'un long pèlerinage au cœur de mes émotions. Ce voyage m'a fait du bien. Quant aux paysages, donnez-moi quelques jours pour faire un petit montage et je vais vous emmener avec moi en Provence et à Paris. On va s'organiser une petite soirée cinéma, car j'ai tout filmé.

Mélanie ouvre de grands yeux surpris.

— Filmé ? Il me semblait que tu ne jurais que par la photographie, toi !

— Oui, c'est vrai, je l'ai déjà affirmé. Mais, il n'y a que les imbéciles qui ne changent pas d'avis, n'est-ce pas ? Et puis...

Thomas se met à rougir.

— J'ai pensé que dans mon cas, ça serait une sacrée bonne idée.

Mélanie fronce les sourcils d'incompréhension.

— Comment ça une bonne idée dans ton cas ? Je ne te suis pas.

Thomas rougit de plus belle.

— Imagine-toi donc, avoue-t-il finalement, que depuis le décès de ta mère, je me suis mis à parler tout seul, comme un vieux radoteur. Comme ça, sans autre raison que celle de meubler un silence qui m'était insupportable. Tu te rappelles, n'est-ce pas, comment ta mère parlait tout le temps ? Me retrouver jour après jour confronté à un long silence a été, je crois, une des choses les plus difficiles à affronter. Sans trop m'en rendre compte, je me suis mis à réfléchir à voix haute. Et cette maudite manie m'a suivi jusqu'en voyage. C'est en m'écoutant parler, gêné de voir qu'on me regardait à la dérobée, que j'ai pensé à un caméscope. Au moins, pendant que je filmais, je pouvais parler sans passer pour un vieux dérangé.

Thomas s'attendait à ce que Mélanie éclate de rire devant sa confession, au lieu de quoi, elle le regarde avec une infinie tendresse, visiblement bouleversée.

— Papa, murmure-t-elle enfin sans le quitter des yeux, c'est fou comme on se connaît mal, en fin de compte. Tantôt, tu as sursauté quand j'ai dit que je me sentais coupable de laisser ma fille à d'autres. Maintenant, c'est moi qui m'aperçois à quel point tu as souffert. Bien plus que tu ne le laissais paraître.

Mélanie s'arrête le temps d'une profonde inspiration, avant de poursuivre sur un ton pensif.

— C'est maman qui était le lien dans notre famille. Je ne pense pas exagérer en affirmant cela. On s'en remettait tous à elle, pour un oui, pour un non. À cause de ça, on se connaissait par personne interposée, si je peux l'exprimer ainsi. Puis du jour au lendemain, maman n'était plus là.

Personne, pas plus moi que les autres, n'a pensé à faire l'ajustement. Je crois qu'inconsciemment, on s'attendait, les garçons et moi, à ce que tu prennes sa place. Après tout, tu es l'autre parent. Mais la réalité est tout autre. Tu n'es pas maman et tu ne le seras jamais. C'était injuste de croire que tu le ferais et c'est peut-être là ma plus grande erreur. Je m'en veux tellement! Je ne voulais pas...

— Chut! n'en dis pas plus.

La voix de Thomas est grave, apaisante.

— Tu as fait des erreurs, j'ai fait des erreurs, tes frères aussi, mais je sais que ce n'était pas par méchanceté. Ni par manque d'amour ou de respect. S'il y a une chose que ta mère nous a léguée, c'est bien celle-là: se respecter les uns les autres. Malheureusement, pendant un moment, nous étions si désespérés que nous l'avons tous un peu oublié. C'est tout, c'est humain de penser à soi quand on a très mal.

Du revers de la main, Mélanie essuie les larmes qui s'étaient mises à couler sur ses joues avant de renifler un bon coup.

— Ces mots-là, non plus, je ne les oublierai pas. Je...

Elle a levé les yeux et regarde maintenant son père avec intensité.

— Finalement, on n'a peut-être pas à regretter le passé, fait-elle sans le quitter des yeux. Les belles paroles que tu viens de me dire, maman aurait très bien pu me les dire, elle aussi. Ce sont des mots qui lui ressemblent. Dans le fond, vous vous ressemblez terriblement, tous les deux. Il suffisait de bien regarder, de bien écouter. C'est merveilleux d'en prendre conscience, dit-elle enfin, reprenant à son profit les paroles de Thomas qui semble ému.

— Merci. C'est gentil ce que tu viens de me confier. C'est surtout rassurant de voir que nous pourrons aller de l'avant, tous ensemble. Tu vois, Mélanie, la chose qui me tient le plus à cœur, c'est de garder notre famille unie. C'était, je crois, le plus grand désir de ta mère. Pourtant, elle éprouvait une certaine crainte quand elle a su que le temps lui était compté. Elle me disait souvent que ce qui lui faisait le plus mal, c'était d'imaginer tout ce temps qui viendrait après elle.

Mélanie demeure silencieuse un moment.

— Sans doute, murmure-t-elle enfin, songeuse. Maintenant que j'ai un enfant, je peux comprendre. Je détesterais savoir que Marie-Jeanne pourrait grandir sans moi.

En disant ces mots, Mélanie couve sa fille d'un regard possessif avant de revenir à son père.

— Pauvre maman ! Elle n'avait pas à s'en faire au sujet de sa famille. Moi aussi, c'est un désir que j'ai. Je veux que nous restions unis, même si nous avons maintenant chacun notre vie ; je suis certaine qu'Olivier et Sébastien pensent comme moi.

— Il n'en tient qu'à nous pour le réaliser.

— Tu as raison.

À ces mots, Mélanie esquisse une grimace polissonne.

— J'essaierai de m'en rappeler la prochaine fois que je ne serai pas d'accord avec toi !

— Très bonne idée, acquiesce Thomas en lui rendant sa grimace. Il n'y a rien que je déteste plus que d'être boudé par ma fille unique.

C'est au tour de Mélanie de se mettre à rougir comme une tomate.

— D'accord, j'ai compris.

Sur ce, détestant se sentir prise en défaut, elle éclate d'un rire un peu forcé.

— Ouf! On revient de loin! Moi qui venais simplement t'annoncer que j'étais enceinte...

Le temps d'un bref silence, puis elle conclut gravement:

— Faut croire qu'on avait besoin de se dire les choses comme on les sentait. Si ça n'avait pas été aujourd'hui, ç'aurait été un autre jour.

— Il faut toujours dire les choses comme on les sent, Mélanie, ratifie Thomas d'un ton catégorique. Entre ta mère et moi, c'est comme ça que l'on voyait la vie et j'ose croire qu'on avait raison.

Sur ces mots, Thomas se relève et se dirige vers le salon pour déposer sur le tapis une petite Marie-Jeanne de plus en plus agitée. À dix-huit mois, les longues séances immobiles sont éprouvantes.

— Bon! Et maintenant, à toi de me raconter ce qui s'est passé ici durant mon absence, lance Thomas en se tournant vers Mélanie qui l'a suivi dans la pièce. Karine s'est-elle enfin trouvée une maison? Et Armand? As-tu eu de ses nouvelles par Sébastien? Je lui ai parlé, mais ça doit faire au moins quinze jours de cela!

★ ★ ★

Quand Mélanie quitte la maison, le soleil est sur le point de se coucher dans un ciel partiellement dégagé. Thomas a appris qu'il ne devrait pas avoir de pensionnaire pour très longtemps encore puisque Karine a signé une offre d'achat la semaine précédente. Armand se porte à merveille surtout depuis qu'il a une dame de compagnie, ce qui fait bien rire Sébastien et Josée a appelé Mélanie pour lui demander d'avertir Thomas qu'ils ont suivi son exemple. Marc et elle sont partis en vacances pour les deux prochaines semaines. Quant aux fleurs des plates-bandes, Madeleine les a entretenues.

— Je l'ai croisée quand je suis venue m'occuper de la serre. La prochaine fois que tu partiras, c'est à elle que tu devrais confier les plantes, pas à Olivier. À part son travail, mon frère n'est pas très vaillant.

Fin de la discussion, Mélanie a refusé d'élaborer sur le sujet, alléguant qu'elle devait rentrer pour préparer le souper. Ce qui a fait penser à Thomas qu'il avait très faim. Le temps d'une incursion dans la cuisine pour constater que le frigo et le garde-manger sont vides et il prend la route, à son tour, en direction de l'épicerie, se rappelant subitement que c'était un geste que Jeanne aimait poser au retour des vacances.

— Rien de mieux qu'une bonne épicerie avec tout ce qu'il faut pour une semaine pour se sentir enfin chez soi! déclarait-elle invariablement avant de filer au magasin alors que souvent Thomas râlait devant cet empressement à faire les courses.

Pourtant, ce soir, pour la toute première fois de sa vie, il est entièrement d'accord avec elle.

★ ★ ★

Thomas a dormi comme un loir et ne s'éveille qu'au grondement du moteur et au grincement des freins du camion qui effectue le ramassage des ordures. «Mercredi, songe-t-il machinalement, en s'étirant. J'espère qu'Olivier y a pensé. »

D'un coup de pied, il repousse les couvertures et il se lève. Premier geste de la journée, ouvrir les tentures, ce que Thomas fait tout naturellement en esquissant un sourire moqueur.

— C'est fou comme les habitudes ont la couenne dure, dit-il en constatant, réjoui, que le soleil est au rendez-vous.

Puis il dessine une moue de contrariété. Leur poubelle n'est pas sur le bord du chemin. Visiblement, Olivier n'y a pas pensé. À moins qu'il ne soit pas rentré coucher. Thomas n'en a pas la moindre idée. Quand il s'est mis au lit, hier soir sur le coup de dix heures, Olivier brillait toujours par son absence et il n'avait même pas téléphoné alors que Sébastien, lui, avait appelé de Québec pour prendre de ses nouvelles et en donner.

— Tu devrais voir grand-père, avait-il souligné en pouffant de rire. La dame de compagnie l'a fait rajeunir de dix ans ! Il est d'une galanterie ! Comme un jeune homme.

Cet appel lui avait fait plaisir. Néanmoins, Thomas ferme les yeux avec impatience, reportant ses pensées sur Olivier. Décidément, son fils aîné ne ressemble pas à celui qu'il croyait.

— Comme quoi, il ne faut jamais se fier aux apparences, lance-t-il de mauvaise humeur en se dirigeant vers l'escalier. Un bon café et je sors constater les dégâts. Si Madeleine a cru bon s'occuper des plates-bandes, c'est qu'il y avait certainement matière à le faire ! Elle n'est pas du genre à se mêler des affaires des autres.

La préparation du café et la bonne odeur qui envahit la cuisine ont l'heur de lui changer les idées.

À la première gorgée, Thomas pousse un long soupir de satisfaction. À la seconde, il claque la langue d'appréciation.

— Y a pas à dire, rien ne vaut un café bien américain! Surtout le matin, argumente-t-il joyeusement pour lui-même.

Sur ce, il s'approche de la porte donnant sur la terrasse et l'entrouvre lentement, précautionneusement, persuadé qu'un courant d'air froid n'attend que cela pour s'infiltrer dans la maison. Contrairement à ses craintes, c'est un souffle tiède qui lui caresse le visage. Tout heureux et sans se soucier du pyjama qu'il porte encore, Thomas se glisse à l'extérieur en inspirant longuement l'air pur de l'automne qui sent bon la feuille morte et la terre humide.

S'il n'aime pas particulièrement jardiner, l'odeur de la terre a, par contre, un pouvoir évocateur qui le séduit et l'enivre.

L'odeur de la terre, c'est un peu l'odeur de Jeanne.

Alors il prend tout son temps pour respirer profondément, les yeux mi-clos. Puis, il s'approche du bord de la terrasse et ose un regard dans la cour.

Les roses sont toujours aussi belles et vue de loin, la plate-bande qui s'étire sous la haie de cèdres semble ne pas avoir trop souffert de son absence. Tant mieux, il n'aura pas à y passer des heures pour tout remettre en état. D'autant plus qu'aujourd'hui, il a d'autres projets qui lui tiennent nettement plus à cœur.

Il a des centaines de photos à examiner et un film à visionner.

— Et ça, monsieur, c'est définitivement plus agréable que d'avoir les deux mains dans la terre, proclame-t-il sur un ton de défi en lorgnant le jardin.

Brusquement pressé de s'y mettre, Thomas finit son café d'une longue gorgée gourmande, file à la cuisine pour se débarrasser de sa tasse, pour ensuite monter à l'étage afin de s'habiller et récupérer le caméscope qu'il a déposé sur le bureau.

Quelques instants plus tard, il se retrouve au salon devant la télévision. Pour un premier visionnement, il lui semble que la télévision s'impose afin d'avoir une meilleure vue d'ensemble. Après, il reprendra le tout à l'ordinateur pour couper les passages inutiles ou trop longs et assembler les différentes scènes qu'il a filmées.

Le temps de consulter le manuel d'instructions, de démêler et identifier l'enchevêtrement de fils qu'il récupère dans l'étui du caméscope et Thomas arrive tant bien que mal à s'y retrouver.

— Un fil entre l'appareil et la télévision et un autre pour brancher le tout dans la prise de courant, murmure-t-il joignant le geste à la parole.

Se relevant, Thomas s'approche du mur, pousse sur le meuble de la télévision pour libérer la prise, se penche en faisant courir ses doigts le long du fil et...

— Merde!

La France le rejoint jusqu'ici, dans son salon, tant par le juron, qui, depuis quelques semaines, est passé de sapristi! à merde! que par la prise ronde reposant au creux de sa main. Thomas la contemple, perplexe.

— Qu'est-ce que tu veux que je fasse avec ça? assène-t-il avec mauvaise humeur, se traitant mentalement d'idiot de ne pas avoir pensé plus tôt que les prises ne se ressemblent pas de chaque côté de l'Atlantique.

Et comme il a acheté son caméscope à Avignon...

Craignant de ne pouvoir jamais visionner ce qu'il a emmagasiné dans l'appareil, Thomas rassemble rapidement tout ce qui traîne sur le plancher. Il ne voit qu'une solution à son problème : trouver un expert qui saura le conseiller. Un peu plus, il croiserait les doigts comme un enfant espérant voir un souhait impossible se réaliser.

Direction La Source ou Future Shop! Peu importe, du moment qu'il y a une solution!

Une heure et quelque cent dollars plus tard, Thomas revient chez lui, rassuré. Il va pouvoir visionner son film et même le transférer sur DVD.

— Ce que je vous conseille vivement de faire, avait suggéré le vendeur. Et deux fois plutôt qu'une, pour être bien certain de ne rien perdre.

Le conseil n'est pas tombé dans l'oreille d'un sourd. Thomas tient autant à ce film qu'à la prunelle de ses yeux. Il veut le voir et le revoir. Il espère tant y retrouver tous ces élans du cœur qu'il a ressentis lors du voyage.

Toutes les attentes qu'il a connues en lisant le journal de Jeanne sont présentement reportées à ce film.

Le temps de tout brancher, de s'installer confortablement dans son fauteuil préféré et il presse le bouton de mise en marche. L'écran de la télévision prend vie sur une image du pont d'Avignon, vu de loin, alors que Thomas esquisse une grimace au premier commentaire qu'il fait.

C'est ça, la voix qu'il a?

— Ouache! On dirait que je parle du nez! Personne ne m'a jamais dit que j'avais une voix nasillarde. Pourtant, il me semble que c'est évident... Quelle horreur!

Il faut un bon dix minutes de visionnement avant que Thomas oublie la sensation désagréable éprouvée devant cette voix qui lui semble étrangère. Malgré tout, peu à peu, le charme commence à opérer. Il oublie la voix en se rappelant les lieux. Il retrouve Saint-Rémi et ses petites rues charmantes. Il revoit la fontaine de Nostradamus, entend son gargouillis avec un plaisir évident. Vient ensuite le château de Roussan et, devant les images, il regrette que la caméra n'ait pu enregistrer cette odeur qu'il décrit avec peine.

— Ça sent le chien mouillé ou le pipi de chat, c'est difficile à dire. Dommage, car l'endroit est charmant, avait-il souligné.

Puis il se réjouit devant la lumière éclatante de Marseille que la caméra, cette fois-ci, a magnifiquement rendue, malgré ses craintes.

Et cette voix, la sienne, qui dit le monde à découvrir et la beauté de la vie.

Cette voix déroutante qui dit des mots qui lui ressemblent.

Thomas s'est calé dans son fauteuil. Il a relevé un genou qu'il tient fermement entre ses bras, comme s'il avait besoin de presser quelqu'un tout contre lui. Les images défilent, s'emboîtent les unes aux autres. La voix se fait de plus en plus familière, surtout à cause des mots qu'elle emploie et qui lui sont, eux, très familiers.

Les plages et les voiliers à quai, Saint-Cyr-sur-mer et son merveilleux coucher de soleil, la Méditerranée à perte de vue qu'il domine à partir des belvédères et la montagne, couleur d'ocre et de miel, plus grande que lui...

Saint-Tropez, ses rues étroites et sa baie immense avec tous ces paquebots et ces cargos à l'ancre...

Thomas a oublié son salon et l'automne qui brille à l'extérieur. Il est de retour sur la Côte d'Azur et il se sent bien.

Vient alors Sainte-Maxime, ses ruelles et son joueur d'accordéon, ses étalages de poissons et ses bistrots.

Puis la vision furtive d'un auvent brun liseré de beige fait bondir son cœur. La vision furtive d'un nom avant que la caméra ne se concentre sur la rue. Une rue faite d'asphalte fissuré qui tremble un peu à cause de la main qui tenait la caméra. Cette fois-ci, il n'y a aucune voix. On n'entend, à l'arrière-plan, que le murmure habituel d'une station balnéaire envahie par les touristes.

Des rires, les pétarades d'une mobylette, toutes sortes de voix, un peu d'allemand lui semble-t-il, quelques cris.

Thomas a l'impression que le film va s'arrêter là, même s'il sait que non. On n'entend toujours que la ville qui murmure, on ne voit que la rue qui ondule, puis lentement, la caméra recommence à bouger. La rue disparaît dans un éclat de soleil qui cache tout, puis l'auvent reparaît, bien visible.

La table de Jeanne.

— La table de Jeanne, murmure la voix nasillarde.

Il ne se rappelait pas avoir parlé à ce moment-là. Son cœur se met à battre à tout rompre, renouant avec la sensation éprouvée devant ce restaurant.

Jeanne tout près de lui, Jeanne lui faisant signe.

Thomas inspire profondément.

La caméra décrit un arc, très lentement, détaillant les pots de terre cuite, les plantes exotiques qui ombragent la terrasse, les petites chaises de métal et de bois, les gens attablés devant un apéritif avant de s'arrêter brusquement sur un sourire espiègle.

Pourquoi la caméra s'est-elle arrêtée à ce moment-là ? À cause du sourire moqueur ? Peut-être, mais pour l'instant, Thomas a la certitude que cet arrêt est superflu. Pourtant, ce n'est presque rien. À peine quelques secondes, mais ce sont quelques secondes de trop, suffisantes pour que le regard rencontre le sien, ici, dans son salon.

Simone Germain et son père Gustave.

Thomas sent son cœur qui bat toujours aussi fort, désordonné et là, seul chez lui, il regrette de ne pas avoir acheté de caméscope quand il était en Europe avec Jeanne. Pourquoi n'y avait-il pas pensé alors ?

La question est brutale tout comme le regret qu'il éprouve. Pourquoi, mais pourquoi n'y a-t-il pas songé ?

Même s'il n'y tient pas, il aura pour toujours le souvenir d'une certaine Simone, de Laval, lui souriant, bien vivante, rejetant ses cheveux derrière d'un geste machinal, semblant chercher son regard alors qu'il n'a de Jeanne que des photos, figeant le temps, l'espace et les souvenirs.

Thomas appuie la tête contre le fauteuil et ferme les yeux alors que la télévision montre maintenant Juan-les-Pins.

Il a la gorge nouée sur un sentiment familier qu'il espérait ne plus jamais ressentir. Ce regret, en lui, qui ressemble étrangement à de la culpabilité emmêlée de tristesse et qui cherche à se manifester.

Quelle idée de s'être enfui en France, seul ! C'est avec Jeanne qu'il avait prévu voyager au moment de la retraite.

D'un geste rageur, Thomas essuie ses yeux humides. Il n'y aura pas de larmes. Il n'y a aucune raison pour qu'il se mette à pleurer. Plus maintenant.

Se redressant dans son fauteuil, il reporte son regard sur

la télévision qui montre maintenant la façade de la parfumerie Fragonard.

Grasse, la ville des parfums.

Il a bien aimé Grasse. C'est Simone qui lui avait conseillé d'y aller et elle avait raison. La ville était jolie et c'est là qu'il a acheté des savons pour Mélanie et une trousse de produits pour bébé.

Pourquoi toujours se culpabiliser?

Inspirant profondément, Thomas s'oblige à concentrer toute son attention sur les images qui défilent devant lui.

Les Alpes de Haute-Provence, la route désertique qui ressemble au parc des Laurentides, Trigance et son château médiéval perché sur le pic rocheux...

Quand il arrive aux gorges du Verdon, Thomas regarde les images comme s'il était détaché de son corps.

Est-ce bien lui qui a filmé ces images qui le laissent indifférent?

Puis lentement, la magie opère comme elle a opéré durant le voyage.

Arrivé à Moustiers-Sainte-Marie, il a déjà oublié qu'à Sainte-Maxime, il y a un restaurant qui s'appelle *La table de Jeanne* et que l'espace d'un soupir, il a regretté de ne pas avoir filmé son voyage dans le nord de la France.

Chapitre 12

Perplexe, Thomas fixe le téléphone en se demandant s'il aura l'audace d'aller jusqu'au bout. Après tout, rien ne l'y oblige, sinon une vague promesse faite à un ami qui a tout de l'adolescent attardé. Tout à côté de l'appareil, bien en évidence sur la petite table en coin, un bout de feuille déchirée, avec un numéro de téléphone gribouillé à la hâte.

Un petit bout de papier blanc qui semble le narguer.

Et dire que tout ça, cet embarras qu'il ressent ce matin, doublé d'une bonne dose de gêne et d'une pointe d'indécision, c'est à Gilles qu'il le doit.

À Gilles et à quelques secondes de trop dans un film de deux heures.

Thomas était ressorti du premier visionnement de son film fourbu comme s'il avait été roué de coups. Toutes les émotions qu'il avait espéré y retrouver, il les avait ressenties, mais bien au-delà de ses espérances, semblant amplifiées, dramatisées, presque dénaturées ou alors complètement absentes comme devant les gorges du Verdon.

Il s'était senti parfois acteur, parfois spectateur. Dans les deux cas, il avait éprouvé un tremblement intérieur qui l'avait épuisé.

Il avait éteint la télévision en se jurant d'effacer le passage de Sainte-Maxime. C'était à cause de celui-ci s'il avait été si malheureux, si le film dont il attendait tant n'avait été finalement qu'un ramassis d'émotions pernicieuses. Le lendemain, au réveil, il s'était traité de sombre imbécile d'avoir envisagé une telle possibilité. À travers sa tristesse, il avait aussi éprouvé une certaine douceur devant ce petit rappel du destin, c'était indéniable. Une douceur que ses enfants ressentiraient peut-être, eux aussi.

Il n'avait pas le droit d'effacer le passage où l'on voyait *La table de Jeanne*. Après une nuit de sommeil, garder ce tout petit moment lui apparaissait une obligation, un devoir moral envers ses enfants.

Il s'était donc contenté de revoir le film en entier, passant et repassant en boucle l'image de l'auvent du restaurant jusqu'à ce qu'il ne soit plus bouleversé par cette image.

Après cela, détendu, il avait été capable de regarder le reste du film avec un esprit détaché et inquisiteur.

Les gorges du Verdon l'avaient alors interpellé comme au jour où il avait eu la chance de les contempler.

Finalement, il n'y avait rien à couper ou si peu.

Thomas était même plutôt fier de ce qu'il avait réussi à produire.

Quelques jours plus tard, après un souper gargantuesque réunissant la famille autour de lui, la réaction de Mélanie avait confirmé l'intuition qu'il avait eue.

— Oh! *La table de Jeanne*...

Il y avait de l'émerveillement dans la voix de sa fille.

— C'est fou ce que la vie peut nous réserver parfois, avait-elle ajouté en se tournant vers son père.

Un regard complice les avait alors réunis.

Il en avait été de même avec ses amis. Josée était peut-être restée silencieuse quand elle avait aperçu l'auvent brun, mais le regard qu'elle avait jeté à Thomas parlait de lui-même. Ils avaient échangé un long sourire nostalgique qui disait l'affection pour Jeanne, toujours présente, et l'amitié entre eux, plus forte que jamais.

Gilles s'en était alors mêlé, tel un éléphant entrant dans un magasin de porcelaine, brisant la magie du moment.

— Tu ne pourrais pas revenir en arrière ? avait-il demandé à Thomas alors que l'écran affichait le spectacle désolant des chaises en rang d'oignons sur la bande de sable insignifiante qu'ils avaient l'insolence d'appeler *une plage*, à Juan-les-Pins.

— Pourquoi ? Il y a quelque chose qui t'a frappé ?

Gilles avait froncé les sourcils un instant, apparemment décontenancé. Puis il avait semblé saisir ce que Thomas tentait de dire à mots couverts.

— Oh ! Je vois. Tu penses à *La table de Jeanne*, n'est-ce pas ? Non, ce n'est pas ça. S'il faut s'arrêter à chaque fois que le nom de Jeanne va traverser notre vie... C'était direct, un peu dur, mais vrai. De plus en plus vrai. C'était surtout du Gilles tout craché d'oser lancer de tels propos sans sourciller.

— Alors, tu peux revenir en arrière ou pas ? avait-il insisté.

— Je peux.

À la demande de Gilles, sans trop comprendre pourquoi, Thomas avait fait reculer le film de quelques images.

— Là, arrête ! s'était écrié Gilles, faisant sursauter tout le monde dans le salon.

Puis il avait demandé d'une voix gourmande, alors que le sourire moqueur de Simone remplissait l'écran :

— Elles ressemblent toutes à ça, les filles de Provence ? Parce que si c'est le cas, je sais où je prends mes prochaines vacances !

Thomas avait éclaté de rire.

— Me semblait que tu avais une préférence marquée pour les femmes plutôt grandes, aux longs cheveux d'ébène et au regard de braise, toi!

— Ouais! je sais, mais on voit ce que ça donne, aussi. À cinquante-neuf ans, je suis toujours célibataire... Peut-être aurais-je plus de chance avec les petites blondes aux yeux d'océan. Alors, est-ce que je prends mes prochaines vacances en Provence, oui ou non? Tu n'as toujours pas répondu à ma question.

Thomas avait regardé son ami avec un sourire gouailleur.

— Non. Tes prochaines vacances, c'est à Laval que tu vas les prendre.

À ces mots, Marc et Josée avaient pouffé de rire.

— À Laval?

Plutôt que de se sentir offensé par l'attitude de ses amis qui semblaient se payer sa tête, Gilles avait eu l'air intéressé.

— Serais-tu en train de me dire innocemment qu'une telle beauté habite ici, à quelques pas de chez moi, et que je ne le savais pas?

— Beauté?

Thomas avait été sincèrement surpris que Gilles applique cette étiquette à Simone. Elle n'était pas laide, soit, mais de là à parler de beauté...

Comme s'il désirait vérifier, Thomas avait alors reporté les yeux sur Simone, essayant de trouver ce qui lui avait échappé. Son sourire crevait l'écran.

— Oui, monsieur, beauté, s'était empressé de répliquer Gilles. On n'a plus vingt ans, mon vieux! Il faut s'y résigner. Mais quand je vois une femme sensiblement de mon âge qui ose sortir sans maquillage et qui me regarde droit dans les yeux, c'est ce que j'appelle une beauté. Et elles sont rares, laisse-moi te le dire. C'est une vraie femme, ça, et non une de ces filles qui ne veulent pas vieillir en se donnant des allures de fausses jeunes. Et contrairement à toi, avait-il précisé en haussant le ton, voyant que Thomas voulait intervenir, j'ai toute une expertise en la matière. Maintenant, revenons-en à cette blonde aux yeux magnifiques. De Laval, tu dis... Et quoi d'autre? Si tu sais qu'elle vient de Laval, tu lui as donc parlé, non?

C'est ainsi que Thomas avait présenté Simone Germain et son père Gustave.

Le lendemain, Gilles l'avait appelé de son bureau.

— Je viens de vérifier, et il n'y a qu'un seul Gustave Germain à Laval!

— Oui et après? avait répliqué Thomas sur la défensive, jouant les innocents alors qu'il savait très bien où son ami voulait en venir.

— Tu n'as qu'à l'appeler!

— Pardon?

— Tu n'as qu'à lui téléphoner.

Thomas n'en revenait tout simplement pas.

— Serais-tu en train de me demander de jouer les entremetteurs?

— Pourquoi pas?

Au bout de la ligne, Gilles avait une voix quasi angélique.

— Pour une fois que je te demande quelque chose!

Il y avait, dans l'attitude de son ami, un petit côté adolescent qui échappait à Thomas et qui l'agaçait en même temps. Les vieux séducteurs avaient-ils tous ce travers cabotin? Il avait soupiré suffisamment fort pour que Gilles l'entende.

— Et comment veux-tu que je l'aborde? Si elle avait voulu me revoir, elle aurait laissé son adresse, son numéro de téléphone. Et ce n'est pas le cas.

— Elle a laissé le nom de son père, c'est bien suffisant, s'était entêté Gilles avec assurance. Elle doit sûrement savoir qu'il n'y a qu'un Gustave Germain à Laval! N'as-tu pas prétendu, entre autres choses, que c'était une femme intelligente?

Cette fois-ci, Thomas n'avait pas eu à forcer la note pour que son soupir s'entende des milles à la ronde!

— Mais tu charries, mon pauvre Gilles! Je te ferais remarquer, en passant, que ce n'est pas toi qu'elle a rencontré mais moi. Et je ne vois pas pourquoi je reverrais cette femme-là. Elle a été une agréable rencontre de voyage, je ne le nie pas, mais ça s'arrête là. De toute façon, rien ne dit qu'elle serait heureuse de te rencontrer. Ni qu'elle serait contente de me revoir, d'ailleurs.

— Tant qu'on n'aura pas essayé, on ne le saura pas, avait rétorqué Gilles, du tac au tac. Si je te dis que cette femme-là me plaît, c'est que c'est vrai. Je la trouve vraiment jolie. Si en plus elle ressemble au portrait que tu en as dressé, ça me donne une raison supplémentaire de vouloir la rencontrer. Pour le reste, on verra. De toute façon, à ce moment-là, je n'aurai plus besoin de toi.

Thomas n'en revenait toujours pas. Il avait l'impression de parler avec un jeune de seize ans et pas nécessairement avec le plus brillant. Si Gilles agissait toujours ainsi avec les femmes, il pouvait bien être encore célibataire!

— Ai-je le droit de dire que tu m'exaspères ?

— Tout à fait ! Alors tu l'appelles ?

— Et quelle raison vais-je lui donner pour débarquer dans sa vie comme ça ?

— La vérité, Thomas, la stricte vérité. Tu as fait un film plus que fascinant sur un pays qu'elle vient de visiter, elle aussi. Serait-elle intéressée à le voir ? Ce n'est pas si compliqué, il me semble. À partir de là, la balle sera dans son camp. Si elle ne veut pas te revoir, elle saura bien te le faire savoir.

Gilles venait d'ouvrir une brèche sans la moindre subtilité, pourtant Thomas s'était laissé prendre au jeu.

— Ouais ! vu sous cet angle...

Puis sur un tout autre ton.

— Comme ça, tu as trouvé mon film fascinant ? avait-il demandé, curieux et flatté en même temps.

Et c'est ainsi que ce matin, il se retrouve devant le téléphone, à se traiter d'abruti d'avoir cédé aussi facilement.

— Mais qu'est-ce que je vais lui dire ? demande-t-il pour la troisième fois au mur devant lui. Coucou, c'est moi ! Vous vous souvenez ? Le gars de Montréal qui ne voulait pas vraiment parler ! Voilà ! J'ai fait un petit film qui pourrait vous intéresser. Et en passant, j'ai aussi un copain qui... Ridicule ! C'est complètement ridicule !

Il lui faut plus d'une demi-heure pour se décider enfin à composer le numéro. Le mot *enfantin* lui encombre l'esprit et encore, il n'est qu'un pâle reflet de ce qu'il pense de lui-même.

Il sursaute quand l'on décroche après trois sonneries.

— Oui, bonjour. Suis-je bien chez monsieur Gustave Germain ?

Il n'a rien trouvé de mieux à dire même s'il a reconnu sans difficulté la voix de Simone qui a répondu avec un *bonjour* plein d'entrain.

— Thomas, c'est bien vous ? demande-t-elle aussitôt sans répondre à l'interrogation de celui-ci. Le Thomas Vaillancourt rencontré à la terrasse d'un petit restaurant de Sainte-Maxime ?

— C'est moi, oui !

— Quelle curieuse coïncidence ! Les grands esprits se rencontrent ! On a justement parlé de vous au déjeuner, ce matin ! Sans blague ! On se demandait si la fin de votre voyage s'était bien passée, si vous aviez visité les endroits dont on vous avait parlés. J'espère que vous n'avez pas été déçu par...

Simone vient de prendre son élan ! Elle ne semble pas contrariée que Thomas l'ait rejointe. Le plus curieux, c'est qu'elle ne paraît même pas surprise de cet appel. Comme si elle s'y attendait.

Le long monologue de Simone se termine brusquement, dans un éclat de rire.

— Ça y est ! J'ai encore trop parlé... Un peu plus et je vous dressais la liste de ce qu'on a mangé au déjeuner ! Comment allez-vous, Thomas ? Et que me vaut cet appel ?

Ces derniers mots font jaillir un sourire sur les lèvres de Thomas. Un peu de curiosité, enfin ! Cela lui semble tellement logique et normal qu'il se sent aussitôt beaucoup plus à l'aise.

— Moi aussi, je pensais à vous deux, ce matin, dit-il conscient que ce n'est qu'une vérité déguisée. Voyez-vous, j'ai filmé une grande partie de mon voyage et je me demandais si ça vous intéresserait de le voir. Ce n'est pas un grand documentaire, mais par moments, il rend assez bien les paysages qu'on a vus. Je me suis donc permis de chercher dans le bottin et comme il n'y avait qu'un seul Gustave Germain, je me suis risqué. À propos, votre père va bien ?

Quelques instants plus tard, Thomas raccroche sur une invitation à souper, vendredi suivant.

— Papa va être content de vous revoir et j'ai bien hâte de visionner votre film, Thomas. C'est un voyage que papa et moi avons beaucoup aimé. C'est gentil d'avoir pensé à nous appeler, vraiment !

« Qui l'aurait cru ? Gilles avait peut-être raison, se dit Thomas en raccrochant, soulagé par la tournure des événements. Qui ne risque rien n'a rien ! »

N'empêche qu'il n'a toujours pas la moindre idée du comment et du pourquoi d'une rencontre entre Simone et Gilles.

— On verra bien, lance-t-il enfin en se dirigeant vers la serre pour arroser les plantes. Avec un peu de chance, je trouverai un prétexte pour l'inviter à souper et après, comme Gilles l'a si bien dit, ils n'auront plus besoin de moi !

★ ★ ★

La soirée chez les Germain avait été, somme toute, assez agréable. Gustave s'était révélé un homme nettement plus volubile et joyeux que dans le souvenir que Thomas en avait gardé. Il en avait rapidement conclu que, pour une personne à la vision diminuée, le fait d'être dans un environnement familier lui donnait une assurance qu'il n'avait pas autrement.

En outre, Gustave était un cuisinier hors pair.

— C'est un des plaisirs dont je peux encore profiter, avait-il reconnu quand Thomas l'avait félicité pour la qualité du repas qu'ils venaient de partager. Je connais suffisamment la pièce où j'évolue, ma vision restreinte suffit. De toute façon, nécessité fait loi, n'est-ce pas ? J'ai développé des trucs et des astuces avec le temps. Prenez l'odorat, par exemple ! C'est un des sens peu développés ou négligés quand on bénéficie d'une bonne vue. Il en va de même pour l'audition. C'est inouï tout ce que mon nez et mes oreilles m'apprennent !

Puis ils étaient passés au salon pour prendre un digestif devant le film de Thomas. En écoutant les commentaires qu'il faisait tout au long de la projection, Thomas avait pris conscience à quel point ceux-ci pouvaient être révélateurs sur qui il était, sur ce qu'il vivait. Et en plus, cette voix ! «Maudite voix nasillarde ! Quel gâchis ! » Aussitôt, il s'était senti gêné. Avec ses enfants et ses amis, il n'avait pas ressenti ce malaise.

Enfoncé dans son fauteuil, pendant près de deux heures, il avait fixé le téléviseur en sirotant un cognac sans dire un mot, jusqu'à ce que l'écran ne soit plus qu'un grand rectangle neigeux.

— C'était un film admirable, Thomas, avait souligné Gustave quand le silence avait finalement envahi la pièce. Tout au long de ce voyage, vous avez laissé parler vos émotions et j'ai eu l'impression de contempler les mêmes choses que vous. Merci ! J'ai passé une merveilleuse soirée.

À peine quelques mots et Thomas avait rapidement oublié et la voix et l'embarras éprouvé plus tôt.

Ils avaient terminé la soirée en parlant de la pluie et du

beau temps. Thomas avait confié qu'il songeait à des cours de photographie et Simone avait longuement épilogué sur les cours de dessins qu'elle suivait depuis son retour de voyage.

— J'ai toujours aimé dessiner.

Puis dans un éclat de rire, elle avait ajouté:

— Si vous saviez le nombre de gribouillis que j'ai faits alors que j'étais en cour en plein procès! On devait probablement supposer que je prenais des notes alors qu'en réalité, je faisais le portrait des gens qui m'entouraient. C'est un peu curieux à dire, mais ça m'aidait à me concentrer. Et vous? La photo, le cinéma, ça fait longtemps que vous vous y intéressez?

C'est ainsi que, d'une chose à l'autre, au moment de prendre congé, Thomas avait trouvé tout naturel de les inviter à venir souper chez lui.

— À titre de comparaison, avait-il lancé à la blague. Vous allez voir, Gustave! Moi aussi j'arrive à me débrouiller dans une cuisine.

Puis il avait ajouté, surpris par ses propres paroles.

— Nécessité fait loi, n'est-ce pas?

Ils s'étaient alors entendus pour se revoir le dimanche de la semaine suivante.

— Le dimanche, c'est le seul soir où je suis à peu près certain d'être seul, tranquille chez moi.

Cependant, Thomas avait à peine passé le seuil de la maison des Germain qu'il regrettait son initiative. Mais qu'est-ce qui lui avait pris d'inviter ces gens? C'est à peine s'ils se connaissaient.

Ce soir-là, il avait eu de la difficulté à s'endormir. Pourtant, il avait passé une belle soirée.

Le lendemain matin, Gilles ne s'était pas contenté d'appeler, il s'était présenté relativement tôt à sa porte, attrapant Thomas au saut du lit alors que ce dernier ne savait pas encore s'il serait de bonne humeur. Olivier l'avait réveillé à l'aube en prenant sa douche et le souvenir de son invitation lui était aussitôt revenu en mémoire, agaçant.

— Alors ? avait demandé Gilles en entrant sans attendre d'invitation, passant cavalièrement devant Thomas pour se diriger vers la cuisine.

— J'ai passé une excellente soirée, si c'est à ça que tu fais allusion. Gustave Germain est un homme charmant et sa fille aussi.

Le ton employé laissait pourtant entendre tout autre chose.

— Simone est un homme charmant ? avait relancé Gilles d'un ton à la fois interrogateur et goguenard, sans se retourner vers Thomas qui le talonnait et surtout sans tenir compte de l'irritation qu'il percevait dans sa voix.

Ce dernier avait levé les yeux au ciel.

— Idiot ! Tu sais très bien ce que je veux dire !

— D'accord, je m'excuse, c'était idiot, avait-il reconnu.

Puis sans transition :

— Vas-tu la revoir ? Vais-je avoir la chance de la rencontrer ?

— Simone et son père viennent souper dimanche de la semaine prochaine. Thomas aurait préféré être seul, ce matin-là. Mais comme Gilles semblait déterminé à coller, il avait proposé en soupirant :

— Je peux t'offrir un café ?

— Double ! Avec un soupçon de lait.

— Va m'attendre dans la serre, j'arrive.

C'était un samedi de novembre indécis, un peu froid, où

le soleil jouait à cache-cache avec de gros nuages gris qui se bousculaient rapidement d'un bout à l'autre du ciel. Néanmoins, il faisait bon dans la serre et Gilles s'était laissé choir dans un des fauteuils en osier en poussant un profond soupir de contentement. Dans la cour, les rosiers étaient déjà emballés pour l'hiver et dans la serre, les plantes étaient toujours aussi belles. Gilles avait fait la moue. Pourquoi Thomas s'entêtait-il ainsi? Par plaisir, par désœuvrement ou obligation? Il n'était certain de rien, mais par instinct, par amitié aussi parce qu'il connaissait Thomas depuis toujours, c'est le mot *obligation* qui s'imposait à lui.

Thomas ne lui avait-il pas déjà avoué que le jardinage le laissait plutôt indifférent?

Gilles n'aimait pas cela.

Pas plus qu'il n'était à l'aise dans ce rôle de frimeur qu'il avait endossé.

Jamais il n'aurait pu imaginer que cela irait aussi loin quand il avait demandé à Thomas de faire reculer le film de quelques images. Tout ce qu'il avait voulu, à ce moment-là, c'était détendre l'atmosphère qui s'était passablement alourdie au moment où le nom de Jeanne avait traversé l'écran. Les sourires tristes que Thomas et Josée avaient échangés l'avaient rejoint au passage et aussitôt, il avait cherché à faire diversion. Revenir sur le nom de Jeanne, tout en attirant l'attention ailleurs. Il savait très bien où il voulait en venir quand il avait souligné qu'ils devaient s'habituer à entendre le nom de Jeanne sans toujours sombrer dans la nostalgie. Avait-il eu raison ou tort? Il ne le saurait probablement jamais. Par contre, le fait que Simone soit quelqu'un de Laval avait singulièrement compliqué les choses et c'est à partir de là qu'il s'était mis à improviser. En quelque sorte, il s'était pris à son propre piège.

Cependant, quand Thomas lui avait dit, tout à l'heure, qu'il avait passé une bonne soirée, Gilles s'était permis de croire que son subterfuge avait peut-être du bon, après tout, et qu'il avait eu raison d'insister.

— Pas fameux comme journée, n'est-ce pas?

Thomas venait d'entrer dans la serre, interrompant la réflexion de Gilles.

— Moyen, en effet.

Puis passant du coq à l'âne, après tout c'est pour cela qu'il était ici, il avait demandé:

— Parle-moi de ta soirée! Simone est-elle toujours à la hauteur de l'opinion que tu avais d'elle?

Portant la tasse à ses lèvres, Gilles avait levé un regard qu'il espérait plein d'attente et il l'avait posé sur Thomas, lequel s'était immédiatement mis sur la défensive. Il savait que Gilles était un coureur de jupons impénitent, mais à ce point...

— Oui, Simone est quelqu'un de bien, avait-il enfin confirmé d'une voix plus cassante qu'il ne l'aurait voulu. Quelqu'un de très bien, même, et c'est peut-être ce qui m'agace le plus dans toute cette histoire.

— Pourquoi?

— Simone est une femme directe, spontanée et honnête. C'est évident, on le sent dans ses propos et son attitude. Alors je ne suis pas à l'aise avec l'idée du petit jeu que tu me fais jouer. J'ai l'impression d'être malhonnête.

Gilles avait soupiré d'exaspération, à mi-chemin entre l'acteur et l'ami.

— Malhonnête ? Tu ne trouves pas que tu exagères un peu ?

— À peine.

— Alors explique-moi ce qu'il y a de malhonnête dans le fait de me présenter une amie que tu viens de rencontrer. Moi, je ne vois pas. Je trouve la situation on ne peut plus banale.

Ce n'était plus le cabotin qui parlait, mais l'ami. Un ami qui était en train de mettre le doigt sur une vérité que Thomas lui-même refusait toujours de reconnaître.

— Qu'est-ce qu'il y a de malhonnête, Thomas ? avait répété Gilles, cette fois-ci d'une voix très calme, presque douce.

— Tout ! Rappeler Simone, accepter son invitation, lui rendre la pareille avec toi en filigrane. Je n'aurais jamais dû lui téléphoner. Je n'avais pas le droit de faire ça. C'était malhonnête de ma part, avait-il répété en insistant sur le mot *malhonnête*.

Gilles était resté silencieux un moment avant de demander à nouveau :

— Malhonnête pour qui Thomas ? Pour toi, pour Simone ou pour Jeanne ?

Thomas n'avait pas eu à répondre. Le regard qu'il avait posé sur Gilles suffisait à décrire son désarroi.

— Jeanne est morte, Thomas, avait brutalement repris Gilles, sachant que ces quelques mots étaient durs à entendre. Depuis plus d'un an. C'est triste à crier, c'est profondément injuste, mais c'est ainsi. Quand est-ce que tu vas l'accepter ? Quand cesseras-tu enfin de vivre dans le passé ?

Thomas n'avait toujours pas répondu, ne sachant pas quoi

lui dire. Gilles avait-il raison ? Cela non plus, il ne le savait toujours pas. À certains moments, il aurait pu dire que oui, à d'autres, il avait la certitude d'avoir fait un bon bout de chemin. Par contre, il n'avait pas envie d'en débattre ce matin. Alors il avait préféré se taire et il avait détourné la tête pour que son ami le comprenne.

Devant le silence qui s'éternisait, Gilles s'était relevé, avait déposé sa tasse à peine entamée sur la petite table, tout à côté de la photo de Jeanne et il s'était dirigé vers la porte donnant sur la cuisine. Puis, il s'était arrêté.

— Je sais que tu crois nous donner le change, Thomas. Tes intérêts pour le jardinage, ton engouement pour la cuisine... Je pense même que tu réussis à te donner le change par moments, mais pas à moi. Je te connais trop pour ça. Tu peux peut-être découvrir certains plaisirs dans des activités nouvelles, mais l'enthousiasme que tu y mets sonne faux, plus souvent qu'autrement. Il y a peut-être la photo et le cinéma où je te sens réellement heureux quand tu en parles... Pour le reste, tant que tu laisseras Jeanne envahir ton existence, tu ne pourras pas aller de l'avant. Et c'est là où se trouve ton destin désormais. Devant, dans l'avenir et non derrière, dans le passé. Tu as tous les droits, Thomas. Ceux de reproduire indéfiniment la vie que tu as menée avec Jeanne ou te bâtir une vie bien à toi. Une vie où tu as le droit de rencontrer des gens, de créer de nouveaux liens, de bâtir de nouvelles amitiés. Tu as surtout le droit d'être à nouveau heureux.

Gilles avait attendu une réponse qui n'était jamais venue.

— Dimanche prochain, je serai là vers sept heures, avait-il ajouté dans un souffle avant de s'en aller.

C'est à peine si Thomas avait entendu la porte se refermer sur son ami.

Il avait passé les deux jours suivants à repenser aux paroles de Gilles, essayant de leur trouver un sens, essayant de les contredire, essayant de faire la paix avec lui-même. Il n'y était pas parvenu.

Gilles avait raison, Jeanne était toujours présente dans son quotidien, quoi qu'il puisse en dire.

Jour après jour, c'étaient les plantes de Jeanne qu'il arrosait, c'étaient ses livres de recettes qu'il ouvrait, c'était dans sa serre qu'il aimait à se réfugier.

Dans le garde-robe de la chambre, les robes de Jeanne étaient toujours suspendues à côté de ses chemises parce qu'il n'arrivait pas à s'en départir. Il avait toujours répondu à Mélanie qu'il n'avait pas le temps quand elle s'offrait à l'aider.

Mais en même temps, Gilles avait tort quand il disait qu'il ne vivait que dans le passé. L'avenir aussi avait un sens. Il n'avait qu'à penser au bébé qui naîtrait, aux cours qu'il voulait suivre pour s'en convaincre.

Si à certains égards, Thomas n'était pas prêt à envisager l'avenir parce que le passé l'interpellait encore trop fort, à d'autres, il était prêt à faire le grand saut sans filet protecteur.

— Qu'il aille se faire foutre, avait-il fini par lancer à travers la maison. J'ai mieux à faire que perdre mon temps à analyser les présomptions d'un vieux garçon attardé.

N'empêche que dans quelques jours, il recevait à souper des gens qui n'appartenaient pas à son passé et cela le perturbait. Recevoir les enfants, ses voisins ou les amis, c'était normal, cela faisait partie de la continuité de sa vie, de leur vie à Jeanne et lui. Mais des gens nouveaux...

Néanmoins, Thomas étant de ceux pour qui un engagement serait toujours sacré, l'idée de repousser l'invitation sous un prétexte quelconque ne lui avait pas effleuré l'esprit. Il recevrait Simone et son père comme il s'était engagé à le faire, il se fendrait en quatre pour que le repas soit exceptionnel, il se savait à la hauteur de la situation, n'en déplaise à Gilles, et il laisserait à son ami le soin d'alimenter la conversation.

Après, comme Gilles l'avait si bien dit, ils n'auraient plus besoin de lui.

Le dimanche arrive enfin, exécrable de pluie et de vent. Ce qui n'arrange rien à l'humeur de Thomas qui vacille entre l'impatience et la colère. Envers lui-même, envers Gilles, envers la situation.

Hier, alors que ses petits-fils avaient bruyamment envahi le salon, Simone a appelé pour confirmer qu'ils seraient là comme prévu. Quant à Gilles, il s'est transformé en courant d'air et Thomas n'a pas eu le moindre appel de sa part. Il a même tenté de le joindre à son bureau, sans succès.

Il se rappelle vaguement que Gilles a mentionné qu'il serait là pour sept heures. Tout ce que Thomas espère, c'est que ce dernier n'a pas changé d'avis. Autant l'idée de cette rencontre lui répugnait, autant aujourd'hui, il souhaite que son ami soit à l'heure.

Ce sera comme Gilles l'a dit : une visite imprévue à un vieux copain qui s'empresse de l'inviter à se joindre à eux. Quoi de plus banal, en effet !

Quand on sonne finalement à la porte, Thomas a retrouvé

son calme. Contrairement à ce que Gilles a laissé entendre, il aime vraiment cuisiner et l'après-midi passé devant les fourneaux lui a fait du bien.

Une première surprise l'attend de l'autre côté de la porte qu'il ouvre sur un *bonjour* qu'il souhaite plein de cordialité.

— Gustave n'est pas là ?

— De vieux amis à lui sont arrivés comme un cheveu sur la soupe cet après-midi. J'ai bien vu que papa n'avait pas envie de leur dire de s'en aller. Ça fait des années qu'ils ne se sont pas rencontrés. Alors je suis venue toute seule comme une grande fille.

Se méprenant sur l'ombre qui traverse le regard de Thomas, Simone ajoute précipitamment :

— Promis, je vais manger pour deux et vous n'aurez pas à vous nourrir de restes surchauffés durant toute la semaine.

Un grand sourire illumine le visage de Simone. Un sourire tellement sincère que Thomas ne peut y résister. Il s'écarte pour la laisser entrer, en répliquant presque joyeusement :

— J'espère que vous êtes également prête à boire pour deux parce qu'un gros pot de margarita nous attend à la cuisine.

— De la margarita ! J'adore ça. On y va ?

À huit heures, le pot de margarita est presque vide et Gilles n'est toujours pas arrivé. « Tant pis pour lui, se dit Thomas en se levant pour aller à la cuisine. Il prendra le repas où nous serons rendus. »

— Donnez-moi quelques minutes et on passe à table, lance-t-il par-dessus son épaule.

— Thomas ?

Simone l'a suivi et elle se tient dans l'embrasure de la porte.

— Oui ?

Thomas se retourne vivement. Il a le couvercle d'un chaudron dans une main, une mitaine à four dans l'autre.

— Si on se tutoyait ? C'est de la génération de mon père de vouvoyer les gens. Après tout, on n'est plus vraiment des étrangers l'un pour l'autre et on a sensiblement le même âge. Qu'en penses-tu ?

— Pourquoi pas ? Vous... Tu as raison. Et maintenant à la soupe ! J'ai fait une crème d'asperges.

Le repas est excellent, la soupe juste assez relevée, le rôti de bœuf fondant et Simone n'a pas exagéré en disant qu'elle mangerait pour deux.

Quant à Gilles, il brille toujours par son absence.

— Attends que je l'attrape, celui-là, murmure Thomas alors qu'il porte les assiettes sales à la cuisine, il ne perd rien pour attendre !

Puis, haussant le ton, il demande :

— Un petit dessert ? J'ai fait une tarte aux pommes.

— Ouf ! Si on attendait un peu ?

— D'accord. Un café alors ?

— Allons-y pour un café.

— Parfait ! Je nous prépare un espresso dont tu vas me donner des nouvelles.

À ces mots, Simone pouffe de rire.

— Un espresso ? C'est à trois heures, cette nuit, que je vais t'appeler pour t'en reparler ! Jamais je n'arriverai à m'endormir avec ça.

— Bof ! Une fois n'est pas coutume. Après tout, rien ne nous oblige à nous lever demain. Nous sommes deux joyeux retraités.

Tandis qu'ils parlaient, Simone s'est levée de table et elle est venue rejoindre Thomas à la cuisine. Le café est déjà mesuré et il est en train de brancher la cafetière. C'est alors que Simone remarque la porte de la serre. Derrière la vitre, une douce lueur bleutée illumine les plantes.

— Oh! Tu as une serre? Chanceux! J'ai toujours voulu avoir une serre.

Elle regarde Thomas, une lueur d'envie dans les yeux, vite remplacée par une moue narquoise.

— Sauf que je ne sais pas ce que j'en ferais, conclut-elle en haussant les épaules. Je n'ai jamais eu le pouce vert. Avec un peu de chance, je crois que j'arriverais à faire mourir des fleurs de soie. Tu t'y connais, toi, en jardinage?

Thomas a un bref moment d'hésitation. Un embarras qui n'échappe pas à Simone.

— Pas vraiment, dit-il enfin. Les plantes, c'était le monde de Jeanne, mon épouse. Je n'ai eu qu'à reprendre le flambeau.

— Désolée. Je ne voulais pas...

— Pas de quoi, grommelle Thomas en détournant la tête, comme s'il était subitement de la toute première importance de surveiller la cafetière qui émet ses premiers chuintements.

Simone ne parle pas, sentant confusément qu'il est préférable de se taire. C'est Thomas qui brise le silence.

— Si tu veux, on peut s'installer dans la serre pour prendre le café, propose-t-il d'une voix incertaine au moment où la cafetière fait entendre un dernier soupir. C'est presque un rituel chez nous.

Sans trop savoir à qui fait référence ce « nous », Simone accepte néanmoins la proposition de Thomas.

La première chose qu'elle remarque en déposant sa tasse brûlante sur la table, c'est le portrait d'une belle femme souriante. Nul doute qu'il s'agit de Jeanne. Elle est debout, sur une plage. Le vent joue dans ses cheveux et le soleil sur son visage. La photo est magnifique.

— C'est toi qui l'as prise?

Thomas a suivi le regard de Simone et il s'attendait à une tout autre question. Il est soulagé qu'elle n'ait pas prononcé le nom de Jeanne.

— Oui, je l'ai prise l'an dernier en Hollande.

Malgré son soulagement, la voix de Thomas reste rauque.

— Je comprends maintenant pourquoi tu parles de suivre des cours de photographie. Tu as du talent, c'est indéniable, poursuit-elle comme si elle n'avait pas perçu le trouble de Thomas.

— Merci...

Puis, dans un élan, comme s'il n'avait pas le droit de taire une telle évidence, Thomas ajoute:

— Faut dire que le modèle m'inspirait.

— C'est vrai qu'il y a des visages ou des gens plus inspirants que d'autres. En dessin, c'est la même chose.

Simone est peut-être une femme qui parle beaucoup, elle sait aussi écouter avec attention. Son métier le lui a appris. Parlant dessin et photographie, voyages et randonnées, elle amène Thomas à parler de lui, de sa famille, de Jeanne, en même temps qu'elle lui raconte un peu mieux sa vie.

— Cette nièce dont je te parle, Sophie, elle pourrait être ma fille tellement elle me ressemble. Quand je la vois, je ne peux m'empêcher d'éprouver des regrets.

— Comme ma petite-fille Marie-Jeanne ressemble à sa

grand-mère. Chaque fois que je la vois, j'ai une pensée pour Jeanne. C'est curieux ce que l'hérédité peut faire.

Le ton de la conversation a changé. Les voix sont lasses.

— Je crois que je vais rentrer. Il commence à se faire tard et malgré mes cinquante-deux ans, mon vieux papa s'inquiète encore pour moi. Jamais il ne s'endort avant que je sois revenue au bercail.

Simone est déjà debout.

— J'ai passé une belle soirée, Thomas. Tu avais raison, ton repas était à la hauteur du talent de mon père. Il faudrait organiser une compétition un de ces jours.

— Pourquoi pas ?

Les intentions de se revoir en restent là. Ils sont arrivés dans le vestibule. Simone enfile son manteau, Thomas lui ouvre la porte.

— Encore une fois, merci pour tout et mille excuses pour l'absence de mon père.

— C'est dommage qu'il n'ait pu se libérer, mais je comprends. Tu le salueras pour moi.

— D'accord. Au revoir !

La porte se referme sur le bruit d'une auto qui s'éloigne. Machinalement, Thomas pense à Olivier qui n'est toujours pas rentré, puis il se dirige vers la salle à manger.

C'est en apercevant le troisième couvert non utilisé qu'il repense à Gilles.

— Comment a-t-il pu me faire ça ? Et il se dit mon ami !

Déchiré entre la colère et la déception, Thomas finit de ranger la salle à manger et la cuisine, avant de passer dans la serre pour tout éteindre.

En prenant les tasses oubliées sur la table, son regard

tombe sur la photo de Jeanne. Incapable de résister, il met les tasses de côté et saisit le cadre où Jeanne sourit sans fin dans son cadre doré.

D'un doigt tremblant, il suit le contour de son visage. Ce soir, il a longuement parlé d'elle, pourtant il a la sensation déconcertante de ne pas avoir pensé à elle.

— Comme si j'avais raconté une histoire, chuchote-t-il. J'ai raconté notre histoire, Jeanne. J'ai parlé de nous au passé et ça ne m'a pas fait trop mal. Même que présentement, je me sens soulagé d'avoir réussi à le faire. Est-ce cela que tu avais en tête quand tu parlais de puiser dans notre passé pour être capable de continuer ? J'essaie, Jeanne, j'essaie de toutes mes forces, mais ce n'est pas facile. Comment fait-on pour oublier qu'un jour on a aimé au-delà de tout ce qu'on avait pu imaginer de l'amour ? Je t'aime encore Jeanne, tellement.

Thomas contemple longuement l'image de Jeanne. Il reste immobile jusqu'à ce que le visage de cette dernière se brouille à cause des larmes qui coulent. Alors, il dépose la photo, reprend les deux tasses et éteint derrière lui. Déjà minuit. Il est temps pour lui de monter.

À deux heures du matin, alors qu'il vient tout juste de s'endormir, Thomas entend sonner au loin. Un coup de semonce dans le brouillard de son rêve, telle une corne de bateau dans la brume. Le temps de s'ajuster à la réalité et Thomas comprend que quelqu'un sonne à la porte. Olivier aurait-il oublié sa clé ?

— Tu parles d'une heure pour rentrer !

Il descend l'escalier à pas lourds d'impatience et ouvre d'un geste agressif.

— Veux-tu bien me dire...

Thomas se tait aussitôt. Debout dans la bourrasque glaciale de novembre, ce n'est pas Olivier qui se tient, mais Gilles. Un Gilles tremblant, aux traits déformés par la douleur, aux paupières rougies.

— Veux-tu bien me dire? répète Thomas sur un tout autre ton, en reculant pour laisser entrer son ami.

— C'est Pierre, chuchote enfin Gilles, sans bouger. Mon frère Pierre.

Gilles est secoué de frissons incoercibles. Il a le regard voilé, impénétrable.

— Il s'est suicidé et c'est moi qui l'ai trouvé...

Gilles a levé les yeux vers Thomas.

— Je sais qu'il est tard, mais...

— Oublie ça, veux-tu? Tu as bien fait de venir. Je pense qu'un bon cognac te ferait du bien. Allez, entre. Va t'asseoir dans le salon. J'arrive dans un instant.

Chapitre 13

Décembre est arrivé, mais jamais on ne pourrait se figurer que l'hiver est là.

Les vitrines illuminées tentent désespérément de faire croire que Noël s'en vient, les pelouses encore vertes et l'air doux disent le contraire. Ce qui n'aide pas Thomas à se mettre dans l'esprit des fêtes.

D'autant plus que Gilles vient à peine de quitter la maison.

Pendant plus de deux semaines, il a habité avec lui, empruntant l'ancienne chambre de Sébastien. Le médecin sûr de lui, compétent, habitué à négocier avec la mort quotidiennement était effondré. Son unique frère s'était enlevé la vie et lui, il n'avait rien pressenti. Des jours et des jours, Gilles a répété sans relâche ce qu'il avait vu, ce qu'il vivait. Pierre était le seul parent qui lui restait. Célibataire comme lui, il n'avait aucune famille.

Puis, au retour des funérailles, Gilles avait eu ces quelques mots :

— Pourquoi est-ce que je n'ai rien vu venir ? Le sais-tu toi, Thomas, pourquoi je n'ai rien pressenti ? J'ai toujours cru que nous étions proches l'un de l'autre, Pierre et moi. J'aurais dû le sentir. J'aurais pu faire quelque chose.

Thomas s'était contenté d'entourer les épaules de son ami et l'avait serré tout contre lui. Il y avait bien en lui tous les mots de réconfort que Gilles espérait peut-être entendre, mais ces mots n'arrivaient pas à franchir le seuil de ses lèvres. Ce que Gilles vivait, il l'avait vécu. Ce que Gilles ressentait le ramenait directement à ce qu'il avait déjà ressenti.

À travers la douleur de son ami, Thomas comprenait enfin qu'il n'aurait jamais dû se sentir coupable.

Le temps avait fait son œuvre, comme Armand le lui avait promis.

Plus tard, ce soir-là, quand l'émotion a été moins vive, Thomas n'a eu qu'à répéter ce que Gilles lui-même lui avait déjà dit, un jour au téléphone :

— Tu n'as pas à te sentir responsable. Dis-toi que c'était son choix. Les circonstances sont très différentes, je le sais, mais le choix ultime appartenait à Pierre comme il a un jour appartenu à Jeanne. N'oublie jamais cela.

À partir de là, ils n'en avaient plus reparlé.

Pendant plusieurs jours, ils avaient joué aux échecs et au scrabble, sur la musique des Rolling Stones.

Puis, hier matin, Gilles a dit qu'il retournait chez lui.

— Il est temps que je rentre au bureau. J'ai des patients qui ont besoin de moi.

Thomas a alors compris que Gilles s'en sortirait. Comme lui, chacun à sa façon, selon son entendement de la chose.

Olivier étant retourné chez lui depuis dix jours, Thomas a profité de sa solitude avec une gourmandise qui l'a surpris.

Enfin seul ! La soirée qui aurait pu lui paraître longue a été un enchantement de musique et de lectures, suivi d'un long bain mousseux. Il s'est finalement endormi comme un ours qui entre en hibernation.

Ce matin, il essaie de se convaincre que Noël n'est plus

une vision lointaine, mais le soleil jouant dans les branches de l'érable et la chaleur qui se dégage de la serre l'en empêchent. Pourtant, il y a le sapin à installer dehors et aussi celui à l'intérieur, car il a promis de recevoir les enfants entre Noël et le jour de l'An. Une réception des fêtes sans sapin, surtout quand il y a des enfants, c'est inconcevable à ses yeux.

Pour le réveillon, tout comme l'an dernier, la famille se dirigera vers Québec. Sauf que cette fois-ci, il n'y aura ni Karine ni Manuel.

— C'est fou tout ce qui peut changer en une année, constate-t-il en se relevant de son fauteuil. Et maintenant, un coup de cœur! Je descends à la cave pour récupérer la boîte de décorations! Si je me rappelle bien, elle est dans le grand garde-robe du fond.

L'an dernier, il s'était contenté de sortir les ampoules pour le sapin extérieur et les guirlandes de lumières traînent encore dans le garage.

Il est au fond du garde-robe à vérifier les boîtes, les unes après les autres, quand la sonnette de l'entrée se fait entendre. Thomas soupire, faisant lever un nuage de poussière qui le fait éternuer à trois reprises, pendant que la sonnette carillonne une seconde fois.

— Si ce sont des Témoins de Jéhovah, lance-t-il en enjambant une boîte, puis une autre, l'œil mauvais, je jure que je vais trouver des arguments pour les convaincre de changer de religion!

Poussiéreux, impatient, il ouvre la porte et reste sans voix. Gustave tient, à bout de bras, un immense poinsettia rouge écarlate. Le plant est si gros que c'est à peine s'il aperçoit une mèche des cheveux de Simone qui accompagne son père.

— Joyeux Noël, Thomas, souhaite jovialement le vieil homme avant que Thomas n'ait pu ouvrir la bouche. Un peu plus et nous partions.

— Je m'excuse! J'étais au sous-sol afin de trouver les décorations de Noël qui sont cachées je ne sais trop où! Mais entrez, ne restez pas sur...

— Malheureusement, on n'a pas le temps. Aujourd'hui, c'est jour de livraison. Tenez, fait Gustave en tendant le bouquet, c'est pour vous!

— Pour moi? Mais, je...

— Depuis que je ne peux plus écrire, explique Gustave, j'ai remplacé les cartes de souhaits par des poinsettias que je livre à mes amis. C'est tellement plus amusant comme ça! Vous étiez sur ma liste, cette année.

Thomas est touché.

— C'est gentil d'avoir pensé à moi.

— Comme c'était gentil d'avoir pensé à nous présenter votre film. Vous m'avez vraiment fait plaisir. Allez, au revoir, on se rappelle.

Et avant que Thomas n'ait pu ajouter quoi que ce soit, Simone donne le bras à son père pour l'aider à descendre les quelques marches du perron non sans se retourner, cependant, pour faire un petit clin d'œil complice à Thomas.

— Aujourd'hui, je n'ai pas le droit de parler, dit-elle moqueuse en pointant son père du menton, je ne suis que le chauffeur. On se reprendra bientôt, j'espère.

L'instant d'après, la voiture de Simone recule devant la maison. Un dernier salut de la main et elle embraye vers le coin de la rue. Amusé, Thomas referme la porte d'un coup de talon et va déposer l'immense plant au milieu de la table de la cuisine.

L'effet est instantané. L'atmosphère de Noël remplit la pièce.

Épinglée sur le chou doré, une petite carte, signée par Gustave et Simone.

« Joyeux Noël, Thomas ! Votre amitié nous tient à cœur. »

Un simple bouquet, quelques vœux et Thomas se sent rajeunir.

— Retour à la cave, maintenant ! Où est-ce que j'ai bien pu ranger ces damnées décorations ?

Ce n'est qu'à la toute fin de l'après-midi que Thomas revient enfin du marché Atwater où il a acheté ses deux sapins. Sur le pont Champlain, alors que le soleil caressait l'eau du fleuve de ses derniers rayons, Thomas s'est souvenu, avec une pointe de nostalgie, qu'il n'y a pas si longtemps, c'est accompagné de trois gamins turbulents qu'il revenait à la maison, les sapins bien attachés sur le toit de l'auto.

Le temps de se retrouver chez lui et la nuit est tombée.

— Thomas ! Attendez, j'arrive.

Roger, son voisin, est à admirer les guirlandes lumineuses qu'il a installées autour des fenêtres de sa maison quand il aperçoit l'auto de Thomas qui recule dans l'entrée. En quelques enjambées, il rejoint ce dernier qui a commencé à couper les cordes retenant les sapins.

À deux, la corvée est définitivement plus simple et plus rapide. En quelques instants, l'immense sapin pour lequel Thomas a opté pour l'extérieur est en place. Thomas recule de quelques pas, sourit de satisfaction et se retourne vers Roger.

— Merci! C'est parfait comme ça. Je m'occuperai des lumières demain.

— Vous allez voir que ce n'est pas aussi pénible que d'habitude. Il ne fait même pas froid! Ça fait drôle de préparer Noël sans la neige, n'est-ce pas?

— Un peu, oui!

— Avez-vous des célébrations de prévues?

Pendant qu'ils parlent, les deux hommes se sont approchés de l'auto pour retirer le second sapin.

— Comme l'an dernier, on va fêter le réveillon à Québec, chez mon beau-père Armand. Au jour de l'An, on dîne chez Mélanie et entre les deux, c'est moi qui reçois la famille à souper.

Roger approuve ce programme en hochant la tête.

— Vous êtes chanceux d'avoir une belle famille comme la vôtre.

Thomas reste un moment silencieux, gardant l'équilibre du second sapin par une branche.

— Oui, admet-il enfin. Vous avez raison: j'ai une famille merveilleuse.

— Moi, le jour où Madeleine ne sera plus là…

Le silence qui succède à ces quelques mots est éloquent.

— C'est vrai que je suis chanceux, reprend Thomas, un peu lointain. En se concentrant sur ce qu'on n'a plus, on a souvent tendance à oublier tout ce qu'on a.

Roger se met à rougir à l'instant où Thomas se tourne franchement vers lui, ébauchant un sourire.

— Mais qu'est-ce qui me prend à vous parler comme ça

aujourd'hui? lance Roger, visiblement mal à l'aise et cherchant à se rattraper. C'est Noël, pardi! c'est le temps de se réjouir!

— Justement, en parlant de réjouissances... Pourquoi ne pas vous joindre à nous, samedi le trente?

—Mais non, voyons! Nous allons déranger, Madeleine et moi. C'est un repas de famille, dit Roger d'une voix hésitante.

— Pas vraiment, improvise alors Thomas, voyant que son voisin a envie d'accepter. Un ami se joindra peut-être également à nous. Il passe un dur moment et un bain de famille ne lui ferait pas tort. Allez, dites oui! Ça me ferait plaisir et je suis certain que ça ferait plaisir aux enfants.

— C'est vrai que ça nous permettrait de revoir les gamins que nous avons gardés il y a deux ans, fait Roger songeur. De fameux loustics, ces deux-là!

— Vous ne les avez pas revus depuis?

Roger hausse les épaules en ouvrant les bras.

— Hé non!

— Je m'en excuse, fait Thomas, sincèrement désolé de ne pas avoir pensé à ses voisins quand il gardait les enfants, parfois le samedi. J'aurais dû venir vous voir avec eux.

— Pas de quoi en faire un plat!

— Mais c'est une raison suffisante pour accepter mon invitation, par exemple.

— Si vous le dites...

Roger ne peut s'empêcher de sourire.

— J'en parle à Madeleine et on vous rappelle.

— Merveilleux!

Le pied dans la maison, la première chose que Thomas

veut faire, c'est appeler Gilles pour l'inviter. À moins que son ami ne soit de garde, il n'acceptera aucune excuse de sa part. Bientôt six heures, Gilles est probablement encore à son bureau.

Thomas retire rapidement son manteau et le lance maladroitement sur le portemanteau où il atterrit, accroché par une manche. Puis, sans perdre de temps, lui habituellement si méticuleux avec ses vêtements, il se rend à la cuisine. Il ne comprend pas qu'il n'ait pas pensé inviter Gilles plus tôt alors que présentement, il le ressent comme une obligation qui ne souffre aucune attente.

Thomas n'a pas besoin d'allumer le plafonnier pour apercevoir le poinsettia sur la table, éclairé par un rayon de lune. Il dessine un sourire dans le noir, au même instant où il tend machinalement la main pour pousser l'interrupteur. La petite carte de souhaits lui saute alors aux yeux.

« Joyeux Noël, Thomas. Votre amitié nous tient à cœur. »

— Moi aussi, votre amitié me tient à cœur, murmure Thomas, curieusement ému, en revoyant Gustave qui tenait le gros bouquet devant lui.

Il se dirige aussitôt vers le téléphone et ouvre le tiroir du meuble pour retrouver le bout de feuille déchirée où il a gribouillé, avec impatience, un certain numéro de téléphone. Il le découvre entre deux cartes d'affaires de petits commerces du quartier. Le saisissant, Thomas commence à le composer avant que mille prétextes, faux ou vrais, n'arrivent à le convaincre de ne pas inviter Gustave et Simone.

— Simone ? Bonjour, c'est Thomas. Alors, tu as le droit de parler maintenant ? Oui ? Tant mieux. J'aimerais savoir si vous êtes disponibles, ton père et toi, le samedi trente décembre. J'organise un souper et ça me ferait plaisir de vous avoir avec nous.

★ ★ ★

Tout le monde va être là. Les enfants, les voisins, Simone et son père, Gilles... Seuls Marc et Josée n'ont pu se rendre disponibles pour le souper de Thomas. À part Mélanie qui a fait la grimace, le fait que Thomas ait songé à inviter quelques amis ne semble pas déranger les enfants.

Thomas a cuisiné durant trois jours et magasiné tout un après-midi pour qu'il y ait un petit échange de cadeaux. Il se doute bien que Gilles n'a pas dû recevoir grand-chose, pas plus que Madeleine et Roger d'ailleurs.

— Quant aux enfants, plus il y a de cadeaux, mieux c'est, dit-il souriant, en jetant un dernier coup d'œil au sapin illuminé qui occupe tout un coin du salon.

De vieux noëls jouent en sourdine et la maison embaume le bouillon de dinde qu'il vient de mettre à réchauffer.

— Et maintenant, le buffet!

Comme Jeanne l'avait fait pour son anniversaire, Thomas a dressé une table dans la serre. Le poinsettia des Germain donne le ton à la pièce et une nappe achetée en Provence ajoute une touche d'exotisme. Thomas est fier du résultat et non moins fier du repas qu'il a préparé.

Pendant près d'une heure, il dresse la table, dépose les plats qui supportent la chaleur, prépare les autres qu'il place au réfrigérateur. Quand les premiers invités arrivent, il vient tout juste de finir.

Gilles est déjà là, amaigri, précédant de peu Madeleine et Roger qui l'interpellent de la rue.

— Thomas! Ne fermez pas la porte, on arrive!

Leurs voix montent joyeusement dans l'air frais. Le jour n'est plus qu'une lueur rosée sur l'horizon, au bout de la rue, et une faible neige a saupoudré le paysage qui brille comme une carte de souhaits.

— Bonjour Thomas!

Madeleine entre la première, légèrement essoufflée.

— Ouf! On n'a plus vingt ans!

Puis, sans gêne, elle prend le visage de Thomas entre ses mains et lui donne deux gros baisers sur les joues.

— Merci, cher voisin. Ce souper est un cadeau du ciel pour deux vieux solitaires comme nous.

La porte est à peine refermée qu'on sonne encore... et encore.

En quelques minutes, la maison bourdonne de voix et de rires comme si on ne s'était pas vu depuis des mois! Avec son tact coutumier, Madeleine s'est assise auprès de Gilles. À le voir discourir avec entrain, Thomas se doute que Madeleine doit lui parler de son métier. Il lui avait raconté ce que son ami venait de vivre et cette dernière lui avait dit de ne pas s'en faire.

— C'est mon travail de faire parler les gens et de les écouter. Ne vous en faites pas pour lui, je m'en occupe. Je vous promets qu'il va passer une bonne soirée.

Puis c'est au tour de Simone et Gustave d'arriver.

— On n'est pas trop tôt j'espère? Papa ne tenait plus en place!

— Comment ça je ne tenais plus en place? C'est toi qui voulais partir pour ne pas être en retard!

Simone fait un clin d'œil à Thomas.

— Je crois qu'il commence à radoter, fait-elle à mi-voix, mais suffisamment fort pour que son père l'entende.

Gustave éclate de rire.

— Avant de dire trop d'idioties, aide-moi plutôt à me rendre au salon. À entendre les voix, je dirais que c'est par là, n'est-ce pas?

Glissant son bras sous celui de son père, Simone se dirige vers le salon. Thomas lui a parlé de Roger, sensiblement du même âge que Gustave et aussitôt qu'elle entre dans la pièce, elle le cherche du regard.

— Viens, fait Thomas, en posant la main sur l'épaule de Simone. J'aimerais vous présenter mes enfants et quelques amis. Après, Gustave, vous pourrez vous asseoir avec Roger. C'est mon voisin et quelque chose me dit que vous devriez vous entendre.

Peu après, on entend deux ou trois bouchons qui sautent à la cuisine. Thomas revient au salon avec les bouteilles, les verres.

Simone s'est jointe à Gilles et Madeleine, Roger et Gustave discutent vivement, Sébastien et Mélanie en font tout autant et près du sapin, assis par terre, Maxime et Olivier, en compagnie de Julien et Alexis, soupèsent les cadeaux les uns après les autres, sous le regard intéressé de la petite Marie-Jeanne.

Thomas, immobile et silencieux dans l'embrasure de la porte, embrasse la pièce du regard. Ce qu'il ressent en cet instant précis ressemble, à s'y méprendre, à un beau bonheur sans faille, un vrai bonheur né de la simplicité du moment. Il est fier de lui et heureux de cette joie qu'il lit sur les visages. C'est un peu grâce à lui si tous ces gens sont heureux en ce moment. Alors, il fait un pas dans le salon et lance joyeusement :

— Qui veut du champagne ? Après, on offrira les cadeaux. J'ai l'impression qu'il y a plusieurs enfants qui sont curieux !

À ces mots, Olivier éclate de rire, suivi par Maxime.

Le champagne est bon, les cadeaux, bien que simples, plaisent à tous et le repas attire des commentaires élogieux. Il y a un va-et-vient régulier entre la serre et le salon, les plats se vident, les assiettes commencent à s'empiler sur les tables.

Voyant que ses invités sont occupés à manger ou à discuter, Thomas en profite pour s'éclipser à la cuisine qui ressemble à un champ de bataille. Un peu de rangement et il verra au café et aux desserts.

— Je peux t'aider ?

Thomas sursaute en se retournant. Simone le regarde en souriant.

— Mais non, voyons ! Ce n'est pas à toi de faire la vaisselle. Retourne au salon. Tu avais l'air de bien t'entendre avec Gilles et Madeleine.

— Ils n'ont pas besoin de moi, alors qu'ici…

Simone retrousse ses manches en jetant un regard navré sur la cuisine.

— Ici, c'est un vrai bordel ! Allez ! À deux, ça va aller bien mieux. Je m'installe à l'évier et je rince. Toi, tu m'apportes les assiettes sales.

Ce qu'ils font, en discutant des cours de photographie que Thomas doit commencer dès la fin de janvier.

— J'ai tellement hâte !

— Je devrais peut-être y penser, moi aussi. Les croquis

en pleine nature, ce n'est pas mon fort. Alors que si j'avais des photos...

— Papa ?

Thomas se retourne vivement. De l'autre côté du plan de travail, le regard de Mélanie va de son père à Simone, puis revient à son père.

— J'étais venue pour t'aider. Je me disais qu'avec toi j'aurais peut-être plus de chance qu'avec maman. Tu te rappelles ? Maman ne voulait jamais qu'on l'aide... Finalement, je vois que tu n'as pas besoin de moi. Je retourne au salon.

Mélanie a déjà fait volte-face.

— Maxime et moi, on est sur le point de partir, annonce-t-elle par-dessus son épaule.

— Mais pourquoi ? Le dessert n'est pas encore servi.

Mélanie se retourne, regarde longuement son père, jette un coup d'œil à Simone puis dit enfin :

— Il est tard. Marie-Jeanne doit se coucher.

Quand Marie-Jeanne devient le prétexte pour s'en aller, c'est que Mélanie est contrariée. Thomas veut lui demander ce qui ne va pas, mais laisse tomber. Lorsque Mélanie a son regard orageux, il vaut mieux ne pas insister. De toute façon, elle a déjà quitté la pièce et il se doute de ce qui ne va pas. Il n'y avait qu'à voir le regard de braise qui se posait sur Simone pour le comprendre.

Thomas hausse les épaules en soupirant. Tant pis ! Mélanie n'a rien compris, mais ce n'est pas ce soir qu'il va tenter de lui expliquer pourquoi il a envie de garder cette amitié offerte par Gustave et Simone.

Il se dit seulement que c'est dommage : en agissant

comme elle l'a fait, Mélanie a réussi à poser un éteignoir sur sa joie.

« Tu te rappelles, maman n'aimait pas qu'on l'aide... »

Oui, il s'en souvient fort bien, mais ce soir, il aurait préféré que les souvenirs restent silencieux.

Ces quelques mots étaient gratuits, presque méchants.

Discrète, Simone n'a rien dit, même si la courte présence de Mélanie a été semblable à un courant d'air froid dans la cuisine. Elle a continué à rincer les assiettes et à les mettre dans le lave-vaisselle tandis que Thomas, toujours pensif, regarde autour de lui comme s'il ne voyait plus ce qui reste à faire ou comme s'il cherchait à éviter le regard de Simone.

— Thomas ?

Il se décide enfin et tourne la tête.

— Oui ?

— Où ranges-tu le savon ? Le lave-vaisselle est plein.

Quelques mots en apparence banals, mais Thomas les perçoit comme une bouée de sauvetage pour le ramener chez lui. Ce soir, la maison est pleine d'invités et ils attendent le café et le dessert. Il lève franchement les yeux vers Simone qui le fixe en souriant. Elle n'a rien dit, pourtant l'agressivité de Mélanie était tangible.

Brusquement, le sourire de Simone lui est doux comme l'espoir du printemps en plein hiver.

Thomas hausse alors les épaules comme s'il se débarrassait d'un fardeau.

— Le savon est dans l'armoire sous l'évier, fait-il en s'approchant du comptoir. Mais laisse, je m'en occupe. J'aimerais plutôt que tu places les desserts sur la table. Ils sont dans le garde-manger, là, à droite. Pendant ce temps, je vais préparer la cafetière et faire bouillir de l'eau pour le thé.

— Bonne idée ! Si on fait assez vite, peut-être que ta fille aura le temps d'en manger. Ce serait dommage de se priver, après tout c'est le temps des fêtes, non ?

— Ça serait dommage, en effet.

Puis, après un court silence, Thomas ajoute :

— Merci. Merci pour tout.

C'est alors au tour de Simone de hausser les épaules en détournant la tête.

Chapitre 14

Thomas a commencé ses cours depuis deux semaines et déjà, il sait exploiter les possibilités de son appareil de façon beaucoup plus adéquate. La seule chose qui l'ennuie un peu, ce sont les exercices obligatoires.

Deux fois par semaine, il doit aller à l'extérieur pour prendre des photos. Jusque-là, pas de problème, il adore sortir faire de la photographie. Mais d'être obligé, chaque fois, de développer un thème précis, voilà qui l'embête passablement.

Ce qu'il aime de la photographie, c'est justement la grande liberté qui accompagne ses randonnées. La liberté d'observer ce qu'il veut, jusqu'à ce qu'il trouve l'objet ou le paysage, l'angle ou l'éclairage susceptibles de plaire. Depuis le début des cours, ce bel enthousiasme a disparu. Lorsqu'il part de chez lui, un thème en tête, Thomas n'arrive plus à voir correctement ce qui l'entoure, à sentir instinctivement la beauté des choses comme auparavant.

L'obligation de travailler dans une perspective bien précise transforme invariablement le plaisir en carcan insupportable.

Jeudi dernier, alors qu'il arpentait un vieux quartier de Montréal à la recherche de fenêtres ou de portes qu'il espérait particulières, puisque le thème était « une ouverture sur le monde », il s'est surpris à s'ennuyer de Jeanne comme cela ne lui était pas arrivé depuis longtemps. Il ne voyait rien d'intéressant, tournait en rond et l'envie d'avoir Jeanne à ses côtés s'est vite transformée en un ennui irrépressible. Un ennui viscéral, profond, lui enlevant même le goût de prendre des photos. Pourtant, il faisait beau et pas trop froid et le soleil de trois heures apportait un éclairage accrocheur. Mais rien à faire, le nom de Jeanne lui revenait comme une ritournelle et son rire lui résonnait dans la tête et le cœur. Il avait donc fait demi-tour, incapable de se concentrer, se disant qu'il trouverait quelques poses intéressantes parmi les photos prises en Provence.

Le professeur devrait s'en contenter.

Revenu chez lui, le silence de la maison l'avait agressé comme aux premiers temps, après le décès de Jeanne.

Il s'ennuyait d'une présence, d'une oreille attentive, d'un être, quel qu'il soit, capable de partager ses pensées. Il s'ennuyait de cette femme merveilleuse qui s'appelait Jeanne et qui aurait su lui montrer la fenêtre exceptionnelle ou la porte unique. À deux, tout était tellement plus facile et plus agréable. Ensuite, ils auraient pu s'arrêter dans un petit bistro pour prendre un café. Enfin à la retraite, aucune obligation n'aurait perturbé leurs envies.

Mais Jeanne n'est plus et quand Thomas est seul, l'idée de s'arrêter pour prendre un café n'a jamais rien eu de bien attirant.

Les jours suivants, la musique de quelques groupes rock avait envahi de nouveau la maison. Cela avait aidé à rendre le vide et le silence un peu plus supportables jusqu'à ce que l'ennui disparaisse.

Ce matin, il doit trouver quelque chose propre à illustrer «la vie en attente à travers l'hiver». Sujet vague, s'il en est un.

— Vague et sans attrait, murmure Thomas, le nez à la fenêtre.

Il ne sait trop comment s'y prendre pour éviter les clichés.

— Sapristi! lâche-t-il de mauvaise humeur. Où est-ce que je peux aller pour trouver quelque chose de différent? Le fleuve n'est pas gelé et c'est à peine s'il y a un peu de neige. De toute façon, c'est banal à pleurer.

Indécis, il regarde la cour qui n'a pas vraiment l'air d'un terrain en plein hiver. Quelques herbes folles pointent encore hors de la neige et les rosiers sont toujours très visibles. Habituellement à ce temps-ci de l'année, la cour s'est transformée en un champ immaculé.

— Deux jours de pluie et il ne restera plus aucune trace de l'hiver! Ce qui n'arrange rien à mon problème. Et puis, merde! ça ne me tente pas de partir tout seul pour trouver je ne sais trop quoi!

C'est alors que l'idée d'appeler Simone lui traverse l'esprit. Une idée qu'il n'aurait jamais eue quelques semaines auparavant et qu'il aurait probablement rejetée de toute façon. Mais ce matin, c'est différent. Simone est devenue une amie, comme Josée, une amie qui a tout son temps, au même titre que lui.

Ils se sont parlé à deux reprises depuis les fêtes. Simone l'a appelé pour le remercier puis, quelques jours plus tard, pour lui demander une recette.

— Tu sais l'espèce de salade avec des fèves germées et des noix? Mon père l'a bien aimée et il aimerait en faire. Pourrais-tu me dire comment la préparer?

Un appel amical comme Josée, Gilles ou Marc auraient pu lui faire.

Alors pourquoi ne l'appellerait-il pas pour lui demander de l'accompagner ? Il lui semble qu'à deux, les idées seraient meilleures.

L'hésitation est de courte durée. Il va lui suggérer de prendre son cahier de croquis avec elle. Justement, l'autre jour, Simone parlait de dessins à faire d'après nature, ce qu'elle trouvait plutôt monotone. Alors...

— Ce serait joindre l'utile à l'agréable ! Si on est deux, moi à faire des photos et elle des dessins, le temps va passer plus vite, affirme-t-il à voix haute.

L'enthousiasme perçu au bout de la ligne le rassure aussitôt. Son appel ne dérange pas, bien au contraire.

— Wow ! Quelle bonne idée ! Et où veux-tu qu'on aille ?

C'est ainsi que depuis un mois, Simone et Thomas partent en randonnée ensemble, une ou deux fois par semaine.

Plaisirs d'antan, chaleur humaine, espoir nouveau...

— Veux-tu bien me dire où ton professeur déniche des idées pareilles ? C'est un cours pour adultes, non ? Un cours pour la détente. Ton prof devrait être plus simple, plus direct. Il n'a jamais entendu parler des rues de Montréal, de la campagne environnante, des enfants de mon quartier comme sujets ? C'est un cours pour le plaisir que tu suis, pas un trimestre préparatoire pour une thèse de doctorat.

— Tout à fait d'accord. Entre nous, je le soupçonne d'être un vieux satyre. Tu devrais lui voir l'allure ! Maigre à faire peur, la barbichette en pointe... Quand j'étais étudiant, les professeurs comme lui, on les appelait « les vieux schnoques » ! Je ne suis pas du tout certain de me réinscrire à la prochaine session. Par contre, côté technique, il est difficile à battre. C'est fou tout ce que j'ai appris avec lui.

— Alors continue ! lance Simone en haussant les épaules. Dis-toi que rien n'est parfait en ce bas monde et fonce ! Aujourd'hui, où va-t-on ?

Thomas éclate de rire. Simone est décidément une femme sans complexes ! Quelques heures plus tard, alors que Thomas photographie des vergers sous la neige, il en prend de nouveau conscience.

— Bon ! Ça suffit, j'en ai assez de me geler les doigts à faire des dessins, dit-elle en revenant vers l'auto.

Elle a enlevé ses gants et souffle sur le bout de ses doigts. Arrivée près de Thomas, elle lève un regard candide.

— Tu ne pourrais pas me photographier le petit coin, là-bas, près de la grange ? Tu vois ce que je veux dire ? Le coin de la grange exposé au soleil, le pommier tout croche à côté et le bout de clôture à moitié tombée. Après, je n'aurai qu'à le dessiner chez moi, bien au chaud.

— Tricheuse !

— Pourquoi ? C'est moi qui fais la composition du dessin, puisque je te dis quoi photographier. Ce n'est pas de la copie, ça monsieur, c'est de l'accommodement raisonnable entre les devoirs imposés par mon prof et mes doigts engourdis. C'est un terme à la mode par les temps qui courent.

Ce jour-là, ils terminent la journée chez Thomas en buvant du chocolat chaud. Ils attendent que les poses demandées soient développées au service d'une heure pour que Simone puisse retourner chez elle avec la photo qui lui permettra de faire son dessin. C'est un moment agréable, au coin du feu, comme Thomas les aime tant. Puis, profitant d'un silence entre eux, Simone dit à brûle-pourpoint :

— J'ai soupé avec Gilles, la semaine dernière. J'avais

oublié de t'en parler. Il m'a appelée à la dernière minute disant qu'il avait envie de mieux me connaître. Pour la subtilité, on repassera! Il est gentil, mais ce n'est pas mon genre. Par contre, il semble être un bon médecin.

Thomas ne peut retenir un sourire narquois. Ainsi donc, Gilles s'est décidé. Il revient aussitôt à Simone.

— Tu as raison, Gilles c'est le meilleur médecin que je connaisse.

— Je crois qu'il le sait, le problème est justement là... Il parle beaucoup de lui, le cher homme!

Elle ajoute ensuite, après un moment de réflexion:

— Il m'a aussi parlé de Jeanne. J'aurais aimé la connaître.

Thomas reste silencieux à son tour, surpris d'entendre Simone prononcer le nom de Jeanne sans qu'il ressente ses habituels frissons, même si son cœur a fait un drôle de soubresaut.

— Je crois que vous vous seriez bien entendues, Jeanne et toi, admet-il finalement dans un filet de voix. Oui, je le crois sincèrement.

— C'est exactement ce que Gilles m'a dit.

★　★　★

Quelques jours plus tard, c'est au tour de Simone de l'appeler.

— Trois choses, dit-elle en guise de salutation. Premièrement, le dessin que j'ai fait à partir de la photo est très bien. Ce n'est pas moi qui le prétends, c'est mon professeur. Il était vraiment satisfait de mon croquis. Deuxièmement, je dois faire l'esquisse d'une cabane à sucre. C'est à mon tour d'avoir un thème. On pourrait peut-être y aller ensemble pour prendre quelques photos ? Je crois que je vais adopter cette méthode. Papa se joindrait à nous, il adore la tire sur la neige. J'ai vérifié, dans Lanaudière, il y a une cabane qui sera ouverte dans deux semaines. Ce sera probablement du sirop de l'an dernier, mais je m'en fiche. Je ne fais pas la différence. Troisièmement, j'organise un souper pour quelques amis, le samedi 24 mars. Je sais que c'est un peu tôt pour t'en parler, mais les amis auxquels je fais allusion sont des gens très occupés. Avec eux, on doit prévoir des semaines à l'avance, si on veut les avoir tous ensemble. J'aimerais bien que tu te joignes à nous. Alors, Thomas, qu'est-ce que tu en penses ?

Le tout débité d'un trait sans reprendre son souffle ou presque.

— D'accord pour la cabane à sucre, moi aussi j'adore la tire sur la neige, approuve Thomas, amusé. Par contre, pour le souper, je ne sais pas si ma présence est une bonne idée. Tu parles d'une réunion de vieux amis et...

— Et quoi ? interrompt Simone. Quand on a soupé chez toi, mon père et moi, c'était bien une réunion de famille, non ?

— C'est vrai...

Thomas hésite encore un peu.

— Alors ?

Avec Simone, les réflexions se doivent d'être de courte durée, Thomas n'a pas le choix de s'y faire.

— Alors, c'est oui, dit-il enfin. Si tu crois que je ne dérangerai pas.

— Pas du tout ! Mes amis sont de joyeux lurons. Liliane et Simon sont charmants. Mariés depuis toujours, trois enfants et deux chiens. J'ai connu Liliane à l'université. Ils habitent maintenant dans la région de Trois-Rivières, c'est un peu à cause d'eux si je dois organiser à l'avance. Il y aura Denise, une amie d'enfance qui habitait à côté de chez moi quand j'étais petite. Elle est divorcée, architecte sans enfant et elle adore les chats. Je ne sais plus combien elle en a! Il y aura Marcel, un ancien collègue, en plus de Paul et Jeannot. Ils sont homosexuels. Je préfère t'avertir car ils sont, comment dire, ils sont sans complexes. Pour une personne qui ne les connaît pas, ça peut surprendre.

— Tu as des amis homosexuels?

— Oui. Tu as quelque chose contre?

— Euh! non, pas vraiment! C'est juste que ça m'étonne.

— Pourquoi? Ce sont des gens comme toi et moi. En passant, ce sont deux excellents avocats que je connais depuis des lunes. Je dirais même des avocats coriaces. Ils vivent ensemble depuis vingt ans, ils travaillent, mangent, dorment et voyagent comme tout le monde. Leur vie est aussi banale que la tienne ou la mienne... Bon! il faut que j'y aille, papa m'attend pour faire les courses. On se rappelle.

C'est la première fois que Simone a laissé percer de l'impatience dans le timbre de sa voix. Thomas le regrette. Mais c'était plus fort que lui, cette curiosité relativement à ses amis. Puis il se dit que de les rencontrer l'aidera peut-être à se faire une meilleure opinion sur le sujet.

Pour lui, les homosexuels ressemblent tous à Manuel et il ne l'a jamais aimé. Quant à Sébastien, il est dans une classe à part et aucune des épithètes habituellement utilisées ne lui convient. Sébastien est d'abord et avant tout son fils.

Le samedi suivant, quand Simone se présente chez lui pour l'accompagner dans sa randonnée habituelle, Thomas n'y pense plus. Pour une fois, le professeur a laissé libre cours à l'imagination de ses élèves et il entrevoit leur excursion de la journée comme une récréation.

— Direction Sorel en longeant le fleuve, annonce-t-il dès que Simone met un pied dans la maison. Pas de thème, cette semaine! Tu vas voir l'artiste à l'œuvre!

— Oh!

— Comme tu dis! En plus, il fait beau et pas trop froid.

— Justement, il ne fait pas froid du tout. Si on se faisait un pique-nique?

Thomas hésite à peine. Depuis quelque temps, il a appris à se décider rapidement.

— Un pique-nique? Pourquoi pas? Il doit me rester quelques fromages et des fruits. J'ai aussi… Viens, suis-moi. On va dévaliser le frigo!

Ils sont à placer deux verres et une bouteille de vin dans un grand panier déniché au garage quand il entend la porte d'entrée s'ouvrir.

— Encore! Depuis le début de ma retraite, je me rends compte à quel point on se présente souvent à cette porte-là. Attends-moi, je reviens.

C'est Olivier avec ses deux garçons, visiblement pressé comme toujours.

— Super! Tu es là. Oh! Bonjour Simone! dit-il en apercevant celle-ci dans l'embrasure de la cuisine. Ça va bien?

Sans attendre la réponse, Olivier se retourne vers son père.

— On vient de m'appeler pour une urgence.

Thomas l'aurait juré. Il ferme les yeux d'impatience, ce que, de toute évidence, Olivier ne remarque pas.

— Une vieille dame qui vit seule et que je... Bref, je dois y aller. Peux-tu garder Alexis et Julien? Je n'ai trouvé personne d'autre. Mes gardiennes habituelles sont toutes prises et Karine est partie pour la fin de semaine.

— C'est que...

— S'il te plaît, papa. C'est vraiment important. D'accord? Promis, je reviens le plus vite possible.

Avant que Thomas n'ait pu lui dire qu'il n'était pas vraiment disponible, Olivier est déjà parti.

— Merde! Pour qui se prend-il à la fin? marmonne Thomas en refermant la porte. S'il s'imagine que...

En se retournant, le regard de Thomas croise ceux de Julien et Alexis, intimidés comme s'ils voyaient leur grand-père pour la première fois. Ce dernier se tait aussitôt, confus, s'efforçant même de leur sourire. Après tout, ils n'y sont pour rien dans ce contretemps qui désorganise sa journée.

— Bon! fait-il le plus calmement possible. Il semblerait qu'on va passer la journée ensemble. Ce n'était pas prévu, mais on va s'arranger. Le temps que je décide ce qu'on peut faire et je vous appelle. En attendant, vous allez jouer dans la cour. Non, non! Julien, lance-t-il précipitamment quand il voit le gamin se diriger vers la cuisine, pas par là. Tu vas tout mouiller avec tes bottes. Passez par en avant et faites le tour de la maison en longeant le garage.

Le temps de vérifier que les garçons se rendent bien à l'arrière et Thomas referme la porte violemment.

— Une journée de gâchée, annonce-t-il, maussade, en entrant dans la cuisine. Tu parles d'un sans-gêne!

Des cris lui parviennent de la cour, puis des pleurs.

— En plus, ils passent leur temps à se chamailler. Entends-tu? Deux vrais poisons. Chaque fois qu'ils viennent ici, c'est la même chose. Ou ils mettent la maison sens dessus dessous ou ils se disputent sans raison. Écoute-moi ça!

Pendant que Thomas parle, Simone s'approche de la porte donnant sur la terrasse pour surveiller la cour.

— Moi, ce que j'entends, dit-elle d'une voix très douce, c'est tout simplement deux enfants malheureux.

— Malheureux? Pourquoi seraient-ils si malheureux que ça?

— Tu oses le demander, Thomas? Ils sont malheureux parce que leur vie est bouleversée et qu'il semble bien que leurs parents n'ont rien compris. Ils vivent avec une mère qui n'a pas jugé bon de garder la maison où ils avaient toujours vécu et leur père, qu'ils ne voient que les fins de semaine, n'est pas souvent disponible pour eux. C'est bien ce que tu m'as dit, non? Voilà pourquoi ils sont malheureux.

Thomas ne répond pas tout de suite. C'est la première fois que Simone parle sur ce ton très doux et il est surpris. Agréablement surpris.

— D'accord, admet-il enfin. Tu as raison, ils sont malheureux. Mais ce n'est pas à moi d'y voir. C'est à Karine et Olivier de prendre leurs responsabilités.

— Je suis d'accord avec toi. Malheureusement, il semblerait que ce n'est pas important pour eux. Des parents comme ton fils et Karine, j'en ai vu des centaines, comme avocate, quand je défendais de jeunes délinquants qui n'avaient pas eu de chance dans la vie.

— Mais qu'est-ce que je peux y faire? demande Thomas en ouvrant les bras, signifiant ainsi son impuissance à agir dans ce cas bien précis. J'en ai parlé à Olivier. Je lui ai dit que ses fils allaient avoir besoin de lui. Il m'a promis d'y voir. Je ne vois pas ce que je peux ajouter. Quand c'était le temps, j'ai élevé ma famille. Maintenant, c'est à Olivier de faire ce qu'il juge essentiel. Pas à moi!

— Thomas!

La voix de Simone est grave, lourde de reproches sous-entendus.

— L'homme que j'ai appris à aimer au cours des derniers mois ne ressemble pas du tout à celui qui me parle en ce moment.

Thomas retient son souffle, oubliant les cris qui viennent de la cour.

A-t-il bien entendu?

« L'homme que j'ai appris à aimer... »

Pourquoi ces mots? Que veulent-ils dire?

Thomas ferme les yeux un instant, le souffle court.

Il a mal compris. C'est impossible. Entre eux, il n'est question que d'amitié.

Il ouvre précipitamment les yeux, se heurte au dos de Simone qui regarde encore les enfants dans la cour. Thomas voudrait tant qu'elle se tourne vers lui. Elle a les yeux les plus bleus, les plus limpides qu'il n'a jamais vus et tout ce que Simone ressent passe par eux. Si elle voulait le regarder, il comprendrait peut-être ce qu'elle a voulu dire. Mais elle s'entête à surveiller les enfants qui se poursuivent dans la neige en criant.

— Si ces deux enfants-là n'ont pas de parents capables

de les écouter, peut-être pourraient-ils avoir un grand-père qui sache les aimer... Qu'en penses-tu?

En prononçant ces derniers mots, Simone s'est enfin tournée vers lui et c'est une infinie tendresse qui s'offre à Thomas qui comprend aussitôt que le verbe aimer se conjugue à tous les temps. De l'amitié à l'amour, en passant aussi par la tendresse.

— Il y a trop d'enfants mal aimés, reprend-elle. Ce serait dommage que tes petits-fils fassent partie du lot.

La colère de Thomas est retombée. Le bouleversement du cœur s'est envolé. Simone a raison. Ces deux petits diables, dans le fond, il les aime bien et si sa présence peut faire une différence dans leur vie, alors, il fera cette différence.

Les mains en visière autour de leur visage, le nez écrasé contre la vitre de la porte, Alexis et Julien essaient de voir ce qui se passe dans la cuisine. Incapable de résister, Thomas esquisse un sourire.

— Regarde qui nous espionnent!

Thomas vient vers eux et se penche pour être à leur hauteur.

— Deux minutes, annonce-t-il d'une voix forte. Je vais vous ouvrir la porte de la serre dans deux minutes.

Alexis fait un grand signe de la tête pour dire qu'il a compris, avant de se détourner pour redescendre dans la cour. Thomas se relève, toujours souriant.

— Merci Simone, dit-il sans se retourner. J'avais besoin qu'on me rappelle à l'ordre. À vivre seul, je crois que je deviens égoïste.

— Mais non! C'est légitime d'être impatient quand quelqu'un bouleverse notre horaire. C'est juste que ta colère aurait dû attendre le retour d'Olivier pour se manifester. Si j'ai osé parler, c'est que je savais que tu comprendrais.

Un fin silence se glisse entre eux. Un silence fait de mille pensées, de quelques battements de cœur. Puis, Thomas s'étire, regarde autour de lui.

— Tout ça ne me dit pas ce que je vais faire d'eux aujourd'hui... Je suis prêt à les aimer, mais pas à voir mon salon se faire saccager encore une fois.

— Et si on faisait exactement ce qu'on avait prévu de faire ?

Thomas fronce les sourcils.

— Pauvre Simone, tu as sûrement mieux à faire que de t'occuper de deux enfants turbulents.

— Tu crois vraiment ? Et si je te dis que ça me ferait plaisir de partir en pique-nique avec eux ?

— Tu es certaine de ça ?

— Pourquoi pas ? Penses-y bien. Quoi de mieux que des enfants sur une photo ? Avec tout ce soleil, cette neige fondante... L'artiste en toi va sûrement trouver là matière à quelques photos mémorables.

Maintenant, la voix de Simone est toute pétillante et son regard est moqueur. C'est la Simone de toujours et Thomas est curieusement soulagé de la retrouver.

— D'accord, je rends les armes.

— On ajoute quelques sandwichs dans le panier et on part. On a déjà assez perdu de temps comme ça. Allez ! Va chercher les deux gredins, j'ai hâte de voir le maître à l'œuvre.

★   ★   ★

Les cours s'étaient terminés à la mi-mars et d'un commun accord, Thomas et Simone avaient décidé de reporter la deuxième session à l'automne. Le printemps arrivait et la contrainte de se retrouver en classe deux fois par semaine ne leur souriait pas.

Ce qui ne les empêcherait pas de continuer leur sortie hebdomadaire tous les vendredis.

Le souper chez Simone, en compagnie de ses amis, avait été un vrai plaisir. Cette dernière avait raison : ses amis étaient de joyeux lurons. Thomas s'était même surpris à discuter autos et moteurs avec Paul qui en connaissait beaucoup sur le sujet. C'était un homme charmant. N'eut été des regards échangés avec Jeannot et qui mettaient Thomas dans l'embarras, jamais ce dernier n'aurait pu se douter de son homosexualité.

— Et quand bien même il est homosexuel, avait murmuré Thomas de retour chez lui en fin de soirée, en quoi ça me regarde ? Ça ne lui enlève rien.

Il avait été surpris de s'entendre parler ainsi, pourtant il était sincère. Il avait passé une excellente soirée à discuter avec Paul.

Mars, avril…

Les giboulées ont fait fondre la neige, l'herbe recommence à verdir tranquillement, le soleil est de plus en plus chaud.

Maintenant qu'il fait plus doux, Simone a recommencé à faire des croquis. Elle trimbale une vieille chaise de parterre en aluminium qui, depuis quelques semaines, reste en permanence dans le coffre de l'auto de Thomas. Aujourd'hui, ils sont partis un peu plus tard, car Gustave avait un rendez-vous chez son dentiste.

— Le temps de le reconduire et j'arrive. Papa va revenir à la maison en taxi.

Quelques nuages se sont levés à l'ouest, mais ils ne semblent pas vraiment menaçants.

— Même si c'est nuageux, il y a sûrement de très belles photos à prendre. Que dirais-tu d'aller vers Rougemont?

— Là ou ailleurs, avait dit Simone en haussant les épaules. Rougemont, ça convient parfaitement.

Ils sont donc partis malgré tout, confiants de passer un bel après-midi.

Deux heures plus tard, ils reviennent chez Thomas, trempés comme des soupes, rigolant comme des enfants. Un orage les a surpris alors qu'ils étaient à l'extrémité d'un champ immense.

Simone, les cheveux mouillés, n'ose dépasser l'entrée.

— Je n'ai plus qu'à filer chez moi pour me changer!

— Pourquoi? On avait prévu souper ensemble.

Thomas semble tellement déçu que Simone fuse de rire.

— Voyez-vous ça! Un petit garçon privé de dessert! Ne t'inquiète pas, je vais revenir. Le temps de me sécher, de me changer et je suis de retour.

— Ah oui? Un vendredi après-midi? Tu vas partir de la Rive-sud, affronter les ponts, traverser Montréal, te rendre à Sainte-Rose et revenir? Avec un peu de chance, on va peut-être déjeuner ensemble demain matin.

C'est au tour de Simone d'avoir l'air déçue.

— C'est vrai que le vendredi, le trafic est un peu lourd.

— C'est le moins qu'on puisse dire…

Le temps d'une réflexion et Thomas file vers les chambres.

— Donne-moi deux minutes! Je redescends tout de suite! Je vais te prêter un chandail et un bas de pyjama, le temps de faire sécher tes vêtements. Va dans la cuisine, je te rejoins à l'instant.

Il revient rapidement, habillé de son vieux *jogging* si confortable et quelques instants plus tard, Simone ressemble à un clown, avec les pantalons et le chandail de Thomas trop grands pour elle.

— Pas question d'aller faire les courses pour l'instant, constate-t-elle en riant, tournant sur elle-même pour que Thomas puisse apprécier le résultat. Je me suis rarement sentie aussi ridicule! Où est la salle de lavage?

Thomas s'est retiré au salon pour lire un peu en attendant que les vêtements de Simone soient prêts. Derrière lui, dans la cuisine, il entend son amie étaler ses dessins sur la table. Sans être mouillés, ils ont été affectés par l'humidité. Thomas sourit. C'est agréable de sentir une présence. Simone est une merveilleuse amie, souriante, rieuse même, énergique et sensible. De plus, Josée et elle semblent bien s'entendre, ce qui n'est pas pour lui déplaire. Quand elles se sont rencontrées, le mois dernier lors d'un brunch, il y avait des fous rires dans la cuisine.

Thomas ouvre son livre, parcourt quelques lignes et le referme. À bien y penser, il n'a pas envie de lire. Le bruit des pages que l'on tourne à la cuisine est amplement suffisant pour meubler l'attente. C'est le bruit le plus merveilleux qui n'ait résonné à ses oreilles depuis fort longtemps.

Pour l'instant, il n'est pas seul et le silence prend une tout autre dimension.

Le feu qu'il s'est dépêché d'allumer en entrant dans le

salon commence à crépiter. La sécheuse ronronne, perdue au fond de la cave.

Et dans la cuisine, quelqu'un tourne les pages d'un cahier de croquis.

Que peut-il demander de plus ?

— Papa ?

— Je suis là !

Mélanie vient d'arriver. Le claquement des bottines de Marie-Jeanne sur le bois du corridor lui arrache un sourire. Voilà ce qu'il pouvait demander de plus !

Thomas est déjà debout. Il arrive à la cuisine en même temps que Mélanie. Dès qu'elle aperçoit son grand-père, Marie-Jeanne se précipite vers lui, aussi vite que ses petites jambes le permettent. L'instant d'après, elle rit aux éclats, tenue à bout de bras par Thomas qui la fait tourner au-dessus de lui. Puis il la prend dans ses bras, la serre un instant contre lui et se tourne vers sa fille, heureux de sa présence.

Mélanie est restée dans l'embrasure, sourcils froncés.

— J'étais venue t'inviter à souper, lance-t-elle sans préambule. Mais...

Son regard va de son père à Simone, assise à la table, toujours vêtue d'un vieux chandail et d'un bas de pyjama qu'elle reconnaît comme étant à son père. Mélanie ne s'est jamais sentie aussi mal à l'aise, aussi malheureuse. Elle n'aurait jamais dû venir. C'est la première fois que cela lui arrive, mais elle a l'impression qu'elle n'est pas à sa place. Pourtant, ici, c'est censé être encore un peu sa maison.

C'était surtout la maison de sa mère, celle de son enfance, de leur vie familiale.

Le regard qu'elle lance à Simone est rempli d'amertume.

— Mais je vois que tu es déjà occupé, réussit-elle à dire précipitamment, même si sa gorge lui semble curieusement rétrécie. Je vais revenir une autre fois.

Elle est déjà à côté de Thomas et elle reprend sa fille.

— Mais pourquoi ?

Thomas ne comprend pas. Quelle mouche peut bien la piquer ? La présence de Simone ? Pourtant, depuis les fêtes, depuis qu'il lui avait parlé, la relation semblait cordiale entre elles. Les rares fois où elles s'étaient rencontrées, Thomas avait eu l'impression que ça se passait assez bien. C'est en tournant un regard interrogateur vers Simone qu'il saisit ce qui doit agresser sa fille. L'accoutrement de Simone peut porter à confusion.

— Ce n'est pas ce que tu crois, Mélanie, s'empresse-t-il d'expliquer maladroitement. On s'est fait prendre à la pluie. Je ne pouvais tout de même pas laisser Simone trempée comme...

Il s'arrête brusquement. Pourquoi devrait-il se justifier auprès de sa fille ? Et même si c'était autre chose, en quoi cela regarderait Mélanie ? La situation lui apparaît soudainement totalement ridicule.

— Même si j'ai quelque chose de prévu pour souper, ajoute-t-il enfin sans donner suite à ses propos précédents, tu peux quand même rester un moment avec nous.

Mélanie pose sur lui un regard hermétique.

— Je ne crois pas, non.

— Mais puisque je te dis que...

— Il va falloir que je change mes habitudes, poursuit-elle sans tenir compte de l'interruption de son père.

Elle se penche, reprend le sac à dos qu'elle avait déposé contre le mur.

— Entrer ici comme dans un moulin, c'est fini. C'est évident qu'il y a quelqu'un de trop dans cette pièce. Et c'est moi.

— Mélanie !

La voix de Thomas a tonné comme un coup de semonce. Apeurée, Marie-Jeanne se cramponne au cou de sa mère. Enceinte de près de huit mois, Mélanie tient sa fille sur sa hanche, manifestement inconfortable. Alors, Simone se lève et d'un geste précis, efficace, elle empile prestement ses dessins.

— Je ne veux pas que vous vous disputiez à cause de moi. Surtout sans raison. Je vais partir. Non, Thomas, n'insiste pas, dit-elle en levant la main pour parer à l'objection que ce dernier voulait visiblement apporter. Quand la situation sera claire entre ta fille et toi, tu m'appelleras.

C'est au moment où Thomas la voit disparaître derrière la porte menant à la cave qu'il comprend que si Simone quitte la maison maintenant, plus rien, jamais, ne sera pareil entre eux.

Cette perspective lui est aussitôt intolérable.

Il tient à Simone, à ses rires, à sa présence. Cette petite femme énergique qui mène sa vie tambour battant a pris tout doucement une place dans son existence. Elle est à la fois si différente et si semblable à Jeanne. Il ne veut pas la voir disparaître.

Il ne veut pas vivre un autre deuil.

Alors il se tourne vers Mélanie, toujours près de la table, ne sachant ce qu'elle doit faire.

— Mélanie ?

La voix de Thomas a retrouvé son intonation habituelle. La jeune femme tourne lentement la tête vers lui. Thomas voit qu'elle se retient pour ne pas pleurer. Il y a tant de détresse dans son visage qu'il lui tend la main, celle où brille toujours l'anneau que Jeanne y avait glissé au matin de leur mariage.

— Ici, c'est chez toi. Ce sera toujours chez toi. Mais c'est aussi chez moi, il ne faudrait pas l'oublier. J'ai le droit d'y inviter qui je veux, quand je veux et je n'ai besoin de la permission de personne pour le faire. Simone a beaucoup d'importance pour moi, je veux que vous le compreniez, tes frères et toi. Je vais l'inviter ici aussi souvent que j'en aurai envie et vous n'avez rien à dire.

— Je sais, papa.

La colère de Mélanie est retombée même si au fond d'elle-même elle ressent une grande déception. Son père a raison, il a droit à sa vie.

— Je sais, répète-t-elle, un trémolo dans la voix.

Un pâle sourire éclaire brièvement son visage.

— Malgré tout, si ça ne te dérange pas, j'aimerais quand même partir avant que Simone remonte. Je la verrai une autre fois, d'accord ?

Sans attendre de réponse, Mélanie repose Marie-Jeanne par terre et, lui donnant la main, elle se dirige vers la porte qu'elle ouvre et referme tout doucement.

Au même instant, Simone paraît en haut de l'escalier.

— Mélanie s'en va ? Pourquoi ?

— C'est ce qu'elle voulait.

— Pourquoi ? s'entête-t-elle. J'allais partir.

Simone vient jusqu'à la table pour reprendre son cahier et ses dessins.

— Elle a compris que ce n'était pas à toi de partir.

Simone suspend son geste, le cœur affolé. Thomas est derrière elle. Elle n'a rien entendu, mais il a dû s'approcher tout en parlant. Son souffle effleure sa nuque.

— Qu'est-ce que tu veux dire?

Sa voix n'est qu'un filet.

— Ce que j'ai dit, murmure Thomas. Je crois qu'il y a une place dans cette maison pour la femme que j'ai appris à connaître. Sa voix n'est guère plus assurée, pourtant il a parlé avec son cœur.

Il a fallu que sa fille apparaisse, qu'elle regarde Simone, des reproches plein les yeux, pour que Thomas comprenne que sa vie ne serait plus la même sans elle. C'est différent de tout ce qu'il a vécu jusqu'à maintenant, différent de ce qui l'a uni à Jeanne. C'est peut-être pour cela qu'il a pris tant de temps à le reconnaître. Mais c'est là, en lui. Il aime Simone d'un amour différent, mais tout aussi sincère. Alors, il ajoute, hésitant:

— Il y a une place ici pour la femme que j'ai appris à aimer.

Thomas a mis les mains sur les épaules de Simone qui se tourne enfin vers lui. Ses yeux sont plus brillants que d'habitude et son sourire tremble un peu.

— La femme que j'ai appris à aimer, répète-t-elle comme pour vérifier qu'elle a bien compris. J'ai l'impression d'avoir déjà prononcé ces mots.

— Il me semblait aussi.

— Tu ne trouves pas qu'ils sont un peu ambigus?

— Ça dépend de la personne qui les entend. Maintenant que c'est moi qui les prononce, ils me semblent très clairs.

Un long silence tisse sa complicité entre eux. Incapable de résister, Simone pose la tête contre la poitrine de Thomas. Elle ne pensait jamais qu'un jour comme celui-là arriverait.

Et voilà que maintenant, elle se blottit contre lui.

— Je t'aime, Thomas, avoue-t-elle en levant la tête.

Thomas ne répond pas. Certains mots sont encore difficiles à prononcer. Il se contente de plonger son regard dans celui de Simone. Elle a les plus beaux yeux bleus du monde.

— Il y aura toujours Jeanne dans ma vie. Cela, tu le sais, n'est-ce pas ? demande-t-il d'une voix étouffée.

Pour lui, c'est important que les choses soient claires entre eux.

— Je le sais et c'est très bien comme ça. La vie continue. Nous avons chacun un passé que jamais nous ne pourrons renier. Il fait partie de ce que nous sommes.

— Merci de le comprendre.

Puis, après une longue inspiration, il ajoute dans un souffle :

— Moi aussi, je tiens à toi Simone. Je ne veux pas que tu partes, ni aujourd'hui, ni demain. Je ne veux pas te perdre.

C'est à la fois pareil et différent. C'est surtout un cœur qui bat à tout rompre, ne sachant trop s'il a le droit de battre si fort.

Alors Thomas ferme les yeux et se penche jusqu'à ce que ses lèvres rencontrent celles de Simone. Il y a si longtemps qu'il n'a pas senti cette douceur en lui, ce désir aussi.

Le temps d'une étreinte, d'un long baiser, puis Simone se dégage tout doucement.

— Maintenant, tu vas aller chez Mélanie.

Thomas ouvre les yeux lentement, comme s'il sortait d'un rêve. Il regarde Simone comme s'il n'avait pas compris.

— Chez Mélanie ? Pourquoi ? Je n'ai rien à lui dire pour l'instant.

— Non ? Alors dis-lui que tu l'aimes, ça devrait suffire.

— Je ne te suis pas.

— Ta fille doit être bouleversée en ce moment. Je suis persuadée qu'elle a besoin de toi.

— Tu crois ?

— Oui, j'en suis certaine. Je l'ai vu dans ses yeux. Je crois qu'elle a compris bien des choses qu'elle n'est peut-être pas encore prête à assumer. Et puis, elle accouche dans un mois. Tu n'as pas le droit de la laisser malheureuse.

À ce dernier mot, Thomas pousse un long soupir.

— Malheureuse… C'est fou comme ce mot revient souvent depuis quelque temps. L'autre jour, c'étaient mes petits-fils, aujourd'hui, c'est Mélanie. C'est désagréable.

— La vie est comme ça, Thomas. Il y a des hauts et il y a des bas.

— Je le sais… Oh oui ! Je le sais. Pour Mélanie, tu es bien certaine que je dois y aller, là, maintenant ?

Thomas semble à demi convaincu.

— S'il te plaît. Je vais me sentir beaucoup plus rassurée si tu vas la voir. Elle avait l'air si tendue.

— Alors j'y vais. Tu m'attends, n'est-ce pas ?

Simone le regarde en souriant avec cette lueur moqueuse, au fond des yeux, que Thomas trouve irrésistible.

— Où veux-tu que j'aille ? Bien sûr que je t'attends !

C'est en arrivant devant la porte de Mélanie que Thomas hésite le plus.

Que va-t-il lui dire?

«Dis-lui que tu l'aimes.» La voix de Simone le rejoint jusqu'ici avec des mots que Jeanne aurait pu dire.

— Pourquoi pas? murmure-t-il en frappant à petits coups contre le battant.

Il n'aura pas à parler.

Dès qu'elle ouvre, Mélanie se jette dans ses bras et à cause de son ventre proéminent, ils partent à rire en même temps.

— Entre! Marie-Jeanne va s'éveiller bientôt.

Ils se sont assis au salon. Les jouets de la petite sont empilés dans un coin et près de la fenêtre, un berceau peint en bleu attend le petit frère qui ne va plus tarder.

— On n'a pas eu le choix de transporter les jouets ici, dit Mélanie qui a suivi le regard de son père. Avec le lit du bébé et sa commode, il n'y a presque plus de place dans la chambre de Marie-Jeanne.

— C'est vrai que c'est petit ici.

— On va s'arranger.

— On en reparlera.

Un moment de silence se glisse entre eux. C'est Mélanie qui se décide à le briser.

— Pourquoi es-tu venu, en fait?

— Pour te dire que je t'aime et que je n'ai pas envie de vivre une autre bouderie. C'est Simone qui m'a conseillé de venir.

— Oh! Je vois… Et pourquoi a-t-elle conseillé cela?

— Parce qu'elle a bien vu que tu étais bouleversée.

— Je l'étais, oui. Je... C'est gentil qu'elle l'ait remarqué.

Mélanie reste songeuse un moment, un long moment, avant de lever franchement les yeux vers son père.

— C'est vrai que Simone est gentille. Est-ce que je peux te poser une question indiscrète ?

— Pose-la toujours, on verra après...

— Est-ce que c'est sérieux avec elle ?

C'est au tour de Thomas de rester silencieux quelques instants.

— Je crois, oui, finit-il par avouer, songeur.

À ces mots, il se détourne, se lève et va à la fenêtre.

— Oui, c'est sérieux, répète-t-il avec un peu plus de fermeté. Jamais je n'aurais cru que ça m'arriverait, mais c'est là, dans ma vie, et je me rends compte que j'y tiens. Tu m'as fait prendre conscience à quel point je tenais à cette femme-là.

Thomas revient devant Mélanie.

— Quand j'ai vu le reproche dans ton regard, quand j'ai senti ta réticence concernant Simone, j'ai eu l'impression que tu me posais un ultimatum. Comme si tu m'obligeais à choisir entre Simone et toi. C'est à ce moment-là que j'ai su que jamais je ne pourrais tolérer qu'on lui fasse du mal. Je ne suis pas un solitaire, Mélanie. J'ai besoin de quelqu'un à mes côtés. Simone est une femme merveilleuse. On aime les mêmes choses, on s'amuse, on rit ensemble. Elle ne méritait pas les accusations que tes yeux lui lançaient.

— Je vois. Tu as probablement raison, fait Mélanie encore légèrement hésitante. Je ne sais pas...

Thomas revient vers le divan et se rassoit. Puis il se tourne vers sa fille et comme il l'a fait avec Simone, il pose les mains sur ses épaules, fait pression pour l'obliger à lever les yeux vers lui.

— Simone n'est pas mon premier amour, dit-il d'une voix enrouée. Elle n'est pas non plus mon grand amour, c'est ta mère qui l'a été. Ça, ça ne changera jamais. J'espère cependant que Simone sera mon dernier amour.

Mélanie a les yeux pleins d'eau.

— C'est beau ce que tu viens de dire, papa.

Elle ébauche un sourire à travers ses larmes.

— Depuis que tu t'es mis à nous parler, tu n'arrêtes pas de dire des belles choses.

— Tu trouves ? C'est mon cœur qui parle. J'essaie simplement de m'en tenir à la vérité, à ce que je crois être la vérité.

— Alors je vais devoir me faire à l'idée qu'une autre femme va habiter chez nous, c'est ce que tu es en train de me dire ?

— On n'est pas encore rendu là. Mais peut-être bien, oui, qu'un jour...

Mélanie inspire profondément.

— D'accord. Ce ne sera pas facile, mais je vais y arriver.

— Merci... Je te demanderais simplement d'être discrète pour le moment.

— Discrète ?

— Oui, n'en parle pas à tes frères. J'aimerais rencontrer ton grand-père d'abord. Il a le droit de savoir avant tous les autres.

— Je comprends... C'est à toi d'en parler, de toute façon, à tout le monde.

S'appuyant sur le bras du divan, Mélanie se relève en grimaçant et Thomas comprend que, pour elle, la conversation va en rester là pour l'instant.

— Il est de plus en plus lourd, ce bébé-là, dit Mélanie en se frottant les reins.

Puis elle regarde son père.

— Maintenant, qu'est-ce que tu dirais de venir avec moi pour réveiller Marie-Jeanne? Je crois qu'elle serait très heureuse de voir son grand-père.

★ ★ ★

Quand Thomas revient enfin chez lui, le soleil essaie de s'imposer entre deux nuages. Une petite brume s'élève de la chaussée en train de sécher. Dans l'entrée, l'auto de Simone est toujours là. Une Acura de l'année qui n'a rien à voir avec la vieille Toyota que Jeanne conduisait.

Jeanne et Simone...

Deux femmes qui se ressemblent malgré leurs différences. Deux femmes qui auraient pu devenir amies si le destin l'avait voulu, et cela, c'est incroyablement important aux yeux de Thomas.

Claquant la portière de son auto, il se dirige à grandes enjambées vers la maison, avec l'envie de siffloter un petit air comme il l'avait si souvent fait au retour du travail après une rude journée.

Le bonheur, parfois, peut être fait de choses toutes simples, comme le disait régulièrement Jeanne. Le rire d'un enfant, un soleil tout rond, le parfum d'une fleur.

Ou, tout simplement, quelqu'un qui vous attend près du feu.

Il suffit de si peu, parfois, pour être heureux.

Alors, prenant une grande inspiration pour calmer son cœur qui s'est mis à battre à tout rompre, Thomas grimpe les marches du perron en deux pas et il ouvre la porte à la volée.

— Simone ? Je suis rentré.

Épilogue

« Comme un soleil, comme une éclaircie
Comme une fleur que l'on cueille entre les orties
Elle doit venir comme vient le beau temps
Elle doit venir comme vient le printemps

Demandez-moi tout ce que vous voulez
Et sans regrets je vous le donne
Mais dites-moi où je la trouverai
Celle qui comprendra, celle qui me dira
"Où que tu ailles je vais avec toi
Quel que soit le chemin je te suis pas à pas"
Et s'il m'arrivait alors de tomber
C'est elle qui me relèverait. »

COMME UN SOLEIL, INTERPRÉTÉ PAR MICHEL FUGAIN

L'histoire de Thomas pourrait s'arrêter ici.

En fait, si on calcule bien, en temps réel, elle se termine effectivement ici, en ce printemps 2007. Pour être logique, pour me conformer à la réalité, je dois donc arrêter d'écrire. Pourtant, j'ai la sensation d'être restée sur mon appétit. Que deviendront-ils ces personnages que j'ai tant aimés? Ne pourrais-je, pour une fois, me servir de l'écriture, justement, pour oser m'aventurer dans le temps, pour tous nous projeter dans l'avenir? N'ai-je pas à ma disposition, à travers les mots que j'écris, une formidable machine à voyager dans le temps?

J'ai envie d'essayer. Je n'attendrai pas que les personnages me racontent leur histoire pour que je vous la répète dans mes mots. Cette fois-ci, je vais me permettre d'inventer une conclusion à cette belle histoire qui raconte l'amour et la vie.

Êtes-vous prêts à me suivre?

Nous allons tous nous projeter dans le temps pour nous retrouver au printemps 2008. Disons que nous sommes au mois d'avril, c'est un de mes mois préférés dans l'année. Je vous l'ai déjà dit: Jeanne et moi, nous nous ressemblons beaucoup.

Il fait beau. J'entends l'eau qui fond des toits en glougloutant dans les rigoles. Les rosiers sont déjà visibles, la terrasse est dégagée.

Thomas a retrouvé le goût de vivre et Simone y est pour

beaucoup. Jeanne connaissait bien son homme quand elle lui a écrit que, s'il avait besoin d'une seconde compagne pour être heureux, il n'avait pas à hésiter.

De ce printemps où il a compris qu'il était attaché à Simone à ce matin d'aujourd'hui, les sentiments de Thomas ont évolué en un amour profond et sincère. Différent de ce qu'il a déjà connu, mais tout aussi authentique. Cependant, d'un commun accord, Simone et Thomas ne veulent pas se marier.

— Ce n'est plus à la mode, avait décrété Simone en riant quand ils en ont parlé un peu avant Noël.

Puis, plus sérieusement, elle avait ajouté :

— L'amour que j'ai pour toi, Thomas, n'a pas besoin de papier.

Il est tout à fait d'accord avec elle. Pour l'instant, ils vivent encore chacun de leur côté, mais le mois prochain, au début de mai, Thomas déménage ses pénates chez Simone. La décision n'a pas été facile à prendre. Il ne se voyait pas en train de vendre sa maison à des étrangers. Trop de beaux souvenirs vibraient encore entre ces murs. Néanmoins, s'il voulait vivre avec Simone, il n'avait pas le choix. Gustave ne pouvait venir s'installer dans une maison où tout serait à apprendre. Avec sa vue déclinante, la simple perspective de déménager l'angoissait.

C'est le jour où il a compris que Mélanie recommençait à être malheureuse à l'idée de devoir reprendre le travail, laissant à d'autres le soin de s'occuper de Marie-Jeanne qui va avoir trois ans et Jérémie qui n'a pas encore un an que Thomas a trouvé la solution, se traitant d'imbécile de ne pas y avoir pensé plus tôt.

— Tu veux quoi ? Me donner la maison ?

Mélanie avait écarquillé les yeux, doutant d'avoir bien compris, avant d'éclater en larmes devant le sourire satisfait de son père qui ne laissait place à aucune équivoque.

— Mais pourquoi moi ? avait-elle hoqueté entre un sanglot et un reniflement. Je veux dire, il y a Olivier et...

— Tes frères n'ont pas besoin de cette maison alors que toi, si, l'avait interrompue Thomas en levant la main, toujours aussi souriant. Olivier est très bien logé et Sébastien va hériter de la maison de ton grand-père. C'est Armand qui me l'a dit, le mois dernier. De toute façon, la vie de ton frère est désormais à Québec. Alors, qu'est-ce que tu en penses ? Crois-tu que tu pourrais aménager une garderie ici ?

Cette discussion a eu lieu le mois dernier, à la fin de mars. Demain, monsieur Bolduc, l'entrepreneur qui avait construit la serre de Jeanne et dont Thomas a retrouvé le numéro dans le petit calepin, commence l'aménagement du garage qui va être converti en garderie. Mélanie ne porte plus à terre et c'est en compagnie de Simone qu'elle a magasiné le mobilier dont elle aura besoin.

Sébastien, pour sa part, n'a pas l'intention de déménager. Il est très bien où il est, en compagnie de son grand-père et... de la dame de compagnie ! Un certain Marc-Antoine l'accompagne depuis quelques mois lors des célébrations familiales. Il est aux antipodes de Manuel. C'est un garçon ouvert et généreux qui ressemble beaucoup à Sébastien. Armand en a longuement parlé avec Thomas lors de sa dernière visite.

— Que veux-tu qu'on y fasse, mon cher Thomas ? Sébastien va vivre la vie qui est la sienne. Tout ce qu'on

peut souhaiter, c'est qu'il soit heureux, il le mérite tellement. Le reste importe peu.

— Jeanne parlait comme vous, Armand. Avec le temps,
j'en suis venu à partager cette façon de voir les choses.
Sébastien est un garçon merveilleux et je ne voudrais pas
le changer. Marc-Antoine aussi est quelqu'un de bien.

— Toi aussi tu trouves qu'il est bien, n'est-ce pas ? C'est
pourquoi, avait alors poursuivi Armand, j'aimerais prendre
les devants et lui offrir de vivre ici avec son ami, si telle
est son intention. Sébastien est trop délicat pour m'en parler,
mais j'ai l'intuition que cette proposition va lui plaire. De
toute façon, cette maison lui revient de plein droit. Par
contre, il n'était pas question que je lui en parle avant de
t'avoir consulté. Qu'est-ce que tu en dis ?

— Vous êtes un homme merveilleux, Armand. Voilà ce
que j'en dis ! D'abord Simone, que vous traitez avec tant de
gentillesse, et maintenant Sébastien.

— C'est facile de bien traiter les gens qui sont de la
trempe d'un Sébastien et d'une Simone. Tu as toujours été
un bon garçon, Thomas, le reste va de soi !

Quant à Olivier... il sera toujours Olivier, comme le dit
philosophiquement Mélanie. Par contre, un accident,
heureusement sans gravité, survenu alors que Julien et
Alexis étaient confiés à une gardienne, a remis les pendules
à l'heure. Quand il a rejoint le petit Alexis à l'urgence,
Olivier s'est promis que plus jamais ses fils ne passeraient
en second. Le médecin en lui n'était plus qu'un père pétri
d'inquiétude. Quand Karine était venue le rejoindre, aussi
inquiète que lui, les larmes aux yeux, Olivier l'avait trouvée
toujours aussi jolie. Il avait même pensé que s'ils le voulaient

vraiment, ils pourraient peut-être se donner une autre chance.

— Si tu avais été là, Alexis ne serait peut-être pas tombé et il n'aurait pas le bras cassé, avait alors dit Karine, la voix lourde de reproches. Mais on sait bien! Tes patients ont tellement besoin de toi!

Olivier n'avait rien rétorqué, oubliant jusqu'à ses dernières pensées. Il n'y avait rien à dire, Karine avait raison. Les reproches, de part et d'autre, avaient usé l'amour entre eux. Il était impensable de retourner en arrière.

Mais l'avenir pouvait peut-être avoir un visage nouveau.

Aujourd'hui, Olivier travaille comme un forcené une semaine sur deux, quand les garçons sont avec leur mère. L'autre semaine, il se contente de faire un peu de clinique durant les heures d'école, car maintenant ses deux fils sont en garde partagée. Son trop-plein d'énergie, Olivier le dépense avec Julien et Alexis avec qui il fait du ski en hiver et du vélo en été.

Dans deux semaines, il y aura une corvée de peinture pour la garderie de Mélanie et Olivier a promis d'y être, comme Sébastien d'ailleurs. Pendant ce temps, à la cuisine, Thomas et Simone verront à préparer un festin pour toute la famille. Ce sera probablement le dernier repas d'importance que Thomas va préparer dans cette maison, à la table de Jeanne.

Après, ce sera à Mélanie de prendre la relève.

À suivre...

RECYCLÉ
Papier fait à partir de matériaux recyclés

FSC
www.fsc.org   FSC® C103567

Marquis imprimeur inc.

Québec, Canada
2012

Ⓑ 220x27

Imprimé sur du papier Silva Enviro 100% postconsommation traité sans chlore, accrédité ÉcoLogo et fait à partir de biogaz.

100%

PERMANENT

BIO GAZ
ÉNERGIE